I0611458

Todos los libros de Linkgua Ediciones cuentan con modelos de Inteligencia Artificial entrenados por hispanistas. Pregúntale al chat de tu libro lo que desees acerca de la obra o su autor/a.

Para ebooks: Accede a nuestro modelo de IA a través de este enlace.

Para libros impresos: Escanea el código QR de la portada con tu dispositivo móvil.

Obtén análisis detallados de nuestros libros, resúmenes, respuestas a tus preguntas y accede a nuestras ediciones críticas generativas para una experiencia de lectura más enriquecedora.
La transparencia y el respeto hacia la autoría de las fuentes utilizadas son distintivos básicos de nuestro proyecto. Por ello, las respuestas ofrecen, mediante un sistema de citas, las fuentes con las que han sido elaboradas.

Garci Rodríguez de Montalvo

Amadís de Gaula

Parte I

Barcelona **2024**
Linkgua-ediciones.com

Créditos

Título original: Amadís de Gaula.

© 2024, Red ediciones S.L.

e-mail: info@linkgua.com

Diseño de cubierta: Mario Eskenazi.

ISBN tapa dura: 978-84-1126-610-9.
ISBN rústica: 978-84-9816-814-3.
ISBN ebook: 978-84-9897-795-0.

Sumario

Brevísima presentación

La vida
Garci Rodríguez de Montalvo. España.
Vivió a finales del siglo XV o principios del XVI. Fue Regidor de Medina del Campo.

Libros de caballería
Este es el más famoso de los libros de caballería. La edición más antigua conocida es la de Zaragoza de 1508, aunque el texto original es del siglo XIV, y es referido por Pero López de Ayala y Pero Ferrús. El propio Montalvo admite haber reescrito los tres primeros libros y ser el autor del cuarto.

Se cree que la versión original de Amadís es portuguesa. Se ha atribuido a diversos autores, la Crónica portuguesa de Gomes Eanes de Azurara, escrita en 1454, menciona como su autor a Vasco de Lobeira que fue armado caballero en la batalla de Aljubarrota (1385). Otras fuentes dicen que el autor fue João de Lobeira, y que se trata de una refundición de una obra anterior, tal vez de principios del siglo XIV. Pero no se conoce ninguna versión del texto portugués original.

La novela se inicia con el relato del amor secreto del rey Perión de Gaula y de la infanta Elisena de Bretaña del que nació Amadís que fue abandonado en una barca. El niño fue criado por el caballero Gandales y recorre el mundo en busca de su origen en una trama de aventuras fantásticas, protegido por la hechicera Urganda, y perseguido por el mago Arcaláus el encantador.

Libro primero
Prólogo

Considerando los sabios antiguos que los grandes hechos de las armas en escrito dejaron, cuán breve fue aquello que en escrito de verdad en ellos pasó, así como las batallas de nuestro tiempo que por nos fueron vistas nos dieron clara experiencia y noticia, quisieron sobre algún cimiento de verdad componer tales y tan extrañas hazañas con que no solamente pensaron dejar en perpetua memoria a los que aficionados fueron, mas aquéllos por quien leídas fuesen en grande admiración, como por las antiguas historias de los griegos y troyanos y otros que batallaron, parece, por escrito. Así lo dice Salustio, que tanto los hechos de los de Atenas fueron grandes cuando los sus escritores lo quisieron creer y ensalzar. Pues si en el tiempo de estos oradores que más en las cosas de fama que de interés se ocupaban sus juicios y fatigaban sus espíritus, acaeciera aquella santa conquista que el nuestro muy esforzado y católico rey don Fernando hizo del reino de Granada, cuantas flores, cuantas rosas en ella por ellos fueron sembradas, así en lo tocante al esfuerzo de los caballeros en las revueltas, escaramuzas y peligrosos combates y en todas las otras cosas de afrentas y trabajos que para tal guerra se aparejaron, como en los esforzados razonamientos del gran rey a los sus altos hombres en las reales tiendas ayuntados y las obedientes respuestas por ellos dadas y, sobre todo, las grandes alabanzas y los crecidos loores que merece por haber emprendido y acabado jornada tan católica. Por cierto creo yo que así lo verdadero como lo fingido que por ellos fuera recontado en la fama de tan gran príncipe, con justa causa sobre tan ancho y verdadero cimiento pudiera en las nubes tocar, como se puede creer que por los sus sabios cronistas, si les fuera dado según la antigüedad de aquel estilo en memoria a los venideros por escrito dejaran, poniendo con justa causa en mayor grado de fama y alteza verdadera los sus grandes hechos que los de los otros emperadores que con más afición que con verdad que los nuestros rey y reina fueron loados, pues, que tanto más los merecen, cuanto es la diferencia de las leyes que tuvieron, que los primeros sirvieron al mundo que les dio tal galardón y los nuestros al Señor, el que con tan conocido amor y voluntad ayudar y favorecer los quiso, por los hallar tan dignos en poner en ejecución con mucho trabajo y gasto lo que tanto su servicio es. Y si por ventura algo acá en olvido quedare, no quedará ante la su real majestad, donde les tiene aparejado el galardón que por ello merecen.

Otra manera de más convenible crédito tuvo en la su historia aquel grande historiador Tito Livio para ensalzar la honra y fama de los sus romanos, que apartándolos de las fuerzas corporales les llegó al ardimiento y esfuerzo del corazón, porque si en lo primero alguna duda se halla, en lo segundo no se hallaría, que si él por muy extremado esfuerzo dejó memoria la osadía del que el brazo se quemó y de aquél que de su propia voluntad le lanzó en el peligroso lago, ya por nos fueron vistas otras semejantes cosas de aquéllos que, menospreciando las vidas, quisieron recibir la muerte por a otros la quitar, de guisa que por lo que vimos podemos creer lo suyo que leímos, aunque muy extraño nos parezca. Pero por cierto en toda la su grande historia no se hallara ninguno de aquellos golpes espantosos, ni encuentros milagrosos que en las otras historias se hallan, como de aquel fuerte Héctor se recuenta, y del famoso Aquiles, del esforzado Troylus y del valiente Ajas Talemón, y otros muchos de que gran memoria se hace, según la afición de aquéllos que por el escrito los dejaron, así éstas como otras más cercanas a nos de aquel señalado duque Godofredo de Bullón en el golpe de espada que en la puente de Antíoco dio, y del turco armado, que casi dos pedazos hizo siendo ya rey de Jerusalén. Bien se puede y debe creer haber habido Troya y ser cercada y destruida por los griegos y asimismo ser conquistada Jerusalén, con otros muchos lugares, por este duque y sus compañeros, mas semejantes golpes que éstos atribuyamos, los más a los escritores, como ya dije, que haber en efecto de verdad pasado.

Otros hubo de más baja suerte que escribieron, que no solamente no edificaron sus obras sobre algún cimiento de verdad mas ni sobre el rastro de ella. Estos son los que compusieron las historias fingidas en que se hallan las cosas admirables fuera de la orden de natura, que más por nombre de patrañas que de crónicas, con mucha razón deben ser tenidas y llamadas. Pues vemos ahora si las afrentas de las armas que acaecen son semejantes a aquéllas que casi cada día vemos y pasamos y aún por la mayor parte desviadas de la virtud y buena conciencia y aquéllas que muy extrañas y graves nos parecen, sepamos ser compuestas y fingidas, ¿qué tomaremos de las unas y otras que algún fruto provechoso nos acarreen? Por cierto, a mi ver, otra cosa no, salvo los buenos ejemplos y doctrinas que más a la salvación nuestra se allegaren, porque siendo permitido de ser imprimida en nuestros corazones la gracia del muy alto Señor para ella nos allegar, tomemos por alas con que nuestras ánimas suban a la alteza de la gloria para donde fueron criadas.

Y yo esto considerando, deseando que de mí alguna sombra de memoria quedase, no me atreviendo a poner en mi flaco ingenio en aquello que los más cuerdos sabios se ocuparon, quísele juntar con estos postrimeros que las cosas más livianas y de menor sustancia escribieron por ser a él según su flaqueza más conformes, corrigiendo estos tres libros del Amadís que por falta de los malos escritores o componedores muy corruptos o viciosos se leían y trasladando y enmendando el libro cuarto con las Sergas de Esplandián, su hijo, que hasta aquí no es memoria de ninguno ser visto que por gran dicha pareció en una tumba de piedra que debajo de la tierra en una ermita cerca de Constantinopla fue hallada y traído por un húngaro, mercader a estas partes de España, en la letra y pergamino tan antiguo que con mucho trabajo se pudo leer por aquéllos que la lengua sabían, en los cuales cinco libros, comoquiera que hasta aquí más por patrañas que por crónicas eran tenidos, son con tales enmiendas acompañados de tales ejemplos y doctrinas que con justa causa se podrán comparar a los livianos y febles saleros de corcho que con tiras de oro y de plata son encarcelados y guarnecidos, porque así los caballeros mancebos como los más ancianos hallen en ellos lo que a cada uno conviene. Y si por ventura en esta mal ordenada obra algún yerro pareciere de aquéllos que en lo divino y humano son prohibidos, demando humildemente de ello perdón, pues que teniendo, y creyendo yo firmemente, todo lo que la Santa Madre Iglesia tiene y manda, más simple discreción que la obra fue de ello causa.

Los cuatro libros del invencible caballero Amadís de Gaula en que se tratan sus muy altos hechos de armas y apacibles caballerías

AQUÍ COMIENZA EL PRIMER LIBRO DEL ESFORZADO CABALLERO AMADÍS

HIJO DEL REY PERIÓN DE GAULA Y DE LA REINA ELISENA

El cual fue corregido y enmendado por el honrado y virtuoso caballero GARCI RODRÍGUEZ DE MONTALVO, regidor de la villa de Medina del Campo, y corrigióle de los antiguos originales que estaban corruptos y mal compuestos en antiguo estilo por falta de los diferentes y malos escritores, quitando muchas palabras superfluas, y poniendo otras de más pulido y elegante estilo tocantes a la caballería y actos de ella.

No muchos años después de la Pasión de nuestro Redentor y Salvador Jesucristo, fue un rey muy cristiano en la pequeña Bretaña, por nombre llamado Garinter, el cual, siendo en la ley de la verdad de mucha devoción y buenas maneras acompañado. Este rey hubo dos hijas en una noble dueña su mujer, y la mayor casada con Languines, rey de Escocia, y fue llamada la dueña de la Guirnalda, porque el rey su marido nunca la consintió cubrir sus hermosos cabellos sino de una muy rica guirnalda, tanto era pagado de los ver; de quien fueron engendrados Agrajes y Mabilia, que así de uno como caballero y de ella como doncella en esta gran historia mucha mención se hace. La otra hija, que Elisena fue llamada, en gran cantidad mucho más hermosa que la primera fue; y comoquiera que de muy grandes príncipes en casamiento demandada fuese, nunca con ninguna de ellos casar le plugo, antes su retraimiento y santa vida dieron causa a que todos beata perdida la llamasen, considerando que persona de tan gran guisa, dotada de tanta hermosura, de tantos grandes por matrimonio demandada, no le era conveniente tal estilo de vida tomar. Pues este dicho rey Garinter siendo en asaz crecida edad, por dar descanso a su ánimo algunas veces a monte y a caza iba. Entre las cuales saliendo un día desde una villa suya que Alima se llamaba, siendo desviado de las armadas y de los cazadores andando por la floresta sus horas rezando, vio a su siniestra una brava batalla de un solo caballero que con dos se combatía, él conoció a los dos caballeros que sus vasallos eran, que por ser muy soberbios y de malas maneras y muy emparentados, muchos enojos de ellos había recibido. Mas aquél que con ellos se combatía no los pudo conocer y no se fiando, tanto en la bondad del uno que el miedo de los dos se quitase, apartándose de ellos la batalla miraba, en fin de la cual por mano de aquél de los dos fueron vencidos y muertos. Esto hecho el caballero se vino contra el rey y como solo lo viese, díjole:

—Buen hombre, ¿qué tierra es ésta, que así son los caballeros andantes salteados?

El rey le dijo:

—No os maravilléis de eso, caballero, que así como en las otras tierras hay buenos caballeros y malos, así los hay en ésta, y esto que decís no solamente a muchos han hecho grandes males y desaguisados, mas aun al mismo rey su señor sin que de ellos justicia hacer pudiese; por ser muy emparentados han hecho enormes agravios y también por esta montaña tan espesa donde se acogían.

El caballero le dijo:

—Pues a ese rey que decís vengo yo a buscar de luenga tierra y le traigo nuevas de un su gran amigo, y si sabéis dónde hallarlo pueda ruégoos que me lo digáis.

El rey le dijo:

—Comoquiera que acontezca no dejaré de os decir la verdad, sabed ciertamente que yo soy el rey que demandáis.

El caballero quitando el escudo y yelmo, y dándolo a su escudero lo fue a abrazar diciendo ser el rey Perión de Gaula que mucho le había deseado conocer. Mucho fueron alegres estos dos reyes en se haber así juntado, y hablando en muchas cosas se fueron a la parte donde los cazadores eran para se acoger a la villa, pero antes le sobrevino un ciervo que de las armadas muy cansado se colara, tras el cual los reyes ambos al más correr de sus caballos fueron pensando lo matar, mas de otra manera les acaeció, que saliendo de unas espesas matas un león delante de ellos al ciervo alcanzó y mató, habiéndole abierto con sus muy fuertes uñas, bravo y mal continente contra los reyes mostraba. Y como así el rey Perión le viese, dijo:

—Pues no estaréis tan sañudo que parte de la caza no nos dejéis.

Y tomando sus armas descendió del caballo, que adelante, espantado del fuerte león ir no quería, poniendo su escudo delante, la espada en la mano al león se fue, que las grandes voces que el rey Garinter le daba no lo pudieron estorbar. El león asimismo dejando la presa contra él se vino y juntándose ambos teniéndole el león debajo en punto de le matar, no perdiendo el rey su gran esfuerzo, hiriéndole con su espada por el vientre, lo hizo caer muerto ante sí, de que el rey Garinter mucho espantado entre sí decía:

—No sin causa tiene aquél fama del mejor caballero del mundo. Esto hecho, recogida toda la campaña hizo en dos palafrenes cargar el león y el ciervo y llevarlos a la villa con gran placer. Donde siendo de tal huésped la reina avisada, los palacios de grandes y ricos atavíos, y las mesas puestas hallaron; en la una más alta se sentaron los reyes y en la otra junto con ella, Elisena, su hija; y allí fueron servidos como en casa de tan buen hombre se debía. Pues estando en aquel solaz, como aquella infanta tan hermosa fuese y el rey Perión por el semejante, y la fama de sus grandes cosas en armas por todas las partes del mundo divulgadas, en tal punto y hora se miraron que las gran honestidad y santa vida de ella no pudo tanto, que de incurable y muy gran amor presa no fuese, y el rey asimismo de ella, que hasta entonces su corazón, sin ser juzgado a otra ninguna, libre tenía, de guisa que así el uno como el otro estuvieron todo el comer casi fuera de sentido. Pues alzadas las mesas, la reina se quiso acoger a su cámara y levantándose Elisena cayóle de la falda un muy hermoso anillo que para se levar del dedo quitara y con la gran turbación no tuvo acuerdo de lo allí tornar y bajóse por tomarlo, mas el rey Perión que cabe ella estaba quiso se lo dar, así que las manos llegaron a una sazón y el rey tomóle la mano y apretósela. Elisena tornó muy colorada y mirando al rey con ojos amorosos le dijo pasito que le agradecía aquel servicio.

—¡Ay, señora! —dijo él—, no será el postrimero; mas todo el tiempo de mi vida será empleado en os servir.

Ella se fue tras su madre con tan gran alteración que casi la vista perdida llevaba, de lo cual se siguió que esta infanta, no pudiendo sufrir aquel nuevo dolor que con tanta fuerza al viejo pensamiento vencido había, descubrió su secreto a una doncella suya, de quien mucho fiaba, que Darioleta había nombre, y con lágrimas de sus ojos y más del corazón le demandó consejo en cómo podría saber si el rey Perión otra mujer alguna amase, y si aquel tan amoroso semblante que a ella mostrado había, si le viniera en la manera y con aquella fuerza que en su corazón había sentido. La doncella, espantada de mudanza tan súpita en persona tan desviada de auto semejante, habiendo piedad de tan piadosas lágrimas, le dijo:

—Señora, bien veo yo que según la demasiada pasión que aquel tirano amor en vos ha puesto, que no ha dejado de vuestro juicio lugar donde consejo ni razón aposentados ser puedan, y por esto, siguiendo yo, no a lo que a vuestro servicio debo, mas a la voluntad y obediencia, haré aquello que mandáis, por la vía más honesta que de mi poca discreción y mucha gana de os servir hallar pudieren.

Entonces partiéndose de ella se fue contra la cámara donde el rey Perión posaba y halló a su escudero a la puerta con los paños que le quería dar de vestir, y díjole:

—Amigo, id vos a hacer algo, que yo quedaré con vuestro señor y le daré recaudo.

El escudero, pensando que aquello por más honra se hacía, dióle los paños y partióse de allí. La doncella entró en la cámara do el rey estaba en su cama, y como la vio, conoció ser aquélla con quien había visto más que con otra a Elisena hablar, como que en ella más que en otra alguna se fiaba, y creyó que no sin algún remedio para sus mortales deseos allí era venida, y estremeciéndosele el corazón le dijo:

—Buena doncella, ¿qué es lo que queréis?

—Daros de vestir —dijo ella.

—Eso al corazón había de ser —dijo él—, que de placer y alegría muy despojado y desnudo está.

—¿En qué manera? —dijo ella.

—En que viniendo yo a esta tierra —dijo el rey—, con entera libertad, solamente temiendo las aventuras que de las armas ocurrirme podían, no sé en qué forma entrando en esta casa de estos vuestros señores, soy llagado de herida mortal, y si vos, buena doncella, alguna medicina para ella me procuraseis, de mí seríais muy bien galardonada.

—Cierto, señor —dijo ella—, por muy contenta me tendría en hacer servicio a tan alto hombre de tan buen caballero como vos sois, si supiese en qué.

—Si me vos prometéis —dijo el rey—, como leal doncella de lo no descubrir, sino allá donde es razón, yo os lo diré.

—Decídmelo sin recelo —dijo ella—, que enteramente por mí guardado os será.

—Pues amiga, señora —dijo él—, dígoos que en fuerte hora yo miré la gran hermosura de Elisena vuestra señora, que atormentado de cuitas y congojas soy hasta en punto de la muerte, en la cual si algún remedio no hallo, no se me podrá excusar.

La doncella, que el corazón de su señora enteramente en este caso sabía, como ya arriba oísteis, cuando esto oyó fue muy alegre, y díjole:

—Mi señor, si me vos prometéis, como rey, en todo guardar la verdad a que más que ningún otro que no lo sea obligado sois, y como caballero que según vuestra fama por la sostener tantos afanes y peligros habrá pasado, de la tomar por mujer cuando tiempo fuere, yo la pondré en parte donde no solamente vuestro corazón satisfecho sea, mas el suyo que tanto o por ventura más que él es culta y en dolor de esa misma llaga herido, y si esto no se hace, no vos la cobraréis ni yo creeré ser vuestras palabras de leal y honesto amor salidas.

El rey, que en voluntad estaba ya imprimida la permisión de Dios para que de eso se siguiese lo que adelante oiréis, tomó la espada que cabe sí tenía y poniendo la diestra mano en la cruz dijo:

—Yo juro en esta cruz y espada con que la orden de caballería recibí, de hacer eso que vos, doncella, me pedís, cada que por vuestra señora Elisena demandado me fuere.

—Pues ahora holgad —dijo ella—, que yo cumpliré lo que dije.

Y partiéndose de él se tornó a su señora y contándole la que con el rey concertara, muy grande alegría en su ánimo puso, y abrazándola le dijo:

—Mi verdadera amiga, cuando veré yo la hora que en mis brazos tenga aquél que por señor me habéis dado.

—Yo os lo diré —dijo ella—: Ya sabéis, señora, cómo aquella cámara en que el rey Perión está tiene una puerta que a la huerta sale, por donde vuestro padre algunas veces sale a recrear, que con las cortinas ahora cubierta está, de que yo la llave tengo; pues cuando el rey de allí salga yo la abriré y siendo tan noche que los del palacio sosieguen, por allí podremos entrar sin que de ninguno sentidas seamos, y cuando sazón sea salir yo os llamaré y tornaré a vuestra cama.

Elisena, que esto oyó, fue atónita de placer que no pudo hablar y tornándose en sí díjole:

—Mi amiga, en vos dejo toda mi hacienda, mas ¿cómo se hará lo que decís, que mi padre está dentro en la cámara con el rey Perión, y si lo sintiese seríamos todos en gran peligro?

—Eso —dijo la doncella—, dejad a mí que yo lo remediaré.

Con esto se partieron de su habla y pasaron aquel día los reyes y la reina y la infanta Elisena en su comer y cenar como antes, y cuando fue noche. Darioleta apartó al escudero del rey Perión y díjole:

—¡Ay, amigo, decidme si sois hombre hidalgo!

—Sí soy —dijo él—, y aun hijo de caballero, mas ¿por qué me lo preguntáis?

—Yo os lo diré —dijo ella—, porque querría saber de vos una cosa; ruégoos, por la fe que a Dios debéis y al rey vuestro señor, me la digáis.

—Por Santa María —dijo él—, toda cosa que yo supiese os diré, con tal que no sea en daño de mi señor.

—Eso os otorgo yo —dijo la doncella—, que ni os preguntaré en daño suyo, ni vos tendríais razón de que me lo decís, mas lo que yo quiero saber es que me digáis cuál es la doncella que vuestro señor ama de extremado amor.

—Mi señor —dijo él—, ama a todas en general, mas cierto no le conozco ninguna que él ame de la guisa que decís.

En esto hablando, llegó el rey Garinter donde ellos estaban hablando y vio a Darioleta con el escudero y llamándola le dijo:

—Tú, ¿qué tienes que hablar con el escudero del rey?

—Por Dios, señor, yo os lo diré, él me llamó y me dijo que su señor ha por costumbre de dormir solo y cierto que siente mucho empacho con vuestra compaña.

El rey se partió de ella y fuese al rey Perión y díjole:

—Mi señor, yo tengo muchas cosas de librar en mi hacienda y levántome a la hora de los maitines, y por vos no dar enojo, tengo por bien que quedéis solo en la cámara.

El rey Perión le dijo:

—Haced, señor, en ello como os más pluguiere.

—Así place a mí —dijo él. Entonces conoció él que la doncella le dijera verdad y mandó a sus reposteros que luego sacasen su cama de la cámara del rey Perión. Cuando Darioleta vio que así en efecto viniera lo que deseaba, fuese a Elisena, su señora, y contóselo todo como pasara.

—Amiga, señora —dijo ella—: ahora creo, pues, que Dios así lo endereza, que esto que, al presente, yerro parece, adelante será algún servicio suyo.

—Decidme lo que haremos, que la gran alegría que tengo me quita gran parte del juicio.

—Señora —dijo la doncella—, hagamos esta noche lo que concertado está, que la puerta de la cámara que os dije que ya la tengo abierta.

—Pues a vos dejo el cargo de me llevar cuándo tiempo fuere.

Así estuvieron ellas hasta que todos se fueron a dormir.

Capítulo 1. Cómo la infanta Elisena y su doncella Darioleta fueron a la cámara donde el rey Perión estaba

Como la gente fue sosegada, Darioleta se levantó y tomó a Elisena así desnuda como en su lecho estaba, solamente la camisa y cubierta de un manto, y salieron ambas a la huerta y la Luna hacía muy clara. La doncella miró a su señora y abriéndole el manto católe el cuerpo y díjole riendo:

—Señora, en buena hora nació el caballero que os esta noche habrá.

Y bien decía, que ésta era la más hermosa doncella de rostro y de cuerpo que entonces se sabía. Elisena se sonrió y dijo:

—Así lo podéis por mi decir, que nací en buena ventura en ser llegada a tal caballero.

Así llegaron a la puerta de la cámara. Y comoquiera que Elisena fuese a la cosa que en el mundo más amaba, tremíale todo el cuerpo y la palabra, que no podía hablar, y como en la puerta tocaron para abrir, el rey Perión, que así con la gran congoja que en su corazón tenía, como con la esperanza en que la doncella le puso no había podido dormir, y aquella sazón ya cansado, y del sueño vencido adormecióse y soñaba que entraba en aquella cámara por una falsa puerta y no sabía quién a él iba y le metía las manos por los costados y sacándole el corazón le echaba en un río, y él decía:

—¿Por qué hicisteis tal crudeza?

—No es nada esto —decía él—, que allá os queda otro corazón que yo os tomaré, aunque no será por mi voluntad.

El rey, que gran cuita en sí tenía, despertó despavorido y comenzóse a santiguar. A esta sazón habían ya las doncellas la puerta abierto y entraban por ella y como lo sintió temióse de traición por lo que soñara, y levantando la cabeza vio por entre las cortinas abierta la puerta, de lo que él nada no sabía, y con la Luna que por ella entraba vio el bulto de las doncellas. Así que saltando de la cama do yacía tomó su espada y escudo y fue contra aquella parte do visto les había. Y Darioleta, cuando así lo vio, díjole:

—¿Qué es esto, señor?, tirad vuestras armas que contra nos poca defensa nos tendrá.

El rey, que la conoció, miró y vio a Elisena su muy amada y echando la espada y su escudo en tierra cubrióse de un manto que ante la cama tenía con que algunas veces se levantaba y fue a tomar a su señora entre los brazos y ella le abrazó como aquél que más que a sí amaba. Darioleta le dijo:

—Quedad, señora, con ese caballero que aunque vos como doncella hasta aquí de muchos os defendisteis y él asimismo de otras se defendió, no bastaron vuestras fuerzas para os defender el uno del otro.

Y Darioleta miró por la espada do el rey la había arrojado y tomóla en señal de la jura y promesa que le había hecho en razón de casamiento de su señora y salióse a la huerta. El rey quedó solo con su amiga, que a la lumbre de tres hachas que en la cámara ardían la miraba pareciéndole que toda la hermosura del mundo en ella era junta, teniéndose por muy bienaventurado en que Dios a tal estado le trajera; y así abrazados se fueron a echar en el lecho, donde aquélla que tanto tiempo con tanta hermosura y juventud, demandada de tantos príncipes y grandes hombres se había defendido, quedando con libertad de doncella, en poco más de un día, cuando el su pensamiento más de aquello apartado y desviado estaba, el cual amor rompiendo aquellas fuertes ataduras de su honesta y santa vida, se la hizo perder, quedando de allí adelante dueña. Por donde se da a entender que así como las mujeres apartando sus pensamientos de las mundanas cosas, despreciando la gran hermosura de que la natura las dotó, la fresca juventud que en mucho grado la acrecienta, los vicios y deleites que con las sobradas riquezas de sus padres esperaban gozar, quieren por salvación de sus ánimas ponerse en las casas pobres encerradas, ofreciendo con toda obediencia sus libres voluntades a que sujetas de las ajenas sean, viendo pasar su tiempo sin ninguna fama ni gloria del mundo, como saben que sus hermanas y parientas lo gozan, así deben con mucho cuidado atapar las orejas, cerrar los ojos excusándose de ver parientes y vecinos, recogiéndose en las oraciones santas, tomándolo por verdaderos deleites así como lo son, porque con las hablas, con las vistas, su santo propósito dañando, no sea así como lo fue el de esta hermosa infanta Elisena, que en cabo de tanto tiempo que guardarse quiso, en solo un momento viendo la gran hermosura de aquel rey Perión fue su propósito mudado de tal forma que si no fuera por la discreción de aquella doncella suya, que su honra con el matrimonio reparar quiso, en verdad ella de todo punto era determinada de caer en la peor y más baja parte de su deshonra, así como otras muchas que en este mundo contarse podrían, que por no se guardar de lo ya dicho lo hicieron y adelante harán, no lo mirando. Pues así estando los dos amantes en su solaz, Elisena preguntó al rey Perión si su partida sería breve, y él le dijo:

—¿Por qué, mi buena señora, lo preguntáis?

—Porque esta buena ventura —dijo ella— que en tanto gozo y descanso a mis mortales deseos ha puesto, ya me amenaza con la gran tristura y congoja que vuestra ausencia me pondrá a ser por ella más cerca de la muerte que no de la vida.

Oídas por él estas razones, dijo:

—No tengáis temor de eso, que aunque este mi cuerpo de vuestra presencia sea partido, el mi corazón junto con el vuestro quedará, que a entrambos dará su esfuerzo, a vos para sufrir y a mí para cedo me tornar, que yendo sin él, no hay otra fuerza tan dura que detenerme pueda.

Darioleta, que vio ser razón ir de allí, entró en la cámara y dijo:

—Señora, sé que otra vez os plugo conmigo ir más que no ahora, mas conviene que os levantéis y vamos, que ya tiempo es.

Elisena se levantó y el rey le dijo:

—Yo me detendré aquí más que no pensáis, y esto será por vos y ruégoos que no se os olvide este lugar.

Ellas se fueron a sus camas y él quedó en su cama muy pagado de su amiga, empero espantado del sueño que ya oísteis; y por él había más cuita de ir a su tierra donde había a la sazón muchos sabios, que semejantes cosas sabían soltar y declara, y aún él mismo sabía algo, que cuando más mozo aprendiera. En este vicio y placer estuvo allí el rey Perión diez días, holgando todas las noches con aquélla su muy amada amiga, en cabo de los cuales acordó, forzando su voluntad y las lágrimas de su señora, que no fueron pocas, de se partir. Así despedido del rey Garinter y de la reina, armado de todas armas, cuando quiso su espada ceñir no la halló y no osó preguntar por ella, comoquiera que mucho le dolía, porque era muy buena y hermosa; esto hacía porque sus amores con Elisena descubiertos no fuesen y por no dar enojo al rey Garinter, y mandó a su escudero que otra espada le buscase, y así armado, excepto las manos y la cabeza, encima de su caballo, no con otra compañía sino de su escudero, se puso en el camino derecho de su reino. Pero antes habló con él Darioleta, diciéndole la gran cuita y soledad en que a su amiga dejaba, y él le dijo:

—Ay mi amiga, yo os la encomiendo como a mi propio corazón.

Y sacando de su dedo un muy hermoso anillo de dos que traía, tal el uno como el otro, se lo dio que le llevase y trajese por su amor. Así que Elisena quedó con mucha soledad, y con grande dolor de su amigo, tanto que si no fuera por aquella doncella que la esforzaba mucho a gran pena se pudiera sufrir; mas habiendo sus hablas con ella, algún descanso sentía. Pues así fueron pasando su tiempo hasta que preñada se sintió, perdiendo el comer y el dormir, y la su muy hermosa color. Allí fueron las cuitas y los dolores en mayor grado, y no sin causa, porque en aquella sazón era por ley establecido que cualquiera mujer, por de estado grande y señorío que fuese, si en adulterio se hallaba, no se podía en ninguna guisa excusar la muerte. Y esta tan cruel costumbre y pésima duró hasta la venida del muy virtuoso rey Artur, que fue el mejor rey de los que allí reinaron, y la revocó al tiempo que mató en batalla, ante las puertas de París, a Floyán. Pero muchos reyes reinaron entre él y el rey Lisuarte, que esta ley sostuvieron. Pues pensar de lo hacer saber a su amigo no podía ser, porque él tan mancebo fuese, y tan orgulloso de corazón y nunca tomaba holganza en ninguna parte, sino para ganar honra y fama; nunca su tiempo en otra cosa pasaba, sino andar de unas partes a otras como caballero andante. Así que por ninguna guisa ella remedio para su vida hallaba, no le pesando tanto por perder la vista del mundo con la muerte como la de aquél su muy amado señor y verdadero amigo. Mas aquel muy poderoso señor Dios, por remisión del cual todo esto pasaba para su santo servicio, puso tal esfuerzo y discreción a Darioleta, que ella bastó con su ayuda de todo la reparar, como ahora oiréis: Había en aquel palacio del rey Garinter una cámara apartada, de bóveda, sobre un río que por allí pasaba, y tenía una puerta de hierro pequeña, por donde algunas veces al río salían las doncellas a holgar y estaba yerma, que en ella no albergaba ninguno, la cual, por consejo de Darioleta, Elisena a su padre y madre, para reparo de su mala disposición y vida solitaria que siempre procuraba tener, demandó, y para rezar sus horas sin que de ninguno estorbada fuese, salvo de Darioleta que sus dolencias sabía, que la sirviese y la acompañase, lo cual ligeramente por ellos le fue otorgado, creyendo ser su intención solamente reparar el cuerpo con más salud, y el alma con vida más estrecha; y dieron la llave de la puerta pequeña a la doncella que la guardase y abriese cuando su hija por allí se quisiese solazar. Pues aposentada Elisena allí donde oís, con algo de más descanso por se ver en tal lugar que a su parecer antes allí que en otro alguno su peligro reparar podía, hubo consejo con su doncella, qué se haría de lo que pariese:

—¿Qué, señora? —dijo ella—: que padezca, porque vos seáis libre.

—Ay, Santa María —dijo Elisena—, y, ¿cómo consentiré yo matar aquello que fue engendrado por la cosa del mundo que yo más amo?

—No curéis de eso —dijo la doncella—, que si os mataren, no dejarán a ello.

—Aunque yo culpada muera —dijo ella— no querrán que la criatura inocente padezca.

—Dejemos ahora de hablar más en ello —dijo la doncella—, que gran locura sería, por salvar una cosa sin provecho, condenásemos a vos y a vuestro amado, que sin vos no, podría vivir, y vos viviendo y él, otros hijos e hijas habréis, que el deseo de éste os harán perder.

Como esta doncella muy sesuda fuese, y por la merced de Dios guiada, quiso antes de la prisa tener el remedio. Y fue así de esta guisa: que ella hubo cuatro tablas tan grandes, que así como arca una criatura con sus paños encerrar pudiese y tan larga como una espada e hizo traer ciertas cosas para un betumen con que las pudiese juntar, sin que ella ningún agua entrase, y guardólo todo debajo de su cama sin que Elisena lo sintiese, hasta que por su mano juntó las tablas con aquel recio betumen y la hizo tan igual y tan bien formada, como si la hiciera un maestro. Entonces la mostró a Elisena y díjole:

—¿Para qué os parece que fue esto hecho?

—No sé —dijo ella.

—Saberlo habéis —dijo la doncella— cuando menester será.

Y ella dijo:

—Poco daría por saber cosa que se hace ni dice, que cerca estoy de perder mi bien y alegría.

La doncella hubo gran duelo de así la ver y viniéndole las lágrimas a los ojos se le tiró delante, porque no la viese llorar.

Pues no tardó mucho que a Elisena le vino el tiempo de parir de que los dolores sintiendo como cosa tan nueva y tan extraña para ella, en gran amargura su corazón era puesto, como aquélla que le convenía no poder gemir ni quejar, que su angustia con ello se doblaba. Mas en cabo de una pieza, quiso el Señor poderoso que sin peligro suyo un hijo pariese, y tomándole la doncella en sus manos, vio que era hermoso si ventura hubiese, mas no tardó de poner en ejecución lo que convenía, según de antes lo pensara, y envolvióle en muy ricos paños y púsole cerca de su madre y trajo allí el arca que ya oísteis, y díjole Elisena:

—¿Qué queréis hacer?

—Ponerlo aquí y lanzarlo al río —dijo ella— y por ventura guarecer podrá.

La madre lo tenía en sus brazos, llorando fieramente y diciendo:

—Mi hijo pequeño, cuán grave es a mí la vuestra cuita.

La doncella tomó tinta y pergamino e hizo una carta que decía:

—Este es Amadís Sin Tiempo, hijo del rey.

Y sin tiempo decía ella porque creía que luego sería muerto. Y este nombre era allí muy preciado, porque así se llamaba un santo a quien la doncella le encomendó. Esta carta cubrió toda de cera, y puesta en una cuerda se la puso al cuello del niño. Elisena tenía el anillo que el rey Perión le diera cuando de ella se partió y metiólo en la misma cuerda de la cera, y asimismo poniendo el niño dentro, en el arca, le pusieron la espada del rey Perión, que la primera noche que ella con él durmiera la echó de la mano en el suelo como ya oísteis, y por la doncella fue guardada, y aunque el rey la halló menos, nunca osó por ella preguntar, porque el rey Garinter no hubiese enojo con aquéllos que en la cámara entraban. Esto así hecho puso la tabla encima tan junta y bien calafateada que agua ni otra cosa podía entrar y tomándola en sus brazos y abriendo la puerta la puso en el río y dejóla ir y como el agua era grande y recia presto la pasó a la mar, que más de media legua de allí no estaba. A esta sazón el alba aparecía y acaeció una hermosa maravilla de aquéllas que el Señor muy alto, cuando a Él place suele hacer, que en la mar iba una barca en que un caballero de Escocia iba con su mujer, que de la pequeña Bretaña llevaba parida de un hijo que se llamaba Gandalín, y el caballero había nombre Gandales, y yendo a más andar su vía contra Escocia, siendo ya mañana clara vieron el arca que por el agua nadando iba, y llamando cuatro marineros les mandó que presto echasen un batel y aquello le trajesen, lo cual prestamente se hizo, comoquiera que ya el arca muy lejos de la barca pasado había. El caballero tomó el arca y tiró la cobertura y vio el doncel que en sus brazos tomó y dijo:

—Éste de algún buen lugar es, y esto decía él por los ricos paños y el anillo y la espada que muy hermosa le pareció y comenzó a maldecir la mujer que por miedo tal criatura tan cruelmente desamparado había, y guardando aquellas cosas rogó a su mujer que lo hiciese criar, la cual hizo dar teta de aquella ama que a Gandalín, su hijo, criaba, y tomóla con gran gana de mamar, de que el caballero y la dueña mucho alegres fueron. Pues así caminaron por la mar con buen tiempo enderezado, hasta que aportados fueron una villa de Escocia que Antalia había nombre, y de allí partiendo, llegaron a un castillo suyo, de los buenos de aquella tierra, donde hizo criar al doncel, como si su hijo propio fuese, y así lo creían todos que lo fuese, que de los marineros no se pudo saber su hacienda, porque en la barca, que era suya, a otras partes navegaron.

Capítulo 2. Cómo el rey Perión iba por el camino con su escudero con corazón más acompañado de tristeza que de alegría

Partido el rey Perión de la Pequeña Bretaña, como ya se os contó, de mucha congoja era su ánimo atormentado, así por la gran soledad que de su amiga sentía, que mucho de corazón la amaba, como por el sueño que ya oísteis que en tal sazón le sobreviniera. Pues llegado en su reino envió por todos sus ricos hombres y mandó a los obispos que consigo trajesen los más sabedores clérigos que en sus tierras había, esto para que aquél sueño le declarasen. Como sus vasallos de su venida supieron, así los llamados como muchos de los otros, a él se vinieron con gran deseo de lo ver, que de todos era muy amado y muchas veces eran sus corazones atormentados, oyendo las grandes afrentas en armas a que él se ponía, temiendo de lo perder, y por esto deseaban todos tenerlo consigo, mas no lo podían acabar, que su fuerte corazón no era contento sino cuando el cuerpo ponía en los grandes peligros. El rey habló con ellos en el estado del reino y en las otras cosas que a su hacienda cumplían, pero siempre con triste semblante de que a ellos gran pesar redundaba, y despachados los negocios, mandó que a sus tierras se volviesen, e hizo quedar consigo tres clérigos que supo que más sabían en aquello que él deseaba, y tomándolos consigo se fue a su capilla, y allí en la hostia sagrada les hizo jurar que en lo que él les preguntase verdad le dijesen, no temiendo ninguna cosa por grave que se le mostrase. Esto hecho mandó salir fuera al capellán y él quedó solo con ellos. Entonces les contó el sueño como es ya devisado y dijo que se lo soltasen lo que de ello podía ocurrir. El uno de éstos, que Ungan el Picardo había de nombre, que era el que más sabía, dijo:

—Señor, los sueños es cosa vana y por tal deben ser tenidos, pero pues os place que en algo este vuestro tenido sea, dadnos plazo en que lo ver podamos.

—Así sea —dijo el rey—, y tomad doce días para ello.

Y mandólos apartar que se no hablasen ni viesen en aquel plazo. Ellos echaron sus juicios y firmezas cada uno como mejor supo y llegado el tiempo viniéronse para el rey, el cual tomó aparte a Alberto de Campania y díjoles:

—Ya sabéis lo que me jurasteis, ahora decid.

—Pues vengan los otros —dijo el clérigo—, y delante de ellos lo diré.

—Vengan —dijo el rey, e hízolos llamar. Pues siendo así todos juntos, aquél dijo:

—Señor, yo te diré lo que entiendo. A mí parece de la cámara que era bien cerrada y que viste por la menor puerta de ella entrar, significa estar éste tu rey no cerrado y guardado, que por alguna parte de él te entrara alguno para te algo tomar y así como la mano te metía por los costados y sacaba el corazón y lo echaba en un río, así te tomará villa o castillo y lo pondrá en poder de quien haber no lo podrás.

—¿Y el otro corazón —dijo el rey—, que decía que me quedaba y me lo haría perder sin su grado?

—Eso —dijo el maestro—, parece que otro entrará en tu tierra y te tomar lo semejante, más constreñido por fuerza de alguno que se lo mande que de su voluntad, y en este caso no sé, señor, que más os diga.

El rey mandó al otro, que Antales había nombre, que dijese lo que hallaba. Él otorgó en todo lo que el otro había dicho:

—Sino tanto que mis suertes me muestran que es ya hecho, y por aquél que te más ama y esto me hace maravillar, porque aún ahora no es perdido nada de tu reino, y si lo fuere no sería por persona que te mucho amase.

Oído esto por el rey sonrióse un poco, que le pareció que no había dicho nada. Mas Ungan el Picardo, que mucho más que ellos sabía, bajó la cabeza y rióse más de corazón, aunque lo hacía pocas veces, que de su natural era hombre esquivo y triste. El rey miró en ello y díjole:

—Ahora, maestro, decid lo que supiereis.

—Señor —dijo él—, por ventura yo vi cosas que no es menester de las manifestar sino a ti solo.

—Pues sálganse todos —dijo él, y cerrando las puertas quedaron ambos. El maestro dijo:

—Sabe, rey, que de lo que yo me reía fue de aquellas palabras que en poco tuvisteis, que dijo que ya era hecho por aquél que te más ama. Ahora quiero decir aquello que muy encubierto tienes y piensas que ninguno lo sabe. Tú amas en tal lugar donde ya la voluntad cumpliste, y la que más es maravillosamente hermosa, y díjole todas las facciones de ella como si delante la tuviera.

—Y de la cámara en que os veíais encerrados, esto claro lo sabéis, y cómo ella queriendo quitar de vuestro corazón y del suyo aquellas cuitas y congojas quiso sin vuestra sabiduría entrar por la puerta de que te no catabas y las manos que a los costados metía es el juntamiento de ambos y el corazón que sacaba significa hijo o hija que habrá de vos.

—Pues, maestro —dijo el rey—, ¿qué es lo que muestra que lo echaba en un río?

—Eso, señor, no lo quieras saber, que no te tiene pro alguno.

—Todavía —dijo él— me lo decid y no temáis.

—Pues que así te place —dijo Ungan—, quiero de ti fianza que por cosa que aquí diga no habrás saña de aquélla que tanto te ama, en ninguna sazón.

—Yo lo prometo —dijo el rey.

—Pues sabe —dijo él— que lo que en el río veían lanzar, es que será así echado el hijo que de vos hubiere.

—¿Y el otro corazón —dijo el rey—, que me queda qué será?

—Bien debes entender —dijo el maestro— lo uno por lo otro, que es que habréis otro hijo y por alguna guisa lo perderéis contra la voluntad de aquélla que ahora os hará el primero perder.

—Grandes cosas me habéis dicho —dijo el rey—, y a Dios plega por la su merced que lo postrimero de los hijos no salga tan verdadero como lo que de la dueña que yo amo me dijisteis.

—Las cosas ordenadas y permitidas de Dios —dijo el maestro—, no las puede ninguno estorbar ni saber en qué pararán, y por esto los hombres no se deben contristar ni alegrar con ellas, porque muchas veces así lo malo como lo bueno que de ellas a su parecer ocurrirles puede, suceder de otra forma que ellos esperaban. Y tú, noble rey, perdiendo de tu memoria todo esto que aquí con tanta afición has querido saber recoge en ella de siempre rogar a Dios, que en esto y en todo lo ál haga lo que su santo servicio sea, porque aquélla, sin duda, es la mejor.

El rey Perión quedó muy satisfecho de lo que deseaba saber y mucho más de este consejo de Ungan el Picardo, y siempre cabe sí lo tuvo, haciéndole mucho bien y mercedes. Y saliendo al palacio halló una doncella más guarnida de atavíos que hermosa y díjole:

—Sabe, rey Perión, que cuando tu pérdida cobrares, perderá el señorío de Irlanda su flor, y fuese que no la pudo detener. Así quedó el rey pensando, en esto y otras cosas.

El autor deja de hablar de esto y torna al doncel que Gandales criaba, el cual, el Doncel del Mar se llamaba, que así le pusieron nombre, y criábase con mucho cuidado de aquel caballero don Gandales y de su mujer, y hacíase tan hermoso que todos los que lo veían se maravillaban. Y un día cabalgó Gandales armado, que en gran manera era buen caballero y muy esforzado y siempre se acompañara con el rey Languines en el tiempo que las armas seguían. Y aunque el rey de seguirlas dejase, no lo hizo él así, antes las usaba mucho y yendo así armado, como os digo, halló una doncella que le dijo:

—¡Ay, Gandales, si supiesen muchos altos hombres lo que yo ahora, cortarte habían la cabeza!

—¿Por qué? —dijo él.

—Porque tú guardas la su muerte —dijo ella. Y sabed que ésta era la doncella que dijo el rey Perión que cuando fuese su pérdida cobrada, perdería el señorío de Irlanda su flor. Gandales, que no lo entendía, dijo:

—Doncella, por Dios os ruego que me digáis qué es eso.

—No te lo diré —dijo ella—, mas todavía así vendrá.

Y partiéndose de él se fue su vía. Gandales quedó cuidando en lo que dijera, y a cabo de una pieza viola tornar muy aína en su palafrén diciendo a grandes voces:

—¡Ay, Gandales, acórreme, que muerta soy!

Él cató y vio venir en pos de ella un caballero armado con su espada en la mano y Gandales hirió el caballo de las espuelas y metióse entre ambos y dijo:

—Don caballero a quien Dios dé mala ventura, ¿qué queréis a la doncella?

—¿Cómo —dijo él—, queréis la vos amparar a ésta por engaño me trae perdido el cuerpo y el alma?

—De eso no sé nada —dijo Gandales—, mas ampararos la he yo, porque mujeres no han de ser por esta vía castigadas, aunque lo merezcan.

—Ahora lo veréis —dijo el caballero, y metiendo su espada en la vaina tornóse a una arboleda donde estaba una doncella muy hermosa, que le dio un escudo y una lanza y diose a correr contra Gandales, y Gandales contra él, e hiriéronse con las lanzas en los escudos, así que volaron en piezas y juntáronse de los caballos y de los cuerpos de consumo tan bravamente que cayeron a sendas partes y los caballos con ellos y cada uno se levantó lo más presto que pudo, y hubieron su batalla así a pie, mas no duró mucho que la doncella que huía se metió entre ellos y dijo:

—Caballeros, estad quedos.

El caballero que tras ella venía quitóse luego afuera y ella le dijo:

—Venid a mi obediencia.

—Iré de grado —dijo él—, como a la cosa del mundo que más amo, y echando el escudo del cuello y la espada de la mano hincó los hinojos ante ella, y Gandales fue ende mucho maravillado y ella dijo al caballero que ante sí tenía:

—Decid a aquella doncella de so el árbol que se vaya luego, si no la tajaréis la cabeza.

El caballero se tornó contra, y ella díjole:

—¡Ay, mala, yo me maravillo que la cabeza no te tiro!

La doncella vio que su amigo era encantado y subió en su palafrén llorando y fuese luego. La otra doncella dijo:

—Gandales, yo os agradezco lo que hicisteis, id a buena ventura, que si este caballero me erró yo le perdono.

—De vuestro perdón no sé —dijo Gandales—, mas la batalla no le quito si no se otorga por vencido.

—Quitaréis —dijo la doncella— que si vos fueseis el mejor caballero del mundo haría yo que él os venciese.

—Vos haréis lo que pudiereis —dijo él—, mas yo le quitaré si no me decís por qué dijisteis que guardaba muerte de muchos altos hombres.

—Antes os lo diré —dijo ella— porque a este caballero amo yo como a mi amigo y a ti como a mi ayudador.

Entonces le apartó y díjole:

—Tú me harás pleito como leal caballero que otro por ti nunca lo sabrá hasta que te lo yo mande.

Él así lo otorgando, díjole:

—Dígote, de aquél que hallaste en la mar que será flor de los caballeros de su tiempo. Éste hará estremecer los fuertes, éste comenzará todas las cosas y acabará a su honra, en que los otros fallecieron, éste hará tales cosas que ninguno cuidaría que pudiesen ser comenzadas ni acabadas por cuerpo de hombre. Éste hará los soberbios ser de buen talante, éste habrá crudeza de corazón contra aquéllos que se lo merecieren, y aún más te digo: que éste será el caballero del mundo que más lealmente mantendrá amor y amará en tal lugar cual conviene a la su alta proeza; y sabe que viene de reyes de ambas partes. Ahora te ve —dijo la doncella—, y cree firmemente que todo acaecerá como te lo digo y si lo descubres venirte ha por ello más de mal que de bien.

—¡Ay, señor! —dijo Gandales—, ruégoos, por Dios, que me digáis dónde os hallaré para hablar con vos en su hacienda.

—Esto no sabrás tú por mí ni por otro —dijo ella.

—Pues decidme vuestro nombre, por la fe que debéis a la cosa del mundo que más amáis.

—Tú me conjuras tanto que te lo diré, pero la cosa que yo más amo sé que más me desama que en el mundo sea, y éste es aquel muy hermoso caballero con quien te combatiste, mas no dejo por eso yo de lo traer a mi voluntad, sin que él otra cosa hacer pueda. Él sabe que mi nombre es Urganda la Desconocida, ahora me cata bien, y conóceme si pudieres.

Y él, que la vio doncella de primero que a su parecer no pasaba de dieciocho años, viola tan vieja y tan lasa que se maravilló como en el palafrén se podía tener y comenzóse a santiguar de aquella maravilla. Cuando ella así lo viometió mano a una bujeta que en el regazo traía, y poniendo la mano, por sí tomó como de primero, y dijo:

—¿Parécete que me hallarías aunque me buscases? Pues yo te digo que no tomes por ello afán, que si todos los del mundo me demandasen no me hallarían si yo no quisiese.

—Así Dios me salve —dijo Gandales—, yo así lo creo. Mas ruégoos, por Dios, que os membréis del doncel que es desamparado de todos sino de mí.

—No pienses en eso —dijo Urganda—, que ese desamparado será amparo y reparo de muchos, y yo lo amo más que tú piensas, como quien atiende de él cedo haber dos ayudas, en que otro no podría poner consejo, y él recibirá dos galardones, donde será muy alegre, y ahora te encomiendo a Dios, que irme quiero y más aína me verás que piensas.

Y tomó el yelmo y escudo de su amigo para se lo llevar. Y Gandales, que la cabeza le vio desarmada, pareció el más hermoso caballero que nunca viera. Y así se partieron de en uno. Donde dejaremos a Urganda ir con su amigo y contarse ha de don Gandales, que partido de Urganda tornóse para su castillo y en el camino halló la doncella que andaba con el amigo de Urganda que estaba llorando cabe una fuente, y como vio a Gandales conociólo y dijo:

—¿Qué es eso, caballero, cómo no os hizo matar aquella alevosa a quién ayudabais?

—Alevosa no es ella —dijo Gandales—, mas buena y sabida, y si fueseis caballero yo os haría comprar bien la locura que dijisteis.

—¡Ay, mezquina! —dijo ella—, cómo sabe a todos engañar.

—¿Y qué engaño os hizo? —dijo él.

—Que me tomó aquel hermoso caballero que visteis, que por su grado más conmigo haría vida que con ella.

—Ese engaño así lo hizo —dijo él—, pues que fuera de razón y de conciencia vos y ella lo tenéis según me parece.

—Pero comoquiera que sea —dijo ella—, si puedo yo me vengaré.

—Desvario pensáis —dijo Gandales—, en querer enojar aquélla que no solamente antes que lo obréis, más que lo penséis, lo sabrá.

—Ahora os id —dijo ella—, que muchas veces los que más saben caen en los lazos más peligrosos.

Gandales la dejó, y fue como antes su camino, cuidando en la hacienda de su doncel, y llegando al castillo antes que se desarmase le tomó en sus brazos y comenzóle a besar, viniéndole las lágrimas a los ojos, diciendo en su corazón:

—Mi hermoso hijo, si querrá Dios que yo llegue al vuestro buen tiempo.

En esta sazón había el doncel tres años y su gran hermosura por maravilla era mirada, y como vio a su. amor llorar púsole las manos ante los ojos como que se los quería limpiar, de que Gandales fue alegre, considerando que siendo en más edad, más se dolería de su tristeza, y púsole en tierra y fuese a desarmar y dende adelante con mejor voluntad curaba de él, tanto que llegó a los cinco años. Entonces le hizo un arco a su medida y otro a su hijo Gandalín y hacíalo tirar ante sí, y así lo fue criando hasta la edad de siete años. Pues a esta sazón el rey Languines, pasando por su reino con su mujer y toda la casa, de una villa a otra y vínose al castillo de Gandales, que por ahí era el camino, donde fue muy bien festejado; mas a su Doncel del Mar y a su hijo Gandalín y a otros donceles mandólos meter en un corral, porque no le viesen, y la reina, que en lo más alto de la casa posaba mirando de una finiestra, vio los donceles que con sus arcos tiraban y al Doncel del Mar entre ellos, tan apuesto y tan hermoso que mucho fue de lo ver maravillada y violo mejor vestido que todos, así que parecía el señor y de que no vio ninguno de la compañía de don Gandales a quien preguntase, llamó sus dueñas y doncellas y dijo:

—Venid y veréis la más hermosa criatura que nunca fue vista.

Pues estándole mirando todos como a una cosa muy extraña y crecida en hermosura, el Doncel hubo sed y poniendo su arco y saetas en tierra fuese a un caño de agua a beber. Y un doncel mayor que los otros tomó su arco y quiso tirar con él, mas Gandalín no lo consintió y el otro empujólo recio. Gandalín dijo:

—Acorredme, Doncel del Mar, y como lo oyó dejó de beber y fuese contra el gran doncel y él le dejó el arco y tomólo con su mano y diole con él por cima de la cabeza gran golpe según su fuerza y trabáronse ambos, así que el gran doncel, malparado, comenzó a huir y encontró con el ayo que los guardaba y dijo:

—¿Qué has?

—El Doncel del Mar —dijo— me hirió.

Entonces fue a él con la correa y dijo:

—¿Cómo, Doncel del Mar, ya sois osado de herir los mozos?; ahora veréis cómo os castigaré por ello.

El hincó los hinojos ante él y dijo:

—Señor, más quiero que me vos hiráis que delante de mí sea ninguna osado de hacer mal a mi hermano, y viniéronle las lágrimas a los ojos y el ayo hubo mancilla y díjole:

—Si otra vez lo hacéis, yo os haré bien llorar.

La reina vio bien todo esto y maravillóse por qué a aquél llamaban Doncel del Mar.

Capítulo 3. Cómo el rey Languines llevó consigo al Doncel del Mar y a Gandalín, hijo de don Gandales

Así estando en esta sazón entró el rey y Gandales, y dijo la reina:

—Decid, don Gandales, ¿es vuestro hijo aquel hermoso doncel?

—Sí, señora —dijo él.

—Pues, ¿por qué —dijo ella— le llamáis el Doncel del Mar?

—Porque en la mar nació —dijo Gandales— cuando yo de la pequeña Bretaña venía.

—Por Dios, poco os parece —dijo la reina. Esto decía por ser el doncel a maravilla hermoso y don Gandales había más de bondad que de hermosura. El rey, que el doncel miraba, y muy hermoso le pareció, dijo:

—Hacedlo aquí venir, Gandales, y yo lo quiero criar.

—Señor —dijo, él—, sí haré, mas aún no es edad que se deba partir de su madre.

Entonces fue por él y trájolo y díjole:

—Doncel del Mar, ¿queréis ir con el rey, mi señor?

—Yo iré donde me vos mandare —dijo él—, y vaya mi hermano conmigo.

—Ni yo quedaré sin él —dijo Gandalín.

—Creo, señor —dijo Gandales—, que los habréis de llevar ambos, que no se quieren partir.

—Mucho me place —dijo el rey. Entonces lo tomó cabe sí y mandó llamar a su hijo Agrajes, y díjole:

—Hijo, estos donceles ama tú mucho, que mucho amo yo a su padre.

Cuando Gandales esto vio, que ponían al Doncel del Mar en mano de otro que no valía tanto como él, las lágrimas le vinieron a los ojos y dijo entre sí:

—Hijo hermoso, que de pequeño comenzaste andar en aventura y peligro, y ahora te veo en servidumbre de los que a ti podrían servir, Dios te guarde y enderece en aquellas cosas de su servicio y de tu gran honra, y haga verdaderas las palabras que la sabia Urganda de ti me dijo y a mí me deje llegar a tiempo de las grandes maravillas, que en las armas prometidas te son.

El rey, que los ojos llenos de agua le vio, dijo:

—Nunca pensé que erais tan loco.

—No lo soy tanto como cuidáis —dijo él—, mas si os pluguiere, oídme un poco ante la reina.

Entonces mandaron apartar a todos, y Gandales les dijo:

—Señores, sabed la verdad de este doncel que lleváis, que yo lo hallé en la mar, y contóles por cuál guisa y también dijera lo que de Urganda supo, sino por el pleito que hizo.

—Ahora haced con él lo que debéis, que así Dios me salve según el aparato que él traía yo creo que es de muy gran linaje.

Mucho plugo al rey en lo saber y preció al caballero que tan bien lo guardara y dijo a don Gandales:

—Pues que Dios tanto cuidado tuvo en lo guardar, razón es que lo tengamos nos en lo criar y hacer bien cuando tiempo será.

La reina dijo:

—Yo quiero que sea mío si os pluguiere en tanto que es de edad de servir mujeres, después será vuestro.

El rey se lo otorgó. Otro día de mañana se partieron de allí llevando los donceles consigo y fueron su camino. Pero dígoos de la reina que hacía criar al Doncel del Mar con tanto cuidado y honra como si su hijo propio fuese. Mas el trabajo que con él tomaba no era vano, porque su ingenio era tal y condición tan noble, que muy mejor que otro ninguno y más presto todas las cosas aprendía. Él amaba tanto caza y monte que si lo dejasen nunca de ello se apartara, tirando con su arco, cebando los canes; la reina era tan agradada de cómo él servía que lo no dejaba quitar delante su presencia.

El autor aquí torna contar del rey Perión y de su amiga Elisena. Como ya oísteis, Perión estaba en su reino después que hubo hablado con los clérigos que el sueño le soltaron y muchas veces pensó en las palabras que la doncella le dijera, mas no las pudo entender. Pues pasando algunos días, estando en su palacio entró una doncella por la puerta y dióle una carta de Elisena, su amiga, en que le hacía saber cómo el rey Garinter, su padre, era muerto y ella estaba desamparada, que la hubiese piedad, que la reina de Escocia, su hermana, y el rey su marido le querían tomar la tierra. El rey Perión, comoquiera que de la muerte del rey Garinter pesar grande hubiese, fue alegre en pensar de ir a ver a su amiga, donde nunca perdía deseo y dijo a la doncella:

—Ahora os id y decid a vuestra señora que sin me detener un solo día seré luego con ella.

La doncella se tornó muy alegre. El rey, aderezando la gente que era necesaria, partió luego, al derecho camino donde Elisena era, y tanto anduvo por sus jornadas que llegó a la Pequeña Bretaña, donde halló nuevas que Languines había todo el señorío de la tierra, salvo aquellas villas que su padre a Elisena dejara, y sabiendo que ella era en una villa que Arcate se decía, fuese allá, y si fue bien recibido, no es de contar, y por el semejante ella de él que se mucho amaban. El rey dijo que hiciesen llamar todos sus amigos y parientes porque la quería tomar por mujer. Elisena así lo hizo con gran gozo de su ánimo, porque en aquello consistía todo el fin de sus deseos. Sabido por el rey Languines la venida del rey Perión y cómo con Elisena casar quería, mandó llamar todos los hombres buenos de la tierra y llevándolos consigo se fue para él, habiéndose ambos con buen talante saludado y recibido, y las bodas y fiestas celebradas, acordaron los reyes de se volver en sus reinos. Y caminando el rey Perión con Elisena, su mujer, pasando cabe una ribera donde aposentar quería, el rey se fue solo suyo por la ribera pensando cómo sabría de Elisena lo del hijo que los clérigos le dijeran, cuando le absolvieron el sueño, y tanto anduvo en este pensar que llegó a una ermita, donde trabando el caballo a un árbol entró a hacer oración y vio dentro de ella a un hombre viejo vestido de paños de orden y dijo al rey:

—Caballero, ¿es verdad que el rey Perión está casado con la hija del rey nuestro señor?

—Verdad es —dijo él.

—Mucho me place —dijo el hombre bueno— que yo sé cierto que de ella es muy amado de todo corazón.

—¿Por dónde lo sabéis vos? —dijo él.

—Por su boca —dijo el buen hombre. El rey, pensando saber lo que deseaba, hízosele conocer y dijo:

—Ruégoos que me digáis lo que de ella sabéis.

—Gran yerro haría en ello —dijo el hombre bueno—, y vos me tendríais por hereje, si lo que en la confesión se dijo, yo lo manifestase; baste lo que os digo, que de amor verdadero y leal os ama, pero quiero que sepáis lo que una doncella, al tiempo que a esta tierra vinisteis me dijo, que me parecía muy sabia y no lo puedo entender: que de la Pequeña Bretaña saldrían dos dragones que tendrían su señorío en Gaula y sus corazones en la Gran Bretaña y de allí saldrían a comer las bestias de las otras tierras y que contra unas serían muy bravos y feroces y contra otras mansos y humildes, como si uñas ni corazones no tuviesen y yo fui muy maravillado de lo oír, pero no porque sepa la razón de ello.

El rey se maravilló y aunque al presente no lo entendiese, tiempo fue claro lo conoció ser así verdad. Y así se despidió el rey Perión del ermitaño y tornóse a las tiendas en que su mujer y compañía había dejado, donde aquella noche con gran vicio quedó. Estando en su lecho en gran placer, díjole a la reina lo que los maestros habían declarado de su sueño y que le rogaba le dijese si había parido algún hijo. La reina que esto oyó hubo una tan gran vergüenza que quisiera su muerte, y nególo diciendo que nunca pariera. Así que el rey no pudo aquella vez saber lo que quería. Otro día partieron dende, y anduvieron por sus jornadas hasta que llegaron en el reino de Gaula y plugo a todos de la tierra con la reina que era muy noble dueña y allí holgó el rey algo más que solía y hubo en ella un hijo y una hija, al hijo llamaron Galaor y a la hija Melicia. Cuando el niño hubo dos años y medio fue así que el rey, su padre, era en una villa cabe la mar que Bangil había nombre y estando él a una finiestra sobre una huerta y la reina por ella holgando con sus dueñas y doncellas, teniendo el niño cabe sí, que ya comenzaba a andar, vieron entrar por un postigo que a la mar salía un jayán con una muy gran maza en su mano y era tan grande y desemejado que no había hombre que lo viese que se de él no espantase y así lo hicieron la reina y su compaña, que las unas huían entre los árboles y las otras dejaban caer en tierra atapando los ojos por le no ver; mas el gigante enderezó contra el niño que desamparado y solo le vio y llegando a él tendió al niño los brazos riendo y tomóle entre los suyos diciendo:

—Verdad me dijo la doncella, y tornóse por donde viniera y entrando en una barca se fue por la mar.

La reina, que le vio ido y que el niño le llevaba, dio grandes gritos, mas poco le aprovechó, mas su duelo y de todos fue tan grande que comoquiera que el rey mucho dolor tenía, por no haber podido socorrer su hijo, viendo que remedio no había, bajóse a la huerta para remediar a la reina que se estaba matando que le venía en la memoria el otro hijo que en la mar había lanzado y ahora que con éste pensaba remediar su gran tristeza, verlo perdido por tal ocasión, no teniendo esperanza de jamás lo cobrar, hacía las mayores rabias del mundo. Mas el rey la llevó consigo y la hizo acoger a su cámara y cuando más sosegada la vio, dijo:

—Dueña, ahora conozco ser verdad lo que los clérigos me dijeron que éste era el postrimero corazón y decidme la verdad que según en la sazón que fue no debéis ser culpada.

La reina comoquiera que con gran vergüenza, contóle todo lo que del primer hijo le aconteciera de cómo lo echara en la mar.

—No toméis enojo —dijo el rey—, pues que a Dios plugo que de estos dos hijos poco gozásemos, que yo espero en Él que tiempo vendrá que por alguna buena dicha algo de ellos sabremos.

Este gigante que el doncel llevó era natural de Leonís, que había dos castillos en una ínsula y llamábase él Gandalac y no era tan hacedor de mal como los otros gigantes, antes era de buen talante hasta que era sañudo, mas después que lo era hacía grandes crudezas. Él se fue con su niño hasta en cabo de la ínsula a do había un ermitaño, buen hombre, de santa vida, y el gigante que aquella ínsula hiciera poblar de cristianos mandábale dar limosna para su mantenimiento, y dijo:

—Amigo, este niño os doy que lo criéis y enseñéis de todo lo que conviene a caballero y dígoos que es hijo de rey y reina y defiéndoos que nunca seáis contra él.

El hombre bueno le dijo:

—Di, ¿por qué hiciste esta crudeza tan grande?

—Esto diré yo —dijo él—. Sábete que queriendo yo entrar en una barca para me combatir con Albadán, el jayán bravo que a mi padre mató y me tiene tomada por fuerza la peña de Galtares, que es mía, hallé una doncella que me dijo: «Eso que tú quieres se ha de acabar por el hijo del rey Perión de Gaula, que habrá mucha fuerza y ligereza más que tú». Y yo le pregunté si decía verdad. «Esto verás tú —dijo ella— en la sazón que los dos ramos de un árbol se juntarán que ahora son partidos».

De esta manera quedó este doncel, llamado Galaor, en poder del ermitaño y lo que de él vino, adelante se contará.

A esta sazón que las cosas pasaban como de suyo habéis oído, reinaba en la Gran Bretaña un rey llamado Falangriz, el cual, muriendo sin heredero, dejó un hermano de gran bondad de armas y de mucha discreción, el cual había nombre Lisuarte, que con la hija del rey de Dinamarca nuevamente casado era, que había nombre Brisena, y era la más hermosa doncella que en todas las ínsulas del mar se hallaba. Y comoquiera que de muchos altos príncipes demandada fuese, su padre con temor de unos no la osaba dar a ninguno de ellos. Viendo ella a este Lisuarte y sabiendo sus buenas maneras y grande esfuerzo, a todos desechando, con él se casó, que por amores la servía. Muerto este rey Falangriz, los altos hombres de la Gran Bretaña, sabiendo las cosas que este Lisuarte en armas había hecho, y por la su alta proeza tan gran casamiento había alcanzado, enviaron por él para que el reino tomase.

Capítulo 4. Cómo el rey Lisuarte navegó por la mar y aportó al reino de Escocia, donde con mucha honra fue recibido

La embajada oída por el rey Lisuarte, ayudándole su suegro con gran flota en la mar entró, por donde navegando fue aportado en el reino de Escocia, donde con mucha honra del rey Languines recibido fue. Este Lisuarte traía consigo a Brisena, su mujer, y una hija que en ella hubo cuando en Dinamarca morara, que Oriana había nombre, de hasta diez años, la más hermosa criatura que nunca se vio, tanto, que ésta fue la que Sin Par se llamó, porque en su tiempo ninguna hubo que igual le fuese; y porque de la mar enojada andaba, acordó de la dejar allí rogando al rey Languines y a la reina que se la guardasen. Ellos fueron muy alegres de ello y la reina dijo:

—Creed que yo la guardaré como su madre lo haría.

Y entrando Lisuarte en sus naos con mucha prisa, en la Gran Bretaña arribado fue. Y halló a algunos que lo estorbaron, como hacerse suele en semejantes casos y por esta causa no se membró de su hija por algún tiempo y fue rey con gran trabajo que allí tomó, y fue el mejor rey que ende hubo, ni que mejor mantuviese la caballería en su derecho hasta que el rey Artur reinó, que pasó a todos los reyes en la bondad que antes de él fueron, aunque muchos reinaron entre el uno y el otro.

El autor deja reinando a Lisuarte con mucha paz y sosiego en la Gran Bretaña y torna al Doncel del Mar, que en esta sazón era de doce años y en su grandeza y miembros parecía bien de quince. Él servía ante la reina y así de ella como de todas las dueñas y doncellas era mucho amado. Mas desde que allí fue Oriana, la hija del rey Lisuarte, diole la reina al Doncel del Mar que la sirviese diciendo:

—Amiga, éste es un doncel que os servirá.

Ella dijo que le placía. El doncel tuvo esta palabra en su corazón de tal guisa que después nunca de la memoria la apartó, que sin falta, así como esta historia lo dice en días de su vida no fue enojado de la servir y en ella su corazón fue siempre otorgado, y este amor duró cuanto ellos duraron, que así como la él amaba, así amaba ella a él. En tal guisa que una hora nunca de amarse dejaron, mas el Doncel del Mar, que no conocía ni sabía nada de cómo ella le amaba, teníase por muy osado en haber en ella puesto su pensamiento según la grandeza y hermosura suya, sin cuidar de ser osado a le decir una sola palabra. Y ella, que lo amaba de corazón, guardábase de hablar con él más que con otro, porque ninguna cosa sospechasen, mas los ojos habían gran placer de mostrar al corazón la cosa del mundo que más amaba. Así vivían encubiertamente sin que de su hacienda ninguna cosa el uno al otro se disejen. Pues pasando el tiempo, como os digo, entendió el Doncel del Mar en sí que ya podía tomar armas, si hubiese quien le hiciese caballero y esto deseaba él, considerando que él sería tal y haría tales cosas por donde muriese, o viviendo su señora le preciara, y con este deseo fue al rey que en una huerta estaba e hincando los hinojos le dijo:

—Señor, si a vos pluguiese, tiempo sería de ser yo caballero.

El rey dijo:

—¿Cómo, Doncel del Mar, ya os esforzáis para mantener caballería? Sabed que es ligero de haber y grave de mantener. Y quien este nombre de caballería ganar quisiere y mantenerlo en su honra, tantas y tan graves son cosas que ha de hacer que muchas veces se le enoja el corazón y si tal caballero es que por miedo o cobardía deja de hacer lo que conviene, más le valdría la muerte que en vergüenza vivir y por ende tendría por bien que algún tiempo os sufrís.

El Doncel del Mar le dijo:

—Ni por todo eso no dejaré yo de ser caballero, que si en mi pensamiento no tuviese de cumplir eso que habéis dicho no se esforzaría mi corazón para lo ser. Y pues a la vuestra merced soy criado cumplid en esto conmigo lo que debéis, si no buscaré otro que lo haga.

El rey, temiendo que así lo haría, dijo:

—Doncel del Mar, yo sé cuándo os será menester que lo seáis y más a vuestra honra y prométeos que lo haré, y en tanto ataviarse han vuestras armas y aparejos, pero, ¿a quién cuidabais vos ir?

—Al rey Perión —dijo él—, que me dicen que es buen caballero.

—Ahora —dijo el rey—, estad, que cuando sazón fuere honradamente lo haréis.

Y luego mandó que le aparejasen las cosas a la orden de caballería necesarias e hizo saber a Gandales todo cuanto con su criado le aconteciera, de que Gandales fue muy alegre y envióle por una doncella la espada y el anillo y la carta envuelta en la cera como la hallara en el arca donde a él halló. Y estando un día la hermosa Oriana con otras dueñas y doncellas en el palacio holgando en tanto que la reina dormía era allí con ellas el Doncel del Mar, que solo mirar no osaba a su señora y decía entre sí:

—¡Ay, Dios, por qué os plugo de poner tanta beldad en esta señora, y en mí gran cuita y dolor por causa de ella, en fuerte punto mis ojos la miraron pues que perdiendo la lumbre con la muerte pagarán aquella gran locura en que al corazón han puesto!

Y así estando casi sin ningún sentido entró un doncel y díjole:

—Doncel del Mar, allí fuera está una doncella extraña que os trae donas y os quiere ver.

Él quiso salir a ella, mas aquélla que lo amaba, cuando lo oyó estremeciósele el corazón, de manera que si en ello alguno mirara pudiera ver su gran alteración, mas tal cosa no la pensaban. Y ella dijo:

—Doncel del Mar, quedad y entre la doncella y veremos las donas.

Él estuvo quedo y la doncella entró. Y ésta era la que enviaba Gandales y dijo:

—Señor Doncel del Mar, vuestro amo Gandales os saluda mucho, así como aquél que os ama y envíaos esta espada y este anillo y esta cera y ruégaos que traigáis esta espada en cuanto os durare, por su amor.

Él tomó las donas y puso el anillo y la cera en su regazo y comenzó a desenvolver de la espada un paño de lino que la cubría, maravillándose cómo no traía vaina, y en tanto Oriana tomó la cera que no creía que en ella otra cosa hubiese y díjole:

—Esto quiero yo de estas donas.

A él pluguiera más que tomara el anillo, que era uno de los hermosos del mundo. Y mirando la espada entró el rey y dijo:

—Doncel del Mar, ¿qué os parece de esa espada?

—Señor, paréceme muy hermosa, mas no sé por qué está sin vaina.

—Bien ha quince años —dijo el rey— que no la hubo, y tomándole por la mano se apartó con él y díjole:

—Vos queréis ser caballero y no sabéis si de derecho os conviene, y quiero que sepáis vuestra hacienda como yo la sé.

Y contóle cómo fuera en la mar hallado con aquella espada y anillo en el arca metido, así como lo oísteis. Dijo él:

—Yo creo lo que me decís, porque aquella doncella me dijo que mi amo Gandales me enviaba esta espada y yo pensé que errara en su palabra en me no decir que mi padre era, mas a mí no pesa de cuanto me decís, sino por no conocer mi linaje, ni ellos a mí, pero yo me tengo por hidalgo, que mi corazón a ello me esfuerzo, y ahora, señor, me conviene más que antes caballería, y ser tal que gane honra y proeza, como aquél que no sabe parte de dónde viene y como si todos los de mi linaje muertos fuesen, que por tales los cuento pues que no me conocen ni yo a ellos.

El rey creyó que sería hombre bueno y esforzado para todo bien, y estando en estas hablas vino un caballero que le dijo:

—Señor, el rey Perión de Gaula es venido en vuestra casa.

—¿Cómo en mi casa? —dijo el rey.

—En vuestro palacio está —dijo el caballero. Y fue allá muy aína como aquél que sabía honrar a todos y como se vieron saludándose ambos, y Languines le dijo:

—Señor, aquí vinisteis a esta tierra tan sin sospecha?

—Vine a buscar amigos —dijo el rey Perión—, que los he menester ahora más que nunca, que el rey Abis de Irlanda me guerrea y es con todo su poder en mi tierra y acógese en la desierta y viene con él Daganel, su cohermano, y ambos han tan gran gente y ayuntado contra mí, que mucho me son menester parientes y amigos, así por haber en la guerra mucha gente de la mía perdido, como por me fallecer otros muchos en que me fiaba.

Languines le dijo:

—Hermano, mucho me pesa de vuestro mal, y yo os haré ayuda como mejor pudiera.

Agrajes era ya caballero e hincado los hinojos ante su padre, dijo:

—Señor, yo os pido un don, y él, que lo amaba como a sí —dijo:

—Hijo, demanda lo que quisieres.

—Demándoos, señor, que me otorguéis que yo vaya a defender a la reina mi tía.

—Yo lo otorgo —dijo él—, y te enviaré lo más honradamente y más apuesto que yo pudiere.

El rey Perión fue ende muy alegre. El Doncel del Mar, que ahí estaba, miraba mucho al rey Perión, no por padre, que no lo sabía, mas por la gran bondad de armas que de él oyera decir, y más deseaba ser caballero de su mano que de otro ninguno que en el mundo fuese. Y creo que el ruego de la reina valdría mucho para ello. Mas hallándola muy triste por la pérdida de su hermana, no le quiso hablar, y fuese donde su señora Oriana era, e hincando los hinojos ante ella, dijo:

—Señora Oriana, ¿podría yo por vos saber la causa de la tristeza que la reina tiene?

Oriana, que así vio ante sí aquél que más que a sí amaba, sin que él ni otro alguno lo supiese, al corazón gran sobresalto le ocurrió y díjole:

—¡Ay, Doncel del Mar!, esta es la primera cosa que me demandáis y yo la haré de buena voluntad.

—¡Ay, señora! —dijo él—, que yo no soy tan osado ni digno de tal señora ninguna cosa pedir, sino hacer lo que por vos me fuere mandado.

—¿Y cómo —dijo ella— tan flaco es vuestro corazón que para rogar no basta?

—Tan flaco —dijo él—, que en todas las cosas contra vos me debe fallecer, sino en vos servir como aquél que sin ser suyo es todo vuestro.

—Mío —dijo ella—, ¿desde cuándo?

—Desde cuando os plugo —dijo él.

—¿Y cómo me plugo? —dijo Oriana.

—Acuérdese, señora —dijo el Doncel—, que el día que de aquí vuestro padre partió me tomó la reina por la mano y poniéndome ante vos dijo: «Este doncel os doy que os sirva», y dijisteis que os placía. Desde entonces me tengo y me tendré por vuestro para os servir sin que otro ni yo mismo sobre mi señorío tenga en cuanto viva.

—Esa palabra —dijo ella— tomasteis vos con mejor entendimiento que a la fin que se dijo, mas bien me place que así sea.

Él fue tan atónito del placer que ende hubo que no supo responder ninguna cosa y ella vio que todo señorío tenía sobre él y de él se partiendo se fue a la reina y supo que la causa de su tristeza era por la pérdida de su hermana, lo cual tornando al Doncel del Mar le manifestó. El Doncel le dijo:

—Si a vos, señora, pluguiese que yo fuese caballero, sería en ayuda de esa hermana de la reina, otorgándome vos la ida.

—¿Y si la yo no otorgase —dijo ella—, no iríais allá?

—No —dijo él—; porque este mi vencido corazón, sin el favor de cuyo es, no podría ser sostenido en ninguna afrenta, ni aun sin ella.

Ella se rió con buen semblante y díjole:

—Pues que así os he ganado, otórgoos que seáis mi caballero y ayudéis aquella hermana de la reina.

El Doncel le besó las manos y dijo:

—Pues que el rey mi señor no me ha querido hacer caballero, mas a mi voluntad lo podría ahora ser de este rey Perión a vuestro ruego.

—Yo haré en ello lo que pudiere —dijo ella—, mas menester será de lo decir a la infanta Mabilia, que su ruego valdría mucho ante el rey su tío.

Entonces se fue a ella y díjole cómo el Doncel del Mar quería ser caballero por mano del rey Perión y que había menester para ello el ruego suyo y de ellas. Mabilia, que muy animosa era, y al Doncel del Mar amaba de sano amor, dijo:

—Pues hagámoslo por él, que lo merece, y véngase a la capilla de mi madre, armado de todas armas y nos le haremos compañía con otras doncellas. Y queriendo el rey Perión cabalgar para se ir, que según he sabido será antes del alba, yo le enviaré a rogar que me vea y allí hará él nuestro ruego, ca mucho es caballero de buenas maneras.

—Bien decís —dijo Oriana. Y llamando entrambas al Doncel del Mar, le dijeron cómo lo tenían acordado; él se lo tuvo en merced. Así se partieron de aquella habla en que todos tres fueron acordados y el Doncel llamó a Gandalín y díjole:

—Hermano, lleva mis armas todas a la capilla de la reina, encubiertamente, que pienso esta noche ser caballero, y porque en la hora me conviene de aquí partir, quiero saber si querrás irte conmigo.

—Señor —respondió—, yo os digo que a mi grado nunca de vos seré partido.

Al Doncel le vinieron las lágrimas a los ojos y besóle en la faz y díjole:

—Amigo, ahora haz lo que te dije.

Gandalín puso las armas en la capilla en tanto que la reina cenaba y los manteles alzados, fuese el Doncel a la capilla y armóse de sus armas todas, salvo la cabeza y las manos e hizo su oración ante el altar rogando a Dios que así en las armas como en aquellos mortales deseos que por su señora tenía le diese victoria. Desde que la reina fue a dormir, Oriana y Mabilia con algunas doncellas se fueron a él por le acompañar. Y como Mabilia supo que el rey Perión quería cabalgar, envióle decir que la viese antes. El vino luego y díjole Mabilia:

—Señor, haced lo que os rogare Oriana, hija del rey Lisuarte.

El rey dijo que de grado lo haría, que el merecimiento de su padre a ello le obligaba. Oriana vino ante el rey y como la vio tan hermosa, bien creía que en el mundo su igual no se podría hallar; y dijo:

—Yo os quiero pedir un don.

—De grado —dijo el rey— lo haré.

—Pues hacedme ese mi doncel, caballero, y mostróselo, que de rodillas ante el altar estaba. El rey vio el Doncel tan hermoso que mucho fue maravillado y llegándose a él —dijo:

—¿Queréis recibir orden de caballería?

—Quiero —dijo él.

—En nombre de Dios —respondió el rey—, y Él mande que tan bien empleada en voz sea y tan crecida en honra como Él os creció en hermosura, y poniéndole la espuela diestra le dijo:

—Ahora sois caballero y la espada podéis tomar.

El rey la tomó y diosela y el doncel la ciñó muy apuestamente y el rey dijo:

—Cierto, este acto de os armar caballero según vuestro gesto y apariencia, con mayor honra lo quisiera haber hecho, mas yo espero en Dios que vuestra fama será tal que dará testimonio de lo que con más honra se debía hacer, y Mabilia y Oriana quedaron muy alegres y besaron las manos al rey, y encomendando el Doncel a Dios se fue su camino. Aqueste fue el comienzo de los amores de ese caballero y de esta infanta y si al que lo leyere estas palabras simples le parecieren, no se maraville de ello, porque no solo a tan tierna edad como la suya, mas a otros que con gran discreción muchas cosas en este mundo pasaron, el grande y demasiado amor tuvo tal fuerza, que el sentido y la lengua en semejantes autos les fue turbado. Así que con mucha razón ellos en las decir y el autor en más pulidas palabras no las escribir, deben ser sin culpa, porque a cada cosa se debe dar lo que le conviene. Siendo armado caballero el Doncel del Mar, como de suyo es dicho, y queriéndose despedir de Oriana, su señora, y de Mabilia, y de las otras doncellas, que con él en la capilla velaron, Oriana que le parecía partírsele el corazón, sin se lo dar a entender, le sacó aparte y le dijo:

—Doncel del Mar, yo os tengo por tan buena que no creo que seáis hijo de Gandales, si al en ello sabéis, decídmelo.

El Doncel le dijo de su hacienda aquello que del rey Languines supiera y ella quedando muy alegre en lo saber lo encomendó a Dios y él halló a la puerta del palacio a Gandalín, que le tenía la lanza y escudo y el caballo, y cabalgando en él se fue su vía, sin que de ninguno visto fuese, por ser aún de noche y anduvo tanto que entró por una floresta donde, el mediodía pasado, comió de lo que Gandalín le llevaba, y siendo ya tarde oyó a su diestra parte unas voces muy dolorosas, como de hombre que gran cuita sentía y fue aína contra allá, y en el camino halló un caballero muerto y pasando por él vio otro que estaba mal llagado y estaba sobre él una mujer que le hacía dar las voces, metiéndole las manos por las llagas, y cuando el caballero vio al Doncel del Mar, dijo:

—¡Ay, señor caballero! Socorredme y no me dejéis así matar a esta alevosa.

El Doncel le dijo:

—Tiraos afuera, dueña, que os no conviene lo que hacéis.

Ella se apartó y el caballero quedó amortecido y el Doncel del Mar descendió del caballo, que mucho deseaba saber quién fuese, y tomó el caballero en sus brazos, y tanto que acordado fue dijo:

—¡Oh, señor!, muerto soy, y llevadme donde haya consejo de mi alma.

El Doncel le dijo:

—Señor caballero, esforzad y decidme si os pluguiere qué fortuna es ésta en que estáis.

—La que yo quise tomar —dijo el caballero—, que yo siendo rico y de gran linaje casé con aquella mujer que visteis, por gran amor que la había, siendo ella en todo al contrario, y esta noche pasada íbaseme con aquel caballero que allí muerto yace, que le nunca vi sino esta noche que se aposentó conmigo. Y después que en la batalla lo maté, díjele que la perdonaría si juraba de no me hacer más tuerto ni deshonra. Y ella así lo otorgó, mas de que vio írseme tanta sangre de las heridas que no tenía esfuerzo, quísome matar metiéndome en ellas las manos, así que soy muerto y ruégoos que me llevéis aquí delante donde mora un ermitaño que curará de mi alma.

El Doncel lo hizo cabalgar ante Gandalín y cabalgó, y fuéronse yendo contra la ermita, mas la mala mujer mandara decir a tres hermanos suyos que viniesen por aquel camino con recelo de su marido que tras ella iría, y éstos, encontráronla y preguntaron cómo anda así. Ella dijo:

—¡Ay, señores, acorredme, por Dios!, que aquel mal caballero que allí va mató ese que ahí veis y a mi señor lleva tal como muerto, id tras él y matadlo y a un hombre que consigo lleva, que hizo tanto mal como él.

Esto decía ella porque muriendo ambos no se sabría su maldad, que su marido no sería creído. Y cabalgando en su palafrén se fue ellos por se los mostrar. El Doncel del Mar dejara ya el caballero en la ermita y tornaba su camino, mas vio cómo la dueña venía con los tres caballeros que decían:

—¡Estad, traidor, estad!

—Mentís —dijo él—, que traidor no soy, antes me defenderé bien de traición y venid a mí como caballeros.

—¡Traidor —dijo el delantero—, todos te debemos hacer mal y así lo haremos!

El Doncel del Mar que su escudo tenía, y el yelmo enlazado, dejóse ir al primero, y él a él, e hirióle en el escudo tan duramente que se lo pasó y el brazo en que lo tenía y derribó a él y al caballo en tierra, tan bravamente que el caballo hubo la espalda diestra quebrada y el caballero de la gran caída, la una pierna, de guisa que ni el uno ni el otro se pudieron levantar y quebró la lanza y echó mano a su espada que le guardara Gandales, y dejóse ir a los dos y ellos a él y encontráronle en el escudo, que se lo falsaron, mas no el arnés, que fuerte era. Y el Doncel hirió al uno por encima del escudo, y cortóselo hasta la embrazadura y la espada alcanzó en el hombro, de guisa que con la punta le cortó la carne y los huesos, que el arnés no le valió y al tirar la espada fue el caballero en tierra y fuese al otro que lo hería con su espada y diole por encima del yelmo e hirióle de tanta fuerza en la cabeza que le hizo abrazar con la cerviz del caballo y dejóse caer por no le atender otro golpe, y la alevosa quiso huir, mas el Doncel del Mar dio voces a Gandalín que la tomase. El caballero que a pie estaba dijo:

—Señor, no sabemos si esta batalla fue a derecho o a tuerto.

—A derecho no podía ser que aquella mujer mala matara a su marido.

—Engañados somos —dijo él—, y dadnos seguranza y sabréis la razón por qué os acometimos.

—La seguranza —dijo— os doy, mas no os quito la batalla.

El caballero contó la causa por qué a él vinieron. Y el Doncel se santiguó muchas veces de oír lo que sabía:

—Veis aquí su marido en esta ermita que así como yo os lo diré.

—Pues que así es —dijo el caballero—, no seamos en la vuestra merced.

—Eso no haré yo si no juráis como leales caballeros que llevaréis este caballero herido a su mujer con él a casa del rey Languines, y diréis cuanto de ella aconteció y que la envía un caballero novel que hoy salió de la villa donde él es y que mande hacer lo que por bien tuviese.

Esto otorgaron los dos y el otro después que muy malo lo sacaron debajo del caballo.

Capítulo 5. Cómo Urganda la Desconocida trajo una lanza al Doncel del Mar

Dio el Doncel del Mar su escudo y yelmo a Gandalín y fuese su vía y no anduvo mucho que vio venir una doncella en su palafrén y traía una lanza con una trena entrenzada en el asta, y vio otra doncella, que con ella se juntó, que por otro camino venía y viniéronse ambas hablando contra él, y como llegaron la doncella de la lanza, le dijo:

—Señor, tomad esta lanza y dígoos que antes de tercero día haréis la casa donde primero salisteis.

Él fue maravillado de lo que decía y dijo:

—Doncella, la casa, ¿cómo puede morir ni vivir?

—Así será —dijo ella—, y la lanza os doy por algunas mercedes que de vos espero. La primera será cuando hiciereis una honra a un vuestro amigo por donde será puesto en la mayor afrenta y peligro que fue puesto caballero, pasados ha diez años.

—Doncella —dijo él—, tal honra no haré yo a mi amigo, si Dios quisiere.

—Yo sé bien —dijo ella— que así acaecerá como yo lo digo.

Y dando de las espuelas al palafrén se fue su vía y sabed que ésta era Urganda la Desconocida; la otra doncella quedó con él y dijo:

—Señor, caballero, soy de tierra extraña, y si quisieres aguardaros he de hasta tercer día y dejaré de ir donde es mi señora.

—¿Y dónde sois? —dijo él.

—De Dinamarca —dijo la doncella. Y él conoció que decía verdad, en su lenguaje, que algunas veces oyera hablar a su señora Oriana cuando era más niña y dijo:

—Doncella, bien me place si por afán no lo tuvieres.

Y preguntóle si conocía la doncella que la lanza le dio. Ella dijo que la nunca viera, sino entonces, mas que le dijera que la traía para el mejor caballero del mundo, y díjome que después que de vos me partiese que os hiciese saber cómo era Urganda la Desconocida y que mucho os ama.

—¡Ay, Dios —dijo él—, cómo soy sin ventura en la no conocer!, y si la dejo de buscar es porque ninguno la hallará sin su grado.

Y así anduvo con la doncella hasta la noche, que halló un escudero en la carretera que le dijo:

—Señor, hacia dó vais?

—Voy por este camino —dijo él.

—Verdad es —dijo el escudero—, mas si aposentaros queréis en poblado convendrá que lo dejéis, que de aquí gran pieza no se hallará sino una fortaleza que es de mi padre y allí se os hará todo servicio.

La doncella le dijo que sería bien y él se lo otorgó. El escudero los desvió del camino para los guiar, y esto hacía por una costumbre que había ahí adelante en un castillo por do el caballero había de ir y quería ver lo que haría, que nunca viera combatir caballero andante. Pues allí llegados aquella noche, fueron muy bien servidos, mas el Doncel del Mar no dormía mucho, que lo más de la noche estuvo contemplando en su señora de donde se partiera y a la mañana armóse y fue su vía con su doncella y el escudero. Su huésped le dijo que le haría compañía hasta un castillo que había adelante. Así anduvieron tres leguas y vieron el castillo que muy hermoso parecía, que estaba sobre un río, y había una puente levadiza, y en cabo de ella una torre muy alta y hermosa. El Doncel del Mar preguntó al escudero si aquel río tenía otra pasada, sino por la puente; él dijo que no, que todos pasaban por ella y nos por ahí vamos a pasar.

—Pues id adelante —dijo él. La doncella pasó y los escuderos después, y el Doncel del Mar al postre, e iba tan firmemente pensando en su señora que todo iba fuera de sí. Como la doncella entró tomáronla seis peones por el freno, armados de capellinas y corazas y dijeron:

—Doncella, conviene que juréis, si no seréis muerta.

—¿Qué juraré?

—Juraréis de no hacer amor a vuestro amigo en ningún tiempo, si no os promete que ayudará al rey Abies contra el rey Perión.

La doncella dio voces diciendo que la querían matar. El Doncel del Mar fue allá y dijo:

—Villanos malos, ¿quién os mandó poner mano en dueña ni doncella, en además en ésta, que va en mi guardia?

Y llegándose al mayor de ellos le trabó de la hacha, y diole tal herida con el cuento, que lo batió en tierra; los otros comenzáronlo a herir, mas él dio al uno tal golpe que lo hendió hasta los ojos e hirió a otro en el hombro y cortóle hasta los huesos de los costados. Cuando los otros vieron estos dos muertos de tales golpes no fueron seguros y comenzaron a huir y él tiró al uno la hacha que bien media pierna le cortó, y dijo a la doncella:

—Id adelante, que mal hayan cuantos tienen por derecho que ningún villano ponga mano en dueña ni doncella.

Entonces fueron adelante por la puente y oyeron del otro cabo a la parte del castillo gran revuelta. Dijo la doncella:

—Gran ruido de gente suena, y yo sería en que tomaseis vuestras armas.

—No temáis —dijo él—, que en parte donde las mujeres son maltratadas, que deben andar seguras, no puede haber hombre que nada valga.

—Señor —dijo ella—, si las armas no tomáis no osaría pasar más adelante.

Él las tomó y pasó adelante y entrando por la puerta del castillo vio un escudero que venía llorando y decía:

—¡Ay, Dios, cómo matan al mejor caballero del mundo, porque no hace una jura que no puede tener con derecho!

Y pasando por él vio el Doncel del Mar al rey Perión, que le hiciera caballero, asaz maltratado, que le habían muerto el caballo y dos caballeros con diez peones sobre él, armados, que lo herían por todas partes y los caballeros le decían:

—Jura, si no muerto eres.

El Doncel les dijo:

—Tiraos afuera, gente mala soberbia, no pongáis mano en el mejor caballero del mundo, que todos por él moriréis.

Entonces se partieron de los otros el de un caballero y cinco peones y viniendo contra él le dijeron:

—A vos así conviene que juréis o sois muerto.

—¿Cómo —dijo él— juraré contra mi voluntad? Nunca será si Dios quisiere.

Ellos dieron voces al portero que cerrase la puerta y el Doncel se dejó correr al caballo e hiriólo con su lanza en el escudo de madera que lo derribó en tierra por encima de las ancas del caballo y al caer dio el caballero con la cabeza en el suelo y se le torció el pescuezo, y fue tal como muerto, y dejando los peones que lo herían fue para el otro y pasóle el escudo y el arnés y metióle la lanza por los costados, que no hubo menester maestro. Cuando esto vio el rey Perión que de tal manera era acorrido, esforzóse de se mejor defender y con su espada grandes golpes en la gente de pie daba, más el Doncel del Mar entró tan desapoderadamente entre ellos con el caballo e hiriendo con su espada de mortales esquivos golpes, que los más de ellos hizo caer por el suelo. Así con esto, como con lo que el rey hacía, no tardó mucho en ser todos destrozados, y algunos, que huir pudieron, subiéronse al muro, mas el Doncel se apeó del caballo y fue tras ellos, y tan grande era el miedo que llevaban que no le osando esperar se dejaban caer de la cerca ayuso salvo dos de ellos, que se metieron en una cámara, y el Doncel, que los seguía, entró en pos de ellos y vio en un lecho un hombre tan viejo que de allí no se podía levantar y decía a voces:

—Villanos malos, ¿ante quién huís?

—Ante un caballero —dijeron ellos— que hace diabluras y ha muerto a vuestros sobrinos ambos y a todos nuestros compañeros.

El doncel dijo a uno de ellos:

—Muéstrame a tu señor, si no muerto eres.

Él le mostró el viejo que en el lecho yacía, él se comenzó a santiguar y dijo:

—Viejo malo, estás en el paso de la muerte y, ¿tienes tal costumbre? Si ahora pudieseis tomar armas probaros había que erais traidor y así lo sois a Dios y vuestra ánima.

Entonces hizo semblante que le quería dar con el espada y el viejo dijo:

—¡Ay, señor!, merced, no me matéis.

—Muerto sois —dijo el Doncel del Mar— si no juráis que tal costumbre nunca más en vuestra vida mantenida será.

Él lo juró.

—Pues ahora me decid, ¿por qué manteníais está costumbre?

—Por el rey Abies de Irlanda —dijo él— que es mi sobrino y yo no le puedo ayudar con el cuerpo, quisiérale ayudar con los caballeros andantes.

—Viejo falso —dijo el Doncel—, ¿qué han de haber los caballeros en vuestra ayuda ni estorbo?

Entonces dio del pie al lecho y tornólo sobre él y encomendándole a todos los diablos del infierno se salió al corral y fue a tomar uno de los caballos de los caballeros que matara y trájole al rey y dijo:

—Cabalgad, señor, que poco me contento de este lugar ni de los que en él son.

Entonces cabalgaron y salieron fuera del castillo, y el Doncel del Mar no tiró su yelmo porque el rey no lo conociese y siendo ya fuera dijo el rey:

—Amigo, señor, ¿quién sois que me acorristeis siendo cerca de la muerte y me tirasteis de mi estorbo muchos caballeros andantes y los amigos de las doncellas que por aquí pasasen, que yo soy aquél contra quien de jurar habían?

—Señor —dijo el Doncel del Mar—, yo soy un caballero que hubo gana de os servir.

—Caballero —dijo él—, veo yo bien que apenas podría hombre hallar otro tan buen socorro, pero no os dejaré sin que os conozca.

—Eso no tiene a vos ni a mí pro —dijo el Doncel.

—Pues ruégoos por cortesía que os tiréis el yelmo.

Él abajó la cabeza y no respondió, mas el rey rogó a la doncella que se lo tirase y ella le dijo;

—Señor, haced del ruego del rey que tanto lo desea.

Pero él no quiso y la doncella quitó el yelmo contra su voluntad y como el rey le vio el rostro, conoció ser aquél el Doncel que él armara caballero por ruego de las doncellas, y abrazándolo dijo:

—¡Por Dios, amigo!, ahora os conozco yo mejor que antes.

—Señor —dijo él—, yo bien os conocí que me disteis honra de caballería lo que si a Dios pluguiese os serviré en vuestra guerra de Gaula, tanto, que otorgado me fuere y hasta entonces no quisiera daros me a conocer.

—Mucho os lo agradezco —dijo el rey— que por mí hacéis tanto que mas ser no puede, y doy muchas gracias a Dios que por mí fue hecha tal obra.

Esto decía por le haber hecho caballero, que del deudo que le había, ni lo pensaba.

Hablando en esto llegaron a dos carreteras y dijo el Doncel del Mar:

—Señor, ¿cuál de éstas queréis seguir?

—Ésta que va la siniestra parte —dijo él—, que es la derecha para ir a mi tierra.

—A Dios vais —dijo él— que tomaré yo la otra.

—Dios os guíe —dijo el rey— y miémbreseos lo que me prometisteis, que vuestra ayuda me ha quitado la mayor parte del pavor y me pone en esperanza de con ella ser remediada mi pérdida.

Entonces se fue su vía y el Doncel quedó con la doncella, la cual le dijo:

—Señor caballero, yo os guardé por lo que la doncella que la lanza os dio me dijo que la traía para el mejor caballero del mundo, y tanto he visto, que conozco ser verdad. Ahora quiero tomar mi camino por ver aquella mi señora que os dije.

—¿Y quién es ella? —dijo el Doncel del Mar.

—Oriana, la hija del rey Lisuarte —dijo ella. Cuando él oyó mentar a su señora estremeciósele el corazón tan fuertemente que por poco cayera del caballo, y Gandalín, que así lo vio atónito, abrazóse con él y el Doncel dijo:

—Muerto soy del corazón.

La doncella dijo, cuidando que otra dolencia fuese:

—Señor caballero, desarmaos, que gran cuita hubisteis.

—No es menester —dijo él— que a menudo he este mal.

El escudero, que ya oísteis —dijo a la doncella:

—Pues yo os haré compañía —dijo él—, que tengo de ser ahí a plazo cierto.

Y despidiéndose del Doncel del Mar se tornaron por la vía que allí vinieron y él se fue por su camino, donde la ventura lo guiaba.

El autor aquí deja de hablar del Doncel de Mar y toma a contar de don Galaor, que con el ermitaño se criaba, como ya oísteis, siendo ya en edad de dieciocho años, hízose valiente de cuerpo y membrudo, y siempre leía muchos libros que el buen hombre le daba, de los hechos antiguos que los caballeros en armas pasaron, de manera que casi con aquello como con lo natural con que naciera fue movido a gran deseo de ser caballero, pero no sabía si de derecho lo debía ser y rogó mucho al hombre bueno que lo criaba que se lo dijese. Mas él sabiendo cierto que en siendo caballero se había de combatir con el gigante Albadán, viniéronle lágrimas a los ojos y díjole:

—Mi hijo, mejor sería que tomaseis otra vía más segura para vuestra alma, que poneros en las armas y en la orden de caballería, que muy trabajosa es de menester.

—Mi señor —dijo él—, muy mal podría yo seguir aquello que contra mi voluntad tomase, y en esto que mi corazón se otorga, si Dios me diere ventura, yo lo pasaré a su servicio, que fuera de esto no querría que la vida me quedase.

El hombre bueno, que vio su voluntad, díjole:

—Pues que así es, yo os digo verdaderamente que si por vos no se pierde, que por vuestro linaje no se perderá, que vos sois hijo de rey y de reina y esto no lo sepa el gigante que os lo dije.

Cuando Galaor esto oyó, fue muy alegre, que más se no podía, y dijo:

—El pensamiento que yo hasta aquí tenía por grande en querer ser caballero, tengo ahora por pequeño, según lo que me habéis dicho.

El hombre bueno temiendo que se le no fuese, envió a decir al jayán cómo aquél su criado estaba en edad y con gana de ser caballero, que mirase lo que le convenía. Oído esto por él, cabalgó y fuese allá y halló a Galaor muy hermoso y valiente, más que su edad lo requería, y díjole:

—Hijo, yo sé que queréis ser caballero y quiéroos llevar conmigo y trabajaré como lo seáis mucho a vuestra honra.

—Padre —dijo él—, en eso será mi voluntad del todo cumplida.

Entonces le hizo cabalgar en un caballo para lo llevar. Pero antes se despidió del hombre bueno, hincados los hinojos ante él, rogándole que de él hubiese memoria. El hombre bueno lloraba y besábale muchas veces y dándole su bendición se fue con el gigante. Y llegados a su castillo hízole armas a su medida y hacíale cabalgar y bohordar por el campo, y diole dos esgrimidores que le desenvolviesen y le soltasen con el escudo y la espalda, e hízole aprender todas las cosas de armas que a caballero convenían; en esto le detuvo un año que el gigante vio que le bastaba para que sin empacho podría ser caballero.

Aquí deja el autor de contar de esto porque en su lugar mención se hará de lo que este Galaor hizo, y torna a contar de lo que sucedió al Doncel del Mar después que el rey Perión y de la doncella de Dinamarca y del castillo del viejo se partió. Anduvo dos días sin aventura hallar, y el tercero día a la hora de mediodía llegó a vista de un muy hermoso castillo que era de un caballero que Galpano había nombre, que era el más valiente y esforzado en armas que en todas aquellas partes se hallaba, así que mucho dudado y temido de todos era; y junta su gran valentía con la fortaleza del castillo tal costumbre mantenía, cual hombre muy soberbio debía mantener, siguiendo más el servicio del enemigo malo, que de aquel alto Señor que tan señalado entre todos los otros le hiciera que era lo que ahora oiréis. Las dueñas y doncellas que por allí pasaban hacíalas subir al castillo y naciendo de ellas su voluntad por fuerza habíanle de jurar que en tanto que él viviese no tomasen otro amigo, y si lo no hacían, descabezábalas; y a los caballeros por el semejante, que se habían de combatir con dos hermanos suyos y si era tal que los vencidos, se combatiese con él. Y él era de tanta bondad en armas que se no osaban en el campo atender. Y hacíales jurar que se llamasen el vencido de Galpano, o les cortaba las cabezas, o tomándoles cuanto traían se habían de ir a pie. Mas ya Dios enojado, que tan gran crudeza tanto tiempo pasase, otorgó a la fortuna que precediendo contra él aquéllos que en muchos tiempos con gran soberbia con deleites demasiados, tanto a su placer y a pesar de todos sostenido había, en pequeño espacio de tiempo tornado fuese al contrario, pagando aquellos malos su maldad y a los otros como ellos, dando temeroso ejemplo con que se enmendasen, como ahora os será contado.

Capítulo 6. Cómo el Doncel del Mar se combatió con los peones del caballero que Galpano se llamaba, y después con sus hermanos del señor del castillo y con el mismo señor

Pues llegando el Doncel del Mar cerca del castillo vio venir contra él una doncella haciendo muy gran duelo y con ella un escudero y un doncel, que la guardaban. La doncella era muy hermosa y de hermosos cabellos e íbalos mesando. El Doncel del Mar le dijo:

—Amiga, ¿qué es la causa de tan gran cuita?

—¡Ay, señor —dijo ella—, es tanto el mal que os lo no puedo decir!

—Decídmelo —dijo él— y si con derecho os puedo remediar, hacerlo he.

—Señor —dijo ella—, yo vengo con mandado de mi señora a un caballero mancebo de los buenos que ahora se saben y tomáronme allí cuatro peones y llevándome al castillo fui escarnecida de un traidor y, sobre todo, hízome jurar que no haya otro amigo en tanto que él viva.

El Doncel la tomó por el freno y díjole:

—Venid conmigo y daros he derecho, si puedo; y tomándola por la rienda se fue con ella hablando, diciéndole quién era el caballero a quién mandado llevaba.

—Saberlo habéis —dijo ella—, si me vengáis, y dígoos que es él tal, que habrá mucha cuita cuando mi deshonra él supiere.

—Derecho es —dijo el Doncel del Mar.

Así llegaron donde los cuatro peones eran y díjoles el Doncel del Mar:

—Malos traidores, ¿por que hicisteis mal a esta doncella?

—Por cuanto no hubimos miedo —dijeron ellos— de le os dar derecho.

—Ahora lo veréis —dijo él, y metió mano a la espada y dejóse ir a ellos y dio a uno, que alzaba un hacha para le herir, tal golpe que el brazo le cortó y le echó en tierra. Él cayó dando voces, después hirió a otro por las narices al través que le cortó hasta las orejas. Cuando los dos esto vieron, comenzaron de huir contra un río por una jara espesa. Él metió su espada en la vaina y tomó la doncella por el freno y dijo:

—Vamos adelante.

La doncella le dijo:

—Aquí cerca hay una puerta donde vi dos caballeros armados.

—Sea —dijo él—, que verlos quiero.

Entonces dijo:

—Doncella, venid en pos de mí y no temáis.

Y entrando por la puerta del castillo, vio un caballero armado ante si, que cabalgaba en un caballo y salido fuera echaron tras él una puerta colgadiza. Y el caballero le dijo una gran soberbia:

—Venid, recibiréis vuestra deshonra.

—Dejemos eso —dijo el Doncel— al que saberlo puede, mas pregúntoos si sois el que hizo fuerza a esta doncella.

—No —dijo el caballero—, mas que lo fuese, ¿qué sería por ende?

—Vengarlo yo —dijo él— si pudiese.

—Pues ver quiero yo cómo combatís.

Y dejóse él ir cuanto el caballo llevarlo pudo y falleció de su golpe y el Doncel del Mar lo hirió con su lanza en el escudo tan fuertemente que ninguna arma que trajese le aprovechó y pasóle el hierro a las espadas y dio con él muerto en tierra y sacando la lanza de él se fue a otro caballero que contra él venía, diciendo:

—En mal punto acá entraste, y el caballero lo hirió en el escudo que se lo pasó, mas detúvose el hierro en el arnés que era fuerte, mas él le hirió de guisa con su lanza en el yelmo y derribósele de la cabeza y el caballero fue a tierra sin detenencia ninguna y, como así se vio, comenzó a dar grandes voces y salieron tres peones armados de una cámara y dijoles:

—Matad este traidor.

Ellos le hirieron el caballo de manera que le derribaron con él; mas levantándose muy sañudo de su caballo, que le mataran, fue a herir al caballero con su lanza en la cara, que el hierro salió entre la oreja y el pescuezo y cayó luego y tornó a los de pie que le herían y lo habían llagado en la una espalda donde perdía mucha sangre, mas tanta era su saña que no lo sentía, e hirió con su espada a aquél que lo llagara por la cabeza, de manera que la oreja le cortó y la faz y cuando le alcanzó y la espada descendió hasta los pechos, y los otros dos fueron contra el corral, diciendo a grandes voces:

—Venid, señor, venid, que todos somos muertos.

El Doncel del Mar cabalgó en el caballo del caballero que matara y fue en pos de ellos y vio a una puerta un caballero desarmado que le dijo:

—¿Qué es eso, caballero, vinisteis aquí a me matar mis hombres?

—Vine —dijo él— por vengar esta doncella de la fuerza que le hicieron, si hallare aquél que se la hizo.

La doncella dijo:

—Señor, ése es por quien yo soy escarnida.

El Doncel del Mar le dijo.

—¡Ay, caballero soberbio, lleno de villanía, ahora compraréis la maldad que hicisteis! Armaos luego, si no mataros he así desarmado, que con los malos como vos no se debía tener templanza.

—¡Ay, señor —dijo la doncella—, matadle a ese traidor y no deis lugar a que más mal haga, que ya todo sería a vuestro cargo!

—Ay, malo —dijo el caballero—, en punto malo él os creyó y con vos vino, y entróse en un gran palacio y dijo:

—Vos, caballero, atendedme y no huyáis que en ninguna parte me podréis guarecer.

—Yo os digo —dijo el Doncel del Mar— si os yo de aquí huyere, que me dejéis en ningún lugar de los más guardados.

Y no tardó mucho que lo vio venir encima de un caballo blanco, y él todo armado, que le no fallecía nada y venía diciendo:

—Ay, caballero mal andante, en mal punto visteis la doncella, que aquí perderéis la cabeza.

Cuando el Doncel se oyó amenazar fue muy sañudo y le dijo:

—Ahora guarde cada uno la suya y el que no la amparare piérdala.

Entonces se dejaron correr al gran ir de los caballos e hiriéronse con sus lanzas en los escudos que luego fueron falsados y los arneses asimismo y los hierros metidos por la carne y juntáronse de los cuerpos y escudos y yelmos, uno con otro, tan bravamente que ambos fueron a tierra. Pero tanto le vino bien al Doncel que llevó las riendas en la mano. Galpano se levantó muy maltrecho y metieron mano a sus espadas y pusieron los escudos ante sí e hiriéronse tan bravo que espanto ponían a los que los miraban. De los escudos caían en tierra muchas rajas, de los arneses muchas piezas y los yelmos eran abollados y rotos, así que la plaza donde lidiaban era tinta de sangre. Galpano, que se sintió de una herida que tenía en la cabeza, que la sangre le caía sobre los ojos se tiró afuera por los limpiar, mas el Doncel del Mar, que muy ligero andaba y con gran ardimiento, díjole:

—¿Qué es eso, Galpano? No te conviene cobardía, ¿no te miembras que te combates por tu cabeza y si mal la guardares la perderás?

Galpano le dijo:

—Súfrete un poco y holguemos, que tiempo hay para nos combatir.

—Eso no ha menester —dijo el Doncel—, que yo no me combato contigo por cortesía, mas por dar enmienda a aquella doncella que deshonraste.

Y fuelo luego a herir tan bravamente por cima del yelmo que las rodillas ambas le hizo hincar y levantóse luego y comenzóse a defender, pero no de guisa que el Doncel no le trajese a toda su voluntad, que tanto era ya cansado, que apenas la espada podía tener y no entendía sino en se cubrir de su escudo, el cual en el brazo le fue todo cortado, que nada de él no le quedó. Entonces, no teniendo remedio, comenzó de huir por la plaza acá y allá ante la espada del Doncel del Mar, que no lo dejaba holgar, y Galpano quiso huir a la torre, donde había hombres suyos, mas el Doncel del Mar lo alcanzó por unas gradas y tomándole por el yelmo le tiró tan recio que le hizo caer en tierra extendido y él y el yelmo le quedó en las manos y con la espada le dio tal golpe en el pescuezo, que la cabeza fue del cuerpo apartada, y dijo a la doncella:

—De hoy más podéis haber otro amigo si quisieres, que éste a quien jurasteis despachado es.

—Merced a Dios y a vos —dijo ella— que lo matasteis.

Él quisiera subir a la torre; mas vio alzar la escalera y cabalgó en el caballo de Galpano, que muy hermoso era, y dijo:

—Caballero, yo llevaré la cabeza de éste que me deshonró y darla he a quien el mandado llevó de vuestra parte.

—No la llevéis —dijo él— que os será enojo, mas llevad el yelmo en lugar de ella.

La doncella lo otorgó y mandó a su escudero que lo tomase, y luego salieron del castillo y hallaron la puerta abierta de los que por ahí habían huido. Pues estando en el camino, dijo el Doncel del Mar:

—Decidme, ¿quién es el caballero a quien el mandado lleváis?

—Sabed —dijo ella— que es Agrajes, hijo del rey de Escocia.

—¡Bendito sea Dios —dijo él— que yo pude tanto que él no recibiese este enojo, y dígoos, doncella, que es el mejor caballero mancebo que yo ahora sé, y si por él tomasteis deshonra él la hará volver en honra! Y decidle que se le encomienda un su caballero, el cual en la guerra de Gaula hallará, si allí él fuere.

—¡Ay, señor —dijo ella—, pues lo amáis tanto, ruégoos que me otorguéis un don!

Él dijo:

—Muy de grado.

—Pues —dijo la doncella— decidme vuestro nombre.

—Doncella —dijo—, mi nombre no queráis ahora saber y demandad otro don que yo cumplir pueda.

—Otro don —dijo ella— no quiero yo.

—Si Dios me ayuda —dijo él— no sois en ello cortés en querer de ningún hombre saber nada contra su voluntad.

—Todavía —dijo ella— me decid si queréis ser quito.

Cuando él esto vio que no podía él hacer dijo:

—A mí me llaman el Doncel del Mar, y partiéndose de ella lo más presto que pudo entró en su camino. La doncella fue muy gozosa en saber el nombre del caballero.

El Doncel del Mar fue muy llagado y salíale tanta sangre, que la carrera era tinta de ella, el caballo que era blanco parecía bermejo por muchos lugares, y andando hasta la hora de las vísperas vio una fortaleza muy hermosa y venía contra él un caballero desarmado y, como a él llegó, díjole:

—Señor, ¿dónde tomasteis estas llagas?

—En un castillo que acá dejé —dijo el Doncel.

—¿Y ese caballo cómo lo hubisteis?

—Húbelo por el mío que me mataron —dijo el Doncel.

—Y el caballero cuyo era, ¿qué fue de él?

—¡Ay, perdió la cabeza! —dijo el Doncel. Entonces descendió del caballo por le besar el pie y el Doncel lo desvió de la estribera y el otro besóle la falda del arnés y dijo:

—¡Ay, señor, vos seáis muy bien venido que por vos he cobrado toda mi honra.

—Señor caballero —dijo el Doncel—, ¿sabéis dónde me curasen de estas llagas?

—Sí sé —dijo él—, que en esta mi casa os curará una doncella, mi sobrina, mejor que otra que en esta tierra haya.

Entonces descabalgaron y fueron a entrar en la torre y el caballero le dijo:

—Ay, señor, que ese traidor que matasteis me ha tenido año y medio muerto y escarnido, que no tomé armas, que él me hizo perder mi nombre y jurar que no me llamase sino el su vencido y por vuestra causa soy a mi honra tornado.

Allí pusieron al Doncel del Mar en un rico lecho, donde fue curado de sus llagas por mano de la doncella, la cual le dijo que le daría sano tanto que de caminar se excusase algunos días, y él dijo que en todo su consejo seguiría.

Capítulo 7. Cómo al tercero día que el Doncel del Mar se partió de la corte del rey Languines, vinieron aquellos tres

caballeros que traían un caballero en unas andas y a su mujer alevosa

Al tercero día que el Doncel del Mar se partió de casa del rey Languines, donde fue armado caballero, llegaron ahí los tres caballeros que llevaban la dueña falsa y al caballero su marido mal llagado en unas andas y los tres caballeros pusieron en la mano del rey la dueña de parte de un caballero novel y contáronle cuanto de él aviniera. El rey se santiguó muchas veces en oír tal traición de mujer y agradeció mucho al caballero que la enviara, que ninguno no sabía que el Doncel del Mar era caballero, sino su señora Oriana y las otras que ya oísteis, antes cuidaban que era ido a ver a su amo Gandales. El rey dijo al caballero de las andas:

—Tan alevosa mujer como es la vuestra no debe vivir.

—Señor —dijo él—, vos haced lo que debéis, mas yo nunca consentiré matar la cosa del mundo que más amo, y despedido del rey se hizo llevar en sus andas. El rey dijo a la dueña:

—Por Dios, más leal os era aquel caballero que vos a él, mas yo haré que compréis vuestra deslealtad, y mandóla quemar. El rey se maravilló mucho quién sería el caballero que allí los hiciera venir, y dijo el escudero, con quien el Doncel del Mar se aposentara en su castillo:

—¿Por ventura si será un caballero novel que aguardamos yo y una doncella de Dinamarca que hoy aquí llegó?

—¿Y qué caballero es? —dijo el rey.

—Señor —dijo el escudero—, él es muy niño y tan hermoso que es maravilla de lo ver, y vile hacer tanto en armas en poca hora, que si ha ventura de vivir, será el mejor caballero del mundo.

Entonces contó cuanto de él viera y cómo librara al rey Perión de muerte.

—¿Sabéis vos —dijo el rey— cómo ha nombre?

—No, señor —dijo él—, que él se encubre mucho en demasía.

Entonces hubo el rey y todos más gana de lo saber que antes, y el escudero dijo:

—La doncella anduvo más con él que no yo.

—¿Es aquí la doncella? —dijo el rey.

—Sí —dijo él— que venía a demandar a la hija del rey Lisuarte.

Luego mandó que ante él viniese y contó cuanto de él viera y cómo lo aguardara, por lo que la doncella que le dio la lanza dijo que la traía para el mejor caballero que ahora la podría en mano tener.

—Tanto sé yo de él —dijo ella—, mas de su nombre no sé nada.

—¡Ay, Dios!, ¿quién será? —dijo el rey. Mas su amiga no dudaba quién podría ser, porque la doncella le había contado cómo la venía a demandar para la llevar consigo. Y así como se lo nombró sintió en si gran alteración, porque creído tuvo que el rey daría lugar la llevasen a su padre e ida no sabría nuevas tan continuo de aquél que más que a sí misma quería. Así pasaron seis días que de él no supieron nuevas. Y estando el rey hablando con su hijo Agrajes que se quería partir a Gaula con su compaña, entró una doncella por la puerta e hincó los hinojos ante ellos y dijo:

—Señor, oídme un poco ante vuestro padre.

Entonces tomó en sus manos un yelmo con tantas heridas de espada que ningún lugar sano en él había y diolo a Agrajes y dijo:

—Señor, tomad este yelmo en lugar de la cabeza de Galpano y dóyoslo de parte de un caballero novel, aquél a quien más conviene traer armas que a otro caballero que en el mundo sea, y este yelmo os envía él, porque deshonró a una doncella que iba en vuestro mandado.

—¿Cómo —dijo él—, muerto es Galpano por mano de un caballero? Por Dios doncella, maravillas me decís.

—Cierto, señor —dijo ella—, aquél conquirió y mató cuantos había en su castillo y a la fin se combatió con él solo y cortóle la cabeza y por ser enojosa de traerme dijo que bastaba el yelmo.

—Cierto —dijo el rey— aquél es el caballero novel que por aquí pasó, que por cierto sus caballerías extrañas son de otras, y preguntó a la doncella si sabía cómo había nombre.

—Sí, señor —dijo ella—, mas esto fue con gran arte.

—¡Por Dios, decídmelo —dijo el rey—, que mucho me haréis alegre.

—Sabed, señor —dijo ella—, que ha nombre el Doncel del Mar.

Cuando esto oyó el rey fue maravillado y todos los otros y dijo:

—Si él fue a demandar quién lo hiciese caballero no debe ser culpado, que mucho ha que me lo rogó y yo lo tardé, e hice mal de tardar caballería a quien de ella tan bien obra.

—¡Ay! —dijo Agrajes—, ¿dónde le podría hallar?

—Él se os encomienda mucho —dijo la doncella—, y mándaos decir por mí que lo hallaréis en la guerra de Gaula, si ahí fuereis.

—¡Ay, Dios, qué buenas nuevas me decís! —dijo Agrajes—, ahora he más talante de me ir y, si lo yo hallo, nunca a mi grado de él seré partido.

—Derecho es —dijo la doncella—, que él mucho os ama; Grande fue la alegría que todos hubieron de las buenas nuevas del Doncel del Mar. Mas sobre todos fue la su señora Oriana, aunque más que ninguno lo encubría. El rey quiso saber de las doncellas por cuál manera lo hicieron caballero y ellas se lo contaron todo. Y dijo:

—Más cortesía halló en vos que en mí, pues yo no lo tardaba, sino por su pro, que lo veía muy mozo.

La doncella contó a Agrajes el mandado que le traía de aquélla que la historia contará adelante. Y él se partió con muy buena compaña para Gaula.

Capítulo 8. Cómo el rey Lisuarte envió por su hija a casa del rey Languines y él se la envió con su hija Mabilia, acompañadas de caballeros y dueñas y doncellas

Después de diez días que Agrajes fue partido llegaron ahí tres naos en que venía Galdar de Rascuil con cien caballeros del rey Lisuarte y dueñas y doncellas, para llevar a Oriana. El rey Languines lo acogió bien, que lo tenía por buen caballero y muy cuerdo. Él le dijo el mandado del rey, su señor, cómo enviaba por su hija, y además de esto Galdar dijo al rey de parte del rey Lisuarte que la rogaba enviase con Oriana a Mabilia su hija que así como ella misma sería tratada y honrada a su voluntad. El rey fue muy alegre de ello y ataviólas muy bien y tuvo al caballero y a las dueñas y doncellas en su corte algunos días haciéndoles muchas fiestas y mercedes, e hizo aderezar otras naves y abastecerlas de las cosas necesarias e hizo aparejar caballeros y dueñas y doncellas, las que le pareció que convenían para tal viaje. Oriana, que vio que este camino no se podía excusar, acordó de recoger sus joyas y andándolas recogiendo vio la cera que tomara al Doncel del Mar y membrósele de él y viniéronle las lágrimas a los ojos, y apretó las manos con cuita de amor que la forzaba y quebrantó la cera y vio la carta que dentro estaba y leyéndola halló que decía:

—Éste es Amadís Sin Tiempo, hijo de rey.

Ella, que la carta vio, estuvo pensando un poco y entendió que el Doncel del Mar había nombre Amadís y veía que era hijo de rey. Tal alegría nunca en corazón de persona entró como en el suyo. Y llamando a la doncella de Dinamarca le dijo:

—Amiga, yo os quiero decir un secreto que le no diría sino a mi corazón y guardadle como poridad de tan alta doncella como yo soy y del mejor caballero del mundo.

—Así lo haré —dijo ella—, y señora, no dudéis de que me decir lo que haga.

—Pues, amiga —dijo Oriana—, vos ir al caballero novel que sabéis y dígoos que le llaman el Doncel del Mar y hallarlo habéis en la guerra de Gaula, y si vos antes llegaréis, atendedlo, y luego que lo viereis, dadle esta carta y decidle que ahí hallará su nombre, aquél que le escribieron en ella cuando fue echado en el mar y sepa que sé yo es hijo de rey y que pues él era tan bueno cuando no lo sabía, ahora trabaje de ser mejor y decidle que mi padre envió por mí y me llevan a él, que le envío yo decir que se parta de la guerra de Gaula y se vaya luego a la Gran Bretaña y trabaje de vivir con mi padre hasta que le yo mande que lo haga.

La doncella, con este mandado que oír, fue de ella despedida y entrada en el camino de Gaula, de la cual se hablará en su tiempo. Oriana y Mabilia con dueñas y doncellas, encomendándolas el rey y la reina a Dios, fueron metidas en las naos, los marineros soltaron las áncoras y tendieron sus velas y como el tiempo era aderezado, pasaron presto en la Gran Bretaña, donde muy bien recibidos fueron.

El Doncel del Mar estuvo llagado quince días en casa del caballero y de la doncella, su sobrina, que le curaba, en cabo de los cuales, comoquiera que las heridas aún recientes fuesen, no quiso ahí más detenerse y partióse un domingo de mañana, y Gandalín con él, que nunca de él se partió. Esto era en el mes de abril y entrando por una floresta oyó cantar las aves, y veía flores a todas partes y como él tanto en poder de amor fuese, membróse de su amiga y comenzó a decir:

—¡Ay, cautivo Doncel del Mar, sin linaje y sin bien, cómo fuiste tan osado de meter tu corazón y tu amor en poder de aquélla que vale más que las otras todas de bondad y hermosura y linaje! ¡Oh, cautivo por cualquier de estas tres cosas, no debía ser osado el mejor caballero del mundo de la amar, que más es ella hermosa que el mejor caballero en armas y más vale la su bondad que la riqueza del mayor hombre del mundo, y yo cautivo que no sé quién soy, que viva con trabajo de tal locura, que moriré amando sin se lo osar decir.

Así hacía su duelo e iba tan atónito que no cataba sino a las cervices de su caballo y miró en una a una espesura de la floresta y vio un caballero armado en su caballo aguardando un su enemigo, el cual había oído todo aquel duelo que el Doncel del Mar hacía, y como vio que se callaba, parósele delante y dijo:

—Caballero, a mí parece que más amáis vuestra amiga que a vos, despreciándoos mucho y loando a ella; quiero que me digáis quién es y amarla he, pues que vos no sois tal para servir tan alta señora según lo que a vos he oído.

Dijo el Doncel:

—Señor, caballero, la razón os obliga a decir lo que decís, pero lo demás no lo sabréis en ninguna manera. Y más os digo, que de la vos amar no podríais de ello ganar ningún buen fruto.

—De venir a hombre afán y peligro —dijo el caballero— por buena señora en gloria lo debe recibir, porque a la fin sacará de ello el galardón que espera. Y, pues, hombre en tal alto lugar ama, como vos, no se debería de enojar de cosa que le viniese.

El Doncel del Mar fue confortado de cuanto le oyó decir y tuvo que bien hacía a él esta razón y quiso ir adelante, más el otro le dijo:

—Estad quedo, caballero, que todavía conviene que me digáis lo que os pregunte por fuerza o de grado.

—Dios no me ayude —dijo el Doncel— si a mi grado vos lo sabréis, ni de otro por mí mandado.

—Pues luego sois en la batalla —dijo el caballero.

—Más me place de eso —dijo el Doncel del Mar— que de lo decir.

Entonces enlazaron sus yelmos y tomaron los escudos y las lanzas, y queriéndose apartar para su justa llegó una doncella que les dijo:

—Estad, señores, estad y decidme unas nuevas, si las sabéis, que yo vengo a gran prisa y no puedo atender el fin de vuestra batalla.

Ellos preguntaron qué quería saber.

—Si vio alguno de vos —dijo ella— un caballero novel que se llama el Doncel del Mar.

—¿Y qué le queréis? —dijo él.

—Traigo las nuevas de Agrajes, su amigo, el rey de Escocia.

—Aguarda un poco —dijo el Doncel del Mar—, que yo os diré de él, y fue para el caballero que le daba voces que se guardase y el caballero hirió en el escudo tan bravamente que la lanza fue en piezas por el aire, mas el Doncel del Mar, que lo acertó de lleno, dio con él y con el caballo en tierra y el caballo se levantó y quiso huir. Mas el Doncel del Mar lo tomó y dióselo diciendo:

—Señor caballero, tomad vuestro caballo y no queráis saber de ninguno nada contra su voluntad.

Él tomó el caballo, mas no pudo tan aína cabalgar que era maltrecho de la caída. El Doncel del Mar tornó a la doncella y díjole:

—Amiga, ¿conocéis éste por quien preguntáis?

—No —dijo ella—; que nunca lo vi, más díjome Agrajes que él se me daría a conocer tanto que le dijese que era suya.

—Verdad es —dijo él—, y sabed que yo soy.

Entonces desenlazó el yelmo, y la doncella que le vio el rostro dijo:

—Cierto, creo yo que decís verdad, que a maravilla os oí loar de la hermosura.

—Pues, decidme —dijo él—, ¿dónde dejasteis Agrajes?

—En una ribera —dijo la doncella— cerca de aquí, donde tiene su compaña para entrar en la mar y pasar a Gaula y quiso antes saber de vos porque con él paséis.

—Dios se lo agradezca —dijo él—, y ahora guiad y vámoslo a ver.

La doncella entró por el camino y no tardó a mucho que vieron en la ribera las tiendas y los caballeros cabe ellas y siendo ya cerca oyeron en pos de sí unas voces diciendo:

—Tomad, caballero, que todavía conviene que me digáis lo que os pregunto.

Él tornó la cabeza y vio el caballero con quien antes justara, y otro caballero con él y tomando sus armas fue contra ellos que traían las lanzas bajas y al más correr de los caballos. Y los de las tiendas lo vieron y tan bien puesto en la silla que fueron maravillados; y ciertamente podéis creer que en su tiempo no hubo caballero que más apuesto en la silla pareciese, ni más hermoso justase, tanto que en algunas partes donde él se quería encubrir, por ellos fue conocido y los dos caballeros le hirieron con las lanzas en el escudo, que se lo falsaron, mas el arnés no, que era fuerte, y las lanzas fueron quebradas e hirió al primero que antes derribara y encontróle tan fuertemente que dio con él en tierra y le quebró un brazo y quedó como muerto y perdió la lanza, mas puso luego mano a la espada y dejóse ir al otro que los hería y dióle por cima del yelmo, así que la espada llegó a la cabeza y como por ella tiró quebraron los lazos y sacóselos de la cabeza y alzó la espada por lo herir y el otro alzó el escudo y el Doncel del Mar detuvo el golpe, y pasando la espada a la mano siniestra, trabóle del escudo y tiróselo del cuello, y dióle con él encima de la cabeza, que el caballero cayó en tierra aturdido. Este hecho, dio las armas a Gandalín y fuese con la doncella a las tiendas.

Agrajes, que se mucho maravillaba quién sería el caballero que tan presto a los dos caballeros había vencido, fue contra él y conocióle y díjole:

—Señor, vos seáis muy bien venido.

El Doncel del Mar descendió de su caballo y fuéronse ambos a abrazar, y cuando los otros vieron que aquél era el Doncel del Mar, fueron con él muy alegres, y Agrajes dijo:

—¡Ay, Dios!, que mucho os deseaba ver.

Y luego lo llevaron a su tienda y lo hizo desarmar y mandó que le trajesen allí los caballeros que en campo maltrechos quedaban. Y cuando ante él vinieron, díjoles:

—¡Por Dios!, grande locura comenzasteis en acometer batalla con tal caballero.

—Verdad es —dijo el del brazo quebrado—, mas ya fue hoy tal hora que lo tuve en tan poco que no creía hallar en él ninguna defensa, y contó cuanto con él le aviniera en la floresta, sino el duelo, que no lo osó decir. Mucho rieron todos de la paciencia del uno y de la grande soberbia del otro. Aquel día holgaron allí con mucho placer y otro día cabalgaron y anduvieron tanto que llegaron a Palingues, una buena villa que era puerto de mar frontera de Gaula, y allí entraron en las naos de Agrajes y con el buen viento que hacía, pasaron presto el mar y llegaron a otra villa de Gaula, que Galfán había nombre y de allí se fueron por tierra a Baladín, un castillo donde el rey Perión era, donde mantenía su guerra habiendo mucha gente perdido, que con su venida de ellos muy alegre fue e hízoles dar buenas posadas y la reina Elisena hizo decir a su sobrino Agrajes que la viniese a ver. Y llamó al Doncel del Mar y otros dos caballeros para ir allá. El rey Perión cató el Doncel y conociólo que aquél era el que él hiciera caballero y el que le acorriera en el castillo del viejo y fue contra él y dijo:

—Amigo, vos seáis muy bien venido y sabed que en vos he yo grande esfuerzo, tanto que no dudo ya mi guerra, pues os he en mi compañía.

—Señor —dijo—, en la vuestra ayuda me habréis vos cuanto mi persona durare y la guerra haya fin.

Así hablando llegaron a la reina, y Agrajes le fue a besar las manos y ella fue con él muy alegre. Y el rey le dijo:

—Dueña, veis aquí el muy buen caballero de que yo os hablé y que me sacó del mayor peligro en que nunca fui; éste os digo que améis más que a otro caballero.

Ella se vino a abrazar y él hincó los hinojos ante ella y dijo:

—Señora, yo soy criado de vuestra hermana y por ella os vengo a servir, y como ella misma me podéis mandar.

La reina se lo agradeció con mucho amor y catábalo como era tan hermoso y membrándose de sus hijos, que había perdido, viniéronle las lágrimas a los ojos, así que lloraba por aquél que ante ella estaba y no lo conocía y el Doncel del Mar le dijo:

—Señora, no lloréis, que presto seréis tornada en vuestra alegría con la ayuda de Dios y del rey y de este caballero vuestro sobrino y yo, que de grado os serviré.

Ella dijo:

—Mi buen amigo, vos que sois caballero de mi hermana, quiero que poséis en mi casa y allí os darán las cosas que hubiereis menester.

Agrajes lo quería llevar consigo, pero rogáronle el rey y la reina tanto que lo hubo de otorgar, así quedó en guarda de su madre, donde le hacían mucha honra.

El rey Abies y Daganel su primo supieron las nuevas de éstos que llegaron al rey Perión, y dijo el rey Abies, que era a la sazón el más preciado caballero que sabían:

—Si el rey Perión ha corazón de lidiar y es esforzado, ahora querrá batalla con nos.

—No lo haré yo —dijo Daganel—, porque se recela mucho de vos.

Galaín, el duque de Normandía, que era —dijo:

—Ya os diré cómo lo hará: cabalguemos esta noche yo y Daganel, y al alba apareceremos cabe la su villa con razonable número de gente y el rey Abies quede con la otra gente en la floresta de Galpano escondido, y de esta guisa le daremos esfuerzo a que osará salir y nosotros mostrando algún temor trabajaremos de los meter en la floresta hasta donde el rey estuviere y así se perderán todos.

—Bien decís —dijo el rey Abies— y así se haga.

Pues luego fueron armados con toda la gente y entraron en la floresta Daganel y Galaín, que el consejo diera, y pasaron bien adelante donde el rey quedaba y así estuvieron toda la noche, mas la mañana venida fueron el rey Perión y su mujer a ver qué hacía el Doncel del Mar y halláronlo que se levantaba y lavaba las manos y viéronle los ojos bermejos y las haces mojadas de lágrimas, así que bien parecía que durmiera poco de noche y sin falta, así era, que membrándose de su amiga, considerando la gran cuita que por ella le venía sin tener ninguna esperanza de remedio, otra cosa no esperaba, sino la muerte. La reina llamó a Gandalín y díjole:

—Amigo, ¿qué hubo vuestro señor que me parece en su semblante ser en gran tristeza; es por algún descontentamiento que aquí haya habido?

—Señora —dijo él—, aquí recibe él mucha honra y merced, mas él ha así de costumbre que llora durmiendo, así como ahora veis que en él parece.

Y en cuanto así estaban vieron los de la villa muchos enemigos bien armados cabe sí y daban voces:

—¡Armas, armas!

Y el Doncel del Mar, que vio la vuelta, se fue muy alegre. Y el rey le dijo:

—Buen amigo, nuestros enemigos son aquí.

Y el dijo:

—Armémonos y vamos a lo ver.

Y el rey demandó sus armas y el Doncel las suyas y desde que armados fueron y a caballo fueron a la puerta de la villa donde hallaron a Agrajes que mucho se quejaba porque no lo abrían, que éste fue uno de los caballeros del mundo más vivo de corazón y más acometedor en todas las afrentas, y así la fuerza como esfuerzo le ayudara, no hubiera otro ninguno, que de bondad de armas le pasara, y como llegaron, dijo el Doncel del Mar:

—Señor, mandadnos abrir la puerta, y el rey, a quien no placía menos de se combatir, mandó que la abriesen y salieron todos los caballeros y como vieron sus enemigos, tantos ahí hubo que decían ser locura acometerlos. Agrajes hirió el caballo de las espuelas diciendo:

—Ahora haya mala ventura el que más se sufriere.

Y moviendo contra ellos vio ir delante al Doncel del Mar y movieron todos de consuno.

Daganel y Galaín, que contra sí los vieron venir, aparejáronse de recibirlos, así como aquéllos que mucho los desamaban. El Doncel del Mar le hirió con Galaín, que delante venía y encontróle tan fuertemente que a él y al caballo derribó en tierra y hubo la una pierna quebrada y quebró la lanza y puso luego mano a su espada y dejóse correr a los otros como león sañudo, haciendo maravillas en dar golpes a todas partes, así que no quedaba cosa ante la su espada que a la tierra derribarlos hacía, a unos muertos y a otros heridos, mas tantos le hirieron que el caballo no podía salir con él a ninguna parte, así que estaba en gran priesa. Agrajes, que lo vio, llegó a él con algunos de los suyos e hizo gran daño en los contrarios. El rey Perión llegó con toda la gente muy esforzadamente, como aquél que con voluntad de herir los gana tenía, y Daganel los recibió con los suyos muy animosamente. Así que fueron los unos y los otros mezclados en uno. Allí veríais al Doncel del Mar haciendo cosas extrañas, derribando y matando cuantos ante sí hallaba, que no había hombre que lo osase atender y metíase en los enemigos, haciendo de ellos corro, que parecía un león bravo. Agrajes, cuando le vio estas cosas hacer, tomó consigo muy más esfuerzo que de antes tenía y dijo a grandes voces por esforzar su gente:

—Caballeros: mirad al mejor caballero y más esforzado que nunca nació.

Cuando Daganel vio cómo destruía su gente, fue para el Doncel del Mar como buen caballero y quísole herir el caballo porque entre los huidos cayese, mas no pudo, y diole el Doncel tal golpe por cima del yelmo, que por fuerza quebraron los lazos y saltóle de la cabeza. El rey Perión, que en socorro del Doncel del Mar llegaba, dio a Daganel con su espada tal herida que lo hendió hasta los dientes. Entonces se vencieron los de la sierra y de Normandía, huyendo do el rey Abies estaban y muchos decía:

—¡Ay, rey Abies!, ¿cómo tardas tanto que nos dejas matar?

Y yendo así hiriendo en los enemigos el rey Perión y su compaña no tardó mucho que pareció al rey Abies de Irlanda con todos los suyos y venía diciendo:

—¡Ahora a ellos, no quede hombre que no matéis y trabajad de entrar con ellos en la villa!

Cuando el rey Perión y los suyos vieron, sin sospecha, aquéllos de que no sabían parte, mucho fueron espantados, que eran ya cansados y no tenían lanzas y sabían que aquel rey Abies era uno de los mejores caballeros del mundo y el que más temían, mas el Doncel del Mar les comenzó a decir:

—Ahora, señores, es menester de mantener vuestra honra, y ahora aparecerán aquéllos en que hay vergüenza, e hízolos todos recoger que andaban esparcidos y los de Irlanda vinieron herir tan bravamente que fue maravilla cómo aquéllos que holgados llegaban y con gran corazón de mal hacer. El rey Abies no dejó caballero en la silla cuanto le duró la lanza y desde que la perdió echó mano a su espada y comenzó a herir con ella tan bravamente que a sus enemigos hacía tomar espanto y los suyos fueron temiendo con él, hiriendo y derribando en los enemigos. De manera que los del rey Perión no lo podiendo ya sufrir, retraíanse contra la villa. Cuando el Doncel del Mar vio que la cosa se paraba mal, comenzó de hacer con mucha saña mejor que antes, porque los de su parte no huyesen con desacuerdo y metíase entre la una gente y la otra e hiriendo y matando en los de Irlanda daba lugar a los suyos que las espadas del todo no volviesen. Agrajes y el rey Perión, que lo vieron en tan gran peligro y tanto hacer, quedaron siempre con él. Así que todos tres eran amparo de los suyos y con ellos tenían harto que hacer los contrarios que el rey Abies metía adelante su gente viendo el vencimiento, porque a vueltas de ellos encontrase en la villa, donde esperaba ser su guerra acabada. Y con esta prisa que oís llegaron a las puertas de la villa, donde, si por estos tres caballeros no fuera, junto los unos y los otros entraran, mas ellos sufrieron tantos golpes y tantos dieron que por maravilla fue poderlo sufrir. El rey Abies que creyó que su gente dentro con ellos era, pasó adelante y no le vino así, de que mucho pesar hubo y más de Daganel y Galaín, que supo que eran muertos y llegó él un caballero de los suyos y díjole:

—Señor, ¿veis aquel caballero del caballo blanco?, no hace sino maravillas y él ha muerto vuestros capitanes y otros muchos.

Esto decía por el Doncel del Mar, que andaba en el caballo blanco de Galpano. El rey Abies se llegó más y dijo:

—Caballero, por vuestra venida es muerto el hombre del mundo que yo más amaba. Pero yo haré que lo compréis caramente si queréis más combatir.

—De me combatir con vos —dijo el Doncel del Mar— no es hora, que vos tenéis mucha gente y holgados y nos muy poca y está muy cansada, que sería maravilla de os poder resistir, mas si vos queréis vengar como caballero eso que decís y mostrar la gran valentía de que sois loado, escoged vuestra gente los que más os contentaren y yo en la mía, y siendo iguales podríais ganar más honra, que no con mucha sobre de gente y soberbia demasiada venir y tomar lo ajeno sin causa ninguna.

—Pues ahora, decid —dijo el rey Abies—, ¿de cuántos queréis que sea la batalla?

—Pues que en mi lo dejáis —dijo el Doncel—, moveros he otro partido y podrá ser que más os agrade; vos tenéis saña de mí por lo que he hecho y yo de vos por lo que en esta tierra hacéis, pues, en nuestra culpa no hay razón por qué ningún otro padezca y sea la batalla entre mí y vos y luego si quisieres, con tal que vuestra gente asegure y la nuestra también, de se no mover hasta en fin de ella.

—Así sea dijo el rey Abies, e hizo llamar diez caballeros, los mejores de los suyos, y con otros diez que el Doncel del Mar dio, aseguraron el campo que por mal ni por bien que les aconteciese no se moverían. El rey Perión y Agrajes le defendían que no fuese la batalla hasta la mañana, porque lo veían malherido, mas estorbárselo no pudieron, porque él deseaba la batalla más que otra cosa, y esto era por dos cosas: una por se probar con aquél que tan loado por el mejor caballero del mundo era, y la otra, porque si lo venciese sería la guerra partida, y podría ir a ver a su señora Oriana, que en ella era todo su corazón y sus deseos.

Capítulo 9. Cómo el Doncel del Mar hizo la batalla con el rey Abies sobre la guerra que tenían con el rey Perión de Gaula

La batalla concertada entre el rey Abies y el Doncel del Mar, como habéis oído, los de la una parte y de la otra viendo que todo lo más del día era pasado, acordaron, contra la voluntad de ellos ambos, que para otro día quedase. Así para ataviar sus armas, como para remediar las heridas que tenían, y porque todas las gentes de ambas partes estaban así maltratadas y cansadas, deseaban la holganza para su reposo, cada uno fue cogido a su posada. El Doncel del Mar entró por la villa con el rey Perión y Agrajes y llevaba la cabeza desarmada y todos decían:

—¡Ay, buen caballero, Dios te ayude y dé honra que puedas acabar lo que has comenzado! ¡Ay, qué hermosura de caballero, en éste es caballería bien empleada, pues que sobre todos la mantiene en la su grande alteza!

Y llegando al palacio del rey vino una doncella que dijo al Doncel del Mar:

—Señor, la reina os ruega que os no desarméis, sino en vuestra posada, donde os atiende.

Esto fue por consejo del rey y dijo:

—Amigo, id a la reina y vaya con vos Agrajes que os haga compañía.

Entonces se fue el rey a su aposentamiento y el Doncel y Agrajes al suyo, donde hallaron la reina y muchas dueñas y doncellas que los desarmaron, pero no consintió la reina que en el Doncel ninguna mano pusiese, sino ella, que lo desarmó y le cubrió de un manto. En todo esto llegó el rey y vio que el Doncel era llagado y dijo: ¿Por qué no alongabais más el plazo de la batalla?

—No era menester —dijo el, Doncel—, que no he llaga porque de hacer la deje.

Luego lo curaron de las llagas y les dieron de cenar. Otro día de mañana la reina se vino a ellos con todas sus damas y hallólos hablando con el rey y comenzóse la misa y, dicha, armóse el Doncel del Mar, no de aquellas armas que en la lid el día antes trajera, que no quedaron tales que pudiesen algo aprovechar, mas de otras muy más hermosas y fuertes, y despedido de la reina y de las dueñas y doncellas, cabalgó en un caballo holgado que a la puerta le tenían, y el rey Peñón le llevaba el yelmo y Agrajes el escudo, y un caballero anciano que se llamaba Aganón, que muy preciado fuera en armas, la lanza, que por la su gran bondad pasada, así en esfuerzo como en virtud, era el tercero con el rey y con hijo de rey. Y el escudo que llevaba hacía el campo de oro y dos leones en él azules, el uno contra el otro como si se quisiesen morder. Y saliendo por la puerta de la villa vieron al rey Abies sobre un gran caballo negro todo armado, sino que aún no enlazara su yelmo. Los de la villa y los de la hueste todos se ponían donde mejor la batalla ver pudiesen y el campo era ya señalado y el palenque hecho con muchos cadalsos en derredor de él. Entonces enlazaron sus yelmos y tomaron los escudos, y el rey Abies echó un escudo al cuello que tenía el campo indio y en él un gigante figurado y cabe él un caballero que le tornaba la cabeza. Estas armas traía porque se combatiera con un jayán que su tierra le entraba y se la destruía toda y así como la cabeza le cortó, así la traía figurada en su escudo y desde que ambos tomaron sus armas salieron todos al campo, encomendando a Dios cada uno al suyo, y se fueron a acometer sin ninguna detenencia y gran correr de los caballos, como aquéllos que eran de gran fuerza y corazón y a las primeras heridas fueron todas sus armas falsadas y quebrando las lanzas juntáronse uno con otro, así los caballos, como ellos, tan bravamente que cada uno cayó a su parte y todos creyeron que eran muertos y los trozos de las lanzas tenían metidos por los escudos, que los hierros llegaban a las carnes, mas como ambos fuesen muy ligeros y vivo de corazón, levantáronse presto y quitaron de sí los pedazos de las lanzas y echando mano a las espadas se acometieron tan bravamente, que los que al derredor estaban habían espanto de los ver, pero la batalla parecía desigual, no porque el Doncel del Mar no fuese bien hecho, y de razonable altura, mas el rey Abies era tan grande que nunca halló caballero que él no fuese mayor un palmo y sus miembros no parecían sino de un gigante, había en sí todas buenas maneras, salvo que era soberbio, más que debía. La batalla era entre ellos tan cruel y con tanta prisa sin dejar holgar y los golpes tan grandes, que no parecía sino de veinte caballeros. Ellos cortaban los escudos, haciendo caer en el campo grandes rajas y abollaban los yelmos y desguarnecían los arneses. Así que bien hacía el uno al otro su fuerza y ardimiento conocer, y la su gran fuerza y bondad de las espadas hicieron sus arneses tales que eran de poco valor, de manera que lo más cortaban en sus carnes, que en los escudos no quedaba con qué cubrir ni ampararse pudiesen y salía de ellos tanta sangre que sostenerse era maravilla, mas tan grande era el ardimiento que consigo traían que casi de ella no se sentían. Así duraron en esta primera batalla hasta hora de tercia, que nunca se pudo conocer en ellos flaqueza ni cobardía, sino que con mucho ánimo se combatían, más el Sol que las armas les calentaba puso en ellos alguna flaqueza de cansancio y a esta sazón el rey Abies se tiró un poco afuera y dijo:

—Estad y enderecemos nuestros yelmos, si quisieres que holguemos nuestra batalla no perderá tiempo y comoquiera que yo te desame mucho, te precio más que a ningún caballero con quien yo me combatiese; mas de te yo preciar no te tiene porque no te haga mal, que mataste a aquél que yo tanto amaba y pónesme en gran vergüenza de me durar tanto en batalla ante tantos hombres buenos.

El Doncel del Mar dijo:

—Rey Abies, ¿de esto se te hace vergüenza y no de venir con gran soberbia a hacer tanto mal a quien no lo merece? Cata que los hombres, especialmente los reyes, no han de hacer lo que pueden, mas lo que deben, porque muchas veces acaece que el daño y la fuerza que a los que se lo merecieron quieren hacer a la fin cae sobre ellos y piérdenlo todo y aun la vida a vueltas, y si ahora querrías que te dejase holgar así lo quisieran otros a quien tú sin se lo otorgar mucho apremiabas y porque sientes lo que a ellos sentir hacías, aparéjate que no holgarás a mi grado.

El rey tomó su espada y lo poco del escudo y dijo:

—Por tu mal haces este ardimiento que él te pone en este lago donde no saldrás sin perder la cabeza.

—Ahora haz tu poder —dijo el Doncel del Mar—, que no holgarás hasta que tu muerte se llegue o tu honra sea acabada, y acometiéronse muy más sañudos que antes y tan bravos se herían como si entonces comenzaran la batalla y aquel día no hubieran dado golpe. El rey Abies, como muy diestro fuese por el gran uso de las armas, combatíase muy cuerdamente, guardándose de los golpes e hiriendo donde más podía dañar; las maravillas que el

Doncel hacía en andar ligero y acometedor y en dar muy duros golpes le puso en desconcierto todo su saber y a mal de su grado, no le pudiendo ya sufrir perdía el campo y el Doncel del Mar le acabó de deshacer en el brazo todo el escudo, que nada le quedó y cortábale la carne por muchas partes, así que la sangre le salía mucha y ya no podía herir, que la espada se le revolvía en la mano, tanto fue aquejado, que volviendo casi las espaldas andaba buscando alguna guarida con el temor de la espada que tan crudamente la sentía; pero como vio que no había sino muerto volvió tomando su espada con ambas manos y dejóse ir a Doncel, cuidándole herir por cima del yelmo, y él alzó el escudo donde recibió el golpe y la espada entró tan dentro por él, que no la pudo sacar y tirándose afuera diole el Doncel del Mar en el descubierto en la pierna tal herida que la mitad de ella fue cortada y el rey cayó tendido en el campo. El Doncel fue sobre él y, tirándole el yelmo, díjole:

—Muerto eres, rey Abies, si no te otorgas por vencido.

Él dijo:

—Verdaderamente muerto soy, más no vencido, y bien creo que me mató mi soberbia, y ruégote que me hagas segura mi compaña, sin que daño reciban y llevarme han a mi tierra, y yo perdono a ti y a los que mal quiero, y mando entregar al rey Perión cuanto le tomé y ruégote que me hagas haber confesión que muerto soy.

El Doncel del Mar cuando esto le oyó hubo de él gran duelo a maravilla, pero bien sabía que no lo hubiera el otro de él, si más pudiera. Todo esto pasado como oído habéis, se juntaron todos los de la hueste y de la villa, que eran todos seguros, y el rey Abies mandó dar al rey Perión cuanto le tomara y él le aseguró toda su gente hasta que lo llevasen a su tierra, y recibidos todos los sacramentos de la Santa Iglesia el rey Abies salióle el alma; sus vasallos le llevaron a su tierra con grandes llantos que por él hacían. Tomado el Doncel del Mar por el rey Perión y Agrajes y los otros grandes de su partido y sacado del campo con aquella gloria que los vencedores en tales autos llevar suelen, no solamente de honra, más de restitución de un reino a quien perdido lo tenía, a la villa con él se van; y la doncella de Dinamarca, que de parte de Oriana a él venía, como ya se os dijo, llegó allí al tiempo que la batalla se comenzó, y como vio que tanto a su honra se acabara, llegóse a él y díjole:

—Doncel del Mar, hablad conmigo aparte y deciros he vuestra hacienda, más que vos sabéis.

Él la recibió bien y apartóse con ella yendo por el campo, y la doncella le dijo:

—Oriana, vuestra amiga, me envía a vos y os doy de su parte esta carta en que está vuestro nombre escrito.

Y tomó la carta, mas no entendió nada de lo que dijo, así fue alterado cuando a su señora oyó mentar, antes se le cayó la carta de la mano y la rienda en la cerviz del caballo, y estaba como fuera de sentido. La doncella demandó la carta que en el campo estaba a uno de los que la batalla habían mirado y tornó a él, estando todos mirando lo que acaeciera y maravillándose cómo así se había turbado el Doncel con las nuevas de la doncella y, cuando ella llegó, díjole:

—¿Qué es eso, señor, tan mal recibís mandado de las más alta doncella del mundo, de aquélla que os mucho ama, y me hizo sufrir tanto afán en os buscar?

—Amiga —dijo él—, no entendí lo que me habéis dicho con este mal que me ocurrió, como ya otra vez ante vos me acaeció.

La doncella dijo:

—Señor, no ha menester encubierta conmigo, que yo sé más de vuestra hacienda y de la de mi señora que vos sabéis, que ella así lo quiso, y dígoos que si la amáis, que no hacéis tuerto, que ella os ama tanto que de ligero no se podría contar, y sabed que la llevaron a casa de su padre y envíaos decir que, tanto que de esta guerra os partáis, vayáis a la Gran Bretaña y procuréis de morar con su padre hasta que os ella mande, y díceos que sabe cómo sois hijo de rey y que no es ella por ende menos alegre que vos y que pues no conociendo a vuestro linaje erais tan bueno, que trabajéis de lo ser ahora mucho mejor.

Entonces le dio la carta y díjole:

—Veis aquí esta carta en que está escrito vuestro nombre y ésta llevasteis al cuello cuando os echaron en la mar.

Él la tomó y dijo:

—¡Ay, carta!, cómo fuisteis bien guardada por aquella señora cuyo es mi corazón, por aquélla por quien yo muchas veces al punto de la muerte soy llegado, mas si dolores y angustias por su causa hube, en muy mayor grado de gran alegría soy satisfecho. ¡Ay, Dios y Señor!, cuándo veré yo el tiempo en que servir pueda aquella señora esta merced que me hace, y leyendo la carta conoció por ella que el su derecho nombre era Amadís. La doncella le dijo:

—Señor, yo me quiero tornar luego a mi señora, pues que recaudé su mandado.

—¡Ay, doncella! —dijo el Doncel del Mar—, por Dios holgad aquí hasta tercero día y de mí no os partáis por ninguna guisa y yo os llevaré donde os pluguiere.

—A vos vine —dijo la doncella— y no haré ál sino lo que mandares.

Acabada la habla fuese luego el Doncel del Mar para el rey y Agrajes que lo atendían, y entrando por la villa decían todos:

—Bien venga el caballero bueno por quien habemos cobrado honra y alegría.

Así fueron hasta el palacio y hallaron en la cámara del Doncel del Mar a la reina con todas sus dueñas y doncellas haciendo muy gran alegría y en los brazos de ella fue él tomado de su caballo y desarmado por la mano de la reina, y vinieron maestros que le curaron de las heridas, y aunque muchas eran no había ninguna que mucho empacho le diese. El rey quisiera que él y Agrajes comieran con él, mas no quiso sino con su doncella, por le hacer honra, que bien veía que ésta podía remediar gran parte de sus angustias. Así holgó algunos días con gran placer, en especial con las buenas nuevas que le vinieron, tanto que ni el trabajo pasado, ni las llagas presentes no le quitaron que no se levantase y anduviese por una sala hablando siempre con la doncella que por él era detenida, que no se partiese hasta que pudiese tomar armas y la llevase. Mas un caso maravilloso que a la sazón le acaeció fue causa que, tardando él algunos días, la doncella sola de allí partida se fue, como ahora oiréis.

Capítulo 10. Cómo el Doncel del Mar fue conocido por el rey Perión, su padre, y por su madre Elisena

Al comienzo ya se contó cómo el rey Perión dio a la reina Elisena, siendo su amiga, uno de los dos anillos que él traía en su mano, tal el uno como el otro, sin que en ellos ninguna diferencia pareciese y cómo al tiempo en que el Doncel del Mar fue en el río lanzado, en el arca, llevó al cuello aquel anillo, y cómo después le fue dado con la espada al Doncel por su amo Gandales, y el rey Perión había preguntado a la reina algunas veces por el anillo y ella, con vergüenza que no supiese dónde le pusiera, decíale que lo había perdido, pues así acaeció, que pasando el Doncel del Mar por una sala hablando con su doncella, vio a Melicia, hija del rey, niña que estaba llorando y preguntóle qué había. La niña dijo:

—Señor, perdí un anillo que el rey me dio a guardar en tanto que él duerme.

—Pues yo os daré —dijo él— otro tan bueno o mejor que le deis. Entonces sacó de su dedo un anillo y dióselo. Ella dijo:

—Este es el que yo perdí.

—No es —dijo él.

—Pues es el anillo del mundo que más le parece —dijo la niña.

—Por esto está mejor —dijo el Doncel del Mar— que en lugar del otro le daréis, y dejándola se fue con la doncella a su cámara y acostóse en un lecho y ella en otro que ende había. El rey despertó y demandó a su hija que le diese el anillo y ella le dio aquél que tenía; él lo metió en su dedo creyendo que el suyo fuese, mas vio yacer en un cabo de la cámara el otro que su hija perdió y tomándolo juntólo con el otro y vio que era el que él a la reina había dado y dijo a la niña:

—¿Cómo fue esto de este anillo?

Ella, que mucho le temía, dijo:

—¡Por Dios, señor!, el vuestro perdí yo y pasó por aquí el Doncel del Mar y como vio que yo lloraba diome ese que él traía, y yo pensé que el vuestro era.

El rey hubo sospecha de la reina, que la gran bondad del Doncel del Mar, junto con la de su demasiada hermosura no la hubiesen puesto en algún pensamiento indebido, y tomando su espada entró en la cámara de la reina y cerrada la puerta dijo:

—Dueña, vos me negasteis siempre el anillo que os yo diera, y el Doncel del Mar halo dado ahora a Melicia, ¿cómo pudo ser esto? Que, ¿veisle aquí? Decidme de qué parte le hubo, y si me mentís vuestra cabeza lo pagará.

La reina, que muy airado le vio, cayó a sus pies y díjole: ¡Ay, señor, por Dios Merced, pues de mí mal sospecháis, ahora os diré la mi cuita que hasta aquí os hube negado.

Entonces comenzó a llorar muy recio, hiriendo con sus manos en el rostro y dijo cómo echara su hijo en el río y que llevara la espada y aquel anillo.

—¡Santa María! —dijo el rey—, yo creo que éste es nuestro hijo.

La reina tendió las manos diciendo:

—Así pluguiese al Señor del mundo, ahora vamos allá vos y yo —dijo el rey—, y preguntémosle de su hacienda.

Luego fueron entrambos solos a la cámara donde él estaba, y halláronlo durmiendo muy sosegadamente, y la reina no hacía sino llorar por la sospecha que tanto contra razón de ella se tomaba. Mas el rey tomó en su mano la espada que a la cabecera de la cama era puesta y catándola la conoció luego, como aquél que con ella diera muchos golpes y buenos, y dijo contra la reina:

—¡Por Dios!, esta espada conozco bien y ahora creo más lo que me dijisteis.

—¡Ay, señor! —dijo la reina—, no le dejemos más dormir, que mi corazón se aqueja mucho; y fue para él y tomándole por la mano tiróle un poco contra sí diciendo:

—Amigo, señor, acorredme en esta prisa y congoja en que estoy.

Él despertó y viola muy reciamente llorando y dijo:

—Señora, ¿qué es eso que habéis? Si mi servicio puede algo remediar mandádmelo, que hasta la muerte se cumplirá.

—¡Ay, amigo! —dijo la reina—, pues ahora nos acorred con vuestra palabra en decir cuyo hijo sois.

—Así Dios me ayude —dijo él—, no lo sé, que yo fui hallado en la mar por gran aventura.

La reina cayó a sus pies toda turbada y él hincó los hinojos ante ella y dijo:

—¡Ay, Dios!, ¿qué es esto?

Ella dijo, llorando:

—Hijo, ves aquí tu padre y madre.

Cuando esto oyó dijo:

—¡Santa María!, ¿qué será esto que oigo?

La reina, teniéndole entre sus brazos, tornó y dijo:

—Es, hijo, que Dios quiso por su merced que cobrásemos aquel yerro que por gran miedo yo hice y, mi hijo, yo, como mala madre os eché en la mar y veis aquí el rey que os engendró.

Entonces hincó los hinojos y les besó las manos con muchas lágrimas de placer, dando gracias a Dios porque así le había sacado de tantos peligros para en la fin le dar tanta honra y buena ventura con tal padre y madre. La reina le dijo:

—Hijo, ¿sabéis vos si habéis otro nombre sino éste?

—Señora, sí sé —dijo él—, que al partir de la batalla me dio aquella doncella una carta que llevé envuelta en cera cuando en la mar fui echado en que dice llamarme Amadís.

Entonces, sacándola de su seno, se la dio y vieron cómo era la misma que Darioleta por su mano escribiera, y dijo:

—Mi amado hijo, cuando esta carta se escribió era yo en toda cuita y dolor y ahora soy en todo holganza y alegría, ¡bendito sea Dios!, y de aquí adelante por este nombre os llamad.

—Así lo haré —dijo él. Y fue llamado Amadís, y en otras muchas partes Amadís de Gaula. El placer que Agrajes, su primo, con estas nuevas hubo y todos los otros del reino sería excusado decir, que hallando los hijos perdidos aunque revesados y mal condicionados sean, reciben los padres consolación y alegría. Pues mirad qué tal podía ser con el que en todo el mundo era un claro y luciente espejo.

Así, que, dejando de más hablar en esto contaremos lo que después acaeció. La doncella de Dinamarca dijo:

—Amadís, señor, yo me quiero ir con estas buenas nuevas, de que mi señora habrá gran placer, y vos quedar a dar gozo y alegría a aquellos ojos que por deseo vuestro tantas lágrimas han derramado.

A él le vinieron las lágrimas a los ojos, que a hilo por la faz le caían y dijo:

—Mi amiga, a Dios vais encomendada y a vos encomiendo mi vida que de ella hayáis piedad, que a mi señora sería osado de la pedir según la gran merced que ahora me hizo y yo seré allá a la servir muy presto con otras tales armas como en la batalla del rey Abies tuve, por donde me podáis conocer, si no hubiera lugar para lo saber de mí.

Agrajes asimismo se despidió de él, diciéndole cómo la doncella a quién él dio la cabeza de Galpano en venganza de la deshonra que le hizo, le trajo mandado de Olinda, su señora, hija del rey Vanaín de Noruega que luego la fuese a ver. La cual él ganara por amiga al tiempo que él y su tío don Galvanes fueron en aquel reino. Este don Galvanes era hermano de su padre, y porque no había más heredad de un pobre castillo, llamábanle Galvanes Sin Tierra y díjole:

—Señor primo, más quisiera yo vuestra compañía que otra cosa; mas mi corazón, que en mucha cuita es, no me deja sino que vaya a ver a aquélla que cerca o lejos siempre en su poder estoy y quiero saber de vos dónde os podría hallar cuando vuelva.

—Señor —dijo Amadís—, creo que me hallaréis en la casa del rey Lisuarte, que me dicen ser allí mantenida caballería en la mayor alteza que en ninguna casa de rey ni emperador que en el mundo haya, y ruégoos que me encomendéis al rey vuestro padre y madre y que así como a vos en su servicio me pueden contar por la crianza que me hicieron.

Entonces se despidió Agrajes del rey y de la reina su tía, y cabalgando con su compaña y el rey y Amadís con él por le hacer honra, saliendo por la puerta de la villa encontraron una doncella que tomando al rey por el freno le dijo:

—Miémbrate, rey, que te dijo una doncella cuando cobrases tu pérdida, perdería el señorío de Irlanda su flor y cata si dijo verdad que cobraste este hijo que perdido tenías y murió aquel esforzado rey Abies que la flor de Irlanda era. Y aún más te digo: que la nunca cobrará por señor que ahí haya hasta que venga el buen hermano de la señora que hará venir soberbiosamente por fuerza de armas, parias de otra tierra, y éste morirá por mano de aquél que será muerto por la cosa que del mundo que más amara. Este fue Marlote de Irlanda, hermano de la reina de Irlanda, aquél que mató Tristán de Leonís, sobre las parias que al rey Mares de Cornualla, su tío, demandaba y Tristán murió después por causa de la reina y sé yo que era la cosa del mundo que él más amaba. Y esto te envía a decir Urganda mi señora.

Amadís le dijo:

—Doncella, decid a vuestra señora que se le encomienda mucho el caballero a quien dio la lanza y que ahora veo ser verdad lo que me dijo que con ella libraría la casa donde primero salí, que libré al rey mi padre, que en punto de la muerte estaba.

La doncella se fue su vía y Agrajes, despedido del rey y de Amadís, donde le dejaremos hasta su tiempo.

El rey Perión mandó llegar cortes, porque todos viesen a su hijo Amadís; donde se hicieron muchas alegrías y juegos en honor y servicio de aquel señor que Dios le diera, con el cual y con su padre esperaban vivir en mucha honra y descanso. Allí supo Amadís cómo el gigante llevara a don Galaor, su hermano, y puso en su voluntad de trabajar mucho por saber qué se hiciera y le cobrar por fuerza de armas o en otra cualquier manera que menester fuese. Muchas cosas se hicieron en aquellas cortes y muchos y grandes dones el rey en ella dio, que sería largo de contar. En fin de las cuales Amadís habló con su padre diciendo que él se quería ir a la Gran Bretaña, que pues no tenía necesidad le diese licencia. Mucho trabajó el rey y la reina por lo detener, mas por ninguna vía pudieron, que la gran cuita que por su señora pasaba no le dejaba lugar a que otra obediencia tuviese, sino aquélla que su corazón sojuzgaba y, tomando consigo solamente a Gandalín y otras tales armas como las que el rey Abies le despedazara en la batalla, así se partió y anduvo tanto hasta que llegó a la mar, y entrando en una fusta, entró en la Gran Bretaña y aportó a una buena villa, que había nombre Bristoya y allí supo cómo el rey Lisuarte era en una su villa que se llamaba Vindilisora y que estaba muy poderoso y muy acompañado de buenos caballeros, y que todos los más reyes de las ínsulas le obedecían. Él partió de allí y entró en su camino, mas no anduvo mucho por él, que halló una doncella que le dijo:

—¿Es éste el camino de Bristoya?

—Sí —dijo él.

—¿Por ventura, sabéis si hallaría allí alguna fusta que pudiese pasar en Gaula?

—¿A qué vais allá? —dijo él.

—Voy a demandar por un buen caballero, hijo del rey de Gaula, que ha nombre Amadís y no ha mucho que se conoció con su padre.

Él se maravilló y dijo:

—Doncella, ¿por quién sabéis vos eso?

—Por aquélla que las cosas esconder no se le pueden, y supo antes su hacienda que él ni su padre, que es Urganda la Desconocida, y hale tanto menester que si por él no, por otro ninguno puede cobrar lo que mucho desea.

—A Dios merced —dijo él—, porque aquella a quien han menester todos, me haya menester a mí. Sabed, doncella, que yo soy el que demandáis y ahora vamos por do quisiereis.

—¿Cómo —dijo ella—, vos sois el que yo busco?

—Yo soy sin falta —dijo él.

—Pues seguidme —dijo la doncella— y llevaros he donde es mi señora.

Amadís dejó su camino y entró por el que la doncella le guiaba.

Capítulo 11. Cómo el gigante llevaba a armar caballero a Galaor por la mano del rey Lisuarte; el cual le armó caballero muy honradamente Amadís

Don Galaor estando con el gigante, como os contamos, aprendiendo a cabalgar y a esgrimir y todas las otras cosas que a caballero convenían, siendo ya en ello muy diestro y el año cumplido, que el gigante por plazo le pusiera, él le dijo:

—Padre, ahora os ruego que me hagáis caballero, pues yo he atendido lo que mandasteis.

El gigante, que vio ser ya tiempo, díjole:

—Hijo, pláceme de lo hacer y decidme quién es vuestra voluntad que lo haga.

—El rey Lisuarte —dijo él—, de quien tanta fama corre.

—Yo os llevaré allá —dijo el gigante. Y al tercer día, teniendo todo el aparejo, partieron de allí, y fueron su camino, y al quinto día halláronse cerca de un castillo muy fuerte que estaba sobre un agua salada y el castillo había nombre Bradoid, y era el más hermoso que había en toda aquella tierra y era asentado en una alta peña y de la una parte corría aquel agua, y de la otra, había un gran tremedal, y de la parte del agua no se podía entrar sino por barca y de contra el tremedal había una calzada tan ancha que podía ir una carreta y otra venir, mas a la entrada del tremedal había una puente estrecha y era echadiza, y cuando la alzaban quedaba el agua muy honda y a la entrada de la puente estaban dos olmos altos, y el gigante y Galaor vieron debajo de ellos dos doncellas y un escudero y vieron un caballero armado sobre un caballo blanco con unas armas de leones y llegar a la puente que estaba alzada y no podía pasar y daba voces a los del castillo. Galaor dijo contra el gigante:

—Si os pluguiere, veamos qué hará aquel caballero, y no tardó mucho que vieron contra el castillo del cabo de la puente dos caballeros armados y diez peones sin armas y dijeron al caballero que qué quería.

—Querría —dijo él— entrar allá.

—Eso no puede ser —dijeron ellos—, si antes con nosotros no os combatís.

—Pues por ál no puede ser —dijo él—, haced bajar la puente y venid a la justa.

Los caballeros hicieron a los peones que la bajasen y el uno de ellos se dejó correr al que llamaba, su lanza baja y el caballo recio, cuanto llevarse pudo y el de las armas de los leones movió contra él e hiriéronse ambos bravamente. El caballero del castillo quebró su lanza y el otro le hirió tan duramente que lo derribó en tierra y el caballo sobre él, y fue para el otro que en la puente entraba y juntáronse ambos de los cuerpos de los dos caballos que las lanzas fallecieron de los encuentros y el de fuera encontró tan fuerte al del castillo que a él y al caballo derribó en el agua y el caballero fue luego muerto y él pasó la puente y fuese huyendo contra el castillo y los villanos alzaron la puente y las doncellas donde fuera voces que le alzaban la puente y el que volvía a ellos vio venir contra sí tres caballeros muy bien armados que le dijeron:

—En mal punto acá pasasteis, ca os convendrá morir en el agua como muere el que vale más que vos; y dejáronse todos tres a él correr e hiriéronle tan bravamente que el caballo le hicieron ahinojar y cerca estuvo de caer, y quebraron las lanzas y quedó de los dos llagado, más él hirió a uno de ellos de manera que armadura que trajese no le aprovechó, que la lanza entró por el un costado, y salió por el otro el hierro con un pedazo de la asta y metió mano a su espada muy bravamente y fue a herir los dos caballeros, y ellos a él, y comenzaron entre sí una peligrosa batalla; mas el de las armas de los leones, que se temía de muerte, trabajó de se librar de ellos, y dio al uno tal golpe de la espada en el brazo diestro que se lo hizo caer en tierra con la espada y comenzó a huir contra el castillo diciendo a grandes voces:

—Acorred, amigos, que matan a vuestro señor.

El de los leones al oír decir que aquél era el señor, quejóse más de lo vencer y diole un tal golpe por cima del yelmo que la espada le metió por la carne, de que el caballero fue tan desatinado, que perdió las estriberas y cayera si se no abrazara al cuello del caballo y tomóle por el yelmo sacóselo de la cabeza, y el caballero quiso huir, pero vio que el otro estaba entre él y el castillo:

—Muerto sois —dijo el de los leones— si por preso no os otorgáis.

Y él, que hubo gran miedo de la espada que ya sintiera en la cabeza, dijo:

—¡Ay, buen caballero, merced!, no me matéis, tomad mi espada y otórgome por preso; mas el de los leones, que vio salir caballeros y peones armados del castillo, tomóle por el brocal del escudo y púsole la punta de la espada en el rostro y dijo:

—Mandad aquéllos que se tomen; si no, mataros he.

Él les dio voces que se tornasen si su vida querían; ellos viendo su gran peligro, así lo hicieron y díjoles más:

—Haced a los peones que echen la puerta, y luego lo mandó. Entonces lo tomó consigo y pasó la puente con él y el del castillo que vio las doncellas conoció la una que era Urganda la Desconocida y dijo:

—¡Ay!, señor caballero, si me no amparáis de aquella doncella, muerto soy.

—Así Dios me ayude —dijo él—, eso no haré yo; antes haré de vos lo que ella mandare.

Entonces dijo a Urganda:

—Veis el caballero señor del castillo, ¿qué queréis que le haga?

—Cortadle la cabeza, si os no diere mi amigo que allá tienen preso en el castillo y si me no metiere en mano la doncella que le hizo tener.

—Así sea —dijo él. Y alzó la espada por le espantar, mas el caballero dijo:

—¡Ay, buen señor!, no me matéis, yo haré cuanto ella manda.

—Pues, luego sea —dijo— sin más tardar.

Entonces llamó a uno de los peones y díjole:

—Ve a mi hermano y dile si me quiere ver vivo que traiga luego el caballero que allá está y la doncella que le trajo: esto fue luego hecho y, venido, el de los leones le dijo:

—Caballero, ¿veis allí vuestra amiga?, amadla que mucho afán pasó por os sacar de prisión.

—Sí, amo —dijo él—, más que nunca.

Urganda le fue a abrazar y él a ella.

—Pues, ¿qué haréis de la doncella? —dijo el caballero de los leones.

—Matarla —dijo Urganda—, que mucho la sufrí; e hizo un encantamiento, de manera que ella se iba tremiendo a meter en el agua, mas el caballero dijo:

—Señora, por Dios, no muera esta doncella, pues por mí fue presa.

—Yo la dejaré esta vez por vos, mas si me yerra todo lo pagará junto.

El señor del castillo dijo:

—Señor, pues cumplí lo que me mandasteis, quitadme de Urganda.

Ella le dijo:

—Yo os quito por la honra de este que os venció.

El de los leones preguntó a la doncella por qué de su grado se metía en el agua.

—Señor —dijo ella—, parecíame que tenía de cada parte un hacha ardiendo que me quemaban y quería con el agua guarecer.

Él se comenzó a reír y dijo:

—¡Por Dios!, doncella, gran locura es la vuestra en hacer enojo a quien tan bien vengarse puede.

Galaor, que todo lo viera, dijo al gigante:

—Éste quiero que me haga caballero, que si el rey Lisuarte es tan nombrado será por su grandeza, mas este caballero merece serlo por su gran esfuerzo.

—Pues llegad a él —dijo el gigante—, y si no lo hiciere será por su daño.

Galaor se fue donde el de las armas de los leones estaba, so los olmos, y en su compañía consigo llevaba cuatro escuderos y dos doncellas y como llegó, saludáronse ambos y Galaor dijo:

—Señor caballero, demándoos un don.

Él, que lo vio más hermoso que nunca otro había, tomólo por la mano y dijo:

—Sea con derecho y yo os le otorgo.

—Pues ruégoos por cortesía que me hagáis caballero sin más tardar, y quitarme habéis de ir al rey Lisuarte, donde ahora iba.

—Amigo —dijo él—, gran desvarío haríais en dejar para tal honra el mejor rey del mundo y tomar a un pobre caballero como lo soy yo.

—Señor —dijo Galaor—, la su grandeza del rey Lisuarte no me pondrá a mí esfuerzo, así como lo hará vuestra gran valentía que aquí os vi hacer y cumplir lo que prometisteis.

—Buen escudero —dijo él—, cualquiera otro que demandéis seré yo muy más contento que de éste, que en mí no cabe ni a vos en honra.

A la sazón Urganda llega a ellos como que no había oído nada y dijo:

—Señor, ¿qué os parece de este doncel?

—Paréceme —dijo él— el más hermoso que nunca vi, y demándame un don que a él ni a mí cumple.

—¿Y qué es? —dijo ella.

—Que le haga caballero —dijo él—, siendo puesto en camino para lo ir a pedir al rey Lisuarte.

—Ciertamente —dijo Urganda—, en él dejar de ser caballero le vendría mayor daño que pro y a él digo que no os quite el don y a vos que lo cumpláis. Y dígoos que la caballería será en él mejor empleada que en ninguno de cuantos ahora hay en todas las ínsulas del mar, fuera ende uno solo.

—Pues que así es —dijo él—, en el nombre de Dios sea y ahora nos vamos a alguna iglesia para tener la vigilia.

—No es necesario —dijo Galaor—, que ya hoy he oído misa y vi el verdadero cuerpo de Dios.

—Esto basta —dijo el de los leones, y poniéndole la espuela diestra y besándolo, le dijo:

—Ahora sois caballero y tomad la espada de quien más os agradará.

—Vos me la daréis —dijo Galaor—, que de otro ninguno no la tomaría a mi agrado.

Y llamó a un escudero que le trajese una espada que en la mano tenía. Mas Urganda le dijo:

—No os dará ésa, sino aquélla que está colgada de este árbol, con que seréis más alegre.

Entonces miraron todos al árbol y no vieron nada. Ella comenzó a reír de gana y dijo:

—Por Dios, bien ha diez años que allí está, que la nunca vio ninguno que por aquí pasase y ahora la verán todos; y tornando a mirar vieron la espada colgada de un ramo del árbol y parecía muy hermosa y tan fresca como si entonces se pusiera y la vaina muy ricamente labrada de seda de oro. El de las armas de los leones la tomó y ciñóla a Galaor diciendo:

—Tan hermosa espada convenía a tan hermoso caballero y cierto que os no desama quien de tan luengo tiempo os la guardó.

Galaor fue de ella muy contento y dijo al de las armas de los leones:

—Señor, a mí conviene ir a un lugar que excusar no puedo. Mucho deseo vuestra compañía, más que de otro caballero ninguno, si a vos pluguiese y decidme dónde os hallaré.

—En casa del rey Lisuarte —dijo él— donde seré alegre de os ver, porque es razón de ir allí, porque ha poco que fui caballero y tengo en tal casa de ganar alguna honra como vos.

Galaor fue de esto muy alegre y dijo a Urganda:

—Señora doncella, mucho os agradezco esta espada que me disteis, acordaos de mí como de vuestro caballero, y, despedido de ellos, se tornó a donde dejara al gigante que escondido quedara en una ribera de un río.

En este medio tiempo, que esto pasó, hablaba una doncella de Galaor con la otra de Urganda, y de ella supo cómo aquel caballero era Amadís de Gaula, hijo del rey Perión, y cómo Urganda, su señora, le hizo venir allí, que a su amigo de aquel castillo sacase por fuerza de armas, que el su gran saber no le aprovechaba para ello, porque la señora del castillo que de aquella arte mucho sabía, lo tenía, primero, encantado y no se temiendo del saber de Urganda quisiéronse asegurar de la fuerza de las armas con aquella costumbre que el caballero de los leones venció, y pasó la puente como se os ha contado. Y por esto le tenían allí su amigo, que allí trajera una doncella, sobrina de la señora del castillo, aquélla que ya oísteis, que en el agua se quería ahogar. Así quedaron Urganda y el caballero hablando una parte de aquel día y ella dijo:

—Buen caballero, ¿no sabéis a quién armasteis caballero?

—No —dijo él.

—Pues razón es que lo sepáis, que él es de tal corazón y vos asimismo, que si os topaseis, no os conociendo, sería gran mala ventura. Sabed que es hijo de vuestro padre y madre; y éste es el que el gigante les tomó siendo niño de dos años y medio, y es tan grande y hermoso como ahora veis y por amor vuestro y suyo guardé tanto tiempo para él aquella espada, y dígoos que hará con ella el mejor comienzo de caballería que nunca hizo caballero en la Gran Bretaña.

Amadís se le hincharon los ojos de agua de placer y dijo:

—¡Ay, señora!, decidme dónde lo hallaré.

—No es ahora menester —dijo ella— que lo busquéis, que todavía conviene que pase lo que está ordenado.

—¿Pues podré lo ver aína?

—Sí —dijo ella—, mas no os será tan ligero de conocer como pensáis.

Él se dejó de preguntar más en ello y ella con su amigo se fue su vía. Y Amadís con su escudero por otro camino con intención de ir a Vindilisora, donde era a la sazón el rey Lisuarte.

Galaor llegó donde el gigante y díjole:

—Padre, yo soy caballero. Loores a Dios y al buen caballero que lo hizo.

Dijo él:

—Hijo, de eso soy muy alegre y demándoos un don.

—Muy de grado —dijo él— lo otorgo con tanto que no sea estorbo de ir yo a ganar honra.

—Hijo —dijo el gigante—, antes, si a Dios pluguiere, será en gran acrecentamiento de ella.

—Pues pedidlo —dijo él—, que yo lo otorgo.

—Hijo —dijo él—, algunas veces me oísteis decir cómo Albadán el gigante mató a traición a mi padre y le tomó la peña de Galtares, que debe ser mía. Demándoos que me deis derecho de él, que otro ninguno como vos me lo puede dar, y acordaos de la crianza que en vos hice y cómo ponía yo mi cuerpo a la muerte por vuestro amor.

—Ese don —dijo Galaor— no es de pedirle vos a mí, antes le demando yo a vos que me otorguéis esa batalla, pues tanto os cumple y si de ella vivo saliere, todas las otras cosas que más vuestra honra y provecho sea hasta que esta vida pague aquella gran deuda en que vos es, yo estoy aparejado de hacer; y luego vamos allá.

—En el nombre de Dios —dijo el gigante. Entonces entraron en el camino de la peña de Galtares y no anduvieron mucho que encontraron con Urganda la Desconocida y saludáronse cortésmente y dijo a Galaor:

—¿Sabéis quién os hizo caballero?

—Sí —dijo él—, el mejor caballero de que nunca oí hablar.

—Verdad es —dijo ella—, y más vale que vos pensáis, y quiero que sepáis quién es.

Entonces llamó a Gandalaz el gigante y dijo:

—Gandalaz, ¿no sabes tú que ese caballero que criaste es hijo del rey Perión y de la reina Elisena y por las palabras que yo te dije le tomaste y lo has criado?

—Verdad es —dijo él. Entonces dijo a Galaor:

—Mi amado hijo, sabed que aquél que os hizo caballero es vuestro hermano y es mayor que vos dos años y cuando le vieres, honradle como al mejor caballero del mundo y trabajad de le parecer en el ardimiento y buen talante.

—¿Es verdad —dijo Galaor— que el rey Perión es mi padre y la reina mi madre, y que soy hermano de aquel tan buen caballero?

—Sin falta —dijo ella.

—A Dios merced —dijo él—, ahora os digo que soy puesto en mucho mayor cuidado que antes y la vida en mayor peligro, pues me conviene ser tal esto que vos, doncella, decís, así ellos como todos los otros con razón lo deban creer.

Urganda se despidió de ellos y el gigante y Galaor anduvieron su vía como antes. Y preguntando Galaor al gigante quién era aquella tan sabida doncella y él contándole cómo era Urganda la Desconocida, y que se llamaba así porque muchas veces se transformaba y desconocía; llegaron a una ribera y por ser el calor grande acordaron en ella holgar en una tienda que armaron y no tardó que vieron venir una doncella por un camino, otra por otro, así que se juntaron cabe la tienda y cuando vieron al gigante quisieron huir, mas don Galaor salió a ellas e hízolas tornar asegurándolas y preguntó dónde iban. La una le dijo:

—Voy por mandato de una mi señora a ver una batalla muy extraña de un solo caballero que se ha de combatir con el fuerte gigante de la peña de Galtares, para que le lleve las nuevas a ella.

La otra doncella dijo:

—Maravíllome de lo que decís que haya caballero que tan gran locura osase acometer y, aunque mi camino a otra parte es, ir quiero con vos por ver cosa tan fuera de razón.

Ellas, que se iban, díjoles Galaor:

—Doncellas, no os quejéis de ahí llegar, que nosotros vamos a ver esa batalla e id en nuestra compañía.

Ellas se lo prometieron y mucho holgaban de le ver tan hermoso con aquellos paños de novel caballero que muy apuesto le hacían, y todos juntos allí comieron y holgaron y Galaor sacó aparte al gigante y díjole:

—Padre, a mí placería mucho que me dejéis ir a hacer mi batalla y sin vos llegaré más aína.

Esto decía porque no supiesen que él era el que la había de hacer y no sospechasen que con su esfuerzo quería acometer tan gran cosa. El gigante le otorgó contra su voluntad y Galaor se armó y entró en el camino y las doncellas ambas con él y tres escuderos del gigante que mandó ir con él, que llevaban las armas y lo que había menester, y así anduvo tanto que llegó a dos leguas de la peña de Galtares y allí le anocheció en una casa de un ermitaño y, sabiendo que era de orden, se confesó con él. Y cuando le dijo que iba a hacer aquella batalla fue muy espantado y díjole:

—¿Quién os pone en tan gran locura como ésta?, que en toda esta comarca no hay tales diez caballeros que le osasen acometer, tanto es bravo y espantoso y sin ninguna merced, y vos siendo en tal edad poneros en tal peligro, perder queréis el cuerpo y aun el alma, que aquéllos que conocidamente se ponen en la muerte pudiéndole excusar, ellos mismos se matan.

—Padre —dijo don Galaor—, Dios hará de mí su voluntad, pero la batalla no la dejaré por ninguna vía.

El hombre bueno comenzó a llorar, y díjole:

—Hijo, Dios os acorra y esfuerce, pues en esto otra cosa no queréis hacer y pláceme en os hallar de buena vida; y Galaor le rogó que rogase a Dios por él. Allí se aposentaron aquella noche y otro día habiendo oído misa armóse caballero Galaor y fuese contra la peña, que ante si veía muy alta y con muchas torres fuertes que hacían el castillo parecer muy hermano a maravilla. Las doncellas preguntaron a Galaor si conocía el caballero que la batalla había de hacer. Él les dijo:

—Creo que ya le vi.

Galaor preguntó a la doncella que le dijese quién era.

—Esto no puede saber otro, sino el caballero que se ha de combatir, y hablando en esto llegaron al castillo y la puerta hallaron cerrada. Galaor llamó y parecieron dos hombres sobre la puerta y díjoles:

—Decid a Albadán que está aquí un caballero de Gandalaz que viene a se combatir con él y que si allá tarda, que no saldrá hombre ni entrará que le yo no mate, si puedo.

Los hombres se rieron y dijeron:

—Este rencor durará poco, porque o tú huirás o perderás la cabeza.

Y fuéronlo a decir al gigante, y las doncellas se llegaron a Galaor y dijeron:

—Amigo señor, ¿sois vos el lidiador de esta batalla?

—Sí —dijo él.

—Ay, señor —dijeron ellas—, Dios os ayude y lo deje acabar a vuestra honra, que gran hecho comenzáis y quedad en buena hora, que no osaremos atender al gigante.

—Amigas, no temáis y ved, por lo que vinisteis, o vos tornad a casa del ermitaño que yo ahí seré, si aquí no muero.

La una dijo:

—Cualquier mal que avenga, ver quiérolo, por que vine.

Apartándose del castillo se metieron en una orilla de una floresta donde esperaban de huir si mal fuese el caballero.

Capítulo 12. De cómo Galaor se combatió con el gran gigante, señor de la peña de Galtares

Al gigante fueron las nuevas y no tardó mucho, que luego salió en un caballo y él parecía sobre él tan gran cosa que no hay hombre en el mundo que mirar lo osase, y traía unas hojas de hierro tan grandes que desde la garganta hasta la silla que cubría y un yelmo muy grande y muy claro y una gran maza de hierro muy pesada con que hería. Mucho fueron espantados los escuderos y las doncellas de lo ver, y Galaor no era tan esforzado que entonces gran miedo no hubiese. Mas cuanto más a él se acercaba más le perdía. El jayán le dijo:

—¡Cautivo caballero, cómo osas atender tu muerte, que no te verá más el que acá te envió y aguarda y verás cómo sé herir de maza.

Galaor fue sañudo y dijo:

—¡Diablo!, tú serás vencido y muerto con lo que yo traigo en mi ayuda, que es Dios y la razón.

El jayán movió contra él, que no parecía, sino una torre. Galaor fue a él con su lanza baja al más correr de su caballo y encontróle en los pechos de tal fuerza que la una estribera le hizo perder y la lanza quebró. El jayán alzó la maza por lo herir en la cabeza y Galaor pasó tan aína que no lo alcanzó sino en el brocal del escudo y quebrando los brazales y el tiracol se lo hizo caer en tierra y a pocas Galaor hubiera caído tras él y el golpe fue tan fuerte dado, que el brazo no pudo la maza sostener y dio en la boca de su mismo caballo, así que lo derribó muerto y él quedó debajo; y queriéndose levantar, habiendo salido de él a gran afán, llegó Galaor y diole de los pechos del caballo y pasó sobre él bien dos veces antes que se levantase y a la hora tropezó el caballo de Galaor en el del gigante y fue a caer de la otra parte. Galaor salió del suelo, que se veía en aventura de muerte, y puso mano a la espada que Urganda le diera, y dejóse ir contra el jayán que la maza tomaba del suelo y diole con la espada en el palo de ella y cortóle todo que no quedó sino un pedazo, que le quedó en la mano, y con aquél lo hirió el jayán de tal golpe por encima del yelmo que la una mano le hizo poner en tierra, que la maza era fuerte y pesada, y él, que hería de gran fuerza, y el yelmo se le torció en la cabeza, mas el como muy ligero y de vivo corazón fuese, levantóse luego y tomó al jayán, el cual le quiso herir otra vez, pero Galaor, que mañoso era, y ligero andaba, guardóse del golpe y diole en el brazo con la espada tal herida que se lo cortó cabe el hombro y descendiendo la espada a la pierna, le cortó cerca de la mitad. El jayán dio una gran voz y dijo:

—¡Ay, cautivo!, escarnido soy por un hombre solo, y quiso abrazar a Galaor con grande saña, mas no pudo ir adelante por la gran herida de la pierna y sentóse en el suelo. Galaor tornó a lo herir y como el gigante tendió la mano por lo trabar diole un golpe que los dedos le echó en tierra con la mitad de la mano; y el jayán, que por lo trabar se había tendido mucho, cayó y Galaor fue sobre él y matóle con su espada y cortóle la cabeza. Entonces vinieron a él los escuderos y las doncellas y Galaor les mandó a los escuderos que llevasen la cabeza a su señor; ellos fueron alegres y dijeron:

—¡Por Dios!, señor, él hizo en vos buena crianza, que vos ganasteis el prez y él la venganza y el provecho.

Galaor cabalgó en un caballo de los escuderos y vio salir del castillo diez caballeros en una cadena metidos que le dijeron:

—Venid a tomar el castillo, que vos matasteis el jayán, y nos, los que le guardaban.

Galaor dijo a las doncellas:

—Señoras, quedemos aquí esta noche.

Ellas dijeron que les placía. Entonces hizo quitar la cadena a los caballeros y acogiéronse todos al castillo donde había hermosas casas y en una de ellas se desarmó y diéronle de comer y a sus doncellas con él. Así, holgaron allí con gran placer, mirando aquella fuerza de torres y muros, que maravillosas cosas les parecían. Otro día fueron allí asonados todos los de la tierra en derredor, y Galaor salió a ellos, y ellos lo recibieron con gran alegría diciéndole que pues él ganara aquel castillo matando al jayán que por fuerza y grande premia los mandaba, que a él querían por señor. Él se lo agradeció mucho; pero dijoles que ya sabían cómo aquella tierra era de derecho de Gandalac y que él como su criado había venido allí a la ganar para él, que le obedeciesen por señor como eran obligados y que él los trataría mansa y honradamente.

—Y sea bien venido —dijeron ellos—, que como nuestro natural y como cosa suya propia tendrá cuidado de nos hacer bien que este otro que matasteis como ajenos y extraños nos trataba.

Galaor tomó homenaje de dos caballeros, los que más honrados le parecieron, para que venido Gandalac le entregasen el castillo y tomando sus armas y las doncellas y un escudero de los dos que allí trajo entró en el camino de la casa del ermitaño, y allí llegado, el hombre bueno fue muy alegre con él y díjole:

—Hijo, bienaventurado, mucho debéis amar a Dios, que Él os ama, pues quiso que por vos fuese hecha tan hermosa venganza.

Galaor, tomando de él su bendición y rogándole que le hubiese memoria en sus oraciones, entró en su camino. La una doncella le rogó que le otorgase su compañía y la otra dijo:

—No vine aquí sino por ver fin de esta batalla, y vi tanto, que tendré que contar por donde fuere. Ahora quiero me ir a casa del rey Lisuarte por ver un caballero, mi hermano, que allí anda.

—Amiga —dijo Galaor—, si allí vieres un caballero mancebo que trae unas armas de unos leones decidle que el doncel que él hizo caballero se le encomienda. Y que yo trabajaré de ser hombre bueno y si le yo viere decirle he más de mi hacienda y de la suya que él sabe.

La doncella se fue su vía y Galaor dijo a la otra que pues él había sido el caballero que la batalla hiciera que le dijese quién era su señora que allí la había enviado.

—Si lo vos queréis saber —dijo ella—, seguidme y mostrárosla he aquí a cinco días.

—Ni por eso —dijo él— quedaré de lo saber, que yo os seguiré.

Así anduvieron hasta que llegaron a dos carreteras y Galaor, que iba delante, se fue por la una pensando que la doncella fuera tras él, mas ella tomó la otra y esto era a la entrada de la floresta llamada Brananda, que parte el Condado de Clara y de Gresca y no tardó mucho que Galaor oyó unas voces diciendo:

—¡Ay, buen caballero, valedme!

Él tornó el rostro y dijo:

—¿Quién da aquellas voces?

El escudero dijo:

—Entiendo que la doncella que de nos se apartó.

—¿Cómo —dijo Galaor—, partióse de nos?

—Sí, señor —dijo él—, por aquel otro camino va.

—¡Por Dios!, mal la guarde.

Y enlazando el yelmo, y tomando el escudo y la lanza, fue cuanto pudo donde las voces oía y vio un enano feo encima de un caballo y cinco peones armados con él de capellinas y hachas y estaba hiriendo con un palo que en la mano tenía a la doncella. Galaor llegó a él y dijo:

—Ve, cosa mala y fea. Dios te dé mala ventura.

Y tomó la lanza a la mano siniestra. Y fue a él, y tomándole el palo diole con él tal herida que cayó en tierra todo aturdido, los peones fueron a él e hiriéronlo por todas partes y él dio a uno tal golpe del palo en el rostro, que le batió en tierra e hirió a otro con la lanza en los pechos que le tenía metida la hacha en el escudo y no la podía sacar, que le pasó de la otra parte y cayó y quedó en él la lanza y sacó la hacha del escudo y fue para los otros, mas no le osaron atender y fueron por unas matas tan espesas que no pudo ir tras ellos, y cuando volvió, vio cómo el enano cabalgara y dijo:

—Caballero, en mal punto me heristeis y matasteis mis hombres, y dio del azote al rocín y fuese cuanto más pudo por una carretera. Galaor sacó la lanza del villano y vio que estaba sana, de que le plugo. Y dio las armas al escudero y dijo:

—Doncella, id vos adelante y guardaros he mejor.

Y, así, tornaron al camino, donde a poco rato llegaron a un río que había nombre Bran y no se podía pasar sin barco. La doncella que iba delante halló el barco y pasó de la otra parte y en tanto que Galaor atendió el barco llegó el enano que él hiriera y venía diciendo:

—A la fe, don traidor, muerto sois y dejaréis la doncella que me tomasteis.

Galaor vio que con él venían tres caballeros bien armados y en buenos caballos.

—¿Cómo —dijo el uno de ellos—, todos tres iremos a uno solo? Yo no quiero ayuda ninguna.

Y dejóse a él ir lo más recio que pudo y Galaor que ya sus armas tomara fue contra él e hiriéronse de las lanzas y el caballero del enano le falsó todas sus armas, mas no fue la herida grande y Galaor hería bravamente que lo lanzó de la silla, de que los otros fueron maravillados y dejáronse a él correr entrambos de consuno y él a ellos y el uno erró su golpe y el otro hizo en el escudo su lanza piezas y Galaor lo hirió tan duramente que el yelmo le derribó de la cabeza y perdió las estriberas y estuvo cerca de caer; mas el otro tornó e hirió a Galaor con la lanza en los pechos y quebró la lanza y aunque Galaor sintió el golpe mucho no le falsó el arnés; entonces metieron todos mano a las espadas y comenzaron su batalla y el enano decía a grandes voces:

—Matadle el caballo y no huirá, y Galaor quiso herir al que derribara el yelmo. Y el otro alzó el escudo y entró, por el brocal bien un palmo y alcanzó con la punta en la cabeza al caballero y hendiólo hasta las quijadas, así que cayó muerto. Cuando el otro caballero vio este golpe huyó, y Galaor en pos de él e hirióle con su espada por cima del yelmo y no le alcanzó bien y descendió el golpe al arzón de zaga y llevóle un pedazo y muchas mallas del arnés, mas el caballero hirió recio al caballo de las espuelas y echó el escudo del cuello por se ir más aína. Cuando Galaor así lo vio dejólo y quiso mandar colgar al enano por la pierna, mas violo ir huyendo en su caballo cuanto más pudo y tomóse al caballero con quien antes justara que iba ya acordando y díjole:

—Caballero, de vos me pesa más que de los otros, porque a guisa de buen caballero os quisisteis combatir, no sé por qué me acometisteis que no os lo merecí.

—Verdad es —dijo el caballero—, mas aquel enano traidor nos dijo que le hirierais sus hombres y le tomarais a fuerza una doncella que se quería con él ir.

Galaor le mostró la doncella que lo atendía de la otra parte del río y dijo:

—¿Veis la doncella?, y si yo forzara no me atendería, mas viniendo en mi compañía erróse de mí en esta floresta y él la tomó y la hería con un palo muy mal.

—¡Ay, traidor! —dijo el caballero—, en mal punto me hizo acá venir si lo yo hallo.

Galaor le hizo dar el caballo y díjole que atormentase al enano, que era traidor. Entonces pasó en el barco de la otra parte y entró en el camino el guía de la doncella, y cuando fue entre nona y vísperas mostróle la doncella un castillo muy hermoso encima de un valle y díjole:

—Allí iremos nos albergar.

Y anduvieron tanto hasta que a él llegaron y fueron muy bien recibidos como en casa de su madre de la doncella que era y díjole:

—Señora, honrad este caballero como al mejor que nunca escudo echó al cuello.

Ella dijo:

—Aquí le haremos todo servicio y placer.

La doncella le dijo:

—Buen caballero, para que yo pueda cumplir lo que os he prometido habéisme de aguardar aquí, que luego volveré con recaudo.

—Mucho os ruego —dijo él— que no me detengáis, que se me haría mucha pena.

Ella se fue y no tardó mucho que no volviese y díjole:

—Ahora cabalgad y vamos.

—En el nombre de Dios —dijo él. Entonces tomó sus armas y cabalgando en su caballo se fue con ella y anduvieron siempre por una floresta y a la salida de ella les anocheció, y la doncella dejando el camino que llevaba tomó por otra parte y pasada una pieza de la noche llegaron a una hermosa villa que Grandares había nombre, y desde que llegaron a la parte del alcázar dijo la doncella:

—Ahora descendamos y venid en pos de mí, que en aquel alcázar os diré lo que tengo prometido.

—Pues llevaré mis armas —dijo él.

—Sí —dijo ella—, que no sabe hombre lo que venir puede.

Ella se fue delante y Galaor en pos de ella hasta que llegaron a una pared y dijo la doncella:

—Subid por aquí y entrad ende que yo iré por otra parte y acudiré a vos.

Él subió suso a gran afán y tomó el escudo y yelmo y bajóse ayuso y la doncella se fue. Galaor entró por una huerta y llegó a un postigo pequeño que en el muro del alcázar estaba y estuvo allí un poco hasta que lo vio abrir y vio la doncella y otra con ella y dijo a Galaor:

—Señor caballero, antes que entréis conviene que me digáis cuyo hijo sois.

—Dejad vos de eso —dijo él—, que yo tengo tal padre y madre que hasta que más valga no osaría decir que su hijo soy.

—Todavía —dijo ella— conviene que me lo digáis, que no será de vuestro daño.

—Sabed que soy hijo del rey Perión y de la reina Elisena y aún no ha siete días que os no lo supiera decir.

—Entrad —dijo ella. Entrando hiciéronlo desarmar y cubriéronle un manto y saliéronse de allí y la una iba detrás y la otra delante y él en medio y entrando en un gran palacio y muy hermoso, donde yacían muchas dueñas y doncellas en sus camas, y si alguna preguntaba quién iba ahí, respondieron ambas las doncellas. Así pasaron hasta una cámara que con el palacio se contenía y entrando dentro vio Galaor estar en una cámara de muy ricos paños una hermosa doncella, que sus hermosos cabellos peinaba, y como vio a Galaor puso en su cabeza una hermosa guirnalda y fue contra él diciendo:

—Amigo, vos seáis bien venido, como el mejor caballero que yo sé.

—Señora —dijo él—, y vos muy bien hallada como la más hermosa doncella que yo nunca vi.

Y la doncella que lo allí guió dijo:

—Señor, veis aquí mi señora y ahora soy quita de la promesa; sabed que ha nombre Aldeva y es hija del rey de Serolis, y hala criado aquí la mujer del duque de Bristoya, que es hermana de su madre. Desi —dijo a su señora—. Yo os doy al hijo del rey Perión de Gaula; ambos sois hijos de reyes y muy hermosos; si os mucho amáis, no os lo tendrá ninguno a mal.

Y saliéndose fuera Galaor holgó con la doncella aquella noche a su placer y sin que más aquí os sea recontado, porque en los autos semejantes que a buena conciencia ni a virtud no son conformes con razón, debe hombre por ellos ligeramente pasar, teniéndolos en aquel pequeño grado que merecen ser tenidos. Pues venida la hora en que le convino salir de allí, tomó consigo las doncellas y tornóse donde las armas dejara. Y armado se salvó a la huerta y halló ahí el enano que ya oísteis y díjole:

—Caballero, en mal punto acá entrasteis, que yo os haré morir y a la alevosa que aquí os trajo.

Entonces dio voces:

—Salid, caballeros, salid, que un hombre sale de la cámara del duque.

Galaor subió en la pared y acogióse a su caballo, mas no tardó mucho que el enano con gente salió por una puerta que abrieron, y Galaor que entre todos le vio —dijo entre sí:

—¡Ay!, cautivo muerto soy, si me no vengo de este traidor de enano, y dejóse a él ir por lo tomar, mas el enano se puso detrás de todos en su rocín. Y Galaor con la gran rabia que llevaba metióse por entre todos. Y ellos lo comenzaron a herir de todas partes; cuando él vio que no podía pasar, hiriólos tan cruelmente que mató dos de ellos en que quebró la lanza, después metió mano a la espada y dábales mortales golpes, de manera que algunos fueron muertos y otros heridos, mas antes que de la prisa fuese salido, le mataron el caballo. Él se levantó a gran afán, que le herían, por todas partes. Pero desde que fue en pie escarmentólos de manera que ninguno era osado de llegar a él. Cuando el enano lo vio ser a pie, cuidólo herir de los pechos del caballo y fue a él lo más recio que pudo, y Galaor se tiró un poco afuera y tendió la mano y tomóle por el freno y diole tal herida de la manzana de la espada en los pechos, que lo derribó en tierra, y de la caída fue así aturdido, que la sangre le salió por las orejas y por las narices, y Galaor saltó en el caballo y al cabalgar perdió la rienda y salióse el caballo con él de la prisa y como era grande y corredor antes que lo cobrase se alongó una buena pieza y como las riendas hubo quísose tirar a los herir, mas vio a la fenestra de una torre su amiga que con el manto le hacía señas que se fuese. Él se partió dende, porque la gente mucha había ya sobrevenido y anduvo hasta entrar en una floresta. Entonces dio el escudo y yelmo a su escudero. Algunos de los hombres decían que sería bueno seguirle; otros, que nada aprovecharía, pues era en la floresta. Pero todos estaban espantados de ver cómo tan bravamente se había combatido. El enano que maltrecho estaba dijo:

—Llevadme al duque y yo le diré de quién debe tomar la venganza.

Ellos le tomaron en brazos y lo subieron donde el duque era y contóle cómo hallara a la doncella en la floresta, y porque la quería traer consigo había dado grandes voces y que acudiera en su ayuda un caballero y le había muerto sus hombres y a él herido con el palo, y que él después le siguiera con los tres caballeros por le tomar la doncella y cómo los desbaratara y venciera; finalmente, le contó cómo la doncella le trajera allí y lo había metido en su cámara. El duque le dijo si conocería la doncella, él dijo que sí. Entonces las mandó allí venir todas las que estaban en el castillo, y como el enano entre ellas la vio dijo:

—Esta es por quien vuestro palacio es deshonrado.

—¡Ay, traidor! —dijo la doncella—, mas tú me herías mal y mandabas herir a tus hombres y aquel buen caballero me defendió, que no sé si es éste o si no.

El duque fue muy sañudo y dijo:

—Doncella, yo haré que me digáis la verdad, y mandóla poner en prisión. Pero por tormentos ni males que la hicieron nunca nada descubrió y allí la dejó estar con grande angustia de Aldeva, que la mucho amaba, y no sabía con quién lo hiciese saber a Galaor, su amigo. El autor deja aquí de contar de esto y toma a hablar de Amadís y lo de este Galaor dirá en su lugar.

Capítulo 13. De cómo Amadís se partió de Urganda la Desconocida y llegó a una fortaleza, y de lo que en ella le avino

Partido Amadís de Urganda la Desconocida con mucho placer de su ánimo en haber sabido que aquél que hiciera caballero era su hermano, y porque creía ser presto donde su señora era, que aunque la no viese le sería gran consuelo ver el lugar donde estaba, anduvo tanto contra aquella parte por una floresta sin que poblado hallase, que en ella le anocheció y en cabo de una pieza vio lejos un fuego que sobre los árboles parecía y fue contra allá pensando hallar aposentamiento. Entonces, desviándose del camino anduvo hasta que llegó a una hermosa fortaleza que en una torre de ella parecía por las fenestras aquellas lumbres que de candelas eran, y oyó voces de hombres y mujeres que cantaban y hacían alegrías. Y llamó a la puerta, mas no le oyeron, y dende a poco los de la torre miraron por entre las almenas y viéronle que llamaba. Y díjole un caballero:

—¿Quién sois que a tal hora llamáis?

Él dijo:

—Señor, soy un caballero extraño.

—Así parece —dijo el del muro—, que sois extraño que dejáis de andar de día y andáis de noche, mas creo que lo hacéis por no haber razón de os combatir que ahora no hallaréis sino diablos.

Amadís le dijo:

—Si en vos algún bien hubiese, algunas veces veríais andar de noche a los que menos hacer no pueden.

—Ahora os id —dijo el caballero— que no entraréis acá.

—Así me ayude Dios —dijo Amadís—, yo cuido que no querríais hombre que algo valiese en vuestra compañía. Pero querría antes que me vaya saber cómo habéis nombre.

—Yo te lo diré —dijo él— con tal que cuando me hallares te combatas conmigo.

Amadís, que sañudo estaba, otorgóselo. El caballero dijo:

—Sabed que yo he nombre Dardán, que no puedes haber esta noche tan mala, que no sea muy peor el día que conmigo os encontraréis.

—Pues yo quiero —dijo Amadís— salir luego de esta promesa y alúmbrennos con estas candelas a que nos combatamos.

—¿Cómo —dijo Dardán—, por yo ir a la batalla de tal como os había de tomar armas, de más de noche? ¡Mal haya quien espuelas cascase, ni arnés vistiese por ganar hora de ella!

Entonces se partió del muro y Amadís fue su camino.

Aquí retrata el autor de los soberbios y dice:

—Soberbios, ¿qué queréis? ¿Qué pensamiento es el vuestro? Ruégoos que me digáis la hermosa persona, la gran valentía, el ardimiento de corazón, si por ventura lo heredasteis de vuestros padres o lo comprasteis con las riquezas o lo alcanzasteis en las escuelas de los grandes sabios o los ganasteis por merced de los grandes príncipes. Cierto es que diréis que no. Pues, ¿dónde lo hubisteis? Paréceme a mí de aquel Señor muy alto donde todas las cosas ocurren y vienen. Y a este Señor, ¿qué gracias, qué servicios en pago de ello le dais? Cierto, no otros ningunos sino despreciar los virtuosos y deshonrar los buenos, maltratar los de sus órdenes santas, matar los flacos con vuestras grandes soberbias y otros muchos insultos en contra de su servicio. Creyendo a vuestro parecer que, así como esto la fama, la honra de este mundo ganáis, que así como una pequeña penitencia en el fin de vuestros días de gloria del otro ganaréis. ¡Oh!, qué pensamiento tan vano y tan loco, habiendo pasado vuestro tiempo en las semejantes cosas sin arrepentimiento, sin la satisfacción que a vuestro Señor debéis, guardarlo todo junto para aquella triste y peregrinosa hora de la muerte que no sabéis cuándo ni en qué forma os vendrá. Diréis vos que el poder y la gracia de Dios son muy grandes junto con su piedad, verdad es. Mas así el vuestro poder había de ser para forzar con tiempo vuestra ira y saña y os quitar de aquellas cosas que Él tanto tiene aborrecidas, porque haciéndoos digno, dignamente el su perdón alcanzar pudieseis. Considerando que no sin causa el cruel infierno fue por Él establecido. Mas quiero yo ahora dejar esto aparte que no veis y ponerme en razón con vosotros en lo presente que habemos visto y leído. Decidme: ¿por qué causa fue derribado del cielo en el hondo abismo aquel malo Lucifer? No por otra sino por su gran soberbia; ¿y aquel fuerte gigante Nemrod, que primero todo el humanal linaje señoreó? ¿Por qué fue de todos ellos desamparado y como animalia bruta sin sentido alguno fueron por los desiertos sus días consumidos no por ál, salvo porque con su gran soberbia quiso hacer una escalera a manera de camino pensando por ella y subir y mandar los cielos? Pues, ¿por qué diremos que fue, por Hércules, asolada y destruida la gran Troya y muerto aquél su poderoso rey Laumedón? No por otra causa, sino por la soberbia embajada que por sus mensajeros a los caballeros griegos envió, que a salva fe a su puerto de Simeonta arribaron. Muchos otros que por esta mala y malvada soberbia perecieron en este mundo y en el otro contarse podrían, con que esta razón aún más autorizada fuese. Pero porque siendo más prolija, más enojosa de leer sería, se dejará de recontar, solamente os será a la memoria traidor, si estos que en el cielo y en la tierra, donde tan gran poder y honra tuvieron, por la soberbia fueron perdidos, deshonrados y dañados, ¿qué fruto hay en aquellas viles palabras dichas por Dardán y por otros semejantes? ¿Qué mando en lo uno ni en lo otro tienen, o ocurrírseles puede? La historia os lo mostrará adelante.

Partido Amadís con gran saña de aquel muy soberbio caballero Dardán, fuese por la floresta buscando algún mato aparejado donde albergar pudiese. Y así yendo oyó ante sí hablar, y yendo presto aguijando más su caballo halló dos doncellas en sus palafrenes y un escudero con ellas, él se llegó a ellas y saludólas cortésmente, y ellas le preguntaron de dónde venía a tal hora armado; él les contó cuanto le aconteciera desde que fuera noche.

—¿Sabéis vos —dijeron ellas—, cómo ha nombre ese caballero?

—Sí sé —dijo él—, que él me lo dijo y dijo que había nombre Dardán.

—Verdad es —dijeron ellas—, que ha nombre Dardán el Soberbio y éste es el más soberbio caballero que hay en esta tierra.

—Yo lo creo bien —dijo Amadís. Y las doncellas le dijeron:

—Señor caballero, nos tenemos aquí cerca nuestro aposentamiento, quedad con nos.

Amadís se lo otorgó y yendo consuno hallaron dos tendejones armados donde las doncellas de aposentar se habían y allí descendieron y, desarmándose Amadís, mucho fueron las doncellas alegres de su hermosura y cenaron con mucho placer e hicieron para él un tendejón donde durmiese y en tanto preguntáronle las doncellas dónde iba.

—Contra casa del rey Lisuarte —dijo él.

—Y nos allá vamos —dijeron ellas—, por ver cómo acaecerá una dueña que era una de las buenas de su manera de esta tierra y más hidalgo cuando en el mundo ha, tiene metido en prueba de una batalla y ha de parecer en estos diez días con quien haga su batalla por ella ante el rey Lisuarte, mas no sabemos qué le acaecerá, que éste contra quien se ha de defender es ahora el mejor caballero que hay en la Gran Bretaña.

—¿Quién es ése —dijo Amadís—, que tanto precian de armas onde tantos buenos hay?

—El mismo del que ahora os partisteis —dijeron ellas—. Dardán el Soberbio.

—¿Por qué razón —dijo él— ha de ser esta batalla?, decídmelo así Dios os valga.

—Señor —dijeron ellas—, este caballero ama una dueña de esta tierra que fue hija de un caballero que fue casado con esta otra dueña, y la amada dijo a su amigo Dardán que jamás le haría amor si la no llevase a casa del rey Lisuarte y dijese que el haber de su madrastra debía ser suyo y que sobre esta razón se combatiese con quien dijese lo contrario e hízolo él así como lo mandó su amiga y la otra dueña no fuera tan bien razonada como el fuera menester, y dijo quedaría probador ante el rey por sí, y esto hizo por el gran derecho que tiene, cuidando hallar quien lo mantuviese por ella, mas Dardán es tan buen caballero de armas que, a tuerto que a derecho todos dudan su batalla.

Amadís fue muy alegre con estas nuevas, porque el caballero fuera contra el soberbio y que podría vengar su saña teniendo derecho y porque la batalla se haría delante su señora Oriana, y comenzó a pensar en ello muy firmemente. Las doncellas pararon mientes en su cuidado y la una de ellas dijo:

—Señor caballero, ruégoos yo mucho por cortesía que nos digáis la razón de vuestro pensamiento, si buenamente decirlo puede.

—Amigas —dijo él—, si me vos prometéis como leales doncellas de me tener poridad de a ninguno lo decir, yo os lo diré de grado.

Ellas se lo otorgaron y él dijo:

—Yo me pensaba de combatir por aquella dueña que me dijisteis y así lo haré, mas no quiero que ninguno lo sepa.

Las doncellas se lo tuvieron en mucho, pues que tanto se lo habían loado en armas, y dijeron:

—Señor, vuestro pensamiento es bueno y de gran esfuerzo, Dios mande que venga a bien, y fuéronse a dormir a sus tendejones, y a la mañana cabalgaron y entraron en su camino y las doncellas le rogaron que pues un viaje llevaban y en aquella floresta andaban algunos hombres de mala suerte, que se no partiese de su compañía; él se lo otorgó. Entonces se fueron de consuno hablando en muchas cosas y las doncellas le rogaron, pues que así Dios los había juntado, que les dijese su nombre, él se lo dijo y les encomendó que persona ninguna lo supiese.

Pues caminando, como oís, albergando en el despoblado, siendo viciosos en sus tiendas con la provisión que las doncellas llevaban, acaecióles que vieron dos caballeros armados so un árbol, que cabalgaban en sus caballos y se pusieron ante ellos en el camino y él uno de ellos dijo al otro:

—¿Cuál de estas doncellas queréis vos, y tomaré yo la otra?

—Yo quiero esta doncella —dijo el caballero.

—Pues yo esta otra, y tomó cada uno la suya. Amadís les dijo:

—¿Qué es esto, señores, qué queréis a las doncellas?

Dijeron ellos:

—Hacer como de nuestras amigas.

—¿Tan ligeramente las queréis llevar —dijo él—, sin les placer?

—¿Pues quién nos las tirará? —dijeron ellos.

—Yo —dijo Amadís—, si puedo.

Entonces tomó su yelmo y escudo y lanza y dijo:

—Ahora conviene que dejéis las doncellas.

—Antes veréis —dijo el uno— cómo sé justar, y dejáronse ir ambos a gran correr de los caballos e hiriéronse con sus lanzas bravamente. El caballero quebró su lanza y Amadís lo hirió tan duramente que lo derribó por cima del caballo la cabeza ayuso y los pies arriba, y quebrándole los brazos del yelmo le salió de la cabeza. El otro caballero vínose contra él muy recio e hirióle de guisa que falsándole las armas lo llagó; mas la llaga no fue grande y quebró la lanza. Amadís erró el encuentro y juntáronse uno con otro así los caballos como los escudos, y Amadís trabó de él y sacándolo de la silla lo batió en tierra y así quedaron los caballeros a pie y los caballos sueltos. Amadís tomó delante sí las doncellas y fueron por su camino hasta que llegaron a una ribera donde mandaron armar sus tendejones y que les diesen de comer, pero antes que él descendiese llegaron los caballeros con quien justara, y dijéronle:

—Conviene que defendáis las doncellas con la espada así como con la lanza, si no llevarlas hemos.

—No llevaréis —dijo él—, tanto que las defender pueda.

—Pues dejad la lanza —dijeron ellos— y hayamos la batalla.

—Eso haré yo —dijo él— con que vengáis uno a uno.

Y dando su lanza a Gandalín echó mano a su espada y fue al uno de ellos, el que de herir más se apreciaba y comenzaron su batalla, mas a poca de hora fue el caballo tan mal tratado que a su compañero le convino socorrer, aunque lo contrario prometiera. Y Amadís que lo vio dijo:

—¿Qué es esto, caballero, no mantenéis verdad?, dígoos que no os precio nada.

El caballero llegó holgado y como era valiente hirió a Amadís de grandes golpes. Mas él, que con ambos en la batalla se veía, no quiso ser perezoso e hirió a aquél que holgado llegara de toda su fuerza en el yelmo y salió el golpe de soslayo, así que bajó al hombre y cortóle las correas del arnés con la carne y huesos y cayósele la espada de la mano; el caballero túvose por muerto y comenzó de huir y fue para el otro y diole en el escudo al través en derecho del puño y cortóle tanto que llegó hasta la mano y hendiósela hasta el brazo y el caballero dijo:

—¡Ay, señor, muerto soy!, entonces dejó caer la espada de la mano y el escudo del cuello, y Amadís le dijo:

—No ha eso menester, que no os dejaré si no juráis que nunca tomaréis dueña ni doncella contra su voluntad.

El caballero lo juró luego, y él hízole meter la espada en la vaina y echar el escudo al cuello y dejólo ir donde guareciese. Amadís se tornó a las doncellas donde estaban cabe los tendejones y dijéronle:

—Cierto, señor caballero, escarnidas fuéramos si por vos no fuera, en quien hay más bondad de la que cuidamos y en gran esperanza somos que no solamente seréis satisfecho de las soberbias palabras de Dardán os dijo, mas aun la dueña lo será de la gran afrenta en que está puesta, si la fortuna guiare que por ella toméis la batalla.

Amadís hubo vergüenza porque así lo loaban y desarmóse, comieron y holgaron una pieza y tornando a su camino, anduvieron tanto, por el que llegaron a un castillo y ahí albergaron con una dueña que les mucha honra hizo. Y otro día caminaron sin que cosa que de contar sea les acaeciese hasta que llegaron a Vindilisora, donde era el rey Lisuarte, y llegando cerca de la villa, dijo Amadís a las doncellas:

—Amigas, yo no quiero ser ninguno conocido y hasta que venga el caballero a la batalla quedaré aquí en algún lugar encubierto; enviad conmigo un doncel de estos que sepa de mí y me llame cuando tiempo será.

—Señor —dijeron ellas—, de aquí al plazo no quedan sino dos días, si os pluguiese quedaremos nosotras con vos y tendremos en la villa quien nos diga cuándo el caballero ahí será venido.

—Así se haga —dijo él. Entonces se apartaron del camino e hicieron armar sus tendejones junto cabe una ribera, y las doncellas dijeron que ellas querían llegar a la villa y tornarse luego. Amadís cabalgó en su caballo, así desarmado como estaba, y Gandalín con él, y fueron a un otero donde a ellos les pareció que la villa mejor ver podrían y allí cerca había un gran camino. Amadís se sentó al pie de un árbol y comenzó a mirar la villa y vio las torres y los muros asaz altos y dijo en su corazón:

—¡Ay, Dios, dónde está allí la flor del mundo! ¡Ay, villa, cómo eres ahora en gran alteza por ser en ti aquella señora que entre todas las del mundo no hay par en bondad ni hermosura, y aun digo, que es más amada que todas las que amadas son, y esto probaré yo al mejor caballero del mundo si me de ella fuese otorgado!

Después que a su señora hubo loado, un tan grande cuidado le vino que las lágrimas fueron a los ojos venidas y falleciéndole el corazón cayó en un tan gran pensamiento que todo estaba estordecido de guisa que de sí ni de otro sabía parte. Gandalín vio venir por el gran camino una compaña de dueñas y caballeros y que venían contra donde su señor estaba y fue a él y díjole:

—Señor, ¿no veis esta compaña que aquí viene?

Mas él no respondió nada y Gandalín le tomó por la mano y tiróle contra sí y él acordó suspirando muy fuertemente y la faz toda mojada de lágrimas y díjole Gandalín:

—Así me ayude Dios, señor, mucho me pesa de vuestro pensar que tomáis tal cuidado cual otro caballero del mundo no tomaría y deberíais haber duelo de vos y tomar esfuerzo como en las otras cosas tomáis.

Amadís le dijo:

—Ay, amigo Gandalín, ¡qué sufre mi corazón! Si me tú amas, sé que antes me aconsejarías muerte que vivir en tan gran cuita deseando lo que no veo.

Gandalín no le pudo sufrir de no llorar y díjole:

—Señor, esto es gran mala ventura, amor tan entrañable, que así me ayude Dios, yo creo que no hay tan buena ni tan hermosa que a vuestra bondad igual sea y que la no hayáis.

Amadís, que esto oyó, fue muy sañudo y dijo:

—Ve, loco sin sentido, había yo de valer ni otro ninguno tanto como aquella en quien todo el bien del mundo es, y si otra vez lo dices no irás conmigo un paso.

Gandalín dijo:

—Limpiad vuestros ojos y no os vean así aquéllos que vienen.

—¿Cómo —dijo él—, viene alguno?

—Sí —dijo Gandalín. Entonces le mostró las dueñas y los caballeros que ya cerca del otero venían. Amadís cabalgó en su caballo y fue contra ellos y saludólos, y ellos a él y vio entre ellos una dueña asaz hermosa y bien guarnida que muy fieramente lloraba. Amadís le dijo:

—Dueña, Dios os haga alegre.

—Y a vos dé honra —dijo ella—, que alegría tengo ahora mucho alongada, si me Dios remedio no pone.

—Dios le ponga —dijo él—. Mas, ¿qué cuita es la que habéis?

—Amigo —dijo ella—, tengo cuanto he en aventura y prueba de una batalla, y él entendió luego que aquélla era la dueña que le dijeron y díjole:

—Dueña, ¿habéis quién pos vos lo haga?

—No —dijo ella—, y mi plazo es mañana.

—Pues, ¿cómo cuidáis en ello hacer? —dijo él.

—Perder cuanto he —dijo ella— si en casa del rey no hay alguno que haya de mí duelo y tome esta batalla por merced y por mantener derecho.

—Dios os dé buen remedio —dijo Amadís—, que me placería mucho así por vos como porque desamo ese que contra vos es.

—Dios os haga hombre bueno —dijo ella—, y dé a vos y a mí presto de él venganza.

Amadís se fue a sus tendejones y la dueña con su compaña a la villa y las doncellas llegaron a poco rato y contáronle cómo Dardán era ya en la villa bien ataviado de hacer su batalla. Y Amadís les contó cómo halló la dueña y lo que pasaron.

Aquella noche holgaron y al alba del día las doncellas se levantaron y dijeron a Amadís cómo se iban a la villa y que le enviarían a decir lo que hacía el caballero.

—Con vos quiero ir —dijo él—, por estar más llegado y cuando Dardán al campo saliere venga la una a me lo decir; y luego se armó y se fueron todos de cosuno y siendo cerca de la villa, quedó Amadís al cabo de la floresta y las doncellas se fueron. Él descabalgó de su caballo y tiró el yelmo y el escudo y estuvo esperando y sería esto al salir el Sol. A esta hora que oís cabalgó el rey Lisuarte con gran compaña de hombres buenos y fuese a un campo que había entre la villa y la floresta y allí vino Dardán muy armado sobre un hermoso caballo y traía a su amiga por la rienda la más ataviada que él llevarla pudo y así se paró con ella ante el rey Lisuarte y dijo:

—Señor, manda entregar a esta dueña de aquello que debe ser suyo y si hay caballero que diga que no, yo lo combatiré.

El rey Lisuarte mandó luego a la otra dueña llamar y vino ante él y díjole:

—Dueña, ¿habéis quién se combata por vos?

—Señor, no —dijo ella llorando. El rey hubo de ella muy gran duelo porque era buena dueña. Dardán se paró en la plaza donde había de atender hasta hora de tercia así armado y si no viniese a él ningún caballero darle había el rey su juicio, que así lo vieron fue la una, cuanto más pudo, a lo decir a Amadís. Él cabalgó y tomando sus armas dijo a Gandalín y a la doncella que se fuesen por otra parte y que si él a su honra de la batalla se partiese que se fuesen a los tendejones que allí acudiría él y luego salió de la floresta todo armado y encima de un caballo blanco y él se iba hacia donde era Dardán, aderezando sus armas. Cuando el rey y los de la villa vieron al caballero salir de la floresta mucho se maravillaron quién sería, que ninguno no pudo conocer, mas decían que nunca vieran caballero que tan hermoso pareciese armado y a caballo. El rey dijo a la dueña reutada:

—Dueña, ¿quién es aquel caballero que quiere sostener vuestra razón?

—Así me ayude Dios —dijo ella—, no sé que le nunca vi, que me miembre.

Amadís entró en el campo donde estaba Dardán y díjole:

—Dardán, ahora mantén razón de tu amiga, que yo defenderé la otra dueña con la ayuda de Dios y quitarme he de lo que te prometí.

—¿Y qué me prometisteis? —dijo él.

—Que me combatiría contigo —dijo Amadís—, y esto fue por saber tu nombre cuando fuiste villano contra mí.

—Ahora os precio menos que antes —dijo Dardán.

—Ahora no me pesa de cosa que me digáis —dijo Amadís—, que cerca estoy de me vengar, dándome Dios ventura.

—Pues venga la dueña —dijo Dardán—, y otórgate por su caballero y véngate si pudieres.

Entonces llegó el rey y los caballeros por ver lo que pasaba y Dardán dijo a la dueña:

—Este caballero quiere la batalla por vos, ¿otorgáisle vuestro derecho?

—Otorgo —dijo ella—, y Dios le dé ende buen galardón.

El rey miró a Amadís y vio que tenía el escudo falsado por muchos lugares y dijo contra los otros caballeros:

—Si aquel caballero extraño demandase escudo dárselo habían con derecho.

Mas tanto había Amadís la cuita de se combatir con Dardán que en otro no tenía mientes, teniendo aquellas sucias palabras que dijera en la memoria muy más frescas y recientes que cuando pasaron, en que todos debían tomar ejemplo y poner freno a sus lenguas, especialmente con los que no conocen, porque de lo semejante muchas veces han acaecido grandes cosas de notar. El rey se tiró afuera y todos los otros y Dardán y Amadís movieron contra sí de lejos y los caballos eran corredores y ligeros y ellos de gran fuerza que se hirieron con sus lanzas tan bravamente que sus armas todas falsaron, mas ninguno no fue llagado y las lanzas fueron quebradas y ellos se juntaron de los cuerpos de los caballos y con los escudos tan bravamente que maravilla era y Dardán fue en tierra de aquella primera justa, mas de tanto le vino bien que llevó las riendas en la mano y Amadís pasó por él y Dardán se levantó aína y cabalgó como aquél que era muy ligero y echó mano a su espada muy bravamente. Cuando Amadís tornó hacia él su caballo, violo estar de manera de lo acometer y echó mano a la espada y fuéronse ambos a acometer tan bravamente que todos se espantaban en ver tal batalla y las gentes de la villa estaban por las torres y por el muro y por los lugares donde los mejor podían ver combatir, y las casas de la reina eran sobre el muro y habían allí muchas fenestras donde estaban muchas dueñas y doncellas y veían la batalla de los caballeros que les parecía espantosa de ver que ellos se herían por cima de los yelmos que eran de fino acero, de manera que a todos parecía que les ardían las cabezas según el gran fuego que de ellos salía, y de los arneses y otras armas hacían caer en tierra muchas piezas y mallas y muchas rajas de los escudos.

Así que su batalla era tan cruda que muy gran espanto tomaban los que la veían, mas ellos no quedaban de se herir por todas partes y cada uno mostraba al otro su fuerza y ardimiento. El rey Lisuarte que los miraba, comoquiera que por muchas cosas de afrenta pasado hubiese por su persona y visto por sus ojos, todo le parecía tanto como nada y dijo:

—Ésta es la más brava batalla que hombre vio y quiero ver qué fin habrá y haré figurar en la puerta de mi palacio aquél que la victoria hubiere, que lo vean todos aquéllos que hubieren de ganar honra.

Andando los caballeros con mucho ardimiento en su batalla, como oísteis, hiriéndose de muy grandes golpes sin solo un poco holgar, Amadís, que mucha saña tenía de Dardán, y que en aquella casa de aquel rey donde su señora era, esperaba morar, porque por su mandado la sirviese, viendo que el caballero tanto se le detenía comenzóle a cargar de grandes y duros golpes, como aquél que si alguna cosa valía, allí más que en otra parte, donde su señora no fuese, lo quería mostrar, de manera que antes que la tercia llegase conocieron todos que Dardán había lo peor de la batalla, pero no de manera que se no defendiese también, que no estaba allí tan ardid que con él se osase combatir. Mas todo no valía nada, que el caballero extraño no hacía sino mejorar en fuerza y ardimiento y heríalo tan fuertemente como en el comienzo, que todos decían que nada le menguaba sino su caballo, que ya no era tan valiente como era menester.

Y otrosí, aquél con quien se combatía, que muchas veces tropezaban y ahinojaban con ellos que a duro los podían sacar de paso y Dardán, que mejor se cuidaba combatir de pie que de caballo, dijo a Amadís:

—Caballero, nuestros caballos nos fallecen, que son muy cansados y esto hace durar mucho nuestra batalla; yo creo que si anduviésemos a pie, que rato hubiese que te habría conquistado.

Esto decían tan alto que el rey y cuantos con él eran le oían y el caballero extraño hubo ende muy gran vergüenza y dijo:

—Pues tú te crees mejor defender de pie que de caballo apeémonos, y defiéndete, que lo has mucho menester y aunque no me parece que el caballero debe dejar su caballo en cuanto pudiere estar en él.

Así que luego descendieron de los caballos sin más tardar y tomó cada uno lo que le quedaba de su escudo, y con gran ardimiento se dejaron ir el uno al otro e hiriéronse muy más bravamente que antes, que era maravilla de los mirar. Pero de mucho había muy gran mejoría el caballero extraño, que se podía mejor a él llegar y heríalo de muy grandes golpes y muy a menudo que no le dejaba holgar, pero veía que le era menester y muchas veces lo hacía volver de uno y otro cabo y algunas ahihojar, tanto, que todos decían:

—Locura demandó Dardán cuando quiso descender a pie con el caballero, que le no podía a él llegar en su caballo que era muy cansado.

Así traía el caballero extrañado a Dardán a toda su voluntad que ya pugnaba más en se guardar de los golpes que en herir y fuese tirando afuera contra el palacio de la reina y las doncellas y todos decían que moriría Dardán si más en la batalla porfiase. Cuando fueron debajo de las fenestras decían todos:

—¡Santa María, muerto es Dardán!

Entonces, oyó hablar Amadís a la doncella de Dinamarca y conocióla en la habla y cató suso y vio a su señora Oriana que estaba a una fenestra y la doncella con ella y así como la vio, así la espada se le revolvió en la mano y su batalla y todas las otras cosas le fallecieron por la ver. Dardán hubo ya cuanto de vagar y vio que su enemigo cataba a otra parte, y tomando la espada con ambas las manos diole un tal golpe por cima del yelmo que se lo hizo torcer en la cabeza. Amadís por aquel golpe no dio otro, ni hizo sino aderezar su yelmo, y Dardán lo comenzó a herir por todas partes. Amadís lo hería pocas veces, que tenía el pensamiento mudado en mirar a su señora. A esta hora comenzó a mejorar Dardán y él a empeorar y la doncella de Dinamarca dijo:

—¡En mal punto vio aquel caballero acá alguna!, que así perdiendo hizo cobrar a Dardán, que al punto de la muerte llegado era. Cierto, no debiera el caballero a tal hora su obra fallecer. Amadís que lo oyó hubo tan gran vergüenza que quisiera ser muerto, con temor que creería su señora que había en él cobardía y dejóse ir a Dardán e hiriólo por cima del yelmo de tan fuerte golpe que le hizo dar de las manos en tierra y tomóle por el yelmo y tiró tan recio que se lo sacó de la cabeza y diole con él tal herida que lo hizo caer aturdido y dándole con la manzana de la espada en el rostro, le dijo:

—Dardán, muerto eres si a la dueña no das por quita.

Él le dijo:

—¡Ay, caballero, merced! No muero yo, la doy por quita.

Entonces se llegó el rey y los caballeros y lo oyeron. Amadís, que con la vergüenza estaba de lo que le aconteciera, fue cabalgar en su caballo y dejóse ir lo más que pudo correr la floresta. La amiga de Dardán llegó allí donde él tan maltrecho estaba y díjole:

—Dardán, de hoy más no me catéis por amiga, vos ni otro que en el mundo sea, sino aquel buen caballero que ahora hizo esta batalla.

—¿Cómo —dijo Dardán—, yo soy por ti vencido y escarnido y quiéresme desamparar por aquél que en tu daño y en mi deshonra fue? Por Dios, bien eres mujer que tal cosas dices, y yo te daré el galardón de tu aleve.

Y metiendo mano a su espada, que aún tenía a su cinta, diole con ella tal golpe que le echó la cabeza a los pies. Después de esto estuvo un poco pensando y dijo:

—¡Ay, cautivo! ¿Qué hice?, que maté la cosa del mundo que más amaba, mas yo vengaré su muerte.

Y tomando la espada por la punta la metió por sí que no lo pudieron acorrer aunque en ello trabajaron, y como todos se llegasen a lo ver por maravilla, no fue ninguno en pos de Amadís, para lo conocer; mas de aquella muerte plugo mucho a todos los más, porque aunque este Dardán era el más valiente y esforzado caballero de toda la Gran Bretaña, la su soberbia y mala condición hacia que lo no emplease sino en injuria de muchos, tomando las cosas desaforadas, teniendo en más su fuerza y gran ardimiento del corazón que el juicio del Señor muy alto, que con muy poco del su poder hace que los muy fuertes de los muy flacos vencidos y deshonrados sean.

Capítulo 14. Cómo el rey Lisuarte hizo sepultura a Dardán y a su amiga e hizo poner en su sepultura letras que decían la manera cómo eran muertos

Así esta batalla vencida en que Dardán y su amiga tan crueles muertes hubieron, mandó el rey traer dos monumentos e hízoles poner sobre leones de piedra y allí pusieron a Dardán y a su amiga en el campo, donde la batalla fuera con letras que cómo había pasado señalaban. Y después a tiempo fue allí puesto el nombre de aquél que lo venció, como adelante se dirá y preguntó el rey qué se hiciera del caballero extraño, mas no le supieron decir sino que se fuera al más correr de su caballo contra la floresta.

—¡Ay! —dijo el rey—, quién tal hombre en su compaña haber pudiese que de más del su gran esfuerzo, yo creo que es muy mesurado, que todos oísteis el abiltamiento que le dijo Dardán, y aunque en su poder lo tuvo no quiso matarlo, pues bien creo yo que entendió en el talante del otro que no le hubiera merced si así lo tuviera.

En esto hablando se fue a su palacio hablando él y todos del caballero extraño. Oriana dijo a la doncella de Dinamarca:

—Amiga, sospecho en aquel caballero que aquí se combatió que es Amadís, que ya tiempo sería de venir, que pues le envié mandar que se viniese no se detendría.

—Cierto —dijo la doncella—, yo creo que él es, y yo me debería hoy membrar cuando vi el caballero que traía un caballo blanco, que sin falta un tal le dejé yo cuando de allá partí.

Luego dijo:

—¿Conocisteis qué armas traía?

—No —dijo ella—, que el escudo era despintado de los golpes, mas parecióme que había el campo de oro.

—Señora —dijo la doncella—, él tuvo en la batalla del rey Abies un escudo que había el campo de oro y dos leones azules en él alzados uno contra otro, mas aquél escudo fue allí todo deshecho y mandó hacer luego otro tal y díjome que aquél traería cuando acá viniese y creo que aquél es.

—Amiga —dijo Oriana—, si es éste o vendrá o enviará a la villa y vos salid allá, más lejos que soléis por ver si hallaréis su mandado.

—Señora —dijo ella—, así lo haré, y Oriana dijo:

—¡Ay, Dios!, qué merced me haríais si él fuese, porque ahora tendré lugar de le poder hablar.

Así pasaron su habla las dos y toma a contar de Amadís lo que le avino.

Cuando Amadís partió de la batalla, fuese por la floresta tan escondidamente que ninguno supo de él nueva y llegó tarde a los tendejones, donde halló a Gandalín y a las doncellas que tenían guisado de comer, y descendiendo del caballo lo desarmaron y las doncellas le dijeron cómo Dardán matara a su amiga y después a sí, por cual razón él se santiguó muchas veces de tan mal caso y luego se sentaron a comer con mucho placer. Pero Amadís nunca partía de su memoria cómo haría saber a su señora su venida y qué le mandaba hacer. Alzados los manteletes levantóse y, apartando a Gandalín le dijo:

—Amigo, vete a la villa y trabaja como veas a la doncella de Dinamarca, y sea muy escondidamente, y dile cómo yo soy aquí; que me envíe a decir qué haré.

Gandalín acordó por ir más encubierto de se ir a pie y así lo hizo, y llegando a la villa fuese al palacio del rey y no estuvo ahí mucho que vio la doncella de Dinamarca que no hacía sino ir y venir. Él se llegó a ella, y saludóla, y ella a él, y católe más y vio que era Gandalín y díjole:

—¡Ay, mi amigo!, tú seas bien venido. ¿Y dónde es tu señor?

—Ya hoy fue tal hora que lo visteis —dijo Gandalín—, que él fue el que venció la batalla y dejóle en aquella floresta escondido y envíame a vis que le digáis qué hará.

—Él sea bien venido a esta tierra —dijo ella—, que su señora será con él muy alegre y vente en pos de mí y si alguno te preguntare di que eres de la reina de Escocia, que traes su mandado a Oriana y que vienes a buscar a Amadís que es en esta tierra, para andar con él, y así quedarás después en su compañía sin que ninguno sospeche nada.

Así entraron en el palacio de la reina, y la doncella dijo contra Oriana:

—Señora, veis aquí un escudero que os trae mandado de la reina de Escocia.

Oriana fue ende muy alegre y mucho más cuando vio que era Gandalín, e hincando los hinojos ante ella, le dijo:

—Señora, la reina os envía mucho a saludar, como aquélla que os ama y aprecia y a quien placería de vuestra honra y rio fallecería por ella de la acrecentar.

—Buena ventura haya la reina —dijo Oriana—, y mucho agradezco sus encomiendas, vente a esta fenestra y decirme has más.

Entonces se apartó con él e hizole sentar cabe sí y díjole:

—Amigo, ¿dónde dejas a tu señor?

—Dejóle en aquella floresta —dijo él—, donde se fue anoche cuando venció la batalla.

—Amigo —dijo ella—, ¿qué es de él?, así hayas buena ventura.

—Señora —dijo él—, es de él lo que vos quisiereis, como aquél que es todo vuestro y por vos muere y su alma padece lo que nunca caballero —y comenzó a llorar y dijo—: Señora, él no pasará vuestro mandado por mal ni por bien que le avenga y por Dios, señora, habed de él merced, que la cuita que hasta aquí sufrió en el mundo no hay otro que la sufrir pudiese, tanto que muchas veces espera caerse delante muerto habiendo ya el corazón deshecho en lágrimas y si él hubiese ventura de vivir pasaría a ser el mejor caballero que nunca armas trajo y, por cierto, según las grandes cosas que por él, después que fue caballero, han pasado a su honra, así lo es ahora, mas él falleció ventura cuando os conoció, que morirá antes de su tiempo, y cierto más le valiera morir en la mar donde fue lanzado sin que sus padres lo conocieran, pues que le ven morir sin que socorrerle puedan —y no hacia sino llorar y dijo—: Señora, cruda será esta muerte de mi señor, y muchos dolerán de él si así sin socorro alguno padeciese más de lo pasado.

Oriana dijo llorando y apretando sus manos y sus dedos unos contra otros:

—¡Ay, amigo Gandalín!, por Dios, cállate, no me digas ya más, que Dios sabe cómo me pesa, si crees tú lo que dices, que antes mataría mi corazón y todo mi bien, y su muerte querría yo tan a duro como quien un día solo no viviría si él muriese, y tú culpas a mí porque sabes la su cuita y no la mía, que si la supieses más te dolerías de mí y no me culparías, pero no pueden las personas acorrer en lo que desean, antes aquélla acaece de ser más desviado, quedando en su lugar lo que les agravia y enoja y así viene a mí de tu señor, que sabe Dios si yo pudiese con qué voluntad pondría yo remedio a sus grandes deseos y míos.

Gandalín le dijo:

—Haced lo que debéis, si lo amáis, que él os amaba sobre todas las cosas que hoy son amadas, y señora, ahora le mandad cómo haga.

Oriana le mostró una huerta que era de yuso de aquella fenestra donde hablaban y díjole:

—Amigo, ve a tu señor y dile que venga esta noche muy escondido y entre en la huerta y aquí debajo es la cámara donde yo y Mabilia dormimos, que tiene cerca de tierra una fenestra pequeña con una redecilla di hierro y por allí hablaremos, que ya Mabilia sabe mi corazón, y sacando un anillo muy hermoso de su dedo le dio a Gandalín que lo llevase a Amadís, porque ella lo amaba más que otro anillo que tuviese y dijo:

—Antes que te vayas verás a Mabilia, que te sabrá muy bien encubrir, que es muy sabida, y entrambos diréis que le traéis nuevas de su madre, así que no sospecharán ninguna cosa.

Oriana mandó llamar a Mabilia que viese aquel escudero de su madre y cuando ella vio a Gandalín entendió bien la razón, y Oriana se fue a la reina, su madre, la cual le preguntó si aquel escudero se tornaría presto a Escocia, porque con él enviaría donas a la reina.

—Señora —dijo ella—, el escudero viene a buscar a Amadís, el hijo del rey de Gaula, el buen caballero de que aquí mucho hablan.

—¿Y dónde es éste? —dijo la reina.

—El escudero dice —dijo ella— que ha más de diez meses que halló nuevas que venía para acá y maravillase cómo no lo halla.

—Así Dios me ayude —dijo la reina—, a mí placería mucho de ver tal caballero en compaña del rey mi señor, que le sería gran descanso en los muchos hechos que de tantas partes le salen y yo os digo que si él aquí viene que no quedará de ser suyo por cosa que él demandare y el rey pueda cumplir.

—Señora —dijo Oriana—, de su caballería no sé más de lo que dicen, mas dígoos que era el más hermoso doncel que se sabía al tiempo que en casa del rey de Escocia servía ante mí y ante Mabilia y ante otras.

Mabilia, que con Gandalín quedara, díjole:

—Amigo, ¿es ya tu señor en esta tierra?

—Señora —dijo él—, sí, y mandóos mucho saludar como a la prima del mundo que más ama, y él fue el caballero que aquí venció la batalla.

—¡Ay, Señor Dios! —dijo ella—, bendito seas, porque tan buen caballero hiciste a nuestro linaje y nos le diste a conocer.

Luego dijo a Gandalín:

—Amigo, ¿qué es de él?

—Señora —dijo él—, sería bien si fuerza de amor no fuese que nos lo tiene muerto y por Dios, señora, acerredle y ayudadle, que verdaderamente, si algún descanso no ha en sus amores, perdido es el mejor caballero que hay en vuestro linaje, ni en todo el mundo.

—Por mi no fallecerá —dijo ella— en lo que yo pudiere; ahora te ve y salúdamelo mucho y dile que venga como mi señora manda y tú podrás hablar con nosotras como escudero de mi madre, cada que menester será.

Gandalín se partió de Mabilia con aquel recaudo que a su señor llevaba y él le atendía esperando la vida o la muerte, según las nuevas trajese, que sin falta a aquella sazón era tan cuitado para se sufrir, que el gran descanso que en se ver tan cerca donde su señora era, había recibido, se le había tornado en tanto deseo de la ver y con el deseo en tanta cuita y congoja, que era llegado al punto de la muerte, y como vio venir a Gandalín, fue contra él y dijo:

—Amigo Gandalín, ¿qué nuevas traes?

—Señor, buenas —dijo él.

—¿Viste la doncella de Dinamarca?

—Sí, vi.

—¿Y supiste de ella lo que he de hacer?

—Señor —dijo él—, mejores son las nuevas que vos pensáis.

Él se estremeció todo de placer y dijo:

—Por Dios, dímelas aína.

Gandalín le contó todo lo que con su señora pasara y las hablas que pasaron ambos y lo que su prima Mabilia le dijo y la habla que concertada dejaba, así que nada quedó que le no dijese. El placer grande que de esto hubo ya no podéis considerar y dijo a Gandalín:

—Mi verdadero amigo, tú fuiste más sabido y osado en mi hecho que lo yo fuera, y esto no es de maravillar, que lo uno y lo otro tiene muy acabadamente tu padre, y ahora me di, si sabes bien el lugar dónde mandó que yo fuese.

—Sí, señor —dijo él—, que Oriana me lo mostró.

¡Ay, Dios! —dijo Amadís—, cómo serviré yo a esta señora la gran merced que me hace. Ahora no sé por qué de mi cuita me queje.

Gandalín le dio el anillo y dijo:

—Tomad este anillo que os envía vuestra señora, porque era el que ella más amaba.

Él lo tomó viniéndole las lágrimas a los ojos y besándolo lo puso en derecho del corazón y estuvo una pieza que hablar no pudo, otrosí, metiólo en su dedo y dijo:

—¡Ay, anillo, cómo anduviste en aquella mano que en el mundo otra que tanto valiese hallar no se podría!

—Señor —dijo Gandalín—, id vos a las doncellas y sed alegre, porque este cuidado os destruye y podrá hacer mucho daño en vuestros amores.

Él así lo hizo y en aquella cena habló más y con más placer que solía, de que ellas eran muy alegres que éste era el caballero del mundo más gracioso y agradable, cuando el pensamiento y pesar no le daba estorbo. Y venida la hora de dormir, acostáronse en sus tendejones como solían, más viniendo el tiempo convenible levantóse Amadís y halló que Gandalín tenía los caballos ensillados y sus armas aparejadas, y armóse que no sabía cómo le podría acontecer y cabalgando se fueron contra la villa y llegando a un montón de árboles, que cerca de la huerta estaban, que Gandalín este día había mirado, descabalgaron y dejaron allí los caballos y fuéronse a pie y entraron en la huerta por un portillo que las aguas habían hecho, y llegando a la fenestra llamó Gandalín muy paso. Oriana, que no se cuidó de dormir, que lo oyó, levantóse y llamó a Mabilia y díjole:

—Creo que aquí es vuestro primo.

—Mi primo es él —dijo ella—, mas no habéis en él más parte que todo su linaje.

Entonces se fueron ambas a la fenestra y pusieron dentro unas candelas que gran lumbre daban y abriéronla. Amadís vio a su señora a la lumbre de las candelas, pareciéndole tanto de bien que no hay persona que creyese que tal hermosura en ninguna mujer del mundo podría caber. Y ella era vestida de unos paños de seda india obrada de flores de oro muchas y espesas, y estaban en cabellos, que los había muy hermosos a maravilla y no los cubría sino con una guirnalda muy rica y cuando Amadís así la vio es tremecióse todo con el gran placer que en verla hubo y el corazón se saltaba mucho, que holgar no podía. Cuando Oriana así lo vio llegóse a la fenestra y dijo:

—Mi señor, vos seáis muy bien venido a esta tierra, que mucho os hemos deseado y habido gran placer de vuestras buenas nuevas venturas, así en las armas como en el conocimiento de vuestro padre y madre.

Amadís cuando esto oyó, aunque atónito estaba esforzándose más que para otra afrenta ninguna, dijo:

—Señora, si mi discreción no bastare a satisfacer la merced que me decís y la que me hicisteis en la enviada de la doncella de Dinamarca, no os maravilléis de ello, porque el corazón muy turbado y de sobrado amor preso, no deja la lengua en su libre poder. Y porque así como con vuestra sabrosa membranza todas las cosas sojuzgar pienso, así con vuestra vista soy sojuzgado sin quedar en mi sentido alguno para que en mi libre poder sea. Y si yo, mi señora, fuese tan digno o mis servicios lo mereciesen, demandaros había piedad para este tan atribulado corazón antes que de él todo con las lágrimas derecho sea, y la merced que os señora pido no es para mí descanso, que las cosas verdaderamente amadas cuanto más de ellas se alcanza mucho más el deseo y cuidado se aumenta y crece, mas porque feneciendo del todo fenecería aquél que en al no piensa sino en os servir.

—Mi señor —dijo Oriana—, todo lo que me dice creo yo sin duda, porque mi corazón en lo que siente me muestra ser verdad, pero dígoos que no tengo a buen seso lo que hacéis, en tomar tal cuita como Gandalín me dijo, porque de ello no puede redundar sino a ser causa de descubrir nuestros amores, de que tanto mal nos podría ocurrir, o de feneciendo la vida del uno la del otro sostener no se pudiese. Y por esto os mando, por aquel señorío que sobre vos tengo, que poniendo templanza en vuestra vida, lo pongáis en la mía, que nunca piensa sino en buscar manera como vuestros deseos hayan descanso.

—Señora —dijo él—, en todo yo haré vuestro mandado, sino en aquello que mis fuerzas no bastan.

—¿Y qué es eso? —dijo ella.

—El pensamiento —dijo él—, que mi juicio no puede resistir aquellos mortales deseos de quien cruelmente es atormentado.

—Ni yo digo —dijo ella— que del todo lo apartéis, mas que sea con aquella medida que os no dejéis así parecer ante los hombres buenos, porque la vida asolando, ya conocéis lo que se ganará, como tengo dicho, y mi señor, yo os digo que quedéis con mi padre si os lo rogare él, porque las cosas que os ocurrieren hagáis por mi mandado, y de aquí adelante hablad conmigo sin empacho diciéndome las cosas que os más agradaren, que yo haré lo que mi posibilidad fuere.

—Señora —dijo él—, yo soy vuestro y por vuestro mandado vine, no haré sino aquello que mandáis.

Mabilia se llegó y dijo:

—Señora, dejadme haber alguna parte de ese caballero.

—Llegad —dijo Oriana—, que verlo quiero en tanto que con él habláis.

Entonces le dijo:

—Señor primo, vos seáis muy bien venido, que gran placer nos habéis dado.

—Señora prima —dijo él—, y vos muy bien hallada, que en cualquier parte que os viese era obligado a os querer y amar y mucho más en ésta, donde acatando el duelo habréis piedad de mí.

Dijo ella:

—En vuestro servicio pondré yo mi vida y mis servicios, pero bien sé, según lo que de esta señora conocido tengo, que excusados pueden ser.

Gandalín, que la mañana vio venir, dijo:

—Señor, comoquiera que vos de ello no plega, el día, que cerca viene, nos constriñe a partir de aquí.

Oriana dijo:

—Señor, ahora os id y haced como os he dicho.

Amadís, tomándole las manos que por la red de la ventana Oriana fuera tenía limpiándole con ellas las lágrimas que por el rostro le caían, besándoselas muchas veces, se partió de ellas, y cabalgado en sus caballos llegaron antes que el alba rompiese a los tendejones, donde desarmándose fue en su lecho acostado sin que de ninguno sentido fuese. Las doncellas se levantaron y la una quedó por hacer compañía a Amadís y la otra se fue a la villa; y sabed que ambas eran hermosas y primas hermanas de la dueña por quien Amadís la batalla hiciera. Amadís durmió hasta que el Sol salido y, levantándose, llamó a Gandalín y mandó que se fuese a la villa, así como su señora y Mabilia lo habían mandado. Gandalín se fue, y Amadís quedó hablando con la doncella, y no tardó mucho que vio venir la otra que a la villa fuera llorando fuertemente y al más andar de su palafrén. Amadís dijo:

—¿Qué es eso, mi buena amiga; quién os hizo pesar? que así Dios me ayude, ello será muy bien enmendado, si antes no pierdo el cuerpo.

—Señor —dijo ella—, en vos es todo el remedio.

—Ahora lo decid —dijo él— y si os diere derecho otra vez no hagáis compaña a caballero extraño.

Cuando esto oyó la doncella, díjole:

—Señor, la dueña nuestra prima, por quien la batalla hicisteis está presa, que el rey le manda que haga allí ir al caballero que por ella se combatió; si no, que no saldrá de la villa en ninguna guisa y bien sabéis vos que no lo puede hacer que nunca fue sabedora de vos. Y el rey os manda buscar por todas partes con mucha saña contra ella, creyendo que por su sabiduría sois escondido.

—Más quisiera —dijo él— que fuera de otra guisa, porque yo no soy de tanta nombradla para me hacer conocer a tan alto hombre, y dígoos que aunque todos los de su casa me hallaran, yo no diera un paso solo para ir allá; si por fuerza no, mas no puedo estar de no hacer lo que quisiereis, que mucho os amo y precio.

Ellas se le hincaron de hinojos delante agradeciéndoselo mucho.

—Ahora se vaya —dijo— ella es una de vos a la dueña y dígale que saque partido del rey que no demandará al caballero cosa contra su voluntad y yo seré ahí mañana a la tercia.

La doncella se tomó luego y díjoselo a la dueña, con la que hizo muy alegre y fuese ante el rey, díjole:

—Señor, si otorgáis que no pediréis cosa al caballero contra su voluntad, será aquí mañana a la tercia, y si no, ni le habré yo, ni vos le conoceréis, que así Dios me ayude yo no sé quién es, ni por cuál razón por mi se quiso combatir.

El rey le otorgó, que gran gana había de lo conocer. Con esto se fue la dueña y las nuevas sonaron por el palacio y por la villa, diciendo:

—¡Aquí será mañana el buen caballero que la batalla venció!

Y todos habían de ellos gran placer, porque desamaban a Dardán por su soberbia y mala condición, y la doncella se tornó a Amadís y le dijo cómo el partido era otorgado por el rey como la dueña lo pidió.

Capítulo 15. Cómo Amadís diose a conocer al rey Lisuarte y a los grandes de su corte y fue de todos muy bien recibido

Amadís holgó aquel día con las doncellas y otro día por la mañana y armóse y cabalgando en su caballo, solamente llevando consigo las doncellas, se fue a la villa, y el rey estaba en su palacio, y Amadís se fue a la posada de la dueña, y como lo vio hincó los hinojos y dijo:

—Señor, cuanto yo he, vos me lo disteis.

Él le dijo:

—Dueña, vamos ante el rey y dándoos por quita podré yo volver donde tengo de ir.

Entonces se quitó el yelmo y tomó la dueña y las doncellas y fuese al palacio, y por do iban decían:

—Éste es el caballero que venció a Dardán.

El rey que lo oyó salió a él, y cuando lo vio fue contra él, y díjole:

—Amigo, seáis bien venido, que mucho habéis sido deseado.

Amadís hincó los hinojos, y dijo:

—Señor, Dios os dé alegría.

El rey le tomó por la mano y dijo:

—Así me ayude Dios, sois buen caballero.

Y Amadís se lo tuvo en merced y dijo:

—¿Es la dueña quita?

—Sí —dijo él.

—Señor —dijo Amadís—, creed que la dueña nunca supo quién la batalla hizo, sino ahora.

Mucho se maravillaban todos de la gran hermosura de Amadís y cómo siendo tan mozo pudo vencer a Dardán, que tan esforzado era, que en toda la Gran Bretaña le temían. Amadís dijo al rey:

—Señor, pues vuestra voluntad es satisfecha y la dueña quita, a Dios quedéis encomendados y vos sois el rey a quien yo antes serviría.

—¡Ay, amigo! —dijo el rey—, esta ida no haréis vos tan presto, si no me quisierais hacer gran pesar.

Dijo él:

—Dios me guarde de eso, ante tengo en corazón que os servir, si yo fuese tal que lo mereciese.

—Pues así es —dijo el rey—, ruégoos mucho que quedéis hoy aquí.

Él lo otorgó sin mostrar que le placía. El rey lo tomó por la mano y llevó a una cámara donde le hizo desarmar y donde todos los otros caballeros que allí de gran cuenta venían, se desarmaban, que éste era el rey que más los honraba y más de ellos tenía en su casa, e hízole dar un manto que cubriese y llamando al rey Arbán de Norgales y al conde de Gloucester, díjoles:

—Caballeros, haced compaña a este caballero, que bien parece de compaña de hombres buenos.

Y él se fue a la reina y díjole que tenía en su casa al buen caballero que la batalla venciera.

—Señor —dijo la reina—, mucho me place, y ¿sabéis cómo ha nombre?

—No —dijo el rey—, que por el prometimiento que hice no lo he osado preguntar.

—¿Por ventura —dijo ella—, si será el hijo del rey Perión de Gaula?

—No sé —dijo el rey.

—Aquel escudero —dijo la reina— que con Mabilia está hablando anda en busca de él y dice que ha hallado nuevas venía a esta tierra.

El rey le mandó llamar y díjole:

—Venid en pos de mí y sabré si conocéis un caballero que en mi palacio está.

Gandalín se fue con el rey y como él sabía lo que había de hacer, tanto que vio a Amadís hincó los hinojos ante él y dijo:

—Ay, señor Amadís!, mucho ha que os demando.

—Amigo Gandalín —dijo él—, tú seas bien venido, y ¿qué nuevas hay del rey de Escocia?

—Señor —dijo él—, muy buenas y de todos vuestros amigos.

El rey lo abrazó y dijo:

—Ahora, mi señor, no es menester de os encubrir, que vos sois aquel Amadís, hijo del rey Perión de Gaula, la vuestra conocencia y suya fue cuando matasteis en batalla aquel preciado rey Abies de Irlanda por donde la restituísteis en su reino que ya casi perdido tenía.

Entonces se llegaron todos por lo ver más que antes, que ya de él sabían haber hecho tales cosas en armas cuales otro ninguno podía hacer. Así pasaron aquel día haciéndole todos mucha honra y la noche venida lo llevó consigo a su posada el rey Arbán de Normales, por consejo del rey y díjole que trabajase mucho le hiciese quedar en su casa. Aquella noche albergó Amadís con el rey Arbán de Norgales, muy servido a su placer. El rey Lisuarte habló con la reina diciéndole cómo no podía detener a Amadís y que él había mucho a voluntad que hombre en el mundo tan señalado quedase en su casa, que con tales eran los príncipes más honrados y temidos y que no sabía qué manera para ello tuviese.

—Señor —dijo la reina—, mal contado sería tan grande hombre como vos, que viniendo tal caballero a vuestra casa de ella se partiese sin le otorgar cuanto él demandase.

—No me demanda nada —dijo el rey— que todo se lo otorgaría.

—Pues yo os diré lo que será, rogádselo o alguno de vuestra parte, y si lo hiciere decidle que me venga a ver antes que se parta y rogarle he con mi hija Oriana, con su prima Mabilia, que lo mucho conocen desde la sazón que era doncel y las servía y decirle he, que todos los otros caballeros son vuestros y queremos que él sea de nosotras, para lo que hubiéremos menester.

—Mucho bien lo decís —dijo él—, y por este camino, sin duda quedará, y si no lo hiciese con razón podríamos decir ser más corto de crianza que largo de esfuerzo, y el rey Arbán de Norgales habló aquella noche con Amadís, pero no pudo de él alcanzar ninguna esperanza que quedaría, y otro día se fueron ambos a oír misa con el rey y desde que fue dicha, Amadís se llegó a despedir del rey y el rey le dijo:

—Cierto, amigo, mucho me pesa de vuestra ida y por la promesa que os hice no oso demandaros nada que no sé si os pesaría, pero la reina ha gana que la veáis antes que os vayáis.

—Eso haré yo muy de grado —dijo él. Entonces le tomó por la mano y fuese donde la reina estaba y díjole:

—Ved aquí el hijo del rey Perión de Gaula.

—Así me Dios salve —dijo ella—, y he mucho placer y él sea muy bien venido.

Amadís le quiso besar las manos, mas ella lo hizo sentar cabe sí y el rey se tornó a sus caballeros que muchos en el patín dejaba.

La reina habló con Amadís en muchas cosas y respondía muy sagazmente, y las dueñas y doncellas eran muy maravilladas en ver la su gran hermosura y él no podía alzar los ojos que no catase a su señora Oriana, y Mabilia le vino abrazar como si no lo hubiera visto. La reina dijo a su hija:

—Recibid vos este caballero que os tan bien sirvió cuando era doncel y servirá ahora cuando caballero, si le no falta mesura, y ayudadme a rogar todas lo que yo le pediré.

Entonces le dijo:

—Caballero, el rey mi señor quisiera mucho que quedarais con él y no lo ha podido alcanzar, ahora quiero ver qué tanta más parte tienen las mujeres en los caballeros que los hombres y ruégoos yo que seáis mi caballero y de mi hija y de todas estas que aquí veis, en esto haréis mesura y quitar no habéis de afrenta con el rey en el demandar para nuestras cosas ningún caballero, que teniendo a vos todos los suyos excusar podremos, y llegaron todas a se lo rogar y Oriana le hizo seña con el rostro que lo otorgase, la reina le dijo:

—Pues, caballero, ¿qué haréis en esto de nuestro ruego?

—Señora —dijo él—, quien haría ál sino vuestro mandado, que sois la mejor reina del mundo, de más de estas señoras todas, yo, señora, quedo por vuestro ruego y de vuestra hija y después de todas las otras, mas dígoos que no seré de otro sino vuestro, y si al rey en algo sirviere será como vuestro y no como suyo.

—Así os recibimos, yo y todas las otras —dijo la reina. Luego lo envió decir al rey, el cual fue muy alegre y envió al rey Arbán de Norgales que se lo trajese y así lo hizo y venido ante él, abrazándolo con gran amor, le dijo:

—Amigo, ahora soy muy alegre en haber acabado esto que tanto deseaba y, cierto, yo tengo gana que de mí recibáis mercedes.

Amadís se lo tuvo en merced señalada.

De esta manera que oís quedó Amadís en la casa del rey Lisuarte por mandado de su señora.

Aquí el autor deja de contar de esto y toma la historia a hablar de don Galaor. Partido don Galaor de la compana del duque de Bristoya, donde le hiciera tanto enojo el enano, fuese por aquella floresta que llamaban Amida y anduvo hasta cerca hora de vísperas sin saber dónde fuese ni halla poblado alguno y aquella hora él alcanzó un gentil escudero que iba encima de un muy galán rocín, y el caballero Galaor, que una muy grande y terrible llaga llevaba, la cual uno de los tres caballeros, que el enano a la barca trajo, le hiciera, y cumpliendo su voluntad con la doncella se le había mucho empeorado, díjole:

—Buen escudero, ¿sabríais me decir dónde podría ser curado de una herida?

—Un lugar sé yo —dijo el escudero—, mas allí no osan ir tales como vos, y si van salen escarnidos.

—Dejemos eso —dijo él—, ¿habría allí quien la llaga me curase?

—Antes creo —dijo él— que hallaréis quien otra cosa os haga.

—Mostradme dónde es —dijo Galaor—, y veré de qué me queréis espantar.

—Eso no haré yo, si no quisiere —dijo él.

—O tú lo mostrarás —dijo Galaor— o yo te haré que lo muestres, que eres tan villano que cosa. que en ti se haga la mereces con razón.

—No podéis vos hacer cosa —dijo él— por donde a tan mal caballero y tan sin virtud yo haga placer.

Galaor metió mano a su espada por le poner miedo y dijo:

—O tú me guiarás o dejarás aquí la cabeza.

—Yo os guiaré —dijo el escudero— donde vuestra locura sea castigada y yo vengado dé lo que me hacéis.

Entonces fue por el camino cuanto una legua, llegaron a una hermosa fortaleza que era en un valle, cubierta de árboles.

—Veis aquí —dijo el escudero—, el lugar que os dije, dejadme ir.

—Vete —dijo él—, que poco me pago de tu compañía.

—Menos os pagaréis de ella —dijo él— antes de mucho.

Galaor se fue contra la fortaleza y vio que era nuevamente hecha y llegando a la puerta vio un caballero bien armado en su caballo y con él cinco peones asimismo armados, y dijeron contra Galaor:

—¿Sois vos el que trajo nuestro escudero preso?

—No sé —dijo él— quién es vuestro escudero, mas yo hice venir aquí uno, el peor, y de peor talante que nunca en hombre vi.

—Bien puede ser esto —dijo el caballero—, mas ¿vos qué demandáis aquí?

—Señor —dijo Galaor—, ando mal llagado de una herida y querría que me curasen de ella.

—Pues entrad —dijo el caballero. Galaor fue delante y los peones le acometieron por un cabo y el caballero por, el otro y fue para él un villano, y Galaor, sacándole de las manos un hacha, tornó al caballero y diole con ella tan gran golpe que no hubo de menester maestro, y dio por los peones de tal guisa que mató los tres de ellos y los dos huyeron al castillo y Galaor en pos de ellos, y su escudero le dijo:

—Tomad, señor, vuestras armas, que muy gran vuelta oigo en el castillo.

Él así lo hizo y el escudero tomó un escudo de los muertos y un hacha y dijo:

—Señor, contra los villanos ayudaros he, pero en caballero no pondré mano, que perdería para siempre de no ser caballero.

Galaor le dijo:

—Si yo hallo el buen caballero que busco, presto te haré caballero, y luego fueron adelante y vieron venir dos caballeros y diez peones y tornaron a los dos que huían y el escudero que allí a Galaor guiara estaba a una ventana dando voces diciendo:

—Matadlo, matadlo, mas guardad el caballo y será para mí.

Galaor cuando esto oyó, crecido de gran enojo, se dejó correr contra ellos y ellos a él, y quebraron las lanzas, pero al que Galaor encontró no hubo de menester tomar armas, y tornó contra el otro la espada en la mano con gran ardimiento, y del primer golpe que le dio lo derribó del caballo y tornó muy presto contra los peones y vio cómo el escudero había muerto dos de ellos y él le dijo:

—Mueran todos los que traidores son.

Y así lo hicieron, que ninguno escapó. Cuando esto vio el escudero, que a la ventana estaba mirando, fue subir a gran prisa contra una torre por una escalera, diciendo a voces:

—Señor, armaos que, si no, muerto sois.

Galaor fue para la torre y antes que llegase vio venir un caballero todo armado y al pie de la torre le tenían un caballo y quería cabalgar. Galaor, que del suyo descendiera porque no pudo entrar so un portal, llegó a él y trabando de la rienda dijo:

—Caballero, no cabalguéis, que no soy de vos asegurado.

El caballero volvió a él el rostro y dijo:

—Vos sois el que ha muerto mis cohermanos y la gente de este mi castillo.

—No sé por quién decís —dijo Galaor—, mas dígoos que aquí he hallado la peor gente y más falsa que nunca vi.

—Por buena fe —dijo el caballero—, el que vos matasteis mejor es que vos, y vos lo compraréis caramente.

Entonces se dejaron ir el uno al otro así a pie como estaban y hubieron su batalla muy cruda, que mucho era buen caballero el del castillo, y no había hombre que lo viese que se no maravillase, y así anduvieron hiriéndose una gran pieza. Mas el caballero, no pudiendo ya sufrir los grandes y duros golpes de Galaor, comenzó a huir, y él, en pos de él, y así fue so un portal pensando saltar de una fenestra a un andamio y con el peso de las armas no pudo saltar donde quería y hubo de caer ayuso en unas piedras, y tan alto era que se hizo pedazos, y Galaor que así lo vio caer tomóse maldiciendo el castillo y los moradores. Así estando oyó voces en una cámara, que decían:

—Señor, por merced no me dejéis aquí.

Galaor llegó a la puerta y dijo:

—Pues abrid.

Y dijeron:

—Señor, no puedo, que soy presa de una cadena.

Galaor dio del pie a la puerta y derribándola entró dentro y halló una hermosa dueña que tenía a la garganta una cadena gruesa y díjole ella:

—Señor, ¿qué es del señor del castillo y de la otra gente?

Él dijo:

—Todos son muertos, y que él viniera allí a buscar quien de una llaga le curase.

—Yo os curaré —dijo ella— y sacadme de este cautiverio.

Galaor quebró el candado y sacó la dueña de la cámara. Pero ante ella tomó de una arqueta dos bujetas que allí el señor del castillo tenía, con otras cosas para aquel menester, y fuéronse a la puerta del castillo y allí halló Galaor el primero con que justara, que aún estaba bullendo y trajo su caballo por cima de una pieza y salieron fuera del castillo. Galaor cató la dueña y vio que era a maravilla hermosa y díjole:

—Señora, yo os delibré de prisión y soy yo en ella caído si me vos no acorréis.

—Acorreré —dijo ella— en todo lo que mandares, que si de otra guisa lo hiciese de mal conocimiento sería, según la gran tribulación de donde me sacasteis.

Con estas tales razones amorosas y de buen talante y con las mañas de don Galaor y con las de la dueña, que por ventura a ellas conformes eran, pusieron en obra aquello que no sin gran empacho debe ser en escrito puesto; finalmente, aquella noche albergaron en la floresta con unos cazadores en sus tendejones y allí le curó la dueña de la herida y del buen deseo que le había mostrado y contóle cómo siendo ella hija de Teolís el Flamenco, a quien entonces había dado el rey Lisuarte el condado de Clara y de una dueña que por amiga había tenido.

—Y estando ahí —dijo ella— con mi madre en un monasterio, que es cerca de aquí, aquel soberbioso caballero que matasteis me demandó en casamiento, y porque mi madre lo despreció aguardó un día que yo holgaba con otras doncellas y tomóme y llevóme en aquel castillo y poniéndome en aquella muy espesa prisión me dijo:

—Vos me desechasteis de marido, en mi fama y honra fue de vos muy menoscabada, y dígoos que de aquí no saldréis hasta que vuestra madre y vos y vuestros parientes me rueguen que os tome por mujer». Y yo, que más que otra cosa del mundo, lo desamaba, tomé por mejor remedio, confiando en la merced de Dios estar allí en aquella pena algún tiempo que para siempre la tener siendo con él casada.

—Pues, señora —dijo Galaor—, ¿qué haré de vos que yo ando mucho camino y en cosa que os sería enojo aguardarme?

—Que me llevéis —dijo ella— al monasterio donde es mi madre.

—Pues guiada —dijo Galaor—, y yo os seguiré.

Entonces entraron en el camino y llegaron al monasterio antes que el Sol puesto fuese, donde así la doncella como Galaor fueron con mucho placer recibidos y muy mejor desde que la doncella les contó las extrañas cosas que en armas había hecho. Allí reposó Galaor a ruego de aquellas señoras. El autor aquí deja de contar y torna a hablar de Agrajes, de lo que le sucedió después que vino en la guerra de Gaula.

Capítulo 16. En que se trata lo que a Agrajes avino después que vino de la guerra de Gaula y algunas cosas de las que hizo

Agrajes, vuelto de la guerra de Gaula al tiempo que Amadís, habiendo en batalla muerto el rey Abies de Irlanda, y haberse conocido con su padre y madre, como se os ha contado, teniendo aparejado para en Noruega pasar, donde su señora Olinda era, fue un día a correr monte y siendo en la ribera de la mar encima de una peña, súbitamente vino una granizo con grandísimo viento soberbio de que la mar en desigualada manera embravecer hizo, por lo cual una nao revuelta muchas veces con la fuerza de las naos en peligro de ser anegada vio. A gran piedad él movido, la noche viniendo grandes fuegos hizo encender porque la señal de ellos causa de salvación de la gente de la nao fuese, atendiendo él allí la fin que de aquel gran peligro redundase. Finalmente, la fuerza de los vientos, la sabiduría de los mareantes y, sobre todo, la misericordia del verdadero Señor de aquella fusta que muchas veces por perdida se tuvo, al puerto, siendo salva, hicieron arribar. De donde sacadas unas doncellas con gran turbación del presente peligro a Agrajes, que encima de las peñas estaba dando voces a sus monteros que con gran diligencia les ayudasen, fueron entregadas, el cual las envió a unas caserías cerca, donde su albergue tenía. Pues salida la gente de la nao y aposentados en aquellas casas después de haber cenado al derredor de los grandes fuegos que Agrajes les mandara hacer, muy fieramente dormían. En este medio tiempo aposentadas las doncellas por su mandado en la su misma cámara, porque más honra y servicio las doncellas recibiesen, aún por él no eran vistas. Mas siendo ya la gente sosegada como caballero mancebo deseoso de ver mujeres más para las servir y honrar que para ser su corazón sujeto en otra parte que antes estaba, quiso por entre las puertas de la cámara ver lo que hacían y viéndolas ser alrededor de un fuego hablando con mucho placer, en el remedio del peligro pasado, conoció entre ellas aquella hermosa infanta Olinda, su señora, hija del rey de Noruega, por quien él así en el reino de su padre como en el Suyo de y en otras partes muchas cosas en armas había hecho, aquélla que su corazón siendo libre con tanta fuerza cautivado y sojuzgado tenía, que atormentado de grandes congojas y cuidados, muchas de sus fuerzas quebradas eran atrayendo a sus ojos infinitas lágrimas. Pues alterado con tal vista, ocurriéndole en la memoria en el gran peligro que la viera y la parte donde si él la veía, como fuera de sentido dijo:

—¡Ay, Santa María!, válgame, que ésta es la señora de mi corazón.

Lo cual por ella oído, no sospechando lo que era, a una su doncella mandó saber qué fuese aquello. Ésta, pues, abriendo la puerta allí a Agrajes como transportado vio esta, el cual haciéndose le conocer y ella diciéndolo a su señora, no menos alegre se haciendo, que él estaba, le mandó allí entrar donde después de muchos autos amorosos entre ellos pasados, dando fin a sus grandes deseos, aquella noche con gran placer y gran gozo de sus ánimos pasaron y estuvo allí aquella compaña en mucho descanso seis días en tanto que la mar amansada fuese, y todos ellos tuvo Agrajes con su señora sin que persona que los unos ni los otros lo sintiesen, sino sus doncellas. Pues entonces supo él cómo Olinda pasaba a la Gran Bretaña por vivir en la casa del rey Lisuarte con la reina Brisena, donde su padre la enviaba, él dijo cómo estaba aparejado para pasar en Noruega donde ella era, y que pues Dios le había dado tal dicha, que su viaje se volverá donde el suyo era, por la servir y ver a su cohermano Amadís, que él allí pensaba hallar. Olinda se lo agradeció mucho y le rogó y mandó que así lo hiciese. Esto concertado en cabo de aquellos seis días, siendo la mar en tanta bonanza que sin ningún peligro por ella navegar podrían, acogiéronse todos a la mar. Despidióse de Agrajes fueron su vía y sin entrevalo alguno que estorbo les diese llegaron en la Gran Bretaña, donde de la mar salidos y a la isla de Vindelisora llegados, donde el rey Lisuarte era, así de él como de la reina y de su hija y de todas las otras dueñas y doncellas, Olinda, muy bien recibida fue, considerando ser de tan alto lugar, y sobrada hermosura. Agrajes que en la ribera de la mar quedara mirando aquella nao, en que aquélla su muy amada señora iba, y cuando la hubo perdido de vista, tomóse a Briantes, aquella villa donde el rey Languines su padre era y hallando allí a don Galvanes Sin Tierra, su tío, habló que sería bueno irse a la corte del rey Lisuarte. Donde tantos caballeros buenos vivían, porque allí más que en otra parte honra y fama podrían ganar, lo cual se perdía todo en aquella tierra, donde no podían ejercitar sus corazones, sino con gentes de poco prez de armas. Don Galvanes, que buen caballero era, deseoso de ganar honra, no le impidiendo ningún señorío, que de gobernar hubiese, porque él no poseía sino solamente un castillo, tomó por bien de hacer aquel camino que Agrajes, su sobrino, le dijera, y despedidos del rey Languines, entrando en la mar, solamente consigo llevando sus armas y caballos y sendos escuderos, el tiempo enderezado que hacía los arribó en poco espacio de tiempo en la Gran Bretaña, en una villa que había nombre Bristoya, y de allí partiendo y caminando por una floresta a la salida de ella encontraron una doncella, la cual les preguntó si sabían que aquel camino fuese a la peña de Galtares.

—No —dijeron ellos;

—Mas ¿por qué lo preguntáis? —dijo Agrajes.

—Por saber —dijo ella— si hallaré a un buen caballero que me pondrá remedio a una gran cuita que conmigo traigo.

—Errada vais —dijo Agrajes—, que en esta peña que vos decís no hallaréis otro caballero sino aquel bravo gigante Albadán, que si vos cuita lleváis según sus malas obras, él las doblará.

—Si vos supieseis lo que yo, no lo tendríais —dijo ella— por yerro, que el caballero que yo demando se combatió con ese gigante y lo mató en batalla de uno por otro.

—Cierto, doncella —dijo Galvanes—, maravillas nos decís, que ningún caballero con ningún gigante tomase, ende más con aquél que es más bravo y esquivo que hay en todas las ínsulas del mar, sino fue el rey Abies de Irlanda que se combatió con uno, él armado y el gigante desarmado y lo mató y aún así lo tuviera a la mayor locura del mundo.

—Señores —dijo la doncella—, más a guisa de buen caballero la hizo este otro que yo digo.

Entonces les contó cómo fuera la batalla, y ellos fueron maravillados y Agrajes preguntó a la doncella si sabía el nombre del caballero que tal esfuerzo cometiera.

—Sí —dijo ella.

—Pues ruégoos mucho —dijo Agrajes—, por cortesía, que nos lo digáis.

—Dígoos —dijo ella— que ha nombre don Galaor y es hijo del rey de Gaula.

Agrajes se estremeció todo y dijo:

—¡Ay, doncella!, cómo me decís las nuevas del mundo que más alegre hacen, en saber de aquel cohermano que más muerto que por vivo tenía.

Entonces contó a don Galvanes lo que sabía de Galaor, cómo lo tomara el gigante y que hasta allí no supiera de ningunas nuevas.

—Cierto —dijo Galvanes—, la vida de él y de su hermano Amadís no ha sido sino maravilla y el comienzo de sus armas tanto que dudo si en el mundo otros que a ellos iguales se pudiesen hallar.

Agrajes dijo a la doncella:

—Amiga, ¿qué queréis vos a ese caballero que buscáis?

—Señor —dijo ella—, querría que acorriese a una doncella que por él es presa e hízola prender un enano traidor, la más falsa criatura que hay en todo el mundo.

Entonces le contó todo cuanto a Galaor con el enano le avino, así como es ya contado, pero de lo de Aldeva su amiga no les dijo nada y

—Señores, porque la doncella no quiere otorgar con lo que el enano dice, el duque de Bristoya jura que la hará quemar de aquí a diez días, y esto es gran cuita de las otras dueñas, si la doncella, con miedo, de la muerte, quiera condenar algunas de ellas diciendo que llevó a Galaor allí a aquel fin. Y de los diez días son pasados los cuatro.

—Pues que así es —dijo Agrajes—, no paséis más adelante, que nos haremos lo que Galaor haría, si no fuere en fuerza será en voluntad, y ahora nos guiad en el nombre de Dios.

La doncella tornó por el camino que había venido, y ellos la seguían y llegaron a casa del duque el día antes que la doncella habían de quemar, a la sazón que el duque se sentaba a comer y descendiendo de los caballos entraron así armados donde él estaba. El duque los saludó y ellos a él y díjoles que comiesen.

—Señor —dijeron ellos—, antes os diremos la razón de nuestra venida.

Y don Galvanes le dijo:

—Duque, vos tenéis una doncella presa por palabras falsas y malas que os dijo un enano; mucho os rogamos la mandéis soltar, pues no os tiene culpa y si sobre esto fuere menester batalla, nos defenderemos a otros dos caballeros, que la requesta tomar querrán.

—Mucho habéis dicho —dijo el duque, y mandó llamar al enano y díjole:

—¿Qué dices a esto que estos caballeros dicen, que me hicisteis prender la doncella con falsedad y que lo pondrán en batalla; dígote que conviene que hayas quien te defienda.

—Señor —dijo el enano—, yo habré quien haya verdad cuanto dije.

Entonces llamó un caballero, su sobrino, que era fuerte y membrudo, que no parecía haber deudo con él y díjole:

—Sobrino, conviene que mantengas mi razón contra estos caballeros.

El sobrino dijo:

—Caballeros, ¿qué decís vos contra este leal enano, que tomó gran deshonra del caballero que la doncella aquí trajo?, ¿por ventura sois vos? Y probaron había que él hizo tuerto al enano y que la falsa doncella debe morir, porque le metió en la cámara del duque.

Agrajes, que más se aquejaba dijo:

—Cierto, de nos no es ninguno aquél, aunque le querríamos parecer en sus hechos, ni en él no hubo tuerto y yo os lo combatiré y la doncella digo que no debe morir y que el enano fue contra ellos desleal.

—Pues luego sea la batalla —dijo el sobrino del enano; y pidiendo sus armas, se armó y cabalgó en un caballo y dijo contra Agrajes:

—Caballero, ahora Dios mandase que fueseis vos el que aquí trajo la doncella que yo le haría comprar su desmesura.

—Cierto —dijo Agrajes—, él se tendría en poco de se combatir con tales dos como vos, sobre cualquier razón, cuanto más sobre ésta, en que derecho mantendría.

El duque dejó de comer y fuese con ellos y metiólos en un campo, donde ya algunas otras pruebas fueron allí lidiadas y díjoles:

—La doncella que yo tengo presa no pongo en razón de vuestra batalla, pues que a ella no atañe el tuerto que el enano recibió.

—Señor —dijo Agrajes—, vos la prendisteis por lo que el enano dijo y yo os digo que os dijo falsedad, y si yo este caballero venciere, que mantiene su razón, dárnosla habéis con derecho.

—Ya os dije lo mío —dijo el duque—, y no haré más.

Y saliéndose de entre ellos se fueron a acometer a gran correr de los caballos e hiriéronse bravamente de las lanzas que luego fueron quebradas y juntados de los cuerpos de los caballos y de los escudos, cayeron ellos a sendas partes y cada uno se levantó bravamente y con gran saña que se habían, pusieron mano a sus espadas y acometiéronse a pie dándose grandes y duros golpes que todos los que miraban eran maravillados, las espadas eran cortadoras y los caballeros de gran fuerza y en poca de hora fueron sus armas de tal guisa paradas, que no había en ellas mucha defensa, los escudos eran cortados por muchas partes y los yelmos abollados. Galvanes vio andar a su sobrino esforzado y ligero y más acometedor que el otro fue muy alegre, y si antes lo preciaba, ahora mucho más, y Agrajes tenía tal maña, que aunque al comienzo muy vivo se mostrase, por donde parecía ser muy presto cansado, manteníase en tal forma en su fuerza, que mucho más ligero y acometedor se mostraba al cabo, así que en algunas partes fue al principio en tan poco tenido, que al fin hubo la victoria de la batalla, pues así lo catando Galvanes vio cómo el sobrino del enano se tiró afuera y dijo contra Agrajes:

—Asaz nos combatimos y paréceme que no es culpado el caballero por quien vos combatís ni mi tío el enano, que de otra guisa la batalla no durara tanto y si quisiereis pártase dando por leal al caballero y al enano.

—Cierto —dijo Agrajes—, el caballero es leal y el enano falso y malo y no os dejaré hasta que vuestra boca lo diga y pugnad de os defender.

El caballero mostró su poder, más poca pro le tuvo, que era ya llegado mucho y Agrajes lo hería de grandes golpes y a menudo y el caballero no entendía en ál sino en se cubrir de su escudo. Cuando el duque así lo vio en aventura de muerte hubo gran pesar, que lo mucho amaba y fuese yendo contra su castillo por lo no ver matar y dijo:

—Ahora juro, que no haré a caballero andante sino todo escarnio.

—Loca guerra cometisteis —dijo Galvanes— en os tomar con los caballeros andantes, que quieren enmendar los tuertos.

A esta sazón vino a caer a los pies de Agrajes el caballero y él tiró el yelmo y diole grandes golpes de la manzana de la espada en el rostro y dijo:

—Conviene que digáis que el enano hizo tuerto al caballero.

—¡Ay, buen caballero! —dijo el otro—, no me matéis y yo digo del caballero por qué vos combatisteis que es bueno y leal y prométeos de hacer quitar la doncella de prisión. Mas, ¡por Dios!, no queráis que diga del enano, que es mi tío y me crió, que es falso.

Esto oían todos los que al derredor miraban. Agrajes hubo duelo del caballero y dijo:

—Por el enano haría yo nada, mas por vos que os tengo por buen caballero haré tanto que os daré por quito, quitando a la doncella de la prisión a vuestro poder.

El caballero lo otorgó. El duque, que nada de esto veía, iba ya cerca del castillo y tomólo Galvanes por el freno y mostróle al sobrino del enano a los pies de Agrajes y dijo:

—Aquél, muerto es o vencido, ¿qué nos decís de la doncella?

—Caballero —dijo el duque—, más sois que loco si pensáis que yo haga de la doncella sino lo que tengo acordado y jurado.

—¿Y qué jurasteis vos? —dijo Galvanes.

—Que la quemaría mañana —dijo el duque— si no me dijese a qué metió el caballero en mi palacio.

—¿Cómo —dijo Galvanes—, no nos la daréis?

—No —dijo el duque—, no os detengáis más en este lugar, si no, yo mandaré en ello ál hacer.

Entonces se llegaron muchos de su compaña y Galvanes tiró la mano del freno y dijo:

—¿Vos nos amenazáis y no quitáis la doncella, que es derecho? Yo os desafío por ende por mí y por todos los caballeros andantes, que me ayudar quisieren.

—Y yo desafío a vos y a todos ellos —dijo el duque—, y en mal punto andarán por mi tierra.

Don Galvanes se tornó donde Agrajes estaba y dijo lo que con el duque pasara y cómo eran sus desafiados, de que fue muy sañudo y dijo:

—Tal hombre como éste, en que derecho no se puede alcanzar, no debería ser señor de tierra.

Y cabalgando en su caballo dijo contra el sobrino del enano:

—Miémbreseos lo que me prometisteis en lo de la doncella y cumplidlo luego a vuestro poder.

—Yo haré todo lo que en mí es —dijo él. Esto era ya cerca de vísperas, que a tal hora se partió la batalla y luego se partieron allí y entraron en una floresta que llamaban Arunda y dijo Galvanes:

—Sobrino, nos hemos desafiado al duque, aguardemos aquí y prenderlo hemos y alguno otro de que pasare.

—Bien es —dijo Agrajes. Entonces se desviaron de la carretera y metiéronse en una mata espesa, y allí descendieron de los caballos y enviaron los escuderos a la villa que les trajesen lo que habían menester. Allí albergaron aquella noche. El duque fue muy sañudo contra la doncella, más que antes, e hízola venir ante si y díjole que curase de su alma, que otro día sería quemada si luego no le dijese la verdad del caballero, que ella no quiso decir nada. El sobrino del enano hincó los hinojos ante el duque y díjole la promesa que hiciera rogándole por Dios que la doncella le diese, mas esto fuera excusado que antes perdería todo su estado que quebrar lo que jurara. Al caballero pesó mucho porque quisiera quitar su homenaje. Pues otro día de mañana mandó el duque traer ante sí la doncella y dijo:

—O escoged en el fuego o en decir lo que os pregunto, que de una de estas no podéis escapar.

Ella dijo:

—Haréis vuestra voluntad, mas no razón.

Entonces la mandó el duque tomar a doce hombres armados y dos caballeros armados con ellos y él cabalgó en un gran caballo, solamente un bastón en la mano y fuese con ellos a quemar la doncella a la orilla de la floresta. Y allí llegados dijo el duque:

—Ahora, le poned fuego y muera con su porfía.

Esto todo vieron muy bien don Galvanes y su sobrino, que estaban en reguarda, no de aquello, mas de otra cualquier cosa en que al duque enojar pudiesen y como armados estaban, cabalgaron presto y mandaron a un escudero que no entendiese sino en tomar la doncella y la poner en salvo y partiendo para allá vieron el fuego y como querían ya la doncella echar, mas ella hubo tan gran miedo que dijo:

—Señor, yo diré la verdad, y el duque que se allegaba por la oír, vio cómo venía por el campo don Galvanes y Agrajes y decían a grandes voces:

—Dejad, os conviene, la doncella.

Los dos caballeros salieron a ellos y encontráronse con sus lanzas muy bravamente, pero por los caballeros del duque fueron ambos a tierra, y el que Galvanes derribó no hubo menester maestro; el duque metió su compaña entre sí y ellos y Galvanes le dijo:

—Ahora verás la guerra que tomasteis.

Y dejáronse a él ir y el duque dijo a sus hombres:

—Matadle los caballos y no se podrán ir, mas los caballeros se metieron entre ellos tan bravamente hiriendo a todas partes con sus espadas y atropellándolos con los caballos así que los esparcieron por el campo, los unos muertos, los otros tullidos y los que quedaban huyeron a más andar.

Cuando esto vio el duque, no fue seguro y comenzóse de ir contra la villa cuanto más pudo y Galvanes fue tras él una pieza diciendo:

—Estad, señor duque, y veréis con quién tomasteis homecillo, mas él no hacía sino huir y llamar a grandes voces que le acorriesen, y tornándose Galvanes y su sobrino, hallaron que el escudero tenía la doncella en el palafrén y él en un caballo de los caballeros muertos y fuéronse con ella hacia la floresta. El duque se armó con toda su compaña y llegando a la floresta no vio los caballeros y partió los suyos cinco a cinco a todas partes y él se fue con otros cinco por una carretera y aquejóse mucho de andar, tanto que siendo encima de un valle miró abajo y violos cómo iban con su doncella y el duque dijo:

—Ahora a ellos y no guarezcan, y fueron al más ir de los caballos. Galvanes, que así los vio —dijo:

—Sobrino, parezca vuestra bondad en os saber defender, que éste es el duque y los de su compaña; ellos son cinco, no por eso no se sienta en nos cobardía.

Agrajes, que muy esforzado era, dijo:

—Cierto, señor tío, siendo yo con vos, poco daría por cinco de la compaña del duque.

En esto llegó y díjoles:

—En mal punto me deshonrasteis y pésame que no seré vengado en matar tales como vos.

Galvanes dijo:

—Ahora a ellos.

Entonces se dejaron correr unos a otros e hiriéronse de las lanzas en los escudos, tan duramente que luego fueron quebradas, mas los dos se tuvieron tan bien que no los pudieron mover de las sillas y echando mano a sus espadas se hirieron de grandes golpes, como aquéllos que lo bien sabían hacer y los del duque los acometían bravamente, así que la batalla de las espadas era entre ellos brava y cruda. Agrajes fue herir al duque con gran saña e hirióle so la visera del yelmo y fue el golpe tan recio que cortándole el yelmo le cortó las narices hasta las haces, y el duque, teniéndose por muerto, comenzó de huir cuanto más pudo y Agrajes en pos de él y no lo pudiendo alcanzar tornó y vio cómo su tío se defendía de los cuatro y dijo entre sí:

—¡Ay, Dios!, guarda tan buen caballero de estos traidores, y fuelos herir bravamente y Galvanes hirió al uno así que la espada le hizo caer de la mano y como lo vio embarazado tomóle por el brocal del escudo y tiróle tan recio que lo derribó en tierra y vio que Agrajes derribara uno de los otros y dejóse ir Galvanes a los dos que lo herían, mas ellos no atendieron, que huyendo por la floresta no los pudieron alcanzar y tornando donde la doncella era, le preguntaron si había ahí cerca algún poblado.

—Sí —dijo ella— que hay, una fortaleza de un caballero que se llama Olivas, que por ser enemigo del duque, por un su primo que le mató, os acogerá de grado.

Entonces los guió hasta que allá llegaron, el caballero los acogió muy bien y mucho mejor cuando supo lo que les acaeciera.

Pues otro día se armaron y tomaron su camino, mas Olivas los sacó aparte y díjoles:

—Señores, el duque me mató un primo cohermano, buen caballero, a mala verdad, y yo quiérole reutar ante el rey Lisuarte; demándoos consejo y ayuda, como a caballeros que se andan poniendo en las grandes afrentas, por mantener lealtad y hacer que la mantenga, los que sin temor de Dios y de sus vergüenzas la quebrantan.

—Caballero —dijo Galvanes—, obligado sois a la demanda de esa muerte que decís, si feamente se hizo y nosotros a os ayudar, si menester fuere, teniendo vos a ello justa causa y así lo haremos si el duque en la batalla algunos caballeros querrá meter, porque, como vos, lo desamamos.

—Mucho os lo agradezco —dijo él—, y quiérome ir con ellos. Entonces se armó y metióse con ellos en el camino Vindilisora, donde el rey Lisuarte cuidaban hallar.

Capítulo 17. Cómo Amadís era muy bienquisto en casa del rey Lisuarte, y de las nuevas que supo de su hermano Galaor

Contado se os ha cómo Amadís quedó en casa del rey Lisuarte por caballero de la reina al tiempo que en la batalla mató aquel soberbio y valiente Dardán y allí, así del rey como de todos, era muy amado y honrado. Y un día envió por él la reina para le hablar, y estando él ante ella, entró por la puerta del palacio una doncella hincando los hinojos ante la reina, dijo:

—Señora, ¿es aquí un caballero que trae las armas de leones?

Ella entendió luego que lo decía por Amadís y dijo:

—Doncella, ¿qué lo queréis?

—Señora —dijo ella—, yo le traigo mandado de un novel caballero que se ha hecho el más alto y grande comienzo de caballería que nunca hizo caballero en todas las ínsulas.

—Mucho decís —dijo la reina—, que muchos caballeros hay en las ínsulas y vos no sabréis la hacienda de todos.

—Señora —dijo la doncella—, verdad es, mas cuando supiereis lo que éste hizo otorgaréis en mi razón.

—Pues ruégoos —dijo la reina— que lo digáis.

—Si yo viese —dijo ella— el muy buen caballero que él más que todos los otros precia, yo le diría esto y otras muchas cosas que le mandan decir.

La reina, que hubo gana de lo saber, dijo:

—Veis aquí el buen caballero que demandáis y dígoos verdaderamente que él es.

—Señora —dijo la doncella—, yo lo creo que tan buena señora como vos no diría sino verdad, y luego dijo contra Amadís:

—Señor, el hermoso doncel que hicisteis caballero ante el castillo de Baldoid cuando vencisteis los dos caballeros de la puente y los tres de la calzada y prendisteis el señor del castillo y sacasteis por fuerza de armas al amigo de Urganda, mándase os encomendar así como aquél que os tiene en lugar de señor y envía os decir que él pugnará de ser hombre bueno o pagará con la muerte, y que si él fuere tal en el prez y en la honra de caballería que os dirá de su hacienda más de lo que ahora vos sabéis y si tal no saliere que le debáis preciar, que se callará.

En esto Amadís se membró luego, que era su hermano y las lágrimas le vinieron a los ojos que pararon mientes todas las dueñas y doncellas que ahí estaban y su señora más que todas, de que muy maravillada fue, considerando si por ella le podía venir cuita tal que llorar le hiciese, que aquello no de dolor, mas de gran placer le aviniera. La reina dijo:

—Ahora nos decid el comienzo del caballero que tanto loáis.

—Señora —dijo la doncella—, el primero lugar donde requesta tomó fue en la peña de Galtares combatiéndose con aquel bravo y fuerte Albadán llamado, al cual en campo de uno por otro venció y mató.

Entonces contó la batalla como pasó y que ella la viera y la razón por qué fuera. La reina y todos fueron mucho maravillados de cosa tan extraña.

—Doncella —dijo Amadís—, sabéis vos contra dónde fue el caballero cuando el gigante mató.

—Señor —dijo ella—, yo me partí de él después que la batalla venció y lo dejé con otra doncella que lo había de guiar a una su señora que allí la enviara y no os puedo decir más, y partióse de allí. La reina dijo:

—Amadís, ¿sabéis quién será aquel caballero?

—Señora, sé, aunque no le conozco.

Entonces le dijo cómo era su hermano y cómo llegara el gigante siendo niño y lo que Urganda de él le dijera.

—Cierto —dijo la reina—, extrañas dos maravillas son la crianza vuestra y suya, y cómo pudo ser que a vuestro linaje conocieseis ni ellos a vos, y mucho me placería de ver tal caballero en compaña del rey mi señor.

Así estuvieron hablando como oís una gran pieza, mas Oriana, que lejos estaba, no oía nada de ello y estaba muy sañuda, porque viera a Amadís llorar y dijo contra Mabilia:

—Llamad a vuestro primo y sabremos qué fue aquello que le avino.

Ella lo llamó, y Amadís se fue para ellas, y cuando se vio ante su señora, todas las cosas del mundo se le pusieron en olvido y dijo Oriana con semblante airado y turbado:

—¿De quién os membrasteis con las nuevas de la doncella que os hizo llorar?

Él se lo contó todo como a la reina lo dijera. Oriana perdió todo su enojo y tornó muy alegre y díjole:

—Mi señor, ruégoos que me perdonéis, que sospeché lo que no debía.

—¡Ay, señora! —dijo él—, no hay que perdonar, pues que nunca en mi corazón entró saña contra vos, demás de esto le dijo:

—Señora, plegaos que vaya buscar a mi hermano y lo traiga aquí en vuestro servicio, que de otra guisa no vendrá él.

Y esto decía Amadís por le traer, que mucho lo deseaba y porque le parecía que no holgaría mucho sin buscar algunas aventuras donde prez y honra ganase. Oriana le dijo:

—Así Dios me ayude, yo sería muy alegre que tal caballero aquí viniese y moraseis de consuno y otórgoos la ida, mas decidlo a la reina y parezca que por su mandado vais.

Él se lo agradeció muy humildosamente y fuese a la reina y dijo:

—Señora, bien sería que hubiésemos aquel caballero en compaña del rey.

—Cierto —dijo ella—, yo sería de ellos muy alegre, si se puede hacer.

—Sí puede —dijo él—, dándome vos, señora, licencia que lo busque y lo traiga, que de otra forma no lo habremos acá sin que mucho tiempo pase que él haya ganado más honra.

—En el nombre de Dios —dijo ella—, yo os otorgo la ida, con tal que hallándolo os vengáis.

Amadís fue muy alegre y despidiéndose de ella y de su señora y de todas las otras se fue a su posada, y otro día de mañana después de haber oído misa armóse y subió en su caballo con solo Gandalín que las otras armas le llevaba, y entró en su camino por donde anduvo hasta la noche, que albergó en casa de un infanzón viejo. Otro día, siguiendo el camino, entró en una floresta y habiendo ya las dos partes del día por ella andado, vio venir una dueña que traía consigo dos doncellas y cuatro escuderos, y traía un caballero en unas andas y ellos lloraban todos fieramente. Amadís llegó a ella y dijo:

—Señora, ¿qué lleváis en estas andas?

—Llevo —dijo ella— toda mi cuita y mi tristura, que es un caballero con quien era casada y va tan mal llagado que cuido que morirá.

Él se llegó a las andas y alzó un paño que le cubría y vio dentro un caballero asaz grande y bien hecho, mas de su hermosura no parecía nada, que el rostro había negro e hinchado y en muchos lugares herido, y poniendo la mano en él dijo:

—Señor caballero, ¿de quién recibisteis este mal?

Él no respondió y volvió un poco la cabeza. Amadís dijo a la dueña:

—¿De quién hubo este caballero tanto mal?

—Señor —dijo ella—, de un caballero que guardaba una puente acá delante por este camino, que nos, queriendo pasar, dijo que antes convenía que dijese si era de casa del rey Lisuarte, y mi señor dijo que por qué lo quería saber, el caballero le dijo: «Porque no pasará por aquí ninguno que suyo sea que lo no mate», y mi señor le preguntó que por que desamaba tantos caballeros del rey Lisuarte. «Yo le desamo mucho —dijo— y le querría tener en mi poder para de él me vengar». Él le respondió que por qué tanto le desamaba. Dijo él: «Porque tiene en su casa el caballero que mató aquel esforzado Dardán y por éste recibirá de mí y de otros mucha deshonra». Y cuando esto oyó mi marido, pesándole de aquellas palabras que el caballero decía, dijo:

«Sabed que yo soy suyo y su vasallo, que por vos ni por otro no lo negaría».
Entonces el caballero de la puente con gran enojo que de él hubo tomó sus
armas lo más presto que él pudo y comenzaron su batalla muy cruda y fiera
a maravilla, y a la fin mi señor fue tan maltrecho como ahora vos, señor, veis
y el caballero creyó que muerto era y mandónos que lo llevásemos a casa
del rey Lisuarte en tercero día.

Amadís dijo:

—Dueña, dadme uno de estos escuderos que el caballero me muestre,
que pues él recibió este daño por amor de mí, a mí me conviene más que a
otro vengarle.

—¿Cómo —dijo ella—, vos sois aquél por quien él desama al rey Lisuarte?

—Aquél, soy yo —dijo—, y si puedo yo haré que no desame a él ni a otro.

—Ay, buen caballero —dijo ella—, Dios os guíe y dé buen viaje y os esfuerce, y dándole un escudero, que con él fuese se despidieron, la dueña siguió
su camino como antes y Amadís el suyo, y tanto anduvo que llegaron a la
puente y vio cómo el caballero jugaba a las tablas con otro, y luego dejó el
juego y vínose contra él encima de un caballo armado de todas sus armas,
y dijo:

—Estad, caballero, no entréis la puente si antes no juráis.

—Y, ¿qué juraré? —dijo él.

—Si sois de casa del rey Lisuarte y si suyo sois yo os haré perder la cabeza.

—No sé yo de eso —dijo Amadís—, mas dígoos que soy de su casa y caballero de la reina su mujer, mas esto no ha mucho.

—¿Desde cuándo lo sois? —dijo el caballero de la puente.

—Desde cuando vino ahí una dueña reutada.

—¿Cómo —dijo el caballero—, sois vos el que por ella se combatió?

—Yo la hice alcanzar su derecho —dijo Amadís.

—¡Por mi cabeza! —dijo el caballero—, yo os hago perder la vuestra cabeza, si puedo, que vos matasteis uno de los mejores de mi linaje.

—Yo no lo maté —dijo Amadís—, mas hícele quitar la soberbiosa demanda
que él hacía y él se mató como malo descreído.

—No ha eso pro —dijo el caballero— que por vos fue muerto y no por otro,
y vos moriréis por él.

Entonces movió contra él al más correr de su caballo y Amadís a él, e hiriéronse ambos de las lanzas en los escudos y fueron luego quebradas, mas el caballero de la puente fue en tierra sin detenencia ninguna, de que él fue muy maravillado, que así tan ligero le derribara, y Amadís, que el yelmo se le torcía en la cabeza, enderezólo y en tanto hubo el caballero lugar de subir en el caballo y diole tres golpes de la espada antes que Amadís a la suya echase mano, pero echando a ella mano fue para el caballero e hirió per la orilla del yelmo contra hondón y cortóle de él una pieza y la espada llegó al pescuezo y cortóle tanto que la cabeza no se pudo sufrir y quedó colgada sobre los pechos y luego fue muerto. Cuando esto vieron los de la puente, huyeron. El escudero de la dueña fue espantado por tales dos golpes, uno de la lanza y otro de la espada. Amadís le dijo:

—Ahora te ve y di a tu señora lo que viste.

Cuando él esto oyó, luego se fue su vía, y Amadís pasó la puente sin más allí se detener y anduvo por el camino hasta que salió de la floresta y entró en una muy hermosa vega y muy grande a maravilla y pagóse mucho de las hierbas verdes que vio a todas partes, como aquél que florecía en la verdura y alteza de los amores y cató a su diestra y vio un enano de muy disforme gesto que iba en un palafrén, y llamándolo le preguntó dónde venía. El enano respondió:

—Vengo de casa del conde de Clara.

—Por ventura —dijo Amadís—, ¿viste tú allá un caballero novel que llaman Galaor?

—Señor —dijo el enano—, mas sé de dónde será este tercero día el mejor caballero que en esta tierra entró.

Oyendo esto Amadís, dijo:

—¡Ay, enano, por la fe que a Dios debéis, llévame allá y verlo he!

—Sí llevaré —dijo el enano—, con tal que me otorguéis un don e iréis conmigo donde os lo demandare.

Amadís, con gran deseo que tenía de saber de Galaor, su hermano, dijo:

—Yo te lo otorgo.

—En nombre de Dios —dijo el enano— sea nuestra y ahora os guiaré donde veréis el muy buen caballero y muy esforzado en armas.

Entonces dijo Amadís:

—Yo te ruego por mi amor que tú me lleves por la carrera que más aína vayamos.

—Yo lo haré —dijo él, y luego dejaron aquel camino y tomando otro anduvieron todo aquel día sin aventura hallar y tomólos la noche cabe una fortaleza.

—Señor —dijo el enano—, aquí albergaréis, donde hay dueña que os hará servicio.

Amadís llegó a aquella fortaleza y halló la dueña que le muy bien albergó, dándole de cenar y un lecho asaz rico en que durmiese, mas eso no hizo él, que su pensar fue tan grande en su señora, que casi no durmió nada de la noche, y otro día, despedido de la dueña, entró en la guía del enano y anduvo hasta mediodía y vio un caballero que se combatía con dos, y llegado a ellos les dijo:

—Estad, señores, si os pluguiere, y decidme por qué os combatís.

Ellos se tiraron afuera, y el uno de los dos dijo:

—Porque éste dice que él solo vale tanto para acometer un gran hecho como nos ambos.

—Cierto —dijo Amadís—, pequeña es la causa, que el valor de cualquiera no hace perder el del otro.

Ellos vieron que decía buena razón y dejaron la batalla y preguntaron a Amadís si conocía al caballero que se combatiera por la dueña en casa del rey Lisuarte, porque fue muerto Dardán el buen caballero.

—Y, ¿por qué lo preguntáis? —dijo él.

—Porque lo querríamos hallar —dijeron ellos.

—No sé —dijo Amadís— si lo decís por bien o mal, pero yo le vi no ha mucho en casa del rey Lisuarte, y partióse de ellos y fuese su camino. Los caballeros hablaron entre sí y dando de las espuelas a los caballos fueron en pos de Amadís, y él que los vio venir tomó sus armas y ni él ni ellos traían lanzas, que las quebraran en sus justas. El enano le dijo:

—¿Qué es eso, señor, no veis que los caballeros son tres?

—No me curo —dijo él—, que si me cometen a sin razón yo me defenderé si pudiere.

Ellos llegaron y dijeron:

—Caballero, queremos pediros un don y dádnoslo, si no, no os partiréis de nos.

—Antes os lo daré —dijo él— si con derecho a hacerlo puedo.

—Pues decidnos —dijo el uno—, como leal caballero, dónde cuidáis que hallaremos el caballero por quien Dardán fue muerto.

Él que no podía ál hacer, sino decir verdad, dijo:

—Yo soy, y si supiera que tal era el don no os lo otorgara por no me loar de ello.

Cuando los caballeros lo oyeron, dijeron todos:

—¡Ay, traidor, muerto sois!, y metiendo mano a las espadas se dejaron a él ir muy bravamente. Amadís metió mano a su espada como aquél que era de gran corazón y dejóse a ellos ir muy sañudo por los haber quitado de su batalla y lo acometían tan malamente, e hirió al uno de ellos por cima del yelmo de tal golpe que le alcanzó en el hombro que las armas con la carne y huesos fue todo cortado hasta descender la espada a los costados, así que quedándole el brazo colgado cayó del caballo ayuso y dejóse ir a los dos que le herían bravamente y dio al uno por el yelmo tal golpe que se lo hizo saltar de la cabeza y la espada descendió hasta el pescuezo y cortóle todo lo más de él y cayó el caballero. Y el otro que esto vio comenzó de huir contra donde viniera. Amadís, que lo vio en caballo corredor y que se le alongaba, dejó de lo seguir y tornó a Gandalín. El enano le dijo:

—Cierto, señor, mejor recaudo llevo para el don que me prometisteis que yo creía y ahora vamos adelante.

Así fueron aquel día a albergar a casa de un ermitaño, donde hubieron muy pobre cena. En la mañana tornó al camino por donde el enano guiaba y anduvo hasta hora de tercia y allí le mostró el enano, en un valle hermoso, dos pinos altos y debajo de ellos un caballero todo armado sobre un gran caballo y dos caballeros que andaban por el campo tras sus caballos que huían, que el caballero del pino los había derribado y debajo del otro pino yacía otro caballero acostado sobre un yelmo y su escudo cabe sí, y más de veinte lanzas alrededor del pino y cerca de él dos caballos ensillados. Amadís, que los miraba, dijo al enano:

—¿Conoces tú estos caballeros?

El enano le dijo:

—¿Veis, señor, aquel caballero que yace acostado al pino?

—Veo —dijo él.

—Pues aquél es —dijo el enano— el buen caballero que demostraros había.

—¿Sabes su nombre? —dijo Amadís.

—Sí, señor, que se llama Angriote de Estravaus y es el mejor caballero que yo en gran parte os podría mostrar.

—Ahora me di, ¿por qué tiene allí tantas lanzas?

—Eso os diré yo —dijo el enano—: Él amaba una dueña de esta tierra y ella no a él, pero tanto la guerreó que sus parientes por fuerza se la metieron en poder. Y cuando en su poder la hubo dijo que se tenía por el más rico del mundo. Ella le dijo: «No os tendréis por cortés en haber así una dueña por fuerza; bien me podréis haber, pero nunca de grado ni amor habréis, si antes no hacéis una cosa». «Dueña —dijo Angriote—, ¿es cosa que yo puedo hacer?». «Sí», dijo ella. «Pues mandadlo que yo lo cumpliré hasta la muerte». La dueña que lo mucho desamaba cuidó de lo poner donde muriese o cobrase tantos enemigos que con ellos se defendería de él y mandóle que él y su hermano guardasen este valle de los pinos, de todos los caballeros andantes que por él pasasen y que los hiciesen prometer por fuerza de armas que pareciendo en la corte del rey Lisuarte otorgarían ser más hermosa la amiga de Angriote que las suyas de ellos y si por ventura este caballero su hermano, que veis a caballo, fuese vencido, que no se pudiese sobre esta razón más combatir y toda la requesta quedase en Angriote solo y guardasen un año el valle. Y así lo guardaban los caballeros de día y la noche albergaban en un castillo que hace tras aquel otero que veis. Pero dígoos que ha tres meses que lo comenzaron que aún hasta aquí nunca Angriote metió mano a caballero, que su hermano los ha todos conquistado.

—Yo creo —dijo Amadís— que me dices verdad, que yo oí decir en casa del rey Lisuarte que fuera ahí caballero, que otorgara aquella dueña por más hermosa que su amiga y cuido que ha nombre Grovenesa.

—Verdad es —dijo el enano— y, señor, pues cumplí con vos tenedme lo que me prometisteis e id conmigo donde habéis de ir.

—Muy de grado —dijo Amadís—, ¿cuál es la derecha carrera?

—Por el valle —dijo el enano—, mas no quiero que por ella vayamos, pues tal embarazo tiene.

—No te cures —dijo él— de eso.

Entonces se metió adelante y a la entrada del valle halló un escudero que le dijo:

—Señor caballero, no paséis más adelante si no otorgáis que es más hermosa la amiga de aquel caballero, que al pino es acostado, que la vuestra.

—Si Dios quisiere —dijo Amadís—, tan gran mentira nunca otorgaré, si por fuerza no me lo hacen decir o la vida no me quitan.

Cuando esto le oyó el escudero, díjole:

—Pues tomaos, si no haberos habéis con ellos de combatir.

Amadís dijo:

—Si ellos me acometen yo me defenderé si puedo, y pasó adelante sin temor ninguno.

Capítulo 18. De cómo Amadís se combatió con Angriote y con su hermano, los cuales guardaban un paso de un valle en que defendían que ninguno tenía más hermosa amiga que Angriote

Así como el hermano de Angriote lo vio tomó sus armas y fue yendo contra él y dijo:

—Cierto, caballero, gran locura hicisteis en no otorgar lo que os demandaron, que vos habréis a combatir conmigo.

—Más me place de eso —dijo Amadís—, que de otorgar la mayor mentira del mundo.

—Y yo sé —dijo el caballero— que lo otorgaréis en otra parte donde os será mayor vergüenza.

—No lo cuido yo así —dijo él— si Dios quisiere.

—Pues guardaos —dijo el caballero. Entonces fueron al más correr de sus caballos, el uno contra el otro, e hiriéronse en los escudos y el caballero falsó el escudo a Amadís, mas detúvose en el arnés y la lanza quebró y Amadís lo encontró tan duramente que lo lanzó por cima de las ancas del caballo, y el caballero, que era muy valiente, tiró por las riendas así que las quebró y llevólas en las manos y dio de pescuezo y de espaldas en el suelo y fue tan maltratado que no supo de sí, ni de otra parte. Amadís descendió a él y quitóle el yelmo de la cabeza y violo desacordado, que no hablaba y tomándole por el brazo tiróle contra sí y el caballero acordó y abrió los ojos y Amadís le dijo:

—Muerto sois, si os no otorgáis por preso.

El caballero que la espada vio sobre su cabeza, temiendo la muerte, otorgóse por preso. Entonces Amadís cabalgó en su caballo, que vio que Angriote cabalgaba y tomaba sus armas y le enviaba una lanza con su escudero. Amadís tomó la lanza y fue para el caballero y él vino contra él al más correr de su caballo e hiriéronse con las lanzas en los escudos, así que fueron quebradas sin que otro mal se hiciesen, pareciendo por sí muy hermosos caballeros, que en muchas partes otros tales no se hallarían. Amadís echó mano a su espada y tornó el caballo contra él y Angriote le dijo:

—Estad, señor caballero, no os aquejéis de la batalla de las espadas, que bien la podréis haber, y creo que será vuestro daño.

Esto decía él porque pensaba que en el mundo no había caballero mejor heridor de espada que lo era él.

—Y justemos hasta que aquellas lanzas nos fallezcan o el uno de nos caiga del caballo.

—Señor —dijo Amadís—, yo he qué hacer en otra parte y no puedo tanto detenerme.

—¿Cómo —dijo Angriote—, tan ligero os cuidáis de mí partir? No lo tengo yo así, pero ruégoos mucho que antes de las espadas justemos otra vez.

Amadís se lo otorgó, pues que le placía y luego se fueron ambos y tomaron sendas lanzas, las que le más contentaron y alongándose uno de otro se dejaron venir contra sí e hiriéronse de las lanzas muy bravamente y Angriote fue en tierra y el caballo sobre él y Amadís que pasaba tropezó en el caballo de Angriote y fue a caer con él de la otra parte y un trozo de la lanza que por el escudo le había entrado con la fuerza de la caída entróle por el arnés y por la carne, mas no mucho, y él se levantó muy ligero como aquél que para sí no quería la vergüenza, de más sobre caso de su señora y tiró aína de sí el trozo de la lanza y poniendo mano a la espada se dejó ir contra Angriote, que le vio con su espada en la mano, y Angriote le dijo:

—Caballero, yo os tengo por buen mancebo y ruego que antes que más mal recibáis, otorguéis ser más hermosa mi amiga que la vuestra.

—Callad —dijo Amadís—, que tal mentira nunca será por mi boca otorgada.

Entonces se fueron acometer y herir con las espadas de tan fuertes golpes que espanto ponían, así a los que miraban como a ellos mismos que los recibían, considerando entre sí poderlos sufrir; mas esta batalla no pudo durar mucho, que Amadís se combatía por razón de la hermosura de su señora, donde hubiera él por mejor ser muerto que fallecer un punto de lo que debía y comenzó de dar golpes de toda su fuerza tan duramente que la gran sabiduría ni la gran valentía de herir de espada no le tuvo pro a Angriote que en poca de hora lo sacó de toda su fuerza y tantas veces le hizo descender la espada a la cabeza y al cuerpo que por más de veinte lugares le salía ya la sangre. Cuando Angriote se vio en aventura de muerte tiróse afuera así como pudo y dijo:

—Cierto, caballero, en vos hay más bondad que hombre puede pensar.

—Otorgaos por preso —dijo Amadís— y será vuestra pro, que estáis tan maltratado que habiendo la batalla fin la habría vuestra vida, y pesar me había de ello, que os aprecio más de lo que os cuidáis.

Esto decía él por la su gran bondad de armas y por la cortesía de que usara con la dueña teniéndola en su poder. Angriote, que más no pudo, dijo:

—Yo me os otorgo por preso, así como al mejor caballero del mundo y así como se deben otorgar todos los que hoy armas traen, y dígoos, señor caballero, que lo no tomo por mengua, mas por gran pérdida, que hoy pierdo la cosa del mundo que más amo.

—No perderéis —dijo Amadís— si yo puedo, que muy desaguisado sería, si aquella gran mesura que contra esa que dices usasteis no sacase el pago y galardón que merece y vos le habréis, si yo puedo, mas cedo que antes. Esto os prometo yo como leal caballero, cuanto torne de una demanda en que voy.

—Señor —dijo Angriote—, ¿dónde os hallaré?

—En casa del rey Lisuarte —dijo Amadís— que ahí volveré, Dios queriendo.

Angriote lo quisiera llevar a su castillo, mas él no quiso dejar el camino que antes llevara y despedido de ellos se puso en la guía del enano para le dar el don que le prometiera y anduvo cinco días sin aventura hallar; en cabo de ellos mostróle el enano un muy hermoso castillo y muy fuerte a maravilla, y díjole:

—Señor, en aquel castillo me habéis de dar el don.

—En el nombre de Dios —dijo Amadís—, yo te lo daré si puedo.

—Esa confianza tengo yo —dijo el enano—, y más, después que he visto vuestras grandes cosas. Y señor, ¿sabéis cómo ha nombre este castillo?

—No —dijo él—, que nunca en esta tierra entré.

—Sabed —dijo el enano— que ha nombre Valderín.

Y así hablando llegaron al castillo y el enano dijo:

—Señor, tomad vuestras armas.

—¿Cómo —dijo Amadís—, será menester?

—Sí —dijo él—, que no dejan dende salir ligeramente los que ahí entran.

Amadís tomó sus armas y metióse adelante y el enano y Gandalín en pos de él, y cuando entró por la puerta cató a un cabo y a otro, mas no vio nada y dijo contra el enano:

—Despoblado me semeja este lugar.

—¡Por Dios! —dijo él—, a mí también.

—Pues, ¿para qué me trajiste aquí o qué don quieres que te dé?

El enano le dijo:

—Cierto, señor, yo vi aquí el más bravo caballero y más fuerte en armas que cuido ver y mató allí en aquella puerta dos caballeros y el uno de ellos era mi señor, y a éste mató tan crudamente como aquél en quien nunca merced hubo, y yo os quisiera pedir la cabeza de aquel traidor que lo mató, que ya aquí traje otros caballeros para le vengar y, ¡mal pecado!, de ellos prendieron muerte y otros cruel pasión.

—Cierto, enano —dijo Amadís—, tú haces lealtad más no deberías traer los caballeros si antes no les dijeses con quién se habían de combatir.

—Señor —dijo el enano—, el caballero es muy conocido por uno de los bravos del mundo y si lo dijese no sería ninguno tan ardid que conmigo osase venir.

—Y, ¿sabes cómo ha nombre?

—Sí, sé —dijo el enano—, que se llama Arcalaus el Encantador.

Amadís cató a todas partes y no vio ninguno y apeóse de su caballo y atendió hasta las vísperas y dijo:

—Enano, ¿qué quieres que haga?

—Señor —dijo él—, la noche se viene y no tengo por bien que aquí alberguemos.

—Cierto —dijo Amadís—, de aquí no partiré hasta que el caballero venga o alguno que de él me diga.

—¡Por Dios!, yo no quedaré aquí —dijo el enano—, que he gran miedo que me conoce Arcalaus y sabe que yo pugno de lo hacer matar.

—Todavía —dijo Amadís— aquí quedarás y no me quiero quitar del don, si puedo, y Amadís vio un corral adelante y entró por él, mas no vio ninguno y vio un lugar muy oscuro con unas gradas que so tierra iban y Gandalín llevaba el enano porque le no huyese, que gran miedo había, y díjole Amadís:

—Entremos por estas gradas y veremos qué hay allá.

—¡Ay, señor! —dijo el enano—, merced, que no hay cosa por que yo entrase en lugar tan espantoso, y por Dios dejadme ir, que mi corazón se me espanta mucho.

—No te dejaré —dijo Amadís— hasta que hayas el don que te prometí o veas cómo hago mi poder.

El enano, que gran miedo había, dijo:

—Dejadme ir y yo os quito el don y téngome por contento de él.

—En cuanto a mí fuere —dijo Amadís—, yo no te mando quitar el don, no digáis después que falté de lo que debía hacer.

—Señor, a vos doy por quito y a mí por pagado —dijo él— y os quiero atender de fuera por donde vinimos hasta ver si vais.

—Vete a buena ventura —dijo Amadís— y yo fincaré aquí esta noche hasta la mañana esperando el caballero.

El enano se fue su vía y Amadís descendió por las gradas y fue adelante, que ninguna cosa veía y tanto fue por ellas ayuso que se halló en un llano y era tan oscuro que no sabía dónde fuese, y fue allí adelante y topó en una pared, y trayendo las manos por ella, dio en una barra de hierro en que estaba una llave colgada y abrió un candado de la red y oyó una voz que decía:

—¡Ay, señor, hasta cuándo será esta grande cuita! ¡Ay, muerte, dónde tardas do sería tanto menester!

Amadís escuchó una pieza y no oyó más, y entró por la cueva, su escudo al cuello y el yelmo en la cabeza y la espada desnuda en la mano y luego se halló en un hermoso palacio donde había una lámpara que le alumbraba, y vio en una cámara seis hombres armados que dormían y tenían cabe si escudos y hachas y él se llegó y tomó una de las hachas y pasó adelante y oyó más de cien voces altas que decían:

—Dios, Señor, envíanos la muerte, porque tan dolorosa cuita no suframos.

Él fue maravillado de las oír y al ruido de las voces despertaron los hombres que dormían y dijo uno a otro:

—Levántate y toma el azote y haz callar aquella cautiva gente que no nos dejan holgar en nuestro sueño.

—Eso haré yo de grado, y que laceren el sueño de que me despertaron.

Entonces se levantó muy presto y tomando el azote vio ir delante sí a Amadís, de lo que muy maravillado fue en lo allí ver y dijo:

—¿Quién va allá?

—Yo voy —dijo Amadís.

—¿Y quién sois? —dijo el hombre.

—Soy un caballero extraño —dijo Amadís.

—¿Pues quién os metió acá sin licencia alguna?

—No, ninguno —dijo Amadís—, que yo me entré.

—¿Vos? —dijo él—, esto fue en mal punto par vos, que convendrá que seáis luego metido en aquella cuita que son aquellos cautivos que dan tan grandes voces.

Y tornándose cerró presto la puerta y despertando a los otros dijo:

—Compañeros, veis aquí un mal andante caballero que de su grado acá entró.

Entonces dijo uno de ellos, que era el carcelero y había el cuerpo y la fuerza muy grande en demasía:

—Ahora me dejad con él, que yo le pondré con aquéllos que allí yacen.

Y tomando un hacha y una adarga se fue contra él y dijo:

—Si dudas tu muerte, deja tus armas, y si no, atiéndela que presto de esta mi hacha la habrás.

Amadís fue sañudo en se oír amenazar y dijo:

—Yo no daría por ti una paja, que comoquiera que seas: grande y valiente, eres malo y mala sangre, y fallecer te ha el corazón, y luego alzaron las hachas e hiriéronse ambos con ellas y el carcelero le dio por cima del yelmo y entró el hacha bien por él, y Amadís le dio en el adarga así que se la pasó. Y el otro se tiró afuera y llevó la hacha en el adarga. Y puso mano a la espada y dejóse ir a él y cortóle la asta de la hacha; el otro, que era muy valiente, cuidó lo meter so sí, mas de otra guisa le vino que en Amadís había más fuerza que en ninguno otro que se hallase en aquel tiempo, y el carcelero le cogió entre sus brazos y pugnaba por lo derribar. Y Amadís le dio de la manzana de la espada en el rostro que le quebrantó una quijada y derribólo ante sí, aturdido, e hirióle en la cabeza, de guisa que no hubo menester maestro, y los otros que lo miraban, dieron voces, que lo no matase, si no que él sería muerto.

—No sé cómo avendrá —dijo Amadís—, mas de éste seguro seré, y metiendo la espada en la vaina sacó la hacha de la adarga y fue a ellos que contra él, por lo herir, todos juntos venían, y descargaron en él sus golpes cuanto más recio pudieron, pero él hirió al uno que hasta los meollos lo hendió y dio con él a sus pies. Y luego dio a otro que más le aquejaba por el costado y abrióselo así que le derribó y trabó a otro de la hacha tan recio, que dio con él de hinojos en tierra, y así éste como el otro que lo querían herir demandaron la merced que los no matase.

—Pues dejad luego las armas —dijo Amadís— y mostradme esta gente que da voces.

Ellos las dejaron y fueron luego ante él. Amadís oyó gemir y llorar en una cámara pequeña y dijo:

—¿Quién yace aquí?

—Señor —dijeron ellos—, una dueña que es muy cuitada.

—Pues abrid esa puerta —dijo él— y verla he.

El uno de ellos tomó do yacía el grande carcelero y tomándole dos llaves que en la cinta tenía abrió la puerta de la cámara, y la dueña, que cuidó que el carcelero fuese, dijo:

—¡Ay, varón!, por Dios, habed merced de mí y dadme la muerte y no tantos martirios cuales me dais.

Otrosí dijo:

—¡Oh, rey, en mal día fui yo de vos tan amada que tan caro me cuesta vuestro amor!

Amadís hubo de ella gran duelo, que las lágrimas le vinieron a los ojos, y dijo:

—Dueña, no soy el que pensáis, antes aquél que os sacará de aquí, si puedo.

—¡Ay, Santa María! —dijo—, ¿quién sois vos que acá entrar pudisteis?

—Soy un caballero extraño —dijo él.

—¿Pues qué se hizo el gran cruel carcelero y los otros que guardaban?

—Lo que será de todos los malos que se no enmienden —dijo él. Y mandó a uno de los hombres que le trajese lumbre y él así lo hizo y Amadís vio la dueña con gruesa cadena a la garganta y los vestidos rotos por muchas partes que las carnes se le parecían y como ella vio que Amadís con piedad la miraba, dijo:

—Señor, comoquiera que así me veáis, ya fue tiempo que era rica como hija de rey que soy, y por rey soy en aquesta cuita.

—Dueña —dijo él—, no os quejéis que estas tales son vueltas y autos de la fortuna, porque ninguno las puede huir ni de ellas apartar y si es persona que algo vale aquél por quien este mal sufrís y sostenéis, vuestra pobreza y bajo traer se tornarán riqueza y la cuita en grande alegría; pero en lo uno ni en lo otro poco nos debemos fiar, e hizole tirar la cadena y mandó que le trajesen algo con que se pudiese cubrir. Y el hombre que las candelas llevaba trajo un manto de escarlata que Arcalaus había dado a aquél, su carcelero. Amadís la cubrió con él, y tomándola por la mano la sacó fuera al palacio diciéndole que no temiese de allí volver si antes a él no matasen y llevándola consigo llegaron donde el gran carcelero y los otros muertos estaban, de que ella fue muy espantada y dijo:

—¡Ay, manos!, cuántas heridas y cuántas crudezas habéis hecho y dado a mí y a otros que aquí yacen sin que lo mereciesen y aunque vosotros la venganza no sintáis siéntelo aquella desventurada de ánima que os sostenía.

—Señora —dijo Amadís—, tanto que os ponga con mi escudero yo tornaré a los sacar todos que ninguno quede.

Así fueron adelante y llegando a la red vino allí un hombre y dijo al que las candelas llevaba:

—Díceos Arcalaus que dó es el caballero que acá entró, si lo matasteis o si es preso.

Él hubo tan gran miedo que no habló y las candelas se le cayeron de las manos. Amadís las tomó y dijo:

—No hayas miedo ribaldo, ¿de qué temes siendo en mi guarda? Ve delante.

Y subieron por las gradas hasta salir al corral y vieron que gran pieza de la noche era pasada y el lunar era muy claro. Cuando la dueña vio el cielo y el aire fue muy leda a maravilla como quien no lo había gran tiempo visto, y dijo:

—¡Ay, buen caballero!, Dios te guarde y dé el galardón que de me sacar de aquí mereces.

Amadís la llevaba por la mano y llegó donde dejara a Gandalín, mas no lo halló y temióse de lo haber perdido y dijo:

—Si el mejor escudero del mundo es muerto, por él se hará la mejor y más cruel venganza que nunca se hizo, si yo vivo.

Estando así oyó dar unas voces y yendo allá halló al enano que de él se partiera, colgado por la pierna de una viga y de yuso de él un fuego con cosas de malos olores y vio a otra parte a Gandalín que a un poste atado estaba. Y queriéndolo desatar, dijo:

—Señor, acorred antes al enano, que muy cuitado es.

Amadís así lo hizo, que sosteniéndole en su brazo con la espada cortó la cuerda y púsolo en el suelo y fue a desatar a Gandalín diciendo:

—Cierto, amigo, no te preciaba tanto como yo el que aquí te puso.

Y fuese a la puerta del castillo y hallóla cerrada de una puerta colgadiza y como vio que no podía salir apartóse al un cabo del corral donde había un poyo y sentóse allí con la dueña y tuvo consigo a Gandalín y al enano y los dos hombres de la cárcel. Gandalín le mostró una casa donde metiera su caballo y fue allá y quebrando la puerta hallólo ensillado y enfrentado y trájolo cabe sí. Y de grado quisiera volver por los presos, mas hubo recelo que la dueña no recibiese daño de Arcalaus, pues ya en el castillo era y acordó de esperar el día. Preguntó a la dueña quién era el rey que la amaba y por quién aquella gran cuita sufría.

—Señor —dijo ella—, siendo este Arcalaus muy grande enemigo del rey de quien yo soy amada y sabiéndolo él, no pudiendo de él haber venganza, acordó de la tomar en mí, creyendo que éste era el mayor pesar que le hacía y comoquiera que ante mucha gente me tomase, metióse conmigo en un aire tan oscuro que ninguno me pudo ver; esto fue por sus encantamientos que él obra, y púsome allí donde me hallasteis diciendo que padeciendo yo en tal tenebrura y aquél que me ama en me no ver ni saber de mí, holgaba su corazón con aquella venganza.

—Decidme —dijo Amadís— si os pluguiere, ¿quién es ese rey?

—Arbán de Norgales —dijo la dueña—, no sé si de él habéis noticias.

—A Dios merced —dijo Amadís— que es el caballero del mundo que yo más amo, ahora no he de vos tanta piedad como antes, pues que por uno de los mejores hombres del mundo lo sufristeis, por aquél que con doblada alegría y honra vuestra voluntad será satisfecha.

Hablando en esto y en otras cosas estuvieron allí hasta la mañana que el día fue claro; entonces vio Amadís a las fenestras un caballero que dijo:

—¿Sois vos el que me matasteis mi carcelero y mis hombres?

—¿Cómo —dijo Amadís—, vos sois aquél que injustamente matáis caballeros y prendéis dueñas y doncellas? Cierto, yo os tengo por el más desleal caballero del mundo, por haber más crudeza que bondad.

—Aún vos no sabéis —dijo el caballero— toda mi crudeza, mas yo haré que la sepáis antes de mucho, y haré que no os trabajéis de enmendar ni retraer cosa que yo haga a tuerto o a derecho, y tiróse de la fenestra y no tardó mucho que, lo vio salir al corral muy bien armado y encima de un gran caballo y él era uno de los grandes caballeros del mundo que gigante no fuese. Amadís lo miraba creyendo que en él había gran fuerza por razón, y Arcalaus le dijo:

—¿Qué me miras?

—Mírote —dijo él— porque según tu parecer podrías ser hombre muy señalado si tus malas obras no lo estorbasen y la deslealtad que has gana de mantener.

—A buen tiempo —dijo Arcalaus— me trajo la fortuna, si de tal como tú había de ser reprendido, y fue para él su lanza baja, y Amadís asimismo, y Arcalaus lo hirió en el escudo y fue la lanza en piezas y juntáronse los caballos y ellos uno con otro tan bravamente que cayeron a sendas partes, mas luego fueron en pie como aquéllos que muy vivos y esforzados eran e hiriéronse con las espadas de tal guisa que fue entre ellos una tan cruel y brava batalla que ninguno lo podría creer, si no la viese, que duró mucho por ser ambos de tan gran fuerza y ardimiento, pero Arcalaus se tiró afuera y dijo:

—Caballero, tú estás en aventura de muerte y no sé quién eres; dímelo porque lo sepa, que yo más pienso en te matar que en vencer.

—Mi muerte —dijo Amadís— está en la voluntad de Dios a quien yo temo y la tuya en la del diablo, que es ya enojado de te sostener, y quiere que el cuerpo a quien tantos vicios malos ha dado, con el ánima perezca y pues deseas saber quién soy yo, dígote que he nombre Amadís de Gaula, y soy caballero de la reina Brisena y ahora pugnad de dar cima a la batalla que os no dejaré más holgar.

Arcalaus tomó su escudo y su espada e hiriéronse ambos de muy fuertes y duros golpes, así que la plaza era sembrada de los pedazos de sus escudos y de las mallas de las armas y siendo ya la hora de tercia, que Arcalaus había perdido mucha de su fuerza fue a dar un golpe por cima del yelmo a Amadís y no pudiendo tener la espada salióse de la mano y cayó en tierra y como la quiso tomar pujóle Amadís tan recio que le hizo dar con las manos en el suelo, y como se levantó diole con la espada un tal golpe por cima del yelmo que le atordeció. Cuando Arcalaus se vio en aventura de muerte, comenzó a huir contra un palacio donde saliera y Amadís en pos de él, y ambos entraron en el palacio, mas Arcalaus se cogió a una cámara, y a la puerta de ella estaba una dueña que miraba como se combatían Arcalaus, desde que en la cámara fue, tomó una espada y dijo contra Amadís:

—Ahora entra y combate conmigo.

—Mas combatámonos en este palacio que es mayor —dijo Amadís.

—No quiero —dijo Arcalaus.

—¿Cómo —dijo Amadís—, ende te crees amparar?, y poniendo el escudo ante sí, entró con él, y alzando la espada por lo herir perdió la fuerza de todos los miembros y el sentido y cayó en tierra tal como muerto. Arcalaus dijo:

—No quiero que muráis de esta muerte, sino de ésta, y dijo a la dueña que los miraba:

—¿Paréceos, amiga, que me vengaré bien de este caballero?

—Paréceme —dijo ella— que os vengaréis a vuestra voluntad, y luego desarmó a Amadís, que no sabía de sí parte, y armóse él de aquellas armas y dijo a la dueña:

—Este caballero no le mueva de aquí ninguno, por cuanto vos amáis, y así lo dejad hasta que el alma le sea salida, y salió así armado al corral y todos cuidaron que lo matara. Y la dueña que de la cárcel saliera hacía gran duelo, mas en el de Gandalín no es de hablar. Y Arcalaus dijo:

—Dueña, buscad otro que de aquí os saque que el que visteis desempachado es.

Cuando por Gandalín fue esto oído cayó en tierra tal como muerto. Arcalaus tomó la dueña y dijo:

—Venid conmigo y veréis cómo muere aquel malaventurado que conmigo se combatió.

Y llevándola donde Amadís estaba le dijo:

—¿Qué os parece, dueña?

Ella comenzó agremente a llorar y dijo:

—¡Ay, buen caballero, cuánto dolor y tristeza será a muchos buenos la tu muerte!

Arcalaus dijo a la otra dueña que era su mujer:

—Amiga, desde que este caballero sea muerto haced tornar esa dueña a la cárcel donde él la sacó y yo me iré a casa del rey Lisuarte y diré allá cómo me combatí con éste y que de su voluntad y la mía fue acordado de tomar esta batalla, con tal condición que el vencedor tajase al otro la cabeza y lo fuese decir aquella corte dentro de quince días. Y de esta manera ninguno tendrá razón de que me demandar esta muerte y yo quedaré con la mayor gloria y alteza en las armas, que haya caballero en todo el mundo, en haber vencido a éste que par no tenía.

Y tornándose al corral hizo poner en la oscura cárcel a Gandalín y al enano. Gandalín quisiera que lo matara e íbale llamando:

—¡Traidor!, que mataste al más leal caballero que nunca nació.

Mas Arcalaus lo mandó llevar a sus hombres rastrando por la pierna diciendo:

—Si te matase no te daría pena, allá dentro la habrás muy mayor que la misma muerte, y cabalgando en el caballo de Amadís llevando consigo tres escuderos se metió en el camino donde el rey Lisuarte era.

Capítulo 19. Cómo Amadís fue encantado por Arcalaus el encantador, porque Amadís quiso sacar de prisión a la dueña Grindalaya y a otros. Y cómo escapó de tos encantamientos que Arcalaus le había hecho

Grindalaya, que así había nombre la dueña presa, hacía muy gran duelo sobre Amadís, que lástima era lo oír, diciendo a la mujer de Arcalaus y las otras dueñas que con ella estaban:

—¡Ay, mis señoras!, no miráis qué hermosura de caballero y en qué tierna edad era uno de los mejores caballeros del mundo; mal hayan aquéllos que de encantamientos saben que tanto mal y daño a los buenos pueden hacer. ¡Oh, Dios mío, que tal quieres sufrir!

La mujer de Arcalaus que tanto como su marido era sojuzgada a la crueza y a la maldad, tanto lo era ella a la virtud y piedad y pesábale muy de corazón de los que su marido hacía y siempre en sus oraciones rogaba a Dios que lo enmendase, consolaba a la dueña cuanto podía. Y estando allí entraron por la puerta del palacio dos doncellas y traían en las manos muchas candelas encendidas y pusieron de ellas a los cantos de la cámara donde Amadís yacía; las dueñas que allí eran no les pudieron hablar ni mudarse de donde estaban y la una de las doncellas sacó un libro de una arquita que so el sobaco traía, y comenzó a leer por él y respondíale una voz algunas veces y leyendo de esta guisa una pieza al cabo le respondieron muchas voces juntas dentro en la cámara que parecían más de ciento, entonces vieron cómo salía por el suelo de la cámara rodando un libro, como que viento lo llevase y paró a los pies de la doncella y ella lo tomó y partiólo en cuatro partes y fuelas a quemar en los cantos de la cámara y donde las candelas ardían y tornóse donde Amadís estaba y tomándolo por la diestra mano le dijo:

—Señor, levantaos, que mucho yacéis cuitado.

Amadís se levantó y dijo:

—¡Santa María!, ¿qué fue esto, que por poco fuera muerto?

—Cierto, señor —dijo la doncella—, tal hombre como vos no debía así morir, que antes querrá Dios que a vuestra mano mueran otros que mejor lo merecen.

Y tornáronse ambas las doncellas por donde vinieran sin más decir. Amadís preguntó por Arcalaus qué se hiciera y Grandalaya le contó cómo fuera encantado y todo lo que Arcalaus dijera, y cómo era ido armado de sus armas y en su caballo a la corte del rey Lisuarte a decir cómo le matara. Amadís dijo:

—Yo bien sentí cuando él me desarmó, mas todo me parecía como en sueños, y luego se tornó a la cámara y armóse de las armas de Arcalaus y salió del palacio y preguntó qué hiciera a Gandalín y al enano; Grindalaya le dijo que los metieran en la cárcel. Amadís dijo a la mujer de Arcalaus:

—Guardadme esta dueña como vuestra cabeza hasta que yo torne.

Entonces bajó por la escalera y salió al corral, cuando los hombres de Arcalaus así armado lo vieron huyendo y esparciéndose a todas partes y él se fue luego a la cárcel y entró en el palacio donde los hombres matara y de allí llegó a la prisión en que estaban los presos y el lugar era muy estrecho y los presos muchos y había más en largo de cien brazadas y en ancho una y media, y era así oscuro como donde claridad ni aire podían entrar y eran tantos que ya no cabían. Amadís entró por la puerta y llamó a Gandalín, mas él estaba como muerto y cuando oyó su voz estremecióse y no cuidó que era él, que por muerto lo tenía, y pensaba que él estaba encantado. Amadís se aquejó más y dijo:

—Gandalín, ¿dónde eres? ¡Ay, Dios!, que mal haces en no me responder —y dijo contra los otros—: ¡Decidme, por Dios, si es vivo el escudero que acá metieron.

El enano que esto oyó conoció que era Amadís y dijo:

—Señor, acá yacemos y somos vivos aunque mucho la muerte hemos deseado.

El fue muy alegre en lo oír y tomó candelas que cabe la lámpara del palacio estaban y encendiéndolas tornó a la cárcel y vio donde Gandalín y el enano eran y dijo:

—Gandalín, sal fuera, y tras ti todos cuantos aquí están, que no quede ninguno.

Todos decían:

—¡Ay, buen caballero!, Dios te dé buen galardón porque nos acorriste.

Entonces sacó de la cadena a Gandalín, que era el postrero, y tras él al enano y a todos los otros que allí estaban cautivos que fueron ciento y quince, y los treinta caballeros y todos iban tras Amadís a salir afuera de la cueva diciendo:

—¡Ay, caballero bienaventurado!, que así salió Nuestro Salvador Jesucristo de los infiernos cuando sacó los sus servidores. Él te dé las gracias de la merced que nos haces.

Así salieron todos al corral donde viendo el Sol y el cielo se hincaron de rodillas, las manos altas, dando muchas gracias a Dios que tal esfuerzo diera a aquel caballero para los sacar de lugar tan cruel y tan esquivo. Amadís los miraba habiendo muy gran duelo de los ver tan maltrechos, que más parecían en sus semblantes muertos que vivos, y vio entre ellos uno asaz grande y bien hecho, aunque la pobreza lo desemejase; éste vino contra Amadís y dijo:

—Señor caballero: ¿quién diremos que nos libró de esta cruel cárcel y tenebregura espantosa?

—Señor —dijo Amadís—, yo os diré de muy buen grado. Sabed que he nombre Amadís de Gaula, hijo del rey Perión, y soy de la casa del rey Lisuarte y caballero de la reina Brisena, su mujer, y viniendo en busca de un caballero me trajo aquí un enano por un don que le prometí.

—Pues yo —dijo el caballero—, de su casa soy y muy conocido del rey y de los suyos, donde me vi con más honra que ahora estoy.

—¿De su casa sois? —dijo Amadís.

—Sí, soy, cierto —dijo el caballero— y de allí salí cuando fui puesto en la mala ventura donde me sacasteis.

—¿Y cómo habéis nombre? —dijo Amadís.

—Brandoibas —dijo él. Cuando Amadís lo oyó hubo con él muy grande placer y fuelo a abrazar y dijo:

—A Dios, merced por quererme dar lugar que de tan cruda pena os sacase que muchas veces al rey Lisuarte oí hablar de vos y a todos los de la corte, en tanto que yo allí estuve, loando vuestras virtudes y caballerías y habiendo gran sentimiento en nunca saber nuevas de vuestra vida.

Así que todos los presos fueron ante Amadís y dijéronle:

—Señor, aquí somos en la vuestra merced, qué nos mandáis hacer, que de grado lo haremos pues que tanta razón para ello hay.

—Amigos —dijo él—, que cada uno se vaya donde más le agradare y más provecho sea.

—Señor —dijeron ellos—, aunque vos no nos conozcáis, ni sepáis de qué tierra somos, todos os conocemos para os servir y cuando fuere sazón de os ayudar, nos esperaremos vuestro mandado, que sin él acudiremos dondequiera que seáis.

Con esto se fueron cada uno su vía cuanto más pudieron, que bien menester lo habían. Amadís tomó consigo a Brandoibas y dos escuderos suyos que allí presos fueron y fuese dende a la mujer de Arcalaus que con otras mujeres estaba, y halló con ella a Grindalaya y dijo:

—Dueña, por vos y por estas vuestras mujeres dejo de quemar este castillo, que la gran maldad de vuestro marido me daba a ello causa, pero dejarse ha por aquel acatamiento que los caballeros deben a las dueñas y doncellas.

La dueña le dijo llorando:

—Dios es testigo, señor caballero, del dolor y pesar que mi ánima siente en lo que Arcalaus, mi señor, hace, mas no puedo yo, sino, como marido, obedecerle y rogar a Dios por él, en vuestra mesura es de hacer contra mí lo que señor quisiereis.

—Lo que yo haré —dijo él—, es lo que dicho tengo, mas ruégoos mucho nos hagáis dar unos paños ricos para esta dueña que es de grande guisa y para este caballero unas armas, que aquí le fueron tomadas las suyas, y un caballo, y si de esto sentís agravio no se os demandará, sino que yo llevaré las armas de Arcalaus por las mías y su caballo por el mío y bien os digo que la espada que él me lleva querría más que todo esto.

—Señor —dijo la dueña—, justo es lo que demandáis y que lo no fuese, conociendo vuestra mesura, lo haría de grado.

Entonces mandó traer las mismas armas de Brandoibas e hízole dar un caballo y a la dueña metió en su cámara y vistióla de unos paños suyos asaz buenos y trájola ante Amadís y rogóle que comiese, antes que se fuese, alguna cosa. Él lo otorgó, pues la dueña se lo hizo dar lo mejor que haber se pudo. Grindalaya no podía comer, antes se aquejaba mucho por se ir del castillo, de que Amadís y Brandoibas se reían de gana y mucho más del enano, que estaba tan espantado que no podía comer ni hablar y la color tenía perdida. Amadís le dijo:

—Enano, ¿quieres que esperemos a Arcalaus y darte he el don que me soltaste?

—Señor —dijo él—, tan caro me costó éste que a vos ni a otro ninguno nunca don pediré en cuanto viva y vamos de aquí antes que el diablo acá tome, que no me puedo sufrir sobre esta pierna de que estuve colgado y las narices llenas de la piedra azufre que debajo me puso, que nunca he hecho sino estornudar y aún otra cosa peor.

Grande fue la risa que Amadís y Brandoibas y aun las dueñas y doncellas tuvieron con lo que él dijo, y desde que los manteles alzaron Amadís se despidió de la mujer de Arcalaus y ella lo encomendó a Dios y dijo:

—¡Dios ponga avenencia entre mi señor y vos!

—Cierto, dueña —dijo Amadís—, aunque la no tenga con él, la tendré con vos que lo merecéis.

Y a tiempo fue que esta palabra que allí dijo aprovechó mucho a la dueña; así como en el cuarto libro de esta historia os será contado. Entonces cabalgaron en sus caballos y la dueña en un palafrén, y saliendo del castillo anduvieron todo aquel día de consuno hasta la noche que albergaron en casa de un infanzón que a cinco leguas del castillo moraba; donde les fue hecha mucha honra y servicio, y otro día, oyendo misa, despedidos del huésped entraron en su camino y Amadís dijo a Brandoibas:

—Buen señor: yo ando en busca de un caballero, como os dije, y vos andáis fatigado, bien será que nos partamos.

—Señor —dijo él—, a mí me conviene ir a la corte del rey Lisuarte y si mandarais, aguardaros he.

—Mucho os lo agradezco —dijo Amadís—, mas a mí conviene andar solo y poner esa dueña en el lugar donde querrá ir.

—Señor —dijo ella—, yo iré con este caballero adonde él va, porque ahí hallaré aquél por quien yo fui presa; que habrá placer con mi vista.

—En el nombre de Dios —dijo Amadís— y a Dios vayáis encomendados.

Así partieron como oís y Amadís dijo al enano:

—Amigo, ¿qué harás de ti?

—Lo que vos mandaréis —dijo él.

—Lo que yo mando —dijo Amadís— es que hagas lo que te más pluguiere.

—Señor —dijo él—, pues a mí lo dejáis, querría ser vuestro vasallo para os servir; que no siento yo ahora con quien mejor vivir pueda.

—Si a ti place —dijo Amadís—, así hace a mí y yo te recibo por mi vasallo.

El enano le besó la mano. Amadís anduvo por el camino como la ventura lo guiaba, y no tardó mucho que encontró una de las doncellas que le guarecieron, llorando fuertemente y díjole:

—Señora doncella, ¿por qué lloráis?

—Lloro —dijo ella— por una arquita que me tomó aquel caballero que allí va y a él no tiene pro; aunque por lo que en ella va fue escapado de la muerte no ha tercero día, el mejor caballero del mundo, y por otra mi compañera que otro compañero lleva por fuerza para la deshonrar.

Esta doncella no conoció a Amadís por el yelmo que había puesto, como de más lueñe había los caballeros visto; y como aquello oyó, pasó por ella y alcanzó al caballero y díjole:

—Cierto, caballero, no vais como cortés en hacer que la doncella tras vos vaya llorando; aconséjoos que la desmesura cese y tornadle su arca.

El caballero comenzó a reír y Amadís le preguntó:

—¿Por qué reís?

—De vos me río —dijo él—, que os tengo por loco en dar consejo a quien no os demanda, ni hará nada de los que dijereis.

—Podrá ser —dijo Amadís— que no nos vendría bien de ello y dadle su arca, pues a vos no tiene pro.

—Parece —dijo el caballero— que me amenazáis.

—Amenaza es vuestra gran soberbia —dijo Amadís— que nos pone en hacer esta fuerza a quien no debíais.

El caballero puso el arqueta en un árbol y dijo:

—Si vuestra osadía es tal como las palabras, venid por ella y dadla a su dueño.

Y volvió la cabeza del caballo contra él. Amadís que ya con saña estaba fue para él y él vino cuanto más pudo a lo herir y encontróle en el escudo, que se lo falso, mas no pasó el arnés, que era fuerte y quebró la lanza, y Amadís le encontró tan duramente que lo derribó en tierra y el caballero sobre él, y fue tan maltrecho que se no pudo levantar. Amadís tomó el arca y diola a la doncella y dijo:

—Atended aquí en tanto que socorro a la otra.

Entonces fue cuanto pudo por donde vio al caballero y a poco hallólo entre unos árboles donde tenía atado su caballo y el palafrén de la doncella y el caballero con ella y forzándola para la deshonrar y ella daba grandes voces y llevábala por los cabellos a una mata, y ella decía con gran cuita:

—¡Ay, traidor, enemigo mío!, aína mueras de mala muerte por esto que me haces en así me querer deshonrar, de mí no recibiendo daño.

En esto estando, llegó Amadís dando voces y diciendo que dejase la doncella y el caballero que lo vio fue luego a tomar sus armas y cabalgó en su caballo y dijo:

—En mal punto me estorbasteis de hacer mi voluntad.

—Dios confunda tal voluntad —dijo Amadís— que así hace perder la vergüenza a caballero.

—Cierto, si me no vengase de vos —dijo el caballero— nunca traería armas.

—El mundo perdería muy poco —dijo Amadís—, en que las desamparaseis, pues con tanta vileza usáis de ellas, forzando las mujeres que muy guardadas deben ser de los caballeros.

Entonces se acometieron al más correr de los caballos y encontráronse tan duramente que fue maravilla y el caballero quebró su lanza, mas Amadís lo lanzó por cima del arzón trasero y dio del yelmo en el suelo, y como el cuerpo todo cayó sobre el pescuezo, torcióselo; de tal guisa, que quedó más muerto que vivo y Amadís, que así lo vio tan maltrecho, trajo el caballo sobre él diciendo:

—Así perderéis el celo deshonesto —y dijo a la doncella:

—Amiga, de éste ya no temeréis.

—Así me parece, señor —dijo ella—, mas temo de otra doncella mi compañera a quien tomaron una arqueta que no reciba algún daño.

—No temáis —dijo Amadís—, que yo se lo hice dar y veisla que viene con mi escudero.

Entonces se tiró el yelmo y la doncella lo conoció y él a ella, que ésta era la que le llevó: viniendo él de Gaula a Urganda la Desconocida, cuando atacó a su amigo por fuerzas de armas del castillo de Baldoid y descendiendo del caballo la fue a abrazar y así lo hizo a la otra desde que llegó y dijéronle:

—Señor, si supiéramos qué tal defendedor teníamos poco temiéramos de ser forzadas y bien podéis decir que si os acorrimos fue por vuestro merecimiento, que nos acorristeis.

—Señoras —dijo Amadís—, en mayor peligro era yo y ruégoos que me digáis cómo lo supisteis.

La doncella que por la mano lo alzara le dijo:

—Señor, mi tía Urganda me mandó bien ha diez días que trabajase por llegar allí aquella hora para os librar.

—Dios se lo agradezca —dijo él—, y yo la serviré en lo que mandare y quisiere y a vos que tan bien lo hicisteis, y ved si soy para más menester.

—Señor —dijeron ellas—, tornad a vuestro camino, que por nos dejasteis, y nosotras iremos al nuestro.

—A Dios vayáis —dijo él—, encomendadme mucho a vuestra señora y decidle que ya sabe que soy su caballero.

Las doncellas se fueron su camino y Amadís tornó al suyo; donde quedará, por contar lo que Arcalaus hizo.

Capítulo 20. Cómo Arcalaus llevó nuevas a la corte del rey Lisuarte cómo Amadís era muerto, y de los grandes llantos que en toda la corte por él se hicieron, en especial, Oriana

Anduvo tanto Arcalaus después que se partió de Amadís, donde lo dejó encantado, en su caballo y armado de sus armas, que a los diez días llegó a la casa del rey Lisuarte una mañana, cuando el Sol salía, y a esta sazón el rey Lisuarte cabalgara con muy grande compaña y andaba entre su palacio y la floresta y vio cómo venía Arcalaus contra él, y cuando conocieron el caballo y también las armas, todos cuidaron que Amadís era, y el rey fue a él muy alegre, mas siendo más cerca vieron que no era el que pensaban, que él traía el rostro y las manos desarmadas y fueron maravillados. Arcalaus fue ante el rey y dijo:

—Señor, yo vengo a vos porque hice tal pleito de parecer aquí a contar cómo maté en una batalla un caballero, y cierto yo vengo con vergüenza porque antes de otros que de mí querría ser loado, pero no puedo ál hacer que tal fue la conveniencia de entre él y mí, que el vencedor cortase la cabeza al otro y se presentase ante vos hoy en este día, y mucho me pesó que me dijo que era caballero de la reina, y yo le dije que si me matase que mataba a Arcalaus, que así de nombre y él dijo que había nombre Amadís de Gaula, así que él de esta guisa recibió la muerte y yo quedé con la honra y prez de la batalla.

—¡Ay, Santa María valga! —dijo el rey—, muerto es el mejor caballero y más esforzado del mundo. ¡Ay, Dios Señor!, ¿por qué os plugo de hacer tan buen comienzo en tal caballero?

Y comenzó de llorar muy esquivo llanto y todos los otros que allí estaban. Arcalaus se tornó por do viniera asaz con enojo y maldecíanle los que lo veían, rogando y haciendo petición a Dios que le diese cedo mala muerte y ellos mismos se la dieran, si no porque, según su razón, no habían causa ninguna para ello. El rey se fue para su palacio muy penoso y triste a maravilla y las nuevas sonaron a todas partes hasta llegar a casa de la reina, y las dueñas que oyeron ser Amadís muerto comenzaron de llorar, que de todas era muy amado y querido. Oriana, que en su cámara estaba, envió a la doncella de Dinamarca que supiese qué cosa era aquel llanto que se hacía. La doncella salió y como lo supo volvió hiriendo con sus palmas en el rostro y, llorando muy fieramente, cataba a Oriana y díjole:

—¡Ay, señora, qué cuita y qué gran dolor! Oriana se estremeció toda y dijo:

—¡Ay, Santa María!, ¿si es muerto Amadís?

La doncella dijo:

—¡Ay, cautiva, que muerto es!, y falleciéndole a Oriana el corazón, cayó en tierra amortecida. La doncella que así la vio dejó de llorar y fuese a Mabilia, que hacía muy gran duelo mesando sus cabellos, y díjole:

—Señora Mabilia, corred a mi señora, que se muere.

Ella volvió la cabeza y vio a Oriana yacer en el estrado, como si muerta fuese, y aunque su cuita era muy grande que más no podía ser, quiso remediar lo que convenía y mandó a la doncella que la puerta de la cámara cerrase, porque ninguno así la viese y fue tomar a Oriana entre sus brazos e hízole echar agua fría por el rostro con que luego acordó ya cuanto; y, como hablar pudo, dijo llorando:

—¡Ay, amigas, por Dios!, no estorbéis la mi muerte, si mi descanso deseáis y no me hagáis tan desleal que sola una hora viva sin aquél que no con mi muerte, mas con mi gana, él no pudiera vivir ni tan sola una hora.

Otrosí, dijo:

—¡Ay, flor y espejo de toda caballería!, que tan grave y extraña es a mí la vuestra muerte, que por ella no solamente padeceré, mas todo el mundo en perder aquél su gran caudillo y capitán, así en las armas como en todas las otras virtudes, donde los que en él viven ejemplo podían tomar; mas si algún consuelo a mi triste corazón consuelo da, no es sino que no pudiendo él sufrir tan cruel herida, despidiéndose de mí se va para el vuestro, que aunque en la tierra fría es su morada donde deshechos y consumidos serán, aquel gran encendimiento de amor que siendo en esta vida apartados con tanta afición sostenían, muy mayor es la otra siendo juntos, si posible fuese de las ser otorgado, sostendrán.

Entonces se amorteció de tal guisa que de todo en todo cuidaron que muerta fuese y aquéllos sus muy hermosos cabellos tenía muy revueltos y tendidos por la tierra y las manos tenía sobre el corazón donde la rabiosa muerte le sobrevenía, padeciendo en mayor grado aquella cruel tristeza que los placeres y deleites hasta allí en sus amores habido habían; así como en las semejantes cosas de aquella calidad continuamente acaecen. Mabilia, que verdaderamente cuidó que muerto era, dijo:

—¡Ay, Dios Señor!, no te plega de yo vivir, pues las dos cosas que en este mundo más amaba son muertas.

La doncella le dijo:

—Por Dios, señora, no fallezca a tal hora vuestra discreción y acorred a lo que remedio tiene.

Mabilia tomando esfuerzo se levantó y tomando a Oriana, la pusieron en su lecho. Oriana suspiró entonces y meneaba los brazos a una y otra parte como que el alma se le arrancase. Cuando esto vio Mabilia tomó del agua y tornó a se la echar por el rostro y por los pechos e hízola abrir los ojos y acordar algo más y díjole:

—¡Ay, señora!, qué poco seso este que así os dejáis morir con nuevas tan livianas como aquel caballero trajo, no sabiendo ser verdad, el cual, o por le demandar aquellas armas o caballo a vuestro amigo, o quizá por se lo haber hurtado, las podría alcanzar, que no por aquella vía que él lo dijo, que no le hizo Dios tan sin ventura a vuestro amigo para tan presto así del mundo lo sacar; lo que vos haréis si de vuestra cuita tan grande algo se sabe, será perderos para siempre.

Oriana se esforzó algún tanto más y tenía los ojos metidos en la fenestra donde ella hablara con Amadís al tiempo que allí primero llegó y dijo con voz muy flaca, como aquélla que las fuerzas había perdidas:

—¡Ay, fenestra, que cuita es a mí aquella hermosa habla que en ti fue hecha!, yo sé bien que no dudarás tanto que en ti otros dos hablen tan verdadera y desengañada habla.

Otrosí dijo: ¡Ay, mi amigo, flor de todos los caballeros, cuántos perdieron acorro y defendimiento en vuestra muerte y que cuita y dolor a todos ellos será!; mas a mí mucho mayor y más amargosa, como aquélla que muy más que suya vuestra era, que así como en vos era todo mi gozo y mi alegría, así vos faltando, es tomado el revés de grandes e incomparables tormentos; mi ánimo asaz será fatigado, hasta que la muerte, que yo tanto deseo, me sobrevenga, la cual siendo causa que ánima con la vuestra se junte de muy mayor descanso que la atribulada vida me será ocasión.

Mabilia, con semblante sañudo, le dijo:

—¿Cómo, señora, pensáis vos que si yo estas nuevas creyese que tendría esfuerzo para ninguno consolar? No es así pequeño ni liviano el amor que a mi cohermano tengo, antes así Dios me salve si con razón lo pudiese creer a vos ni a cuantos en este mundo que bien le quieren no daría ventaja de lo que por su muerte se debía mostrar y hacer, así que lo que hacéis es sin ningún provecho y podría mucho daño acorrer, pues que con ello muy presto se podría descubrir lo que tan encelado tenemos.

Oriana oyendo esto, le dijo:

—De eso ya poco cuidado tengo que ahora tarde o aína no puede tardar de ser a todos manifiesto, aunque yo pugne de lo encubrir, que quien vivir no desea, ningún peligro temer puede, aunque le viniese.

En esto que oís estuvieron todo aquel día diciendo la doncella de Dinamarca a todos cómo Oriana no se osaba apartar de Mabilia, porque se no matase, tan grande cuita era la suya, mas la noche venida con más fatiga la pasaron, que Oriana se amortecía muchas veces, tanto, que nunca el alba la pensaron llegar, tanto era el pensamiento y cuita que en el corazón tenía, pues otro día a la hora de los manteles al rey querían poner entró Brandoibas por la puerta del palacio llevando a Grindalaya por la mano con aquélla que afición tenía, que mucho placer a los que lo conocían dio, porque gran pieza de tiempo había pasado de que él ningunas nuevas supieran y ambos hincaron los hinojos ante el rey. El rey, que lo mucho preciaba, dijo así:

—Brandoibas, seáis muy bien venido, ¿cómo tardasteis tanto, que mucho os hemos deseado?

A la razón que el rey decía respondió y dijo:

—Señor, fui metido en tan gran prisión donde no pudiera salir en ninguna guisa, sino por el muy buen caballero Amadís de Gaula, que por su cortesía sacó a mí y a esta dueña y a otros muchos, haciendo tanto en armas cual otro ninguno hacer pudiera, y hubiera muerto por el mayor engaño que nunca se vio el traidor de Arcalaus, pero fue acorrido de dos doncellas que no lo debieran amar poco.

El rey cuando esto oyó levantóse presto de la mesa y dijo:

—Amigo, por la fe que a Dios debéis y a mí, que me digáis si es vivo Amadís.

—Por esa, señor, que decís, digo que es verdad que le dejé vivo y sano aún no ha diez días, mas ¿por qué lo preguntáis.

—Porque nos vino a decir anoche Arcalaus que lo matara —dijo el rey, y contóle por cuál guisa lo había contado.

—¡Ay, Santa María —dijo Brandoibas—, que mal traidor!; pues peor se le paró el pleito que él cuidaba.

Entonces contó al rey cuanto le aconteciera con Arcalaus, que nada faltó, como ya lo habéis oído antes de esto. El rey y todos los de su casa cuando lo oyeron fueron tan alegres que más no lo podían ser, y mandó que llevasen a la reina a Grindalaya y le contase nuevas del su caballero, la cual así de ella como de todas las otras fue con mucho amor y gran alegría recibida por las buenas nuevas que les dijo. La doncella de Dinamarca que las oyó fue cuanto más pudo a las decir a su señora, que de muerta a viva la tornaron, y mandóle que fuese a la reina y les enviase la dueña, porque Mabilia le quería hablar, y luego lo hizo, que Grindalaya se fue a la cámara de Oriana y les dijo todas las buenas nuevas que traía y ellas le hicieron mucha honra y no quisieron que en otra parte comiese sino a su mesa, por tener lugar de saber más por extenso aquello que tan gran alegría a sus corazones, que tan tristes habían estado, les daba. Mas cuando Grindalaya les venía a contar por dónde Amadís había entrado en la cárcel y cómo matara los hombres carceleros y la sacara a ella de donde tan cuitada estaba y la batalla que con Arcalaus hubiera, y todo lo otro que pasara, a gran piedad hacía sus ánimos mover. Así como oísteis estaban en su comer, tornada la su gran tristeza en mucha alegría. Grindalaya se despidió de ellas y tornóse donde la reina estaba y halló allí al rey Arbán de Norgales, que mucho la amaba, que la andaba a buscar sabiendo que allí era venida. El placer que ambos hubieron no se os podría contar. Allí fue acordado entre ellos que ella quedase con la reina; pues que no hallaría en ninguna parte otra casa que tan honrada fuese y Arbán de Norgales dijo a la reina cómo aquella dueña era hija del rey Ardrod de Serolis, y que todo el mal que recibiera había sido a su causa de él, que le pedía por merced la tomase consigo, pues ella quería ser suya. Cuando la reina esto oyó mucho le plugo de en su compañía la recibir, así por las nuevas que de Amadís de Gaula trajera, como por ser persona de tan alto lugar, y tomándola por la mano, como a hija de quien era, la hizo sentar ante sí, demandándole perdón si no lo había tanto honrado que la causa de ello fuera no la conocer. También supo la reina cómo esta Grindalaya tenía una hermana muy hermosa doncella, que Aldeva había de nombre, que en casa del duque de Bristoya se había criado, y mandó la reina que luego se la trajesen para que en su casa viviese, porque la deseaba mucho ver. Esta Aldeva fue la amiga de don Galaor, aquella por quien él recibió muchos enojos del enano, que ya oísteis decir. Así como oís estaba el rey Lisuarte y toda su corte mucho alegres y con deseo de ver a Amadís, que tan gran sobresalto les pusieron aquellas malas nuevas que Arcalaus de él les había dicho. De los cuales dejará la historia de hablar y contará de don Galaor, que ha mucho que de él no se dijo ni hizo memoria.

Capítulo 21. Cómo don Galaor llegó a un monasterio muy llagado, y estuvo allí quince días, en fin de los cuales fue sano; y lo que después le sucedió

Don Galaor estuvo quince días llagado en el monasterio donde la doncella que él sacara de prisión lo llevó, en cabo de los cuales siendo en disposición de tomar armas, se partió de allí y anduvo por un camino donde la ventura lo guiaba, que su voluntad no era de ir más a un cabo que a otro, y a la hora de mediodía hallóse en un valle donde había una fuente y halló cabe ella un caballero armado, mas no tenía caballo ni otra ninguna bestia, de que fue maravillado y díjole:

—Señor caballero, ¿cómo vinisteis aquí a pie?

El caballero de la fuente le respondió:

—Señor, yo iba por esta floresta a un mi castillo y hallé unos hombres que me mataron el caballo y hube de venir aquí a pie muy cansado, y así habré de tornar al castillo, que no saben de mí.

—No tornaréis —dijo don Galaor— sino cabalgando en aquel palafrén de mi escudero.

—Muchas mercedes —dijo él—, pero antes que nos vamos quiero que sepáis la gran virtud de esta fuente, que no hay en el mundo tan fuerte ponzoña que contra esta agua fuerza tenga y muchas veces acaece beber aquí algunas bestias emponzoñadas y luego revientan, así que todas las personas de esta comarca vienen aquí a guarecer de sus enfermedades.

—Cierto —dijo don Galaor—, maravilla es lo que decís y yo quiero beber de tal agua.

—Y ¿quién haría ende ál —dijo el caballero de la fuente—, que siendo en otra parte la deberíais buscar?

Entonces descabalgó Galaor y dijo a su escudero:

—Desciende y bebamos, el escudero lo hizo y acostó las armas, a un árbol. El caballero de la fuente dijo:

—Id vos a beber, que yo tendré el caballo.

Él fue a la fuente por beber y en tanto que bebían enlazó el yelmo y tomó el escudo y lanza de don Galaor y cabalgando en el caballo le dijo:

—Don caballero, yo me voy y quedad aquí vos hasta que a otro engañéis.

Galaor, que bebía, alzó el rostro y vio cómo el caballero se iba y dijo:

—Cierto, caballero, no solamente me hicisteis engaño, mas gran deslealtad; y eso os probaré yo si me aguardáis.

—Eso quedé —dijo el caballero— para cuando hayáis otro caballo y otras armas con que os combatáis, y dando de las espuelas al caballo se fue su vía. Galaor quedó con gran saña y en cabo de una pieza que estuvo pensando cabalgó en el palafrén en que las armas le traían y fuese por la vía que el caballero fue y llegando donde el camino en dos partes se apartaba, estuvo allí un poco, que no sabía por dónde fuese y vio por el un camino venir una doncella a gran prisa, encima de un palafrén y atendióla hasta que llegase donde él estaba y llegando dijo:

—Doncella, ¿por ventura visteis un caballero que va encima de un caballo bayo y lleva un escudo blanco y una flor bermeja?

—¿Y para qué lo queréis vos? —dijo la doncella. Galaor le respondió y dijo:

—Aquellas armas y caballo que son mías y querría las cobrar si pudiese, pues tan vilmente me las tomó.

—¿Y cómo os las tomó? —dijo la doncella. Él se lo contó todo como aviniera.

—¿Pues qué le haríais así, desarmado —dijo ella—, que según creo él no os las tomó para las tornar?

—No querría —dijo Galaor— sino juntarme con él.

—Pues si me otorgáis un don —dijo ella—, yo os juntaré con él.

Galaor, que mucho deseaba hablar al caballero, otorgóselo.

—Ahora me seguid —dijo ella, y volviendo por do viniera fue por el camino y Galaor en pos de ella. Pero la doncella fue una pieza delante, que el palafrén de Galaor no andaba tanto, porque llevaba a él y a su escudero y anduvo bien tres leguas que no la vio, y pasando una arboleda de espesos árboles vio la doncella que contra él venía y Galaor se fue a ella, mas la doncella andaba con engaño, que el caballero era su amigo, y fuéle decir cómo llevaba a Galaor que le tomase las otras armas que llevaba y se metió en una tienda así armado como estaba y dijo a la doncella que allí se lo llevase, que sin peligro lo podría matar o escarnecer. Pues yendo así como oís, llegaron a la tienda, y la doncella dijo:

—Allí está el caballero que demandáis.

Galaor descabalgó y fue para ella, mas el otro, que a la puerta estaba, dijo:

—No hicisteis acá buena venida, que habréis a dar esas otras armas o seréis muerto.

—Cierto —dijo don Galaor—, de tan desleal caballero como vos no me temo nada.

Y el caballero alzó la espada por lo herir, y Galaor se guardó del golpe que, siendo muy ligero y de gran esfuerzo, tuvo para ello tiento, y perdiendo el otro golpe que fue el vacío, dióle por cima del yelmo tan dura herida que los hinojos hincó en tierra, y así tomóle por el yelmo y tiró tan recio que se lo arrancó de la cabeza e hízolo caer tendido. El caballero dio muy grandes voces a su amiga que lo acorriese, y ella que lo oyó vino cuanto pudo a la tienda diciendo a grandes voces:

—Estad quedo, caballero, que éste es el don que os demandé.

Pero Galaor lo había herido con la saña que tenía de tal guisa que no hubo menester maestro. Cuando la doncella lo vio muerto dijo:

—¡Ay, cautiva!, que mucho tardé y cuidando engañar a otro, engañé a mí. Desí dijo contra Galaor:

—¡Ay, caballero!, de mala muerte seáis muerto, que matasteis la cosa que en el mundo más amaba, mas tú morirás por él, que el don que me prometiste te lo demandaré en parte donde no podrás de la muerte huir, aunque más fuerzas tengas, si no me lo das por todas partes serás de mi pregonado y abiltado.

Galaor le respondió y dijo:

—Si yo cuidara que os tanto había de pesar no lo matara, aunque bien lo merecía y debierais lo antes acorrer.

—Yo hice el yerro —dijo ella—, y yo lo enmendaré, que haré dar tu vida por la suya.

Galaor cabalgó en su caballo y el escudero tomó las armas y partióse de allí y siendo alongado cuanto una legua volvió la cara a la mano diestra y vio cómo la doncella venía tras él y como a él llegó díjole:

—Señora doncella, ¿dónde queréis ir?

—Con vos —dijo ella—, hasta llegar donde me deis el don que prometido me tenéis y os haga morir de mala muerte.

—Mejor sería —dijo don Galaor— tomar de mí otra enmienda, cual vos más quisiereis que no esa que decís.

—Otra enmienda —dijo ella— no habrá sino dar vuestra alma por la suya o quedar por traidor y falso.

Así se fue Galaor su camino y la doncella con él, que nunca ál hacía sino denostarle. Y en cabo de tres días entraron en una floresta, que Angadúza había nombre.

El autor aquí deja de hablar de eso para lo contar en su lugar y torna a Amadís, que partido de las doncellas de Urganda, como os ya contamos, anduvo hasta mediodía y saliendo de una floresta por donde caminaba, hallóse en un llano, en que vio una hermosa fortaleza y vio ir por el llano una carreta, la mayor y más hermosa qué nunca vio y llevábanla doce palafrenes e iba cubierta por cima de un jamete bermejo, así que se no podía ver nada de lo que dentro era. Esta carreta era guardada de ocho caballeros armados de todas cuatro partes. Amadís, como la vio, fue contra ella con gana de saber qué fuese aquello, y llegando a ella salió a él un caballero que le dijo:

—Tiraos fuera, señor caballero, y no seáis tan osado de hasta ahí llegar.

—Yo no llego por mal —dijo Amadís.

—Comoquiera que sea —dijo el otro— no os trabajéis de ello, que no sois tal que debáis ver lo que ahí va y si en ello porfiáis costaros ha la vida, que vos habéis de combatir con nosotros y aquí hay tales que con su sola persona os no defenderían, cuanto más, todos de consuno.

—No sé nada de su bondad —dijo él—, mas todavía si puedo lo que en la carreta va.

Entonces tomó sus armas y los dos caballeros que delante venían fueron para él y a ellos; el uno, lo hirió en el escudo de guisa que quebró su lanza, y el otro, falleció de su golpe. Amadís derribó al que lo encontró sin detenencia ninguna, y tornando al otro, que por él había pasado, lo encontró tan fuertemente que dio con él y con el caballo en el suelo, y queriendo ir contra la carreta, vinieron otros dos caballeros contra él al mas correr de los caballos y fue para ellos e hirió al uno tan fuertemente que le no sirvió armadura que trajese y dio al uno por cima del yelmo con la espada tal golpe, que le hizo abrazar al cuello del caballo que ningún sentido le quedó. Cuando los cuatro vieron a sus compañeros vencidos de un solo caballero, mucho fueron espantados en ver cosa tan extraña y movieron de consuno y con gran ira contra Amadís por lo herir, pero antes que ellos llegasen había derribado al otro en tierra, y ellos lo hirieron de tal manera: los unos, en el escudo y los otros fallecieron de los encuentros; mas al que delante venía fue Amadís por lo herir de la espada, y el otro llegó tan recio, que se encontraron con los escudos y los yelmos tan fuertemente que el caballero cayó del caballo muy desacordado, que de parte ninguna no sabía y los tres caballeros tornaron sobre él y diéronle grandes golpes y al uno de los que la lanza traía, soltó Amadís la espada de la mano y trabóla de ella tan recio que se la llevó de las manos y fue dar con ella al uno de ellos tal golpe en la garganta, que el hierro y el fuste salió al pescuezo, y dio con él en tierra muerto y luego se dejó correr cuanto más pudo a los dos, e hirió al uno en el yelmo tan duramente de toda su fuerza, que se lo derribó de la cabeza y Amadís le vio el rostro que era muy viejo y hubo de él duelo y dijo:

—Cierto, señor caballero, ya deberíais dejar esto en que andáis, que si hasta aquí no ganasteis honra, de aquí adelante la edad os excusa de ganar.

El caballero le dijo:

—Amigo, señor, antes es al contrario, que a los mancebos conviene de ganar honra, y prez a los viejos de la sostener en cuanto pudieren.

Oídas por Amadís las razones del viejo, le dijo:

—Yo tengo por mejor lo que vos, caballero, decís, que lo que yo dije.

Ellos en estas razones estando alzó Amadís la cabeza y vio cómo el otro caballero que quedaba iba al más andar de su caballo huyendo contra el castillo, y vio los otros, que se pudieron levantar andar en pos de sus caballos y fuese a la carreta, y alzando el jamete metió la cabeza dentro y vio un monumento de piedra marmal y en la cobertura de suso ser una imagen de rey con corona en la cabeza y de paños reales vestido, y tenía la corona hendida hasta la cabeza, y la cabeza hasta el pescuezo, y vio una dueña ser en un lecho y una niña cabe ella y parecióle tan hermosa más que otra ninguna de cuantas había visto en sus días, y dijo a la dueña:

—Señora, ¿por qué tiene esta figura así el rostro partido?

La dueña le miró y vio que no era de su compaña y díjole:

—¿Qué es eso, caballero, quién os mandó mirar esto?

—Yo —dijo él— que hube gana de ver lo que aquí andaba.

—¿Y los nuestros caballeros qué hicieron ahí? —dijo ella.

—Hiciéronme más de mal que de bien —dijo él. Entonces, alzando la dueña el paño vio a los unos muertos, y a los otros que andaban tras los caballos, de que muy turbada fue y dijo al caballero:

—¡Maldita sea la hora en que fuisteis nacido, que tales diabluras habéis hecho!

—Señora —dijo él—, vuestros caballeros me acometieron, mas si os pluguiere decidme lo que os pregunto...

—Así me Dios ayude —dijo la dueña—, ya por mí no lo sabréis, que el mal soy de vos escarnecida.

Cuando Amadís con tanto enojo la vio partióse de allí y fuese su vía por donde antes iba. Los caballeros de la dueña metieron los muertos en la carreta y ellos, con gran vergüenza cabalgaron y fuéronse contra el castillo. El enano preguntó a Amadís qué es lo que había visto en la carreta. Amadís se lo dijo y además que no pudiera saber nada de la dueña.

—Si ella fuera caballero armado —dijo el enano— aína os lo dijera.

Amadís se calló y fuese adelante. Y cuando una legua anduvo, vio venir en pos de sí al caballero viejo que él derribara y dábale voces que atendiese. Amadís estuvo quedo y el caballero llegó desarmado y dijo:

—Señor caballero, vengo a vos con mandado de la dueña que en la carreta visteis, y que os quiere enmendar la descortesía que os dijo y ruégaos que albergués en el castillo esta noche.

—Buen señor —dijo Amadís—, yo la vi con tanta pasión por lo que con vosotros me aconteció que más enojo mi visita que placer le daría.

—Creed, señor —dijo el caballero—, que la haréis muy alegre con vuestra tornada.

Amadís, que el caballero vio en tal edad que no debía mentir y la afición con que se lo rogaba, volvióse con él hablando, preguntándole si sabía por qué la figura de la piedra tenía así la cabeza partida, pero él no se lo quiso decir, más llegando cerca del castillo dijo que se quería adelantar, porque la dueña supiese su venida. Amadís anduvo más despacio y llegó a la puerta sobre la cual estaba una torre y vio a una fenestra de ella la dueña y la niña hermosa, y la dueña le dijo:

—Entrad, señor caballero, que mucho os agradecemos vuestra venida.

—Señora —dijo él—, muy contento soy yo en os dar antes placer que enojo, y entró en el castillo yendo delante oyó una gran vuelta de gente en un palacio y luego salieron de él caballeros armados y otra gente de pie y venían diciendo:

—Estad, caballero, y sed preso, si no muerto sois.

—Cierto —dijo él—, en prisión de tan engañosa gente yo no entraré a mi grado.

Entonces enlazó el yelmo y no pudo tomar el escudo con la prisa que le dieron, y comenzáronle a herir por todas partes, pero él en cuanto el caballo le tiró defendióse muy bravamente, y derribando ante sus pies los que a derecho golpe alcanzaba y como se vio muy ahincado por ser la gente mucha, fuese yendo contra un cobertizo que en el corral estaba, y allí metido hacía maravillas en se defender, y vio cómo prendieron al enano y a Gandalín, y cobró más corazón que antes tenía para se defender, pero como la gente mucha fuese y le herían por todas partes de tantos golpes, que a las veces le hacían hincar los hinojos en tierra, no pudiera por ninguna cosa escapar de ser muerto; que a prisión no le tomaran porque él había muerto de los contrarios seis de ellos y otros que eran malheridos, mas Dios y la su gran lealtad le socorrieron muy bien en esta guisa, que la niña hermosa que la batalla miraba y le viera hacer aquellas cosas tan extrañas, hubo en él gran piedad y llamando a una su doncella, dijo:

—Amiga, a tan gran piedad me ha movido la gran valentía de aquel caballero, que más querría que toda esta gente muriese que él solo, y venid conmigo.

—Señora —dijo la doncella—, ¿qué queréis hacer?

—Soltar los mis leones —dijo ella—, que maten a aquéllos que en tal estrecho tienen al mejor caballero del mundo y yo os mando, como a mi vasalla, que los soltéis, pues que otro ninguno, si vos no, lo podría hacer, que no han de otro conocimiento y yo os sacaré de culpa, y tornóse para la dueña.

La doncella fue a soltar los leones, que eran dos y muy bravos, metidos en una cadena y salieron al corral, y ella dando voces que se guardasen de ellos, diciendo que ellos se habían soltado. Mas antes que la gente huir pudiese, a los que alcanzar pudieron los hicieron piezas entre sus agudas y fuertes uñas. Entonces, Amadís, que la gente vio que huía hacia el muro y a las torres, y que de ellos quedaba libre en tanto que los fuertes leones se empachaban en los que tenían ante sí, fuese luego lo más que pudo a la puerta del castillo y saliendo fuera cerróla tras sí, de guisa que los leones quedaron dentro y él se sentó en una piedra muy cansado, como aquél que había bien guerreado, su espada desnuda en la mano de la cual quebrara hasta el un tercio de ella. Los leones andaban por el corral a una y otra parte y acudían a la puerta por salir. La gente del castillo no osaba bajar, ni la doncella que los guardaba, que ellos eran tan encarnizados y sañudos que a ninguno obediencia tenían; así que los que estaban dentro no sabían qué hacer y acordaron que la dueña rogase al caballero que abriese la puerta creyendo que por otro alguno lo haría, pero ella considerando la grande y mala desmesura que le había hecho, no se atrevió a le pedir cosa por merced, mas no esperando otro ningún remedio, púsose a la fenestra y dijo:

—Señor caballero, comoquiera que os hayamos muy malamente errado sin tener conocimiento, venza vuestra humilde cortesía contra nuestra culpa y, si a vos pluguiere, abrid la puerta a los leones, porque saliendo ello fuera, nosotros quedaremos sin temor libre de peligro y juntamente con esto se os hará toda aquella enmienda que pertenezca hacerse del yerro que os hicimos y cometimos, aunque os quiero también decir que mi intención y voluntad no fue sino por teneros en fuertes cárceles preso.

Él respondió con muy manso hablar:

—Eso, dueña, no había de ser por tal guisa como lo hicisteis, que de grado fuera yo vuestro, así como soy de todas las dueñas y doncellas que mi servicio han menester.

—Pues, señor —dijo ella—, ¿no abriréis la puerta?

—No, así Dios me ayude —dijo Amadís—, ni de mí habréis cortesía.

La dueña se tiró llorando de la fenestra, la niña hermosa le dijo:

—Señor caballero, aquí hay tales que no tienen culpa en el mal que recibisteis antes merecen gracias por lo que vos no sabéis.

Amadís se aficionó mucho de ella, y dijo:

—Amiga hermosa, ¿queréis vos que abra la puerta?

—Mucho os lo agradeceré —dijo ella. Amadís iba a la abrir, y la niña dijo:

—Señor caballero, atended un poco y yo diré a la dueña que os haga atreguar de estos que acá son. Amadís lo preció mucho y túvola por discreta. Pues la dueña aseguró y dijo que daría luego a Gandalín y el enano, y el caballero viejo, que ya oísteis, dijo a Amadís que tomase un escudo y una maza, porque con ello podría matar los leones, al salir de la puerta.

—Eso quiero yo —dijo Amadís—, para otra cosa y Dios no me ayude si yo mal hiciere a quien tan bien me ayudó.

—Cierto, señor —dijo el caballero—, bien cataréis lealtad a los hombres, pues que así la tenéis a las bestias fieras.

Entonces le lanzaron la maza y el escudo y Amadís metió en la vaina lo que de la espada le quedara y embrazó el escudo y con la maza en la mano fue a abrir la puerta; los leones como la sintieron abrir acudieron allí y salieron muy recios al campo y Amadís quedó acostado a la una parte y entróse en el castillo y luego la dueña y toda la otra gente bajaron de lo alto, se vinieron a él y él fue para ellos y todos lo recibieron muy bien y le trajeron a Gandalín y al enano. Amadís dijo a la dueña:

—Señora, yo perdí aquí mi caballo, si por él me mandáis dar otro, si no irme he a pie.

—Señor —dijo la dueña—, desarmaos y holgaréis aquí esta noche, pues es tarde, que caballo habréis, que muy desaforado sería ir a pie a tal caballero.

Amadís lo tuvo por bien y luego fue desarmado en una cámara y diéronle un manto que cubriese y llevaron a las fenestras donde la dueña y la niña lo atendían. Mas cuando así lo vieron fueron mucho maravilladas de su gran hermosura y siendo en edad tan tierna hacer cosas tan extrañas en armas. Amadís cataba la niña, que le parecía muy hermosa además; desí dijo a la dueña:

—Decidme, señora, si os pluguiere, ¿por qué la figura, que en la carreta vi, había la cabeza partida?

—Caballero —dijo ella—, si otorgáis de hacer en ello lo que debéis, decíroslo he, si no, dejadme he de ello.

—Dueña —dijo él—, no es razón que se otorgue de hacer lo que hombre no sabe, pero sabiéndolo, si es cosa que a caballero toque, que con razón tomarse deba, por mí no se dejara.

La dueña le dijo que decía muy bien y mandó apartar de allí todas las dueñas y doncellas y la otra gente y tomó la niña cabe si y dijo:

—Señor caballero, aquella figura de piedra que visteis se hizo en remembranza de su padre de esta hermosa niña, el cual yace metido en el monumento que es en la carreta, que fue el rey coronado y estando en su real silla en una fiesta, llegó allí un hermano suyo, y diciéndole que no le parecería a él menos aquella corona en su cabeza, siendo entrambos de un abolorio, y sacando una espada que debajo de su mano traía, hiriólo por encima de la corona y hendióle la cabeza como allí visteis figurado. Y como de antes tuviese aquella traición pensada, traía consigo muchos caballeros, de manera que muerto el rey y de él no quedando otro hijo ni hija sino esta niña, presto cobró el reino, el cual en su poder tiene y a la sazón tenía en guarda el caballero viejo que aquí os hizo venir, esta niña y huyó con ella y trájomela a este castillo, porque es mi sobrina y después hube el cuerpo de su padre, y cada día lo pongo en la carreta y voy con él por el campo y juré de no le mostrar sino al que por fuerza de armas lo viese, y aunque lo vea no le diré la razón de ello si no otorgare de vengar tan gran traición, y si vos buen caballero, por lo que la razón y virtud os obliga, queréis en cosa tan justa emplear aquella tan gran valentía y esfuerzo de corazón que Dios en vos puso, teniendo a vos cierto, seguiré mi estilo hasta que halle otros dos caballeros que he menester para que todos tres se combatan con aquel traidor y dos hijos suyos, sobre esta causa, que tal pleito es entre ellos de no se partir de en uno, antes de ser de consuno en la batalla si demandada le fuere.

—Dueña —dijo Amadís—, vos hacéis derecho en buscar cómo sea vengada la mayor traición de que nunca oí hablar, y cierto el que la hizo no puede durar mucho sin ser escarnido, que Dios no le querría sufrir y si vos pudieseis acabar con ellos viniesen a la batalla uno a uno, con la ayuda de Dios yo la tomaría.

—Eso no lo harán ellos —dijo la dueña.

—Pues, ¿qué os place —dijo él— que yo haga?

—Qué seáis aquí —dijo ella— de hoy en un año, si fueres vivo, y en vuestro libre poder, y para entonces yo tendré los dos caballeros y seréis vos el tercero.

—Muy de grado —dijo Amadís— lo haré, y no os pongáis en trabajo de los buscar, que yo cuido de los traer para aquel plazo y tales que mantendrán muy bien todo derecho.

Y esto decía él porque creía haber hallado para entonces a su hermano don Galaor y Agrajes, su primo, que con ellos bien osaría acometer tan gran hecho. Mucho lo agradecieron la dueña y la niña, diciéndole que procurase de los buscar muy buenos, porque así convenía que fuesen, que tuviese por cierto que aquel mal rey y sus hijos eran de los valientes y esforzados caballeros que en el mundo había. Amadís les dijo:

—Si no fallece un caballero que demando, no me trabajaría mucho por tercero, aunque ellos más esforzados sean.

—Señor —dijo la dueña—, ¿dónde sois y dónde os buscaremos?

—Dueña —dijo Amadís—, soy de la casa del rey Lisuarte y caballero de la reina Brisena, su mujer.

—Pues ahora —dijo ella— nos vamos a comer, que sobre tal concierto buena pro nos hará.

Y luego se entraron en un muy hermoso palacio donde se lo dieron bien concertado, y cuando fue sazón de dormir llevaron a Amadís a una cámara donde albergarse y solamente quedó con él la doncella que los leones soltara, y díjole:

—Señor caballero, aquí hay quien os hizo ayuda, aunque no lo sabéis.

—Y ¿qué fue eso? —dijo Amadís.

—Fue —dijo ella— quitaros de la muerte que bien cerca teníais con los leones que por mandado de aquella niña hermosa, mi señora, yo solté, habiendo piedad del mal que os hacían.

Amadís se maravilló de la discreción de persona de tan poca edad, y dijo la doncella:

—Cierto, yo creo que si vive habrá en sí dos cosas muy extremadas de las otras, que serán: ser muy hermosa y de gran seso.

Amadís dijo:

—Cierto, así me parece y decidle que yo se lo agradezco mucho y que me tenga por su caballero.

—Señor —dijo la doncella—, mucho me place en lo que decís y ella será muy alegre tanto que de mí lo sepa —y saliéndose de la cámara quedó Amadís en su lecho y Gandalín y el enano, que en otra cama yacían a los pies de su señor, oyeron bien lo que hablaron y el enano que no sabía la hacienda de su señor y de Oriana, pensó que amaba aquella niña tan hermosa y porque de ella se había pagado se obligaba por su caballero, así que este entendimiento no le hiciera menester a Amadís por muy gran cosa que por él fue sazón de ser llegado a muy cruel muerte, como adelante se contará. Pasada aquella noche y la mañana venida, levantóse Amadís y oyó misa con la dueña; desí preguntó cómo habían nombre aquellos con quien se habían de combatir. Ella le dijo:

—El padre se llama Abiseos y el hijo mayor Darasión, y el otro, Dramis, y todos tres son de gran hecho de armas.

—¿Y la tierra —dijo Amadís—, cómo ha nombre?

—Sobradisa —dijo ella—, que comarca con Serolís y de la otra parte la cerca la mar.

Entonces se armó y cabalgando en un caballo que la dueña le dio, queriéndose despedir, vino la niña hermosa con una rica espada en sus manos, que de su padre fuera, y dijo:

—Señor caballero, traer por mi amor esta espada en tanto que os durare y Dios os ayude con ella.

Amadís se lo agradeció riendo y dijo:

—Amiga, señora; vos me tened por vuestro caballero para hacer todas las cosas que a vuestra pro y honra sean.

Ella holgó mucho de aquello y bien lo mostró en el semblante. El enano, que todo lo miraba, dijo:

—Cierto, señora, no ganasteis poco, que tal caballero por vos habéis.

Capítulo 22. Cómo Amadís se partió del castillo de la dueña, y de lo que le sucedió en el camino

Amadís se despidió de la dueña y la niña y entró en su camino y anduvo tanto sin ventura hallar, que llegó a la floresta que se llamaba Angaduza. El enano iba delante y por el camino que ellos iban venía un caballero y una doncella, y siendo cerca de él, el caballero puso mano a su espada y dejóse correr al enano por le tajar la cabeza. El enano, con miedo, dejóse caer del rocín diciendo:

—Acorredme, señor, que me matan.

Amadís, que lo vio, corrió muy aína y dijo:

—¿Qué es eso, señor caballero? ¿Por qué queréis matar a mi enano? No hacéis como cortés en meter mano en tan cautiva cosa, de más ser mío, y no me lo haber demandado a derecho; no pongáis mano en él, que ampáraroslo he yo.

—De vos lo amparar —dijo el caballero— me pesa, mas todavía conviene que la cabeza le taje.

—Antes habréis la batalla —dijo Amadís. Y tomando sus armas, cubiertos de sus escudos, movieron contra sí al más correr de sus caballos y encontráronse en los escudos tan fuertemente que los falsaron y las lorigas también, y juntaron los caballos y ellos de los cuerpos y de los yelmos, de tal guisa que cayeron a sendas partes grandes caídas, pero luego fueron en pie y comenzaron la batalla de las espadas tan cruel y tan fuerte, que no había persona que la viese que de ello no fuese espantado, y así lo era el uno del otro, que nunca hasta allí lo hallaron quien en tan gran estrecho sus vidas pusiese. Así anduvieron hiriéndose de muy grandes y esquivos golpes una gran pieza del día, tanto que sus escudos eran tajados y cortados por muchas partes y asimismo lo eran los arneses, en que ya muy poca defensa en ellos había y las espadas tenían mucho lugar de llegar a menudo y con daño de sus carnes, pues los yelmos no quedaban sin ser cortados y abollados a todas partes, y siendo muy cansados, tiráronse afuera y dijo el caballero a Amadís:

—Caballero, no sufráis más de afán por este enano y dejadme hacer de él lo que quiero y después yo os lo enmendaré.

—No habléis en eso —dijo Amadís—, que el enano ampáraroslo he yo en todas guisas.

—Pues, cierto —dijo el caballero—, o yo moriré o la su cabeza habrá aquella doncella que me la pidió.

—Yo os digo —dijo Amadís— que antes será perdida una de las nuestras, y tomando su escudo y espada se tornó a lo herir con gran saña, porque así sin causa y con tal soberbia quería el caballero matar al enano, que se lo no merecía; antes bien, se vino a él con grande miedo y diéronse muy fuertes golpes, trabajando cada uno de hacer conocer al otro su esfuerzo y valentía, así que ya no se esperaba de sí, sino la muerte, pero el caballero estaba muy maltrecho, mas no tanto que se no combatiese con gran esfuerzo.

Pues estando en esta gran prisa que oís, llegó a caso un caballero todo armado donde la doncella estaba, y como la batalla vio, comenzóse a santiguar diciendo que desde que naciera nunca había visto tan fuerte lid de dos caballeros y preguntó a la doncella si sabía quién fuesen aquéllos.

—Sé —dijo ella— que yo los hice justar y no me puedo partir sino alegre, que mucho me placería de cualquiera de ellos que muera, y mucho más de entrambos.

—Cierto, doncella —dijo el caballero—, no es ése buen deseo ni placer, antes es de rogar a Dios, por tan buenos dos hombres; mas decidme: ¿por qué los desamáis tanto?

—Eso os diré —dijo la doncella—; aquél que tiene el escudo más sano es el hombre del mundo que más desama Arcaláus, mi tío, y de quien más desea la muerte, y ha nombre Amadís, y este otro con quien se combate se llama Galaor y matóme el hombre del mundo que yo más amaba, y teníame otorgado un don y yo andaba por se lo pedir donde la muerte le viniese, y como conocí al otro caballero, que es el mejor del mundo, demándele la cabeza de aquel enano. Así que este Galaor, que muy fuertemente caballero es, por me la dar y el otro por la defender, son llegados a la muerte, de que yo gran gloria y placer recibo.

El caballero que esto oyó dijo:

—¡Mal haya mujer que tan gran traición pensó para hacer morir los mejores caballeros del mundo! —y sacando su espada de la vaina diole un golpe tal en el pescuezo, que la cabeza le hizo caer a los pies del palafrén y dijo:

—Toma este galardón por tu tío Arcaláus, que en la cruel prisión me tuvo, donde me sacó aquel caballero —y fue, cuando el caballo llevarle pudo, dando voces diciendo:

—¡Estad, señor Amadís, que ése es vuestro hermano don Galaor, el que vos buscáis!

Cuando Amadís lo oyó, dejó caer la espada y el escudo en el campo y fue contra él diciendo:

—¡Ay, hermano, buena ventura haya quien nos hizo conocer!

Galaor dijo:

—¡Ay, cautivo malaventurado, qué he hecho contra mi hermano y mi señor! —e hincándosele de los hinojos delante le demandó, llorando, perdón. Amadís lo alzó y abrazólo y dijo:

—Mi hermano, por bien empleado tengo el peligro que con vos pasé, pues, que fue testimonio que yo probase vuestra tan alta proeza y bondad.

Entonces se desenlazaron los yelmos por holgar, que muy necesario les era. El caballero les contó lo que la doncella le dijera y cómo ella matara.

—Buena ventura vos hayáis —dijo Galaor—, que ahora soy quito de su don.

—Cierto, señor —dijo el enano—, más me place a mí que así seáis del don quito, que por la guisa que lo comenzabais, mas mucho me maravilla por qué ella me demandaba, que nunca la vi.

Galaor contó cuanto con ella y con su amigo le aviniera y como ya lo habéis oído, y el caballero les dijo:

—Señores, mal llegados sois, ruégoos que cabalguéis y nos vamos a un mi castillo que es aquí cerca y guareceréis de vuestras heridas.

—Dios os dé buena ventura —dijo Amadís— por lo que nos hacéis.

Cierto, señor, yo por bien aventurado me tengo en vos servir, que vos me sacasteis de la más cruel y esquiva prisión, que nunca hombre fue.

—¿Dónde fue esto —dijo Amadís.

—Señor —dijo él—, en el castillo de Arcalaus el Encantador, que yo soy uno de los muchos que allí salieron por vuestra mano.

—¿Cómo habéis nombre? —dijo Amadís.

—Llámanme —dijo él— Balais, y por mi castillo que Carsante se llama, soy llamado Balais de Carsante, y mucho os ruego, señor, que os vayáis conmigo.

Don Galaor dijo:

—Vamos con este caballero que os tanto ama.

—Vamos, hermano —dijo Amadís—, pues que os place.

Entonces cabalgaron como mejor pudieron y llegaron al castillo, donde hallaron caballeros y dueñas y doncellas que con gran amor los recibieron, y Balais les dijo:

—Amigos, veis que traigo toda la flor de la caballería del mundo; el uno es Amadís, aquél que de la dura prisión me sacó; el otro, su hermano don Galaor, y hallélos en tal punto que si Dios por su merced no me llevara aquella vía, muriera el uno de ellos o por ventura entrambos. Servidlos y honradlos como debéis.

Entonces los tomaron de sus caballos y los llevaron a una cámara donde fueron desarmados y puestos en ricos lechos, y allí fueron curados por dos sobrinas de la mujer de Balais, que mucho de aquel menester sabían; mas la dueña, su mujer, fue delante de Amadís y con mucha humildad le agradeció lo que por su marido había hecho en le sacar de la prisión de Arcalaus. Pues allí estando, como oís, Amadís contó a Galaor cómo había salido de la casa del rey Lisuarte por le buscar y que había prometido de lo llevar allí, y rogóle que con él fuese, pues que en todo el mundo no había casa tan honrada ni donde tantos hombres buenos morasen.

—Señor, hermano —dijo don Galaor—, todo lo que os pluguiere tengo yo de seguir y hacer, aunque por dicho me tenía de no ser en esta corte conocido, hasta que mis obras le dieran testimonio como en alguna cosa parecieran a las vuestras o morir en la demanda.

—Cierto, hermano —dijo Amadís—, por eso no lo dejéis, que vuestra gran fama es allá tal, que la mía, si alguna es, se va oscureciendo.

—¡Ay, señor! —dijo don Galaor—, por Dios, no digáis cosa tan desaguisada, que no solamente con la obra, mas ni con el pensamiento no podría alcanzar a las vuestras grandes fuerzas.

—Ahora dejemos esto —dijo Amadís—, que en lo vuestro y mío de razón, según la bondad de nuestro padre, no debe haber ninguna diferencia.

Y luego mandó al su enano que luego se fuese a casa del rey Lisuarte y besando por él las manos a la reina, le dijese de su parte cómo había hallado a Galaor y tanto que de las llagas fuesen guaridos, se partirían para allá. El enano, cumpliendo el mandado de su señor, se puso en el camino de Vindilisora, donde el rey, a la sazón, era con toda su caballería muy acompañado.

Capítulo 23. Cómo el rey Lisuarte, saliendo a caza como otras veces solía, vio venir por el camino tres caballeros armados, y de lo que con ellos le acaeció

Como el rey Lisuarte muy cazador y montero fuese, siendo desocupado de otras cosas que más a su estado convenían, salía muchas veces a cazar en una floresta que cabe la villa de Vindilisora estaba, que por ser muy guardada muchos venados y otras animalias brutas había. Y siempre acostumbraba ir en paños de monte, proveyendo a cada cosa con aquello que le convenía. Y estando un día en sus armadas cerca de un gran camino, vio venir por él tres caballeros armados y envió a ellos un escudero que les dijese de su parte que se viniesen a él. Lo cual por ellos sabido, desviándose del camino entraron en la floresta a la parte donde el escudero los guiaba. Y sabed que éstos eran don Galvanes Sin Tierra, y Agrajes, su sobrino, y Olivas, que con ellos iba para refutar al duque de Bristoya, y llevaban la doncella consigo, que salvaron de la muerte cuando la querían quemar. Y cuando cerca del rey fueron, conoció muy bien a don Galvanes y díjole:

—¡Don Galvanes, mi buen amigo, seáis muy bien venido! —y fuelo a abrazar, diciéndole:

—Mucho me place con vos, y así, con buen talante, recibió a los otros, que él era el hombre del mundo que con más afición y honra recibía los caballeros que a su corte venían.

Don Galvanes le dijo:

—Señor, veis aquí a Agrajes, mi sobrino y yo os lo doy por uno de los mejores caballeros del mundo y si tal no fuese, no le daría tan alto hombre como vos, a quien tantos buenos y preciados sirven.

El rey, que ya había oído loar mucho las cosas de Agrajes, fue muy alegre con él y abrazóle y dijo:

—Cierto, buen amigo, mucho debo agradeceros esta venida y a mí tenerme por culpado sabiendo vuestro gran valor, en no os haber rogado que la hicieseis.

El rey conoció muy bien a Olivas que era de los de su corte y dijo:

—Amigo Olivas, mucho ha que os no vi, cierto tan buen caballero como vos sois no querría que de mí fuese partido.

—Señor —dijo él—, las cosas que por mí han pasado sin voluntad, me dieron causa de os no haber visto ni servido, y ahora no vengo tan fuera de ellas que no convenga tomar mucha afrenta y trabajo.

Entonces le contó cómo el duque de Bristoya le matara a su primo, de que el rey hubo pesar, porque fuera buen caballero, y dijo a Olivas:

—Amigo, yo oigo lo que decís, y así me lo decid en mi corte y darán plazo al duque que venga a responder —y tomándolos consigo, dejando la caza, se fue con ellos a la villa y por el camino supo cómo aquella doncella que traían la habían librado de la muerte que por causa de don Galaor le querían dar. El rey les dijo cómo Amadís le había ido a buscar y el gran sobresalto que Arcalaus les pusiera, diciendo que lo había muerto. Agrajes fue muy maravillado de lo oír y dijo al rey:

—Señor, ¿sabéis cierto ser vivo Amadís?

—Sélo cierto —dijo, y contóle cómo lo supiera de Brandoibas y de Grindalaya—, y no lo debéis dudar, pues que yo en mi voluntad estoy satisfecho, que no daría a ninguno ventaja de desear su vida y honra.

—Así lo creemos —dijo Agrajes—, que según su gran valor bien merece vuestro ser querido y amado con aquella afición que los buenos lo bueno desean.

Llegando el rey con estos caballeros al su palacio las nuevas de la su venida fueron luego en la casa de la reina sabidas, de que muchas hubieron placer; mas sobre todas, la hermosa Olinda, amiga de Agrajes, que lo amaba como a sí misma, y después la fue Mabilia, su hermana, que, como de su venida supo, salióse a la cámara de la reina y encontróse con Olinda y díjole:

—Señora, ¿no os place mucho de la venida de vuestro hermano?

—Sí place —dijo Mabilia—, que lo mucho amo.

—Pues pedid a la reina que lo haga venir y verlo habéis, porque de vuestro placer redundará parte a los que bien os queremos.

Mabilia se fue a la reina y díjole:

—Señora, bien será que veáis a Agrajes, mi hermano, y a don Galvanes, mi tío, pues que a vuestro servicio vienen, y yo tengo deseo de las ver.

—Amiga —dijo la reina—, eso haré yo de grado, que muy alegre estoy de ver tales caballeros en casa del rey, mi señor —y luego mandó a una doncella que de su parte rogase al rey que se los enviase para los ver. La doncella se lo dijo y el rey les dijo a ellos:

—La reina os quiere ver, bien será que allá vayáis.

Cuando Agrajes lo oyó mucho fue ledo, porque esperaba ver aquella señora a quien él tanto amaba, donde todo su corazón y sus deseos eran. También le plugo a don Galvanes por ver la reina y sus dueñas y doncellas, no porque ninguna de extremado amor amase. Así que fueron luego ante la reina que los muy bien acogió y haciéndolos sentar ante sí, hablaban con ellos en muchas cosas, mostrándoles amor como aquélla que sin falta, era una de las dueñas del mundo que más sesudamente hablaba con hombres buenos, por causa de lo cual muy preciada y amada era, no solamente de aquéllos que la conocían, más aún de los que la nunca vieran, que esta tal preeminencia la humanidad en los grandes tiene sin que otro gasto en ello ponga, mas de lo que la virtud y nobleza a ello les obliga y a los que al contrario hacen, al contrario les viene aquello que en las cosas temporales, por peor se debe contar, que es ser desarmados y aborrecidos.

Olinda se llegó a Mabilia considerando que Agrajes allí acudiría, mas él, que con la reina hablaba, no podía partir los ojos de aquella donde su corazón era. La reina, que pensó que a su hermana Mabilia miraba con deseo de la hablar, díjole:

—Buen amigo, id a vuestra hermana, que os tiene mucho deseado.

Agrajes se fue a ella y recibiéronse con aquel verdadero amor de hermanos que se mucho aman, que pocas veces con el nombre concuerda, y Olinda lo saludó mucho más con el corazón que con el semblante, retrayendo la razón a la voluntad, que asimismo duramente se puede hacer, si no es en medio de la gran discreción de que esta doncella dotada era. Agrajes hizo sentar a su hermana entre él y su amiga, porque en tanto que allí estuviese nunca los ojos de ella apartase, que gran consuelo y descanso su vista le daba. Así estuvo con ella hablando, mas como el su pensamiento y los ojos en su señora puestos eran, muy poco el juicio entendía de lo que su hermana le hablaba. Así que no le daba respuesta ni recaudo a sus preguntas. Mabilia, que muy cuerda era, sintiólo luego, conociendo amar su hermano más que a ella a Olinda y Olinda a él, según lo que antes ella le había dicho y se haber sentado con ella, razón de la hablar, y, como a este hermano como a sí misma amase, pensó que pues en todo le había de buscar placer, que más en aquello que otra cosa ninguna le podría agradar y díjole:

—Señor, hermano, llamad a mi tío, que de grado querría hablarle.

A Agrajes plugo mucho de ello y dijo contra la reina:

—Señora, sea la vuestra merced de nos enviar acá ese caballero para que su sobrina le hable.

La reina le mandó ir y Mabilia fue contra él y quísole besar las manos, mas él las tiró a sí y la abrazó y dijo:

—Sobrina, señora, sentémonos y preguntaros he cómo os halláis en esta tierra.

—Señor —dijo ella—, vámonos aquella fenestra que no quiero que mi hermano oiga la mi poridad —y Galvanes dijo riendo:

—Cierto, mucho me place que no es él tal que deba oír tan buena poridad como es la vuestra y la mía, y fuéronse para la fenestra —y Agrajes quedó con su señora como él deseaba y viéndose solo con ella dijo:

—Señora, por cumplir lo que me mandasteis y porque en otra parte mi corazón reposo no hallaba, soy venido aquí os servir, que vuestra vista será para mí galardón de las cuitas y mortales deseos que continuo padezco.

—¡Ay!, amigo, señor —dijo ella—, el placer que con vuestra venida mi corazón siente, aquel Señor que todo lo sabe es de ello testigo, que siendo vos de mí ausente, no podría haber bien ni vicio, aunque todas las cosas del mundo hubiese a mi voluntad. Yo cuido que no vinisteis a esta tierra sino por mí y yo debo trabajar de os dar ende el galardón.

—¡Ay!, señora —dijo Agrajes—, todo lo que hiciereis en lo vuestro se hace, que esta vida nunca cesará de ser puesta contra todos los del mundo en vuestro servicio y a todos ellos, teniendo a vos por señora, tendrá por extraños.

—Amigo, señor —dijo ella—, vos sois tal que a todos ellos ganaréis y a mí que os nunca falleceré, que así Dios me ayude mucho soy alegre de cómo os veo loar a todos aquéllos que de vuestras grandes cosas noticia tienen.

Agrajes bajó los ojos con vergüenza de se oír loar, y ella se dejó de ello y díjole:

—Amigo, pues aquí sois, ¿cómo haréis?

—Como vos mandaréis —dijo él—, que yo no vengo a esta tierra sino por hacer vuestro mandado.

—Pues yo quiero —dijo ella— que andéis aquí con vuestro primo Amadís, que yo sé que os ama de grande amor y si él os aconsejare que seáis de la mesnada del rey, hacedlo.

—Señora —dijo él—, en todo me hacéis gran merced, que dejando lo vuestro aparte no hay cosa en que más placer yo sienta que en poner mi hacienda en consejo de mi primo.

Pues allí hablando en esto que oís, llamólos la reina y fueron los caballeros ambos ante ella, y la reina conoció bien a don Galvanes, del tiempo que fuera infanta morando en el reino de Dinamarca, donde era natural, que así allí como en el reino de Noruega muchas caballerías él había hecho, por donde era tenido en reputación de muy buen caballero. En tanto que la reina hablaba con don Galvanes, Oriana habló con Agrajes, que mucho lo conocía y lo amaba, así por saber que Amadís lo quería y preciaba, como por se tener ella por cosa de su padre y madre que la criaron con mucha honra al tiempo que el rey Lisuarte en su poder la dejó, como os hemos contado, y díjole:

—Mi buen amigo, gran placer nos habéis dado con vuestra venida, especial a vuestra hermana que tanto lo había menester, que si supieses lo que con ella pasé de las nuevas de la muerte de Amadís, vuestro primo, por maravilla lo tendríais.

—Cierto, señora —dijo él—, con gran razón mi hermana de tal cosa se debía sentir, y no solamente ella, mas todos los que de su linaje somos, pues que él muriendo, moría el principal caudillo de nosotros y el mejor caballero que nunca escudo echó al cuello, ni tomó lanza en la mano, y su muerte fuera vengada o acompañada de otras muchas.

—Mala muerte muera —dijo Oriana— aquel traidor de Arcalaus que mucho nos supo hacer gran pesar.

Hablando en esto, los llamaron de parte del rey y fueron allá y halláronlo que quería comer e hízolo sentar a una mesa donde estaban otros caballeros de gran cuenta, y poniendo los manteles entraron por la puerta del palacio dos caballeros e hincaron los hinojos ante el rey; él los saludó. El uno de ellos dijo:

—Señor, ¿es aquí Amadís de Gaula?

—No —dijo el rey—, mas mucho nos placería que lo fuese.

—Cierto, señor —dijo el caballero—, y yo mucho sería alegre de lo hallar como quien por él atiende de cobrar la alegría de que ahora soy muy apartado.

—¿Y cómo habéis nombre? —dijo el rey.

—Angriote de Estravaus —respondió él—, y este otro es mi hermano.

El rey Arbán de Norgales, que oyó ser aquél Angriote, levantóse de la mesa y fue a él, que aún de hinojos ante el rey estaba, levantándolo por la mano y dijo:

—Señor, ¿conocéis a Angriote?

—No —dijo el rey—, que nunca lo vi.

—Cierto, señor, pues los que lo conocen le tienen por uno de los mejores caballeros en armas de toda la tierra.

El rey se levantó y díjole:

—Buen amigo, perdonadme si no os hice la honra que vuestro valor merece, la causa de ello fue no os conocer y pláceme mucho con vos.

—Muchas mercedes —dijo Angriote—, y así me placería a mí en os servir.

—Amigo —dijo el rey—, ¿dónde conocéis vos a Amadís?

—Señor, yo lo conozco, más no ha mucho, y cuando lo conocí mucho me costó caro hasta ser llagado al punto de la muerte, mas el que el daño me hizo me puso la medicina, que para lo ganar más conveniente era, como aquél que es el caballero del mundo de mejor talante.

Entonces, contó allí cuanto con él le aviniera, como el cuento lo ha mostrado. El rey dijo a Arbán que llevase consigo Angriote, y él así lo hizo y lo sentó a la mesa cabe sí, y habiendo ya comido, hablando en muchas cosas, entró Ardián, el enano de Amadís, y Angriote, que lo vio, dijo:

—¡Ay, enano!, tú seas bien venido, ¿dónde dejas tu señor Amadís con quien yo te vi?

—Señor —dijo el enano—, donde quiera que yo le dejo mucho os ama y os aprecia.

Entonces se fue el rey y todos callaron por oír lo que diría y dijo:

—Señor, Amadís se os manda mucho encomendar y manda saludar a todos sus amigos.

Cuando ellos oyeron las nuevas de Amadís en gran manera fueron alegres. El rey dijo:

—Enano, así Dios te ayude, dinos dónde dejas a Amadís.

—Señor —dijo él—, déjole donde queda sano y con salud y si más de él queréis saber ponedme ante la reina y decirlo he.

—Ni por eso se quedará de las no saber —dijo el rey, y mandó venir hasta allí a la reina, la cual luego vino con hasta quince de sus dueñas y doncellas, y tales ahí hubo que bendecían al enano, porque fuera causa que ellos a sus amigas viesen. El enano fue ante ella y dijo:

—Señora, el vuestro caballero Amadís os manda besar las manos y envíaos decir que halló a don Galaor, que él demandaba.

—¿Es verdad? —dijo la reina.

—Señora, es verdad —dijo el enano—, sin duda, mas en su conciencia hubiera de haber gran desventura, si Dios a la sazón no trajera por allí un caballero que Balais se llama.

Entonces, les contó cuanto aviniera y cómo Balais matara la doncella que los había juntado para que se matasen, de que fue del rey y de todos muy loado. La reina dijo al enano:

—Amigo, ¿dónde los dejaste tú?

—Yo los dejé en un castillo de aquel Balais.

—¿Qué tal te pareció Galaor? —dijo la reina.

—Señora —dijo él—, es uno de los más hermosos caballeros del mundo, y si junto con mi señor lo veis a duro podríais conocer cuál es el uno o el otro.

—Cierto —dijo la reina—, mucho me placería que ya fuesen aquí.

—Tanto que guaridos sean —dijo el enano— se vendrán aquí, y aquí los tengo de atender —y contóles entonces todo cuanto le aviniera a Amadís en tanto que él le aguardara. Mucho fueron alegres el rey y la reina y los caballeros todos con estas buenas nuevas; mas, sobre todo, lo fue Agrajes, que no quedaba de preguntar al enano. El rey rogó y mandó a los que allí eran que no se partiesen de la corte hasta que Amadís y Galaor viniesen, porque tenía pensado de hacer unas cortes muy honradas y ellos se lo otorgaron y loaron mucho, y mandó a la reina que enviase por las más hermosas doncellas y de mayor guisa que haber pudiese, porque además de ser ella bien acompañada, por causa de ellas vendrían muchos caballeros de gran valor a la servir a quien él haría mucha honra y grandes partidos y mercedes.

Capítulo 24. De cómo Amadís y Galaor y Balais se deliberaron partir para el rey Lisuarte, y de las aventuras que ende les avinieron

Amadís y Galaor estuvieron en casa de Balais de Carsante hasta que fueron guaridos de sus llagas y acordaron de se ir a casa del rey Lisuarte antes que en otras aventuras se entremetiesen, y Balais, que de aquella casa mucho deseaba ser, especial teniendo conocimiento con estos dos tales caballeros, rogóles que lo llevasen consigo, lo cual de grado le fue por ellos otorgado y, oyendo misa, armáronse todos tres y entraron en el derecho camino de Vindilisora, donde el rey era, y anduvieron tanto por él que en cabo de cinco días llegaron a una encrucijada de caminos, donde había un árbol grande, y vieron debajo de él un caballero muerto en un lecho asaz rico y a los pies tenía un cirio ardiendo y otro a la cabecera, y eran por guisa hechos que ningún viento por grande que fuese no los podía matar. El caballero muerto estaba todo armado y sin ninguna cosa cubierto, y había muchos golpes en la cabeza y tenía metido por la garganta un trozo de lanza con el hierro que al pescuezo le salía, y ambas las manos en él puestas como aquél que lo quería sacar. Mucho fueron maravillados de ver el caballero de tal forma y preguntaran por su hacienda de grado, mas no vieron persona ninguna ni lugar al derredor dónde lo supiesen. Amadís dijo:

—No sin gran causa, está de tal guisa aquí este caballero muerto, y si tardásemos, no tardaría de venir alguna ventura.

Galaor dijo:

—Yo lo juro por la fe que de caballería tengo de no partir de aquí hasta saber quién es este caballero y por qué fue muerto, y de lo vengar si la razón y justicia me lo otorgaren.

Amadís, que con gran deseo aquel camino hacía esperando ver a su señora, a quien prometiera de se tornar tanto que a don Galaor hallase, pesóle de esto y dijo:

—Hermano, mucho me pesa de lo que prometisteis, que he recelo de se os hacer aquí gran detenencia.

—Hecho es —dijo Galaor. Y descendiendo del caballo se sentó cabe el lecho y los otros dos asimismo que lo no habían de dejar solo. Esto sería ya entre nona y vísperas, y estando catando el caballero y diciendo Amadís que pusiera así las manos por sacar el trozo de la lanza en tanto que huelgo tenía y que espirando así se le había quedado, no tardó mucho que vieron venir por uno de los caminos un caballero y dos escuderos, y el uno traía una doncella ante sí en un caballo y el otro le traía su escudo y yelmo, y la doncella lloraba fuertemente y el caballero la hería con la lanza en la cabeza que llevaba en la mano. Así pasaron cabe el lecho donde el caballero muerto yacía y cuando la doncella vio los tres compañeros dijo:

—¡Ay, buen caballero que ende muerto yaces!, si tú vivo fueras no me consintieras de tal guisa llevar, que el tu cuerpo fuera puesto en todo peligro y más valiera la muerte de esos tres que la tuya sola.

El caballero que la llevaba con más saña la hirió de la asta de la lanza, así que la sangre por el rostro le corría y pasaron tan presto adelante que era maravilla.

—Ahora os digo —dijo Amadís— que nunca vi caballero tan villano como éste en querer herir la doncella de tal guisa y si Dios quisiere esta fuerza no dejaré yo pasar —y dijo a Galaor:

—Hermano, si yo tardo, id vos a Vindilisora que yo allí seré, si puedo, y Balais os hará compañía.

Entonces cabalgando en su caballo tomó sus armas y dijo a Gandalín:

—Vete en pos de mí, y fuese a más andar tras el caballero que ya lueñe iba.

Galaor y Balais quedaron allí hasta que fue noche cerrada, entonces llegó un caballero que por el camino venía por donde Amadís fuera, y venía gimiendo de una pierna y armado de todas armas y dijo contra Galaor y Balais:

—¿Sabéis vos quién es un caballero que por este camino que vengo ya corriendo?

—¿Por qué lo preguntáis? —dijeron ellos.

—Porque sea de mala muerte —dijo él—, que así va bravo que parece que todos los diablos van con él;

—¿Y qué braveza os hizo? —dijo Galaor.

—Porque me no quiso decir —dijo él— dónde tan recio iba, trabéle del freno y dije que me lo dijese o se combatiese conmigo, él me dijo con saña que pues le no dejaba que más tardaría en me lo decir que en se librar de mí por batalla, y apartándose de mí corrimos uno contra otro e hirióme tan duramente que dio conmigo y con el caballo en tierra e hízome esta pierna tal como veis.

Ellos comenzaron a reír y dijo don Galaor:

—Sufríos otra vez mejor en no querer saber hacienda de ninguno contra su grado.

—¿Cómo —dijo el caballero—, reís vos de mí?

—Cierto, yo haré que seáis de peor talante.

Y fue donde estaban los caballeros y dio con la espada un gran golpe al de Galaor en el rostro que le hizo enarmonar y quebrar las riendas y huir por el campo, y el caballero quiso hacer lo semejante al de Balais, mas él y Galaor tomaron sus lanzas e iban contra él y se lo estorbaron. El caballero se fue diciendo:

—Si al otro caballero hice desmesura y la pagué, así lo pagaréis vos en os reír de mí.

—No me ayude Dios —dijo Balais— si no dais vuestro caballo por aquél que soltasteis —y cabalgó presto diciendo a don Galaor que otro día sería allí con él. Galaor quedó solo con el caballero muerto, que a su escudero mandó ir tras el caballero, y estuvo aguardando hasta que de la noche pasaron más de cinco horas. Entonces, del sueño vencido, puso su yelmo a la cabecera y el escudo encima de sí, adormecióse y así estuvo una gran pieza, mas cuando recordó no vio lumbre ninguna de los cirios que antes ardían, ni halló el caballero muerto, de que mucho pesar hubo y dijo contra sí:

—Cierto, yo no me debía trabajar en lo que los otros hombres buenos, pues que no sé hacer sino dormir y por ello dejé de cumplir mi promesa, mas yo me daré la pena que mi negligencia merece, que habré de buscar a pie aquello que estando quedo saber sin ningún trabajo pudiera —y pensando cómo podría tomar el rastro de los que allí vinieran, oyó relinchar un caballo y fuese para allá, y cuando aquella parte llegó donde lo oyera no halló nada; mas luego tornó a oír más lejos otros caballos y siguió todavía aquel camino y cuando anduvo una pieza, rompía el alba y vio ante sí dos caballeros armados y el uno de ellos apeado y estaba leyendo unas letras que en una piedra eran escritas y dijo al otro:

—En balde me hicieron venir aquí, que esto, poco recaudo me parece —y cabalgando en su caballo se iban entrambos y Galaor los llamó y dijo:

—Señores caballeros, ¿saberme habíais decir quién llevó un caballero muerto que yacía so el árbol de la encrucijada?

—Cierto —dijo el uno de ellos—, no sabemos ál sino que pasada la media noche vimos ir tres doncellas y diez escuderos que llevaban unas andas.

—¿Pues contra dónde fueron? —dijo Galaor. Ellos le mostraron el camino y partiéndose de él, él se fue por aquella vía y a poco rato vio contra si venir una doncella y díjole:

—Doncella, ¿por ventura sabéis quién llevó un caballero muerto de so el árbol de la encrucijada?

—Si me vos otorgáis de vengar su muerte, que fue gran dolor a muchos y a muchas según su gran bondad, decíroslo he.

—Yo lo otorgo —dijo él—, que según en vos parece juntamente se puede esta venganza tomar.

—Eso es muy cierto —dijo ella—, y ahora me seguid y cabalgad en este palafrén y yo a las ancas.

Y ella quisiera que él fuera en la silla, mas por ninguna guisa lo quiso hacer y cabalgando en pos de ella fueron por do la doncella guiaba y siendo alejados cuanto dos leguas de allí, vieron un muy hermoso castillo, y la doncella dijo:

—Allí hallaremos lo que demandáis —y llegando a la puerta del castillo dijo la doncella:

—Entrad vos y yo me iré y decidme cómo habéis nombre y dónde os podré hallar.

—Mi nombre —dijo él— es don Galaor y cuido que en casa del rey Lisuarte antes que en otra parte me hallaréis.

Ella se fue y Galaor entró en el castillo y vio yacer el caballero muerto en medio del corral, y hacían muy gran duelo sobre él y llegándose a un caballero viejo de los que allí estaban le preguntó quién era el caballero muerto.

—Señor —dijo él—, era tal, que todo el mundo con mucha razón le debería doler de él.

—¿Cómo había nombre? —dijo Galaor.

—Antebón —dijo él—, y era natural de Gaula.

Galaor hubo más piedad de él que antes y dijo:

—Ruégoos que me digáis la causa por qué fue muerto.

—De grado os lo diré —dijo él—. Este caballero vino en esta tierra, y por su bondad fue casado con aquella dueña que sobre él llora que es señora de este castillo y hubieron una muy hermosa hija, que fue amada de un caballero que cerca de aquí mora en otra fortaleza, mas ella desamábalo a él más que otra cosa. Y el caballero muerto acostumbraba de salir muchas veces al árbol de la encrucijada, porque allí siempre acuden muchas aventuras de caballeros andantes y con deseo de enmendar aquéllas que contra razón pasasen en que hizo tanto en armas que en estas tierras era muy loado, y siendo allí un día pasó acaso aquel caballero que a su hija amaba y pasando por él se fue al castillo donde la doncella con ésta, su madre, quedara, que por este corral con otras mujeres jugaba y tomándola por el brazo se salió fuera antes que la puerta le pudiese cerrar y la llevó a su castillo. La doncella no hacía sino llorar y el caballero le dijo:

«Amiga, pues que yo soy caballero y os mucho amo, ¿por cuál razón no me tomaréis en casamiento teniendo más riqueza y estado que vuestro padre?»

«No —dijo ella—, por mi grado, antes tendré una jura que a mi madre hice.»

«¿Y qué jura es?» «Que no casase ni hiciese amor sino con caballero loado en armas, como aquél con quien ella casara que es mi padre.»

«Por esto no lo dejaréis, que yo no soy menos esforzado que vuestro padre y antes de tercero día lo sabréis.»

Entonces, salió armado de su caballo del castillo y fuese al árbol de la encrucijada donde a la sazón halló a este caballero apeado de su caballo y sus armas cabe sí y llegándose a él sin le hablar hiriólo con la lanza por la garganta así como veis, antes que él pudiese tomar sus armas y cayó en tierra por ser el golpe mortal y el caballero descendió entonces y diole con la espada todos aquellos golpes que veis que tiene, hasta que lo mató.

—Así Dios me ayude —dijo Galaor—, el caballero fue muerto a gran sin razón y todos se deberían de doler, y ahora, decid: ¿por qué lo ponen de tal guisa so el árbol de la encrucijada?

—Porque pasan por ahí muchos caballeros andantes y cuéntanles esto que os yo he dicho, si por ventura viniese ahí, tal que lo vengase.

—¿Pues por qué lo dejan así solo? —dijo Galaor.

—Siempre estaban —dijo el caballero— con él cuatro escuderos hasta la noche que huyeron dende porque el otro caballero los envió amenazar, y por esto lo trajimos.

—Mucho me pesa —dijo don Galaor— que os no vi.

—¿Cómo —dijo el otro—, sois vos el que allí dormíais acostado a su yelmo?

—Sí —dijo él.

—¿Y por qué quedasteis ahí? —dijo el caballero.

—Por vengar aquel muerto, si con razón lo pudiese hacer —dijo Galaor.

—¿Estáis en aquel propósito ahora?

—Sí, cierto —dijo él.

—¡Ay, señor! —dijo el caballero—, Dios por su merced os lo deje acabar a vuestra honra —y tomándolo por la mano lo llegó al lecho e hizo callar a todos los que el duelo hacían y dijo contra la dueña:

—Señora, este caballero dice que a su poder vengará la muerte de vuestro marido.

Y ella se cayó a los pies por se los besar y dijo:

—¡Ay!, buen caballero, Dios te dé el galardón, que él no ha en esta tierra pariente ni amigo que de ello se trabaje, que es de tierra extraña, pero cuando era vivo muchos se lo mostraban.

Galaor dijo:

—Dueña, por ser él de la tierra que yo soy tengo más sabor de le vengar, que yo soy natural de donde era él.

—Amigo, señor —dijo la dueña—, ¿por ventura sois vos el hijo del rey de Gaula que decía mi señor que era en casa del rey Lisuarte?

—Nunca fui en su casa —dijo él—; mas decidme, ¿quién lo mató, dónde lo podré hallar?

—Buen señor —dijo ella—, decíroslo he y haceros he allá guiar, mas he gran recelo según el peligro que dudéis de lo cometer, como otros, que allá he enviado, lo hicieron.

—Dueña —dijo él—, por eso se extreman los buenos de los malos.

La dueña mandó a dos doncellas que lo guiasen.

—Señora —dijo Galaor—, yo vengo a pie, y contóle cómo el caballo perdiera y dijo:

—Mandadme dar en qué vaya.

—De grado lo haré —dijo ella— a tal pleito que si lo no vengareis que me volváis el caballo.

—Yo lo otorgo —dijo Galaor.

Capítulo 25. Cómo Galaor fue a vengar la muerte del caballero que había hallado malamente muerto al árbol de la encrucijada

Diéronle un caballo y fuese con las doncellas y anduvieron tanto que llegaron a una floresta y vieron en ella una fortaleza que estaba sobre una peña muy alta y las doncellas le dijeron:

—Señor, allí habéis de vengar al caballero.

—Vamos allá —dijo él—, y decidme, ¿qué nombre ha el que lo mató?

—Palingues —dijeron ellas. En esto, llegaron al castillo y vieron la puerta cerrada. Galaor llamó y viniendo un hombre armado sobre la puerta dijo:

—¿Qué queréis?

—Entrar allá —dijo Galaor.

—Esta puerta —dijo el otro— no es, sino para salir los que acá están.

—Pues, ¿por dónde entraré? —dijo él.

—Yo os lo mostraré —dijo el otro—, mas yo he miedo que trabajaré en vano y no osaréis entrar.

—Así me ayude Dios —dijo Galaor—, ya querría ser allá dentro.

—Ahora veremos —dijo él— si vuestro esfuerzo es tal como el deseo y descended del caballo y llegaos a pie a aquella torre.

Galaor dio el caballo a las doncellas y púsose donde le dijeron y no tardó mucho que vieron al caballero y otro más grande en somo de la torre, bien armado, y comenzaron a desenvolver una devanadera y echaron de suso un cesto grande atado en unas recias cuerdas y dijeron:

—Caballero, si acá queréis entrar, éste es el camino.

—Si yo en el cesto entrare —dijo Galaor—, ¿ponerme habéis allá suso en salvo?

—Sí, verdaderamente —dijeron ellos—, mas después no os aseguramos.

Entonces, entró en el cesto y dijo:

—Pues tirad que en vuestra palabra me aseguro.

Ellos comenzáronlo a subir y las doncellas que le miraban dijeron:

—¡Ay!, buen caballero. Dios os guarde de traición, que cierto, hay en el tu corazón grande esfuerzo.

Así tiraron los caballeros a Galaor de encima de la torre y siendo suso salió muy ligero del cesto y metióse con ellos en la torre, ellos le dijeron:

—Caballero, conviene que juréis de ayudar al señor de este castillo contra los que demandaren la muerte de Antebón o no saldréis de aquí.

—¿Es alguno de vos el que lo mató? —dijo Galaor.

—¿Por qué lo preguntáis? —dijeron ellos.

—Porque querría hacerle conocer la gran traición que en ello hizo.

—¿Cómo sois tan loco —dijeron los caballeros—, estáis en nuestro poder y amenazaisle? Pues ahora compraréis vuestra locura —y poniendo mano a sus espadas fueron para él muy airadamente y Galaor metió mano a su espada y diéronse grandes golpes por cima de los yelmos y escudos, que los dos caballeros eran valientes y Galaor, que se veía en aventura, pugnaba por los llegar a la muerte. Las doncellas que abajo eran oían las heridas que se daban y decían:

—¡Ay, Dios!, que puede ser del buen caballero que ya se combate —y la una dijo:

—No nos partamos de aquí hasta ver la cima de este hecho.

Galaor se combatía tan bravamente que en mucho espanto ponía a los caballeros, y dejóse correr al uno y diole un golpe de toda su fuerza por encima del yelmo que la espada llegó a la cabeza y entró bien por ella dos dedos, y tirándola contra sí dio con él de hinojos en tierra. Otrosí comenzóle a cargar de tan duros golpes que por heridas que el otro el diese nunca lo dejó hasta que lo mató y tornó luego sobre el otro, y como se vio con él solo quiso huir, mas alcanzólo y trabándolo por el brocal del escudo lo tiró tan recio contra sí que lo derribó ante sus pies y diole tales golpes de la espada que no hubo menester maestro. Esto así hecho puso la espada en la vaina y echó los caballeros de la torre diciendo a las doncellas que mirasen si alguno de aquéllos era Palingues. Ellas dijeron:

—Señor, éstos están malparados para los conocer, pero bien creemos que ninguno lo es.

Entonces, Galaor se bajó por la escalera de la torre y entrando en un palacio vio una doncella hermosa que estaba diciendo:

—Palingues, ¿por qué huyes si eres tan esforzado que a mi padre matases en batalla como lo dices?.. Atiende este caballero que viene.

Galaor miró adelante y vio un caballero muy armado de todas armas que quería abrir una puerta de otra torre y no podía y por las palabras de la doncella hermosa conoció ser aquél el que él buscaba y hubo placer, y dijo:

—Palingues, no te cales que huyas, ni que tomes esfuerzo, que aunque le tomes no escaparás en ninguna parte.

Entonces fue para él y el otro, que más no pudo, tornó a sí mismo a lo herir y diole un gran golpe por cima del brocal del escudo que entró la espada por la una mano, así que no la podía sacar y Galaor lo hirió en descubierto en el brazo derecho que le cortó la manga de la loriga y el brazo cabe el codo y se lo echó en tierra y Palingues que así lo vio quiso huir a una cámara y cayó a la puerta atravesado. Galaor lo tomó por la pierna y trajólo arrastrando y quitóle el yelmo de la cabeza e hirólo con su espada, diciendo:

—Toma esto por la traición que hiciste en matar a Antebón —y hendióle hasta los dientes; otrosí, metió la espada en la vaina y la doncella hermosa que aquellas palabras oyera vino a contra él y díjole:

—¡Ay, buen caballero!, Dios te haga vivir en honra, que vengaste a mi padre y la fuerza que a mí se hizo.

Galaor la tomó por la mano y dijo:

—Cierto, amiga hermosa, bien debía haber vergüenza quien a tan hermoso parecer hiciese pesar, que así Dios me ayude mucho más valéis para ser servida que enojada —otrosí dijo:

—Amiga señora, ¿hay algunos en el castillo de que me tema?

—Señor —dijo ella—, no quedan aquí sino gente de servicio y todos serán en la vuestra merced.

—Mas vamos —dijo él— a hacer entrar dos doncellas de vuestra madre que por su mandato me guiaron aquí.

Entonces la tomó por la mano y llegando a la puerta del castillo la abrieron y las doncellas que atendían y la una le traía el caballo e luciéronlos entrar y cuando descabalgaron abrazaron a su señora con gran placer y preguntáronle si era vengada la muerte de su padre.

—Sí —dijo ella—, merced a Dios y a este buen caballero que la vengó, lo que otro ninguno no pudiera hacer —y luego se fueron juntas adonde Galaor estaba, que ya se quitara el escudo y el yelmo y viéronle tan niño y tan hermoso que mucho fueron maravilladas y la doncella a quien él acorrió, se pagó de él mucho más que de ninguno otro que jamás viera y fuelo a abrazar diciendo:

—Amigo señor, yo os debo más amar que a otra persona alguna, y de grado querría saber, si os pluguiere, quién sois.

—Soy natural —dijo él— de donde era vuestro padre.

—Pues decidme vuestro nombre.

—A mí llámanme don Galaor —dijo él.

—A Dios merced —dijo ella—, que de tal caballero fue vengado mi padre, que él os mentaba muchas veces y a otro buen caballero, vuestro hermano, que se llama Amadís, y decía que sois hijos del rey de Gaula, cuyo vasallo él fue.

A esta sazón andaban las doncellas por el castillo buscando con las otras mujeres para les dar de comer y estaban don Galaor y la doncella, que Brandueta había nombre, solos hablando en lo que oís y como ella era muy hermosa y él codicioso de semejante vianda, antes que la comida viniese, ni la mesa fuese puesta, descompusieron ellos ambos una cama. que en el palacio era donde estaba, siendo dueña aquélla que de antes no lo era, satisfaciendo a sus deseos, que en tan pequeño espacio de tiempo, mirándose el uno al otro la su floreciente y hermosa juventud, muy grandes se habían hecho.

Las mesas puestas y todo aderezado salieron Galaor y la doncella al corral y debajo de un árbol que allí estaba les dieron de comer, y Brandueta le contó allí cómo Palingues, con miedo suyo y de su hermano Amadís, ponía tan gran guarda en aquel castillo, pensando que pues Antebón su padre era su natural, que a ellos antes que a otros ningunos era dado la venganza de su muerte. Después que allí holgaron con mucho placer y porque Brandueta se acongojaba por salir del castillo e ir a ver a su madre, Galaor, teniéndolo por bien, acordaron de se ir luego y aunque ya era tarde y luego cabalgaron en sus palafrenes y metidos al camino llegaron a casa de la dueña, su madre, a dos horas andadas de la noche, la cual ya por una de las doncellas que adelante fuera, sabía todo lo que pasara y así ella como toda la otra gente, hombres y mujeres los aguardaban en el corral donde Antebón muerto yacía, haciendo grandes alegrías, porque tan cumplida y honradamente fuera su muerte vengada. Galaor descendió en los brazos de la señora, diciendo:

—Señor, este castillo es vuestro y todos haremos lo que mandareis.

Entonces lo hizo desarmar y lleváronlo a una rica cámara donde había un lecho de hermosos paños. Allí albergó aquella noche mucho a su placer, porque Brandueta, considerando que dejándolo solo era cumplida la gran honra que él merecía, cuando vio tiempo aparejado se fue para él y a las veces durmiendo y otras veces hablando y holgando estuvieron de consuno hasta cerca del día, que ella a su cámara se tomó.

Capítulo 26. Cómo recuenta lo que acaeció a Amadís yendo en requesta de la doncella que el caballero maltratada la llevaba

Amadís, que iba tras el caballero que a la doncella por fuerza llevaba y la iba hiriendo, anduvo por lo alcanzar, y antes que lo alcanzase encontróse con otro caballero armado en su caballo que le dijo:

—¿Qué cuita habéis tan grande que con tanta prisa os hace venir?

—¿A vos qué hace —dijo Amadís— de yo ir aína, mi paso?

—¿Si huís ante alguno ampararos he yo?

—No he ahora menester vuestra defensa —dijo Amadís. El caballero le tomó por el freno y dijo:

—Conviene que me lo digáis, si sois en la batalla.

—Más me place de eso —dijo Amadís—, porque más tardaré de os lo decir, que de me quitar de vos por esa vía, que según vuestra desmesura no os podría decir tanto que más no quisiese de saber.

El caballero se tiró afuera y vino para él al más ir de su caballo y Amadís a él, y el caballero le encontró reciamente en el escudo que la lanza fue en piezas y Amadís le hirió tan fuertemente que lo derribó en tierra y el caballo sobre él y el caballero se hirió tan mal en la una pierna que apenas se pudo levantar; pasando por él, fue adelante su camino y éste fue el caballero que soltó el caballo a don Galaor y Amadís se aquejó tanto de andar que alcanzó al caballero que la doncella llevaba y dijo:

—Gran pieza ha que huísteis, desmesurado, y ahora os ruego que lo no seáis.

—¿Y qué desmesura hago yo? —dijo el caballero.

—La mayor que podíais —dijo Amadís—, que lleváis la doncella forzada y además heríaisla.

—Parece —dijo el caballero— que me queréis castigar.

—No os castigo —dijo él—, mas dígoos lo que es vuestra pro.

—Entiendo que lo será más vuestra en vos tornar por do vinisteis.

Amadís hubo saña y fue para el escudero y díjole:

—Dejad la doncella; si no, muerto sois.

El escudero con miedo púsola en el suelo. El caballero dijo:

—Don caballero, gran locura tomasteis.

—Ahora lo veremos —dijo Amadís, y bajando las lanzas se hirieron de tal manera que fueron quebradas y el caballero fue en tierra y tanto que cayó. Levantóse aína y Amadís fue a él por lo herir con los pechos del caballo, el otro le dijo:

—Estad, señor, que por ser yo desmesurado no lo seáis vos y habed de mí merced.

—Pues jurad —dijo Amadís— que a dueña ni a doncella no forzaréis contra su voluntad ninguna cosa.

—Muy de grado —dijo el caballero. Amadís, que llegó a él para le tomar la jura, y el otro, que la espada tenía en la mano, hiriólo con ella en el vientre del caballo que lo hizo caer con él. Amadís salió luego de él y poniendo mano a la espada se dejó a él correr tan sañudo que maravilla era y el caballero le dijo:

—Ahora os haré ver que en mal punto aquí vinisteis.

Amadís, que gran ira llevaba, no le respondió, mas hiriólo en el yelmo so la visera y cortóle de él tanto que la espada llegó al rostro, así que las narices con la mitad de la cara le cortó y cayó el caballero, mas él no contento, cortóle la cabeza y metiendo su espada en la vaina se fue a la doncella a tal hora que ya era noche cerrada y el lunar hacía claro, ella le dijo:

—Señor caballero, Dios os dé honra por el acorro que me hicisteis y más si le diereis fin, que es llevarme a un castillo donde yo quería ir, que no hay cosa porque a tal hora cometiese ningún camino.

—Doncella —dijo él—, yo os llevaré de grado.

Estando en esto, llegó Gandalín, y Amadís le dijo:

—Dame aquel caballo del caballero, pues que el mío me mató, y toma tú la doncella en el palafrén, y vamos adelante donde nos ella guiare.

Así fueron dejando aquel camino a tomar otro que la doncella sabía. Amadís le preguntó si sabía el nombre del caballero muerto del árbol de la encrucijada, ella dijo que sí, y contóle toda su hacienda y la razón de su muerte, que lo bien sabía. En esto, llegaron a una ribera, siendo ya la medianoche y porque a la doncella le tomaba gran sueño, a ruego de ella, acordaron de allí dormir alguna pieza y descendiendo de las bestias pusieron el manto de Gandalín en que ella durmiese, y Amadís acostado en su yelmo se echó cerca de ella, y Gandalín de la otra parte. Pues durmiendo todos, como oís, llegó a caso un caballero que venía por la ribera de él contra suso y como así los vio púsose con su caballo encima de ellos y metió el cuento de la lanza entre los brazos de la doncella e hízola despertar, y como vio el caballero armado cuidó que era el que la aguardaba, levantóse soñolienta y dijo:

—¿Queréis, señor, que andemos?

—Quiero —dijo el caballero.

—En el nombre de Dios —dijo ella. El caballero se bajó y tomándola por el brazo la puso ante sí y comenzó de ir su camino.

—¿Qué es eso? —dijo ella—, mejor me llevara el escudero.

—No llevará —dijo él—, pues quisisteis vos ir conmigo.

Ella miró ante sí y vio a Amadís que muy fuerte dormía y dio voces:

—¡Ay, señor, acorredme, que me lleva no sé quién!

El caballero dio de las espuelas al caballo y fue con ella cuanto más pudo. Amadís despertó a las voces de la doncella y vio cómo el caballero la llevaba, de que mucho pesar hubo y llamó aprisa a Gandalín que le diese el caballo, y en tanto, enlazó el yelmo y tomó el escudo y la lanza, y cabalgando se fue por donde el otro viera ir, y no anduvo mucho que se halló entre unos árboles muy espesos, donde perdió la carrera, que no sabía dónde ir y aunque él era el caballero del mundo más sufrido crecióle gran saña contra si, diciendo:

—Ahora digo que la doncella puede bien decir, que tanto le hice de tuerto como de amparamiento, que si de un forzador la defendí, dejéla en poder de otro —y así anduvo una gran pieza por el campo, haciendo a su caballo más mal que merecía, y a poco de rato oyó sonar un cuerno y fuese yendo contra aquella parte cuidando que allí había acudido el caballero, y no tardó que halló ante sí una hermosa fortaleza en un otero alto y velábanla muy fuerte, y llegándose a ella, vio el muro alto y las torres fuertes, mas la puerta había bien cerrada. Los veladores que le vieron preguntáronle qué hombre era que a tal hora andaba armado.

—Soy un caballero —dijo él.

—¿Qué demandáis? —dijeron ellos.

—Demando —dijo él— un caballero que me tomó una doncella.

—No lo vimos —dijeron los de suso. Amadís se fue en derredor del castillo, y de la otra parte halló un postigo abierto y vio al caballero que llevara la doncella a pie y sus hombres que le desensillaban el caballo, que no cabía por el postigo de otra manera. Amadís cuidó que él era y dijo:

—Señor caballero, atended un poco y no os acojáis, antes me decid si sois vos el que me tomó una mi doncella.

—Sí, la yo tomé —dijo él—, mal la guardasteis vos.

—Forzásteismela por engaño —dijo Amadís—, que de otra manera no fuera tan ligero de lo hacer, y cierto no fuisteis ahí cortés ni ganasteis ahí prez de caballero.

El caballero le dijo:

—Amigo, yo tengo la doncella que de su voluntad quiso venirse conmigo y tengo que le no hice fuerza.

—Señor caballero —dijo Amadís—, mostrádmela, y si ella eso dice dejaré de la demandar.

—Yo os la mostraré mañana acá dentro, si quisiereis entrar con la costumbre del castillo.

—¿Y qué costumbre es ésa?

—Mañana os la dirán y no la tendréis en poco si a ella os aventuráis,

—Si ahora la quisiere ver, ¿acogerme habían dentro?

—No —dijo el caballero—, por ser de noche, mas si al día aguardáis veremos lo que ahí haréis, y cerrando el postigo se acogió dentro y Amadís se tiró afuera so unos árboles, donde descendió del caballo y estuvo con Gandalín hablando en muchas cosas hasta la mañana, y el Sol salido vio abrir la puerta, y cabalgando en su caballo llegóse a ella y vio estar un caballero todo armado en un gran caballo y el portero que guardaba le dijo:

—Señor caballero, ¿queréis acá entrar?

—Quiero —dijo Amadís—, que por eso vengo aquí.

—Pues antes os diré —dijo el portero— la costumbre porque, vos no os quejéis, y dígoos de tanto que antes que entréis vos habéis de combatir con aquel caballero, y si os vence juraréis de hacer mandado de la señora de este castillo, si no echaros han en una esquiva prisión, y aunque vos venzáis no os dejaremos salir y habéis de ir adelante donde hallaréis a otra puerta otros dos caballeros. Y más adentro otros dos caballeros y con todos os habéis de combatir por tal pleito como el del primero, y si fuereis tan bueno que a vuestra honra lo paséis, además de ganar gran prez de armas, haceros han derecho de lo que demandareis.

—Cierto —dijo Amadís—, si vos verdad decís, caramente lo comprará quien de aquí la llevare, mas comoquiera que ello sea, todavía quiero ver la doncella que acá me tienen, si puedo.

Entonces se metió por la puerta del castillo, y el caballero le dio voces que se guardase y dejóse a él correr y Amadís a él e hiriéronse de las lanzas en los escudos, y el caballero quebrantó su lanza y Amadís le echó en tierra tan bravamente que le quebrantó el brazo diestro y tornó sobre él y poniéndole la lanza en los pechos dijo:

—Muerto sois si no os otorgáis por vencido.

El caballero dijo:

—Señor, merced —y mostróle el brazo quebrado. Amadís pasó por él y fuese adelante y vio a la otra puerta dos caballeros armados y dijéronle:

—Entrad, caballero, si con nosotros os queréis combatir, si no seréis preso.

—Cierto —dijo él—, antes me combatiré que ser preso.

Y cubriéndose de su escudo bajó su lanza y dejóse a ellos correr y ellos a él, y el uno falleció de su golpe, y al otro hirió en el escudo de manera que se lo falso, e hiriéronlo en el brazo siniestro y quebró la lanza en piezas. Amadís le hirió tan fuertemente que derribó a él y al caballo en tierra, y fue así aturdido de la caída que no supo de sí parte y dejóse ir al otro que quedara a caballo y encontróle con la lanza sin hierro que quedara en el escudo del otro en el yelmo, de manera que se lo sacó de la cabeza y el caballero le hirió en el brocal del escudo de soslayo, así que el encuentro no prendió y quedó allí la lanza sana y pusieron mano a las espadas y diéronse grandes golpes, y Amadís le dijo:

—Cierto, caballero, locura hacéis en os combatir con la cabeza desarmada.

—La mi cabeza —dijo él— la guardaré yo mejor que vos la vuestra.

—Ahora parecerá —dijo Amadís. Entonces lo hirió encima del escudo tan fuerte golpe que la espada entró por él y el caballero perdió las estriberas y hubiera de caer. Amadís, que así embarazado lo vio, diole de llano con la espada en la cabeza de que fue muy aturdido y púsole la mano en el hombro y dijo:

—Caballero, mal guardasteis la cabeza que la perdierais si os diera el golpe a derecho.

El caballero dejó caer la espada de la mano y dijo:

—No quiero perder mi cuerpo con más locura, pues que ya una vez me lo disteis e id adelante.

Amadís le demandó la lanza que yacía en el suelo y él se la dio y llegado a la otra puerta vio dentro, en el castillo, dueñas y doncellas suso en el muro y oyó que decían:

—Si este caballero pasa la puente a pesar de los tres, habrá hecho la mayor caballería del mundo.

Entonces, salieron a él los tres caballeros muy bien armados y en hermosos y grandes caballos, y el uno le dijo:

—Caballero, sed preso o jurad que haréis mandado de la señora del castillo.

—Preso no seré —dijo Amadís— en tanto que me defender pueda, ni la voluntad de la señora, no sé cuál es.

—Pues ahora os guardad —dijeron ellos y fueron todos juntos a lo herir tan bravamente que lo hubieran de derribar con el caballo. Amadís hirió al uno tan recio que le metió el yerro de la lanza por los costados y allí quebró su lanza, así como los otros las quebraran en él, y metiendo mano a las espadas le hirieron tan bravamente que los que los miraban eran mucho maravillados, que los tres caballeros eran valientes y usados en armas y aquél que ante sí tenían no quería la vergüenza para sí. La batalla fue brava. Mas no duró mucho, que Amadís, mostrando sus fuerzas, les daba tales golpes que la espada les hacía llegar a las carnes y a las cabezas, así que en poca de hora los paró tales que no podían sufrir y huyeron contra el castillo y él en pos de ellos, y como los aquejaba el uno de ellos descendió del caballo y Amadís le dijo:

—No os cale descender que os no dejaré si no os otorgáis por vencido.

—Cierto, señor, eso haré yo de grado —dijo él—, y todos los que con vos se combatieren lo deberían ser, según lo que hacéis —y diole su espada. Amadís se la tornó y fue en pos de los otros que vio entrar en un gran palacio y vio a la puerta de él, bien veinte dueñas y doncellas, y la más hermosa de ellas dijo:

—Estad, señor caballero, que mucho habéis hecho.

Amadís estuvo quedo y dijo:

—Señora, pues otórguense por vencidos.

—¿A vos qué os hace? —dijo la dueña.

—Porque me dijeron a la puerta que me convenía matar o vencer, que de otra manera no alcanzaría mi derecho.

—Mas dijéronnos —dijo la dueña— que si acá entraseis a fuerza de ellos que os harían derecho de lo que demandaseis. Y ahora decid lo que os pluguiere.

—Yo demando —dijo él— una doncella que me tomó un caballero en una ribera donde de noche dormía y la trajo a este castillo a su pesar.

—Ahora sentaos —dijo ella—, y venga el caballero y diga su razón y vos la vuestra, y cada uno habrá su derecho y descended un poco en tanto que viene el caballero.

Amadís descendió de su caballo y la dueña lo sentó cabe sí y díjole:

—¿Conocéis vos un caballero que se llama Amadís?

—¿Por qué lo preguntáis? —dijo él.

—Porque toda esta guarda que visteis en este castillo por él es puesta, y bien os digo que si él acá entra, sé que no saldría de aquí por ninguna manera hasta que se hubiese de quitar de una cosa que prometió.

—¿Y qué fue eso? —dijo él.

—Yo os lo diré —dijo la dueña—, por pleito que a todo vuestro poder le hagáis partir de lo que prometió, quien por armas, quien por otra cosa, pues lo no hizo con derecho.

Amadís dijo:

—Yo os digo, dueña, que cualquier cosa que Amadís haya prometido, en que tanto sea, le haré yo quitar a todo mi poder.

Ella, que no entendía a qué fin era dicho, dijo:

—Pues ahora sabed, señor caballero, que ese Amadís, que os yo hablo, prometió a Angriote de Estravaus que le haría saber a su amiga, y de esta promesa le haced vos partir, pues que tal juntamiento más por voluntad que por fuerza quiere Dios y la razón que se haga.

—Cierto —dijo Amadís—, vos decís razón y si puedo yo lo haré quitar.

La dueña se lo agradeció mucho, pero él no menos contento era, porque cumpliendo su promesa se quitaba de ella y:

—Decid —díjole—, ¿por ventura sois vos, señora, aquélla que Angriote ama?

Dijo ella:

—Señor, yo soy.

—Cierto, señora —dijo él—, Angriote tengo yo por uno de los buenos caballeros del mundo y al mi cuidar no hay tan alta dueña que se no debía precisar de haber tal caballero, y esto no lo digo por no tener lo que prometí, mas dígolo porque él es mejor caballero que ese que le dio la promesa.

Capítulo 27. Cómo Amadís se combatió con el caballero que la doncella había hurtado estando durmiendo y de cómo lo venció

Mientras que esto hablaban vino a ellos un caballero todo armado sino la cabeza y las manos. Él era grande y membrudo, y asaz bien hecho para haber gran fuerza y dijo contra Amadís:

—Señor caballero, dícenme que demandáis una doncella que yo aquí traje, y yo no os forcé a vos nada, que ella se quiso venir conmigo antes que quedar con vos, y así tengo que no he por qué os la dar.

—Pues mostrádmela —dijo Amadís.

—Yo no he por qué os la mostrar —dijo el caballero—, mas si decís que no debe ser mía probároslo he por batalla.

—Cierto —dijo Amadís—, eso probaré yo a quienquiera que la os no debéis haber con derecho si la doncella no se otorga a ello.

—Pues sed vos en la batalla —dijo el caballero.

—Mucho me place —dijo Amadís—. Ahora sabed que este caballero ha nombre Gasinán, y era tío, hermano de su padre, de la amiga de Angriote, y era el pariente del mundo que ella más amaba y por ser el mejor caballero de armas de su linaje traía su hacienda por seso de él —y trajéronle a este Gasinán un gran caballo y él tomó sus armas y Amadís otrosí cabalgó y tomó las suyas, y la dueña, que Grovenesa había nombre, dijo:

—Tío, yo os lo haría que no pasase esta batalla, que mucho pesar habría de cualquiera de vos que mal le avenga, que vos sois el hombre del mundo que yo más amo, y ese caballero me juró que hará quitar a Amadís de lo que prometió a Angriote.

—Sobrina —dijo Gasinán—, ¿cómo pensáis vos que él ni otro pudiese tirar al mejor caballero del mundo de no cumplir su voluntad?

Grovenesa le dijo:

—Así me ayude Dios, que yo tengo a éste por el mejor caballero del mundo y si tal no fuese no entrara acá por fuerza de armas.

—¿Cómo —dijo Gasinán—, tanto lo preciáis vos por pasar las puertas a aquéllos que las guardaban?

—Cierto, él hizo buena caballería mas yo por eso no lo temo mucho, y si en él hay bondad ahora lo veréis, y Dios no me ayude si yo la doncella dejo en cuanto defenderla pueda.

Grovenesa se tiró afuera y ellos partieron contra sí al más ir de los caballos, las lanzas bajas e hiriéronse en los escudos tan bravamente, que luego fueron quebradas y ellos se juntaron de los escudos y yelmos de consuno tan fuertemente que maravilla era, y Gasinán, que menos fuerza había, fue fuera de la silla y dio gran caída, mas él se levantó luego como aquél que era de gran fuerza y corazón, y metió mano a la espada y fuese yendo contra un pilar de piedra que estaba alto en medio del corral, que allí cuidó que le no haría Amadís mal de caballo, y si a él se llegase que se lo podría matar. Amadís se dejó ir a él por lo herir y Gasinán le dio con la espada en el rostro del caballo, de que Amadís fue muy sañudo y quísolo herir de toda su fuerza, y Gasinán se tiró afuera y el golpe dio en el pilar que de fuerte piedra era, así que cortó un pedazo de él, mas la espada fue quebrada en tres pedazos. Cuando él así la vio, hubo gran pesar, como quien estaba en peligro de muerte, y ál no tenía con qué se defender, y lo más presto que pudo descendió de su caballo. Gasinán, que así lo vio, dijo:

—Caballero, otorgad la doncella por mía, si no, muerto sois.

—Eso no será —dijo él— si antes ella no dice que le place.

Entonces, se dejó ir a él Gasinán y comenzólo herir por todas partes como aquél que era de gran fuerza y había gana de ganar la doncella. Mas Amadís se cubría también de su escudó y con tanto tiento, que todos los más golpes recibía en él, y otros le hacía perder y algunas veces le daba con los puños de la espada, que en la mano le quedó, tales golpes que le hacía revolver de una parte a otra y le torcía a menudo el yelmo en la cabeza. Así anduvieron gran pieza en la batalla, tanto, que las dueñas y doncellas se espantaban de cómo lo podía Amadís sufrir sin tener con qué hiriese, pero desde que se vio descubierto por muchos lugares de su loriga y menguado de su escudo púsolo todo en aventura de muerte, y dejóse ir con gran saña a Gasinán, tan presto, que el otro no pudo ni tuvo tiempo de lo herir, y abrazáronse ambos pugnando cada uno por derribar a otro y así anduvieron una pieza que nunca Amadís lo dejó que de él se soltase, y siendo cerca de una gran piedra que en el corral había, puso Amadís toda su fuerza, que muy mayor que ninguno pudiera pensar la tenía, aunque de gran cuerpo no era, y dio con él encima de ella tan gran caída que Gasinán fue todo aturdido, que no se meneaba con pie ni con mano. Amadís tomó la espada presto, que le cayera de la mano, y cortándole los lazos del yelmo tiróselo de la cabeza y el caballero acordó ya cuanto más, pero no de manera que levantarse pudiera, y díjole:

—Don caballero, mucho pesar me hicisteis sin derecho y ahora me vengaré de ello —y alzó la espada como que lo quería herir, y Grovenesa dio grandes voces diciendo:

—¡Ay, buen caballero!, por Dios, merced, no sea así —y fue contra él llorando, cuando Amadís vio que le tanto pesaba, hizo mayor semblante de lo matar y dijo:

—Dueña, no me roguéis que lo deje, que él me ha hecho tanto pesar que por ninguna manera dejaré de le cortar la cabeza.

—¡Ay!, señor caballero —dijo ella—, por Dios, demandad todo lo que vuestra voluntad fuere que nos hagamos en tal que no muera y luego será cumplido.

—Dueña —dijo él—, en el mundo no hay cosas porque yo lo dejase, sino por dos cosas, si las vos quisiereis hacer.

—¿Qué cosas son? —dijo ella.

—Dadme la doncella —dijo él—, y vos me juréis como leal dueña que iréis a la primera corte que el rey Lisuarte hiciere y allí me daréis un don, cual yo pidiere.

Gasinán, que estaba ya más acordado y se vio en tan gran peligro, dijo:

—¡Ay!, sobrina, por Dios, merced, y no me dejéis matar y habed duelo de mí y haced lo que el caballero dice.

Ella lo otorgó como Amadís lo pedía. Entonces, dejó al caballero y dijo:

—Dueña, yo os estaré bien en el don que os prometí y vos tened en la otra jura y no temáis que os yo demande cosa que sea contra vuestra honra.

—Muchas mercedes —dijo ella—, que vos sois tal, que haréis todo derecho.

—Pues ahora venga la doncella que yo demando.

La dueña la hizo venir y fue hincar los hinojos ante Amadís y dijo:

—Cierto, señor, mucho afán habéis llevado por mí, y comoquiera que Gasinán me trajese a engaño, conozco que me quiere bien, pues quiso antes combatirse que darme por otra manera.

—Amiga señora —dijo Gasinán—, si a vos parece que os ame, si Dios me ayude, parece os gran verdad y ruégoos mucho que quedéis conmigo.

—Así lo haré —dijo ella—, placiendo a este caballero.

—Cierto, doncella —dijo Amadís—, vos escogéis uno de los buenos caballeros que podríais hallar, pero si esto no es vuestro placer, luego me lo decid y no me culpéis de cosa que de ellos os avenga.

—Señor —dijo ella—, yo agradezco mucho a vos porque aquí me dejáis.

—En el nombre de Dios —dijo Amadís. Entonces, demandó su caballo y Grovenesa quisiera que quedara ya aquella noche, mas él no lo hizo, y cabalgando en él, despedido de ella, mandó llevar a Gandalín los pedazos de la espada y salió del castillo, mas antes Gasinán le rogó que la suya llevase, y él se lo agradeció mucho y tomóla y Grovenesa le hizo dar una lanza y así entró en el derecho camino del árbol de la encrucijada que allí pensaba hallar a Galaor y Balais.

Capítulo 28. De lo que acaeció a Balais, que iba en busca del caballero que había hecho perder a don Galaor el caballo

Balais de Carsante se fue en pos del caballero que soltó el caballo de don Galaor, el cual iba ya muy lejos y aunque él mucha prisa por lo alcanzar se dio, tomóle ante la noche que muy oscura vino, y anduvo hasta la medianoche. Entonces oyó unas voces ante sí en una ribera y fue para allá y halló cinco ladrones que tenían una doncella que la querían forzar, y el uno de ellos la llevaba por los cabellos a la meter entre unas peñas. Y todos eran armados de hachas y lorigas, Balais, que lo vio, dijo a grandes voces:

—¡Villanos, malos traidores!, ¿qué queréis a la doncella?, dejadla, si no todos seréis muertos —y dejóse ir a ellos y ellos a él e hirió al uno con la lanza por los pechos y salióse el hierro a las espaldas y la lanza quebrada, cayó el ladrón muerto. Mas los cuatro le hirieron de manera que el caballo cayó luego entre ellos y salió de él lo más aína que pudo, como aquél que era esforzado y buen caballero y metió mano a su espada y los ladrones se dejaron correr a él e hiriéronle de todas partes, por do mejor podían, y él hirió a uno que más a mano halló por cima de la cabeza que le hendió hasta el pescuezo y dio con él muerto en tierra y dejando colgar la espada de la cadena tomó muy presto la hacha que al villano se le cayera y fue contra los otros, que viendo los grandes golpes que daba, se le acogían a un tremedal que la entrada tenía estrecha, pero antes alcanzó al uno con la hacha en los lomos, que le cortó la carne y huesos hasta la ijada, y pasando sobre él fue a los dos que se le acogieran al tremedal y allí había un fuego grande y los ladrones se pusieron de la otra parte vueltos los rostros contra el que no había por dónde huyese. Balais se cubrió de su escudo y fue para ellos y los ladrones le hirieron de grandes golpes por cima del yelmo, así que la una mano le hicieron poner en tierra, mas él se levantó bravamente, como aquél que era de gran corazón, y dio al uno con la hacha tal herida que la media cabeza le derribó y dio con él en el fuego. El otro cuando se vio solo, dejó caer la hacha de las manos y paróse ante él de hinojos y dijo:

—¡Ay!, señor, por Dios, merced, no me matéis que según lo mucho que he andado en este mal oficio con el cuerpo perdería el ánima.

—Yo te dejo —dijo Balais—, pues que tu discreción basta para conocer que en tal vida eras perdido, que tomes aquélla con que al contrario serás separado.

Así lo hizo este ladrón que después fue hombre bueno, de buena vida y fue ermitaño.

Esto así hecho, Balais se salió del tremedal donde la doncella quedara que muy alegre fue con su vista en lo ver sano y agradecióle mucho lo que por ella hiciera en la quitar de aquellos malos hombres que la querían escarnecer, y él preguntó cómo la habían tomado aquellos malos hombres.

—En un paso de monte —dijo ella— que es acá suso de esta floresta, que ellos guardaban y allí me mataron dos escuderos que iban conmigo y trajéronme aquí por me tener presa para hacer su voluntad.

Balais vio la doncella, que era muy hermosa, y pagóse mucho de ella y díjole:

—Cierto, señora, si ellos os tuvieran presa como vuestra hermosura me tiene a mí, nunca de ella saldríais.

—Señor caballero —dijo ella—, si yo perdiendo mi castidad por la vía que los ladrones trabajaban, la gran fuerza suya me quitaba de culpa; otorgándola a vos de grado, ¿cómo sería, ni podría ser disculpada? Lo que hasta aquí hicisteis fue de buen caballero, ruégoos yo que a la fuerza de las armas le deis por compañía la mesura y virtud a que tan obligado sois.

—Mi buena señora —dijo él—, no tengáis en nada las palabras que os dije, que a los caballeros conviene servir y codiciar a las doncellas y quererlas por señoras y amigas y ellas guardarse de errar, como vos lo queréis hacer, porque comoquiera que al comienzo en mucho tenemos haber alcanzado lo que de ellas deseamos, mucho más son de nosotros preciadas y estimadas cuando con discreción y bondad se defienden, resistiendo nuestros malos apetitos, guardando aquello que, perdiéndolo, ninguna cosa les quedaría, que de loar fuese.

La doncella se le humilló por le besar las manos y dijo:

—En tanto más se debe tener este socorro de la honra, que el de la vida, que me habéis hecho, cuanto más es la diferencia de lo uno a lo otro.

—Pues ahora —dijo Balais—, ¿qué mandáis que haga?

—Que nos alonguemos de estos hombres muertos —dijo ella— hasta que el día venga.

—¿Cómo será eso? —dijo él—, que me mataron el caballo.

—Iremos —dijo ella— en este mi palafrén.

Entonces cabalgó Balais y tomó la doncella en las ancas y alongáronse una pieza donde hallaron un prado cerca de un camino cuanto una echadura de arco, y allí albergaron hablando en algunas cosas y contóle Balais la razón por qué tras el caballero venía y, venida la mañana, armóse y cabalgaron en el palafrén y fuéronse al camino, pero no vio rastro de ninguno que por allí hubiese pasado y dijo a la doncella:

—Amiga, ¿qué haré de vos?, que no puedo por ninguna manera quitarme de esta demanda.

—Señor —dijo ella—, vamos por esta carrera hasta que algún lugar hallaremos, y allí quedando yo, iréis vos en el palafrén.

Pues moviendo de allí, como oís, a poco de rato vieron venir un caballero que la una pierna traía encima de la cerviz del caballo y llegando más cerca púsola en la estribadera e hiriendo el caballo de las espuelas se vino a Balais y diole una tal lanzada en el escudo que a él y a la doncella derribó en tierra y dijo:

—Amiga, de vos me pesa que caísteis, mas llevaros he yo donde se enmendará, que éste no es tal para que merezca llevaros.

Balais se levantó muy aína y conoció que aquél era el caballero que él demandaba y poniendo su escudo ante sí con la espada en la mano dijo:

—Don caballero, vos fuisteis bien andante, que perdí mi caballo, que así Dios me ayude, yo os hiciera pagar la villanía que anoche hicisteis.

—¿Cómo —dijo el caballero—, vos sois el uno de los que de mí se rieron?

—Cierto, yo haré tornar sobre vos el escarnio —y dejóse correr a él, la lanza sobre mano y diole un tal golpe en el escudo que se lo falsó. Balais le cortó la lanza por cabe la mano, y el caballero metió mano a su espada y fuele dar un golpe por cima del yelmo que hizo la espada entrar por él bien dos dedos y Balais se tendió contra él y echóle las manos en el escudo y tiró por él tan fuertemente que la silla se torció y el caballero cayó ante él, y Balais fue sobre él, quitándole los lazos del yelmo, le dio por el rostro y por la cabeza con la manzana de la espada grandes golpes, así que le atordeció y como vio que en él no había defendimiento ninguno, tomó la espada y dio con ella en una piedra tantos golpes que la hizo pedazos, y metió la suya en la vaina y tomó el caballo del caballero y puso la doncella en el palafrén y fuese su vía contra el árbol de la encrucijada, y hallaron en el camino unas casas de dos dueñas que santa vida hacían, donde tomaron de aquélla su pobreza algo que comiesen, que muchas bendiciones a Balais echaban, porque había muerto aquellos ladrones, que mucho mal por toda aquella tierra hacían. Así continuaron su camino hasta que llegaron al árbol de la encrucijada, donde hallaron a Amadís, que entonces había llegado, y no tardó mucho que vieron cómo don Galaor venía. Pues allí juntos todos tres hubieron entre sí muy gran placer en haber acabado sus aventuras tanto a sus horas y acordaron de albergar aquella noche en un castillo de un caballero muy honrado que era padre de la doncella que Balais llevaba, cerca dende, y así lo hicieron que, allegados, fueron muy bien recibidos y servidos de todo lo que menester habían, y otro día de mañana, después que oyeron misa, armáronse, y cabalgando en sus caballos, dejando la doncella en el castillo con su padre, entraron en el derecho camino de Vindilisora. Balais daba el caballo a don Galaor como se lo prometiera, mas él no lo quiso tomar, así porque el suyo perdiera por cobrarle, como por haber el otro ganado.

Capítulo 29. Cómo el rey Lisuarte hizo Cortes y de lo que en ellas le acaeció

Con las nuevas que el enano trajo al rey Lisuarte de Amadís y don Galaor, fue muy alegre, teniendo en voluntad de hacer Cortes, las más honradas y de más caballeros que nunca en la Gran Bretaña se hicieran, solamente esperando a Amadís y Galaor.

Pareció ante el rey un día Olivas a se quejar del duque de Bristoya que a un su cohermano le matara a aleve. El rey, habido su consejo con los que de esto más sabían, puso plazo de un mes al duque que a responder viniese y que si por ventura quisiese meter en esta requesta dos caballeros consigo, que Olivas los tenía de su parte tales que con toda igualeza de linaje y bondad podrían mantener razón y derecho. Esto hecho, mandó el rey apercibir a todos sus altos hombres que fuesen con él el día de Santa María de setiembre en las Cortes y la reina asimismo, y todas las dueñas y doncellas de gran guisa. Pues siendo todos en el palacio con gran alegría hablando en las cosas que en las Cortes se habían de ordenar, no sabiendo ni pensado cómo en los semejantes tiempos la fortuna movible quiere con sus asechanzas cruelmente herir, porque a todos sea notoria en pensamiento de los hombres no venir aquella certinidad que ellos esperan. Acaeció de entrar en el palacio una doncella extraña, asaz bien guarnida, y un gentil doncel que la acompañaba y descendiendo de un palafrén preguntó cuál era el rey, él dijo:

—Doncella, yo soy.

—Señor —dijo ella—, bien semejáis rey en el cuerpo, mas no sé si lo seréis en el corazón.

—Doncella —dijo él—, esto veis vos ahora y cuando en lo otro me probaréis, saberlo habéis.

—Señor —dijo la doncella—, a mi voluntad respondéis y miémbroseos esta palabra que me dais ante tantos hombres buenos, porque yo quiero probar el esfuerzo de vuestro corazón cuando me fuere menester y yo oí decir que queréis tener Cortes en Londres, por Santa María de setiembre, y allí donde muchos hombres buenos habrá, quiero ver si sois tal que con razón debáis ser señor de tan gran reino y tan famosa caballería.

—Doncella —dijo el rey—, pues que mi obra a mi poder se haría mejor que el dicho, tanto más placer habré cuanto más hombres buenos fueren allí presentes.

—Señor —dijo la doncella—, si así son los hechos como los dichos, yo me tengo por muy bien contenta y a Dios seáis encomendado.

—A Dios vayáis, doncellas —dijo el rey, y así la saludaron todos los caballeros. La doncella se fue su camino. Y el rey quedó hablando con sus caballeros, pero dígoos que no hubo ahí tal que a muchos no pesase de aquello que el rey prometiera temiendo que la doncella lo quería poner en algún gran peligro de su persona y el rey era tal, que por grande que fuese no lo dudaría por no ser avergonzado, y él era tan amado de todos los suyos que antes quisieran ser ellos puestos en gran afrenta y vergüenza que vérselo a él padecer, y no tuvieron por bien que un tan alto príncipe diese así livianamente sin más deliberación, su palabra a extraña mujer, siendo obligado a lo cumplir y no certificado de lo que ella le quería demandar.

Pues habiendo en muchas cosas hablado, queriéndose la reina acoger a su palacio, entraron por la puerta tres caballeros, los dos armados de todas armas y el uno desarmado y era grande y bien hecho, y la cabeza casi toda cana, pero fresco y hermoso según su edad. Este traía ante sí una arquita pequeña y preguntó por el rey, y mostráronselo. El descendió de su palafrén e hincando los hinojos ante él, con la arqueta en sus manos díjole:

—Dios te salve, señor, así como al príncipe del mundo que mejor promesa ha hecho, si la tenéis.

El rey dijo:

—¿Y qué promesa es ésta o por qué me lo decís?

—A mí dijeron —dijo el caballero— que queríais mantener caballería en la mayor alteza y honra que ser pudiese y porque de esto tal son muy pocos los príncipes que de ello se trabajan, es lo vuestro mucho más que lo suyo de loar.

—Cierto, caballero —dijo el rey—, esta promesa tendré yo cuanto la vida tuviere.

—Dios os lo deje acabar —dijo el caballero—, y porque oí decir que queríais tener Cortes en Londres de muchos hombres buenos, tráigoos aquí lo que para tal hombre como vos y a tal fiesta conviene.

Entonces abrieron la arqueta, sacó de ella una corona de oro tan bien obrada y con tantas piedras y aljófar que fueron muy maravillados todos en la ver, y bien parecía que no debía ser puesta en cabeza, sino de muy gran señor. El rey la miraba mucho con sabor de la haber para sí, y el caballero le dijo:

—Creed, señor, que esta obra es tal, que ninguno de cuantos hay saben labrar de oro y poner piedras no lo sabrían mirar.

—Así Dios me ayude —dijo el rey—, yo lo tengo así.

—Pues comoquiera —dijo el caballero— que su obra y hermosura sea tan extraña, otra cosa en sí tiene que mucho más es de preciar, y esto es, que siempre el rey que en su cabeza la pusiere será mantenido y acrecentado en su honra, que así lo hizo aquél para quien fue hecha hasta el día de su muerte. Y de entonces acá nunca rey la tuvo en su cabeza, y si vos, señor, la quisiereis haber dárosla he por cosa que será reparo de mi cabeza que la tengo en aventura de perder.

La reina, que delante estaba, dijo:

—Cierto, señor, mucho os conviene tal joya como ésa y dadle por ella todo lo que el caballero pidiere.

—Vos, señora —dijo él—, comprarme habéis un muy hermoso manto que aquí traigo.

—Sí —dijo ella—, muy de grado.

Luego sacó de la arqueta un manto, el más rico y mejor obrado que nunca se vio, y además de las piedras y aljófar de gran valor que en él había, eran en él figuradas todas las aves y animalias del mundo, tan sutilmente que por maravilla lo miraban. La reina dijo:

—Así Dios me valga, amigo, parece que este paño no fue por otra mano hecho sino por la de aquel señor que todo lo puede.

—Cierto, señora —dijo el caballero—, bien podéis creer sin falta que por mano y consejo de hombre que fue este paño hecho, mas muy caramente se podría ahora hallar quien otro semejante hiciese —y dijo—: Aún más os digo, que conviene este manto más a mujer casada que a soltera, que tiene tal virtud que el día que lo cobijare no puede haber entre ella y su marido ninguna congoja.

—Cierto —dijo la reina—, si ello es verdad, no puede ser comprado por precio ninguno.

—De esto no podéis ver la verdad, si el manto no hubiereis —dijo el caballero. Y la reina, que mucho al rey amaba, hubo gana de haber el manto porque entre ellos fuesen los enojos excusados y dijo:

—Caballero, daros he yo por ese manto lo que quisiereis.

El rey dijo:

—Demandad por el manto y por la corona lo que os pluguiere.

—Señor —dijo el caballero—, yo voy a gran cuita emplazado de aquél cuyo preso soy y no tengo espacio para me detener, ni para saber cuánto estas donas valen, mas yo seré con vos en las Cortes de Londres y entre tanto quede a vos la corona y a la reina el manto, por tal pleito que por ello me deis lo que os yo demandare o me lo tornéis y habréislo ya ensayado y probado, que bien sé que de mejor talante que ahora entonces me lo pagaréis.

El rey dijo:

—Caballero, ahora creed que vos habéis lo que demandareis, o el manto y la corona.

El caballero dijo:

—Señores caballeros y dueñas, oíd vos bien esto que el rey y la reina me prometen, que me darán mi corona y mi manto o aquello que les yo pidiere.

—Todos lo oímos —dijeron ellos. Entonces, se despidió el caballero y dijo:

—Adiós quedéis, que yo voy a la más esquiva, prisión que nunca hombre tuvo, y el uno de los dos caballeros armados tiró su yelmo en tanto que allí estuvo y parecía asaz mancebo hermoso, pero el otro no lo quiso tirar y tuvo la cabeza bajada ya cuanto, y parecía tan grande y tan desmesurado que no había en casa del rey caballero que le igual fuese con un pie. Así se fueron todos tres quedando en poder del rey el manto y la corona.

Capítulo 30. Cómo Amadís y Galaor y Balais se vinieron al palacio del rey Lisuarte, y de lo que después les aconteció

Partido Amadís y Galaor del castillo de la doncella y Balais con ellos, anduvieron tanto por su camino que sin contraste alguno llegaron a casa del rey Lisuarte, donde fueron con tanta honra y alegría recibidos del rey y de la reina y de todos los de la corte cual nunca fueran en ninguna sazón otros caballeros en parte donde llegasen, y Galaor, porque nunca le vieran y sabían sus grandes cosas en armas por oídas, que había hecho, y Amadís por la nueva de su muerte que allí llegara, que según todos era muy amado, no se creían verlo vivo. Así que tanta era la gente que por los mirar salían que apenas podían ir por las calles, ni entrar en el palacio. Y el rey los tomó a todos tres e hízoles desarmar en una cámara y cuando las gentes los vieron desarmados tan hermosos y apuestos y en tal edad, maldecían a Arcalaus que tales dos hermosos quisiera matar. Considerando que no viviera el uno sin el otro, el rey envió decir a la reina por un doncel que recibiese muy bien aquellos dos caballeros, Amadís y Galaor, que la iban a ver. Entonces, los tomó consigo Agrajes, que los tenía abrazados a cada uno con su brazo y tan alegre con ellos, que más ser no podía, y fuese con ellos a la cámara de la reina, y don Galvanes y el rey Arbán de Norgales, y cuando entraron por la puerta vio Amadís a Oriana, su señora, y estremeciósele el corazón con gran placer, pero no menos lo hubo ella así que cualquiera que lo miraba lo pudiera muy claro conocer, y comoquiera que ella muchas nuevas de él oyera aún sospechaba que no era vivo, y cuando sano y alegre lo vio, membrándose de la cuita y del duelo que por él hubiera, las lágrimas le vinieron a los ojos sin su grado, dejando ir a la reina antes, y detúvose ya cuanto y limpio los ojos que no lo vio ninguno, porque todos tenían mientes en mirar los caballeros. Amadís hincó los hinojos ante la reina tomando a Galaor por la mano y dijo:

—Señora, veis aquí el caballero que me enviasteis a buscar.

—Mucho soy de ello alegre —dijo ella, y alzándolo por la mano lo abrazó, y luego a don Galaor. El rey le dijo:

—Dueña, quiero que partáis conmigo.

—¿Y qué? —dijo ella.

—Que me deis a Galaor —dijo él—, pues que Amadís es vuestro.

—Cierto, señor —dijo ella—, no me pedís poco, que nunca tan gran don se dio en la Gran Bretaña, mas así es derecho, pues que vos sois el mejor rey que en ella reinó —dijo contra Galaor:

—Amigo, ¿qué os parece que haga que me os pide el rey mi señor?

—Señora —dijo él—, paréceme que toda cosa que tan gran señor pida se le debe dar si haberse puede y vos habéis a mí para os servir en esto y en todo, fuera la voluntad de mi hermano y mi señor, Amadís, que yo no haré ál sino lo que él demandare.

—Mucho me place —dijo la reina— de hacer mandado de vuestro hermano que luego habré yo parte en vos, así como en el que es mío.

Amadís le dijo:

—Señor, hermano, haced mandado de la reina, que así os lo ruego yo y así me place ahora.

Entonces Galaor dijo a la reina:

—Señora, pues que yo soy libre de esta voluntad ajena que tanto poder sobre mí tienes, ahora me pongo en vuestra merced que haga de mí lo que más le pluguiere.

Ella le tomó por la mano y dijo contra el rey:

—Señor, ahora os doy a Galaor que me pedisteis y dígoos que lo améis según la gran bondad que en él hay, que no será poco.

—Así me ayude Dios —dijo el rey—, yo creo que a duro podría ninguno amar a él ni a otro tanto, que el amor a la su gran bondad alcanzase.

Cuando esta palabra oyó Amadís, paró mientes contra su señora y suspiró no teniendo en nada lo que el rey decía, considerando ser mayor el amor que tenía a su señora que la bondad de si mismo ni de todos aquéllos que armas traían.

Pues así como oís quedó Galaor por vasallo del rey en tal hora que nunca por cosas que después vinieron entre Amadís y el rey dejó de lo ser, así como lo contaré más adelante. Y el rey se sentó cabe la reina y llamaron a Galaor que fuese ante ellos para le hablar. Amadís quedó con Agrajes, su cohermano. Oriana y Mabilia y Olinda estaban juntas aparte de las otras todas, porque eran más honradas y que más valían. Mabilia dijo contra Agrajes:

—Señor hermano, traednos ese caballero que hemos deseado mucho.

Ellos se fueron para ellas, y como ella sabía muy bien con qué medicina sus corazones podían ser curados, metióse entre ellas ambas y puso a la parte de Oriana Amadís, y a la de Olinda Agrajes, y dijo:

—Ahora estoy entre las cuatro personas de este mundo que yo más amo.

Cuando Amadís se vio ante su señora el corazón le saltaba de una parte a otra guiando los ojos a que mirasen la cosa del mundo que él más amaba, y llegóse a ella con mucha humildad y ella lo saludó y teniendo las manos por entre las puntas del manto tomóle las suyas de él y apretóselas ya cuanto en señal de le abrazar y díjole:

—Mi amigo, qué cuita y que dolor me hizo pasar aquel traidor que las nuevas de vuestra muerte trajo. Creed que nunca mujer fue en tan gran peligro como yo. Cierto, amigo, señor, esto era con gran razón porque nunca persona tan gran pérdida hizo como yo perdiendo a vos, que así como soy más amada que todas las otras, así buena ventura quiso que lo fuese de aquél que más que todos vale.

Cuando Amadís se oyó loar de su señora, bajó los ojos en tierra, que solo mirar no la osaba y parecióle tan hermosa que el sentido alterado, la palabra en la boca le hizo morir, así que no respondió. Oriana, que los ojos en él hincados tenía, conocióle luego y dijo:

—¡Ay, amigo, señor!, cómo os no amaría más que a otra cosa que todos los que os conocen os aman y aprecian y siendo yo aquélla que vos más amáis y apreciáis en mucho más que todos ellos es gran razón que yo os tenga.

Amadís, que ya algo su turbación amansaba, le dijo:

—Señora, de aquella dolorosa muerte que cada día por vuestra causa padezco, pido yo que os doláis, que de la otra que se dijo antes si me viniese, sería en gran descanso y consolación puesto y si no fuese, señora, este mi triste corazón con aquel deseo, que de serviros tiene, sostenido, que contra las muchas y amargas lágrimas que de él salen con gran fuerza, la su gran fuerza resiste, ya en ellas sería del todo deshecho y consumido, no porque deje de conocer sus mortales deseos en mucho grado satisfechos en que solamente vuestra memoria de ellos se acuerde, pero como a la grandeza de su necesidad se requiere mayor merced de la que él merece para ser sostenido y preparado, si esto presto no viniese, muy presto será en la su cruel fin caído.

Cuando estas palabras Amadís decía, las lágrimas caían a filo de sus ojos por las haces sin que ningún remedio en ellas poner pudiese, que a esta sazón era él tan cuitado, que si aquel verdadero amor que en tal desconsuelo le ponía, no le consolara con aquella esperanza que en los semejantes estrechos a los sus sojuzgados suele poner, no fuera maravilla de ser en la presencia de su señora su ánima de él despedida.

—¡Ay, mi amigo!, por Dios, no me habléis —dijo Oriana— en la vuestra muerte, que el corazón me fallece como quien una hora sola después de ella vivir no espero, y si yo del mundo he sabor, por vos, que en él vivís, lo he. Esto que me decís, sin ninguna duda lo creo yo por mí misma, que soy en vuestro estado, y si la vuestra cuita mayor que la mía parece, no es por ál sino porque siendo en mí el querer, como lo es en vos, y falleciéndome el poder que a vos no fallece para traer a efecto aquello que nuestros corazones tanto desean, muy mayor el amor y el dolor en voz más que en mí se muestra. Mas comoquiera que avenga yo os prometo que si a la fortuna o mi juicio alguna vía de descanso no nos muestra que la mi flaca osadía la hallará, que si de ella peligro no ocurriese sea antes con desamor de mi padre y de mi madre y de otros, que con el sobrado amor nuestro nos podría venir, estando como ahora suspensos padeciendo y sufriendo tan graves y crueles deseos como de cada día se nos aumentan y sobrevienen.

Amadís, que esto oyó, suspiró muy de corazón y quiso hablar, mas no pudo, y ella, que le pareció ser todo transportado, tomóle por la mano y llegóse a sí y díjole:

—Amigo, señor, no os desconortéis, que yo haré cierta la promesa que os doy y en tanto no os partáis de estas Cortes que el rey, mi padre, quiere hacer, que él y la reina os lo rogarán, que saben cuánto con vos serán más honradas y ensalzadas.

Pues a esta sazón que oís la reina llamó a Amadís e hízolo sentar cabe don Galaor, y las dueñas y las doncellas los miraban diciendo:

—Asaz obrará Dios en ambos, que los hiciera más hermosos que otros caballeros y mejor en otras bondades —y semejábanse tanto, que a duro se podían conocer, sino que don Galaor era algo más blanco y Amadís había los cabellos crespos y rubios y el rostro algo más encendido y era membrudo algún tanto.

Así estuvieron hablando con la reina una pieza, hasta que Oriana y Mabilia hicieron señal a la reina que les enviase a don Galaor, y ella le tomó por la mano y dijo:

—Aquellas doncellas os quieren, que las no conocéis, pero sabed que la una es mi hija y la otra es vuestra prima hermana.

Él se fue para ellas y cuando vio la gran hermosura de Oriana muy espantado se fue, que no pudiera pensar que ninguna en tanta perfección la pudiera alcanzar y sospechó que según la gran bondad de Amadís, su hermano, y la afición de morar en aquella casa más que en otra ninguna que en él había visto, no le venía sino porque a él y no a otro ninguno era dado de amar, persona era tan señalada en el mundo. Ellas le saludaron y recibieron con muy buen talante diciéndole:

—Don Galaor, vos seáis muy bien venido.

—Cierto, señoras, yo no viniera aquí en estos cinco años, si no fuera por aquél que hace venir aquellos todos que armas traen así por fuerza como por buen talante, que lo uno y otro es en él más cumplidamente que en ninguno de cuantos hoy viven.

Oriana alzó los ojos y mirando a Amadís suspiró, y Galaor, que la miraba, conoció ser su sospecha más verdadera de lo que antes pensaba, pero no porque otra cosa sintiese sino parecer que con más razón su hermano había de ser amado de aquélla que otro ninguno. Pues hablando con ellas en muchas cosas llegó el rey y estuvo allí con gran alegría hablando y riendo, porque su placer a todos cupiese parte, y tomándolos consigo, se salió al gran palacio donde muchos altos hombres y caballeros de gran prez estaban, y hallando puestas las mesas se sentaron a comer. Y el rey mandó sentar a una de ellas Amadís y Galaor y Galvanes Sin Tierra y Agrajes, sin que otro caballero alguno con ellos estuviese, y así como estos cuatro caballeros se hallaron en aquel comer juntos, así después en muchas partes lo fueron, donde sufrieron grandes peligros y afrentas en armas, porque éstos se acompañaron mucho con el gran deudo y amor que se habían y aunque don Galvanes no tuviese deudo sino con solo Agrajes, Amadís y Galaor nunca lo llamaban sino tío, y él a ellos sobrinos, que fue gran causa de acrecentar mucho en su honra y estima según adelante se contará.

Capítulo 31. Cómo el rey Lisuarte fue a hacer Cortes a la ciudad de Londres

Como a este rey Lisuarte, Dios por su merced, de infante desheredado por fallecimiento de su hermano el rey Falangris a él rey de la Gran Bretaña hizo, así puso en voluntad (como por Él sean permitidas y guardadas todas las cosas) a tantos caballeros, tantas infantas hijas de reyes y otros muchos de extrañas tierras de gran guisa y alto linaje que con gran afición a le servir viniesen, no se teniendo ya ninguno en su voluntad por satisfecho si suyo no se llamase y porque las semejantes cosas según nuestra flaqueza grandes soberbias atraen y con ellas muy mayor el desagradecimiento y desconocimiento de aquel Señor que las da, por él fue otorgado a la fortuna que poniéndole algunos duros entrevalos que oscureciesen esta gloria tan clara en que estaba el su corazón amollentado y en toda blandura puesto fuese, porque siguiendo más el servicio del dador de las mercedes, que el apetito dañado que ellos acarrean en aquel grande estado y mucho mayor fuese sostenido y haciéndolo al contrario con más alta y peligrosa caída le atormentase. Pues queriendo este rey que la gran excelencia de su estado real a todo el mundo fuese notoria, con acuerdo de Amadís y Galaor y Agrajes y de otros preciados caballeros de su corte, ordenó que dentro de cinco días todos los grandes de sus reinos en Londres, que a la sazón como un águila encima de lo más de la Cristiandad estaba, a Cortes viniesen, como de antes lo había pensado y dicho para dar orden en las cosas de la caballería, como con más excelencia que en ninguna casa otra de emperador ni rey los autos de ella en la suya sostenidos y aumentados fuesen, mas allí donde él pensaba que todo el mundo se le había de humillar, allí le sobrevinieron las primeras asechanzas de la fortuna, que su persona y reinos pusieron en condiciones de ser partidos, como ahora os será contado.

Partió el rey Lisuarte de Vindilisora, con toda la caballería y la reina con sus dueñas y doncellas, las Cortes, que en la ciudad de Londres se habían de juntar. La gente pareció en tanto número, que por maravilla se debía contar. Había entre ellos muchos caballeros mancebos ricamente armados y ataviados y muchas infinitas hijas de reyes y otras doncellas de gran guisa, que de ellos muy amadas eran, por las cuales grandes justas y fiestas por el camino hicieron. El rey había mandado que le llevasen tiendas y aparejos porque no entrasen en poblado y se aposentasen en las vegas cerca de las riberas y fuentes de que aquella tierra muy bastada era. Así, por todas las vías se les aparejaba la más alegre y más graciosa vida que nunca hasta allí tuvieron, porque aquel tan duro y cruel contraste venido sobre tanto placer con mayor angustia y tristeza de sus ánimos sentido fuese.

Pues así llegaron a aquella gran ciudad de Londres, donde tanta gente hallaron, que no parecía sino que todo el mundo allí asonado era. El rey y la reina con toda su compaña fueron a descabalgar en sus palacios, y allí en una parte de ellos mandó posar a Amadís y a Galaor y Agrajes y don Galvanes y otros algunos de los más preciados caballeros, y las otras gentes en muy buenas posadas que los aposentadores del rey de antes les habían señalado. Así holgaron aquella noche y otros dos días, con muchas danzas y juegos que en el palacio y fuera en la ciudad se hicieron, en los cuales Amadís y Galaor eran de todos tan mirados y tanta era la gente que por los ver acudían donde ellos andaban, que todas las calles eran ocupadas, tanto que muchas veces dejaban de salir de su aposentamiento. A estas Cortes que oís vino un gran señor, más en estado y señoría, que en dignidad y virtudes, llamado Barsinán, señor de Sansueña, no porque vasallo del rey Lisuarte fuese, ni mucho su amigo, ni conocido, mas por lo que ahora oiréis. Sabed que estando este Barsinán en su tierra llegó allí Arcalaus el Encantador y díjole:

—Barsinán, señor, si tú quisieses yo daría orden cómo fueses rey, sin que gran afán ni trabajo en ello hubiese.

—Cierto —dijo Barsinán—, de grado tomaría yo cualquier trabajo que ende venirme pudiese, con tal que rey pudiese ser.

—Tú respondes como sesudo —dijo Arcalaus— y yo haré que lo seas, si creerme quisieres y me hicieres pleito que me harás tu mayordomo mayor y no me lo quitarán todo el tiempo de tu vida.

—Eso haré yo muy de grado —dijo Barsinán—, y decidme: ¿por cuál guisa se puede hacer lo que me decís?

—Yo os lo diré —dijo Arcalaus—. Idos a la primera corte que el rey Lisuarte hiciere y llevad gran compaña de caballeros, que yo prenderé al rey en tal forma que de ninguno de los suyos pueda ser socorrido, y aquel día habré a su hija Oriana que os daré por mujer y en cabo de cinco días enviaré a la corte del rey su cabeza. Entonces pugnad por vos por tomar la corona del rey, que siendo él muerto y su hija en vuestro poder, que es la derecha heredera, no habrá persona que os contrariar pueda.

—Cierto —dijo Barsinán—, si vos eso hacéis, yo os haré el más rico y poderoso hombre de cuantos conmigo fueren.

—Pues yo haré lo que digo —dijo Arcalaus.

Por esta causa que oís vino a la corte este gran señor de Sansueña, Barsinán. Al cual el rey salió con mucha compaña a lo recibir creyendo que con sana y buena voluntad era su venida, y mandóle aposentar y a toda su compaña y darle las cosas todas que menester hubiesen; mas dígoos que viendo él tan gran caballería y sabido el leal amor que al rey Lisuarte habían, mucho fue arrepentido de tomar aquella empresa, creyendo que a tal hombre ninguna adversidad le podía empecer. Pero pues que ya en ello estaba, acordó de esperar el cabo, porque muchas veces lo que imposible parece aquello, no con pensado consejo, muy más presto que lo posible en efecto viene. Y hablando con el rey, le dijo:

—Rey, yo oí decir que hacíais estas grandes Cortes y vengo ahí por os hacer honra, que yo no tengo tierra de vos, sino de Dios que a mis antecesores y a mí libremente la dio.

—Amigo —dijo el rey—, yo lo agradezco mucho y lo galardonaré en lo que a vos tocare que a mi mano venga, que cierto, mucho soy alegre en ver tan buen hombre como vos sois y comoquiera que yo tengo muchos altos hombres de gran guisa, antes vuestro voto que el suyo me placerá de tomar, creyendo que con aquella voluntad que de vuestra tierra partisteis para me visitad, con ella guiaréis vuestro consejo y mi provecho y honra.

—De eso podéis vos ser cierto —dijo Barnisán— que en lo que yo supiere seréis de mí aconsejado, según el propósito y deseo que aquí me hizo venir.

Él decía en esto verdad, mas el rey Lisuarte, que a otro fin lo echaba, se lo agradeció. Entonces mandó armar tiendas para sí y para la reina fuera de la villa en un gran campo, y dejó sus casas a Barsinán en que morase y habló con él muchas cosas de las que tenía pensado de hacer en aquellas Cortes, en especial sobre el arte de la caballería y loábale todos sus caballeros, diciéndole sus grandes bondades, más sobre todos le ponía delante lo de Amadís y don Galaor, su hermano, como los dos mejores caballeros que en todo el mundo en aquella sazón podían hallar, y dejándoles en los palacios se fue a las tiendas, donde la reina ya estaba, y mandó decir a sus hombres buenos que otro día fuesen allí con él todos, que le quería decir la razón por qué les había juntado. Barsinán y su compaña hubieron muy abastadamente todas las cosas que menester hubieron, mas dígoos que aquella noche no la durmió él sosegado, pensando en la gran locura que había hecho, creyendo que en tan buen hombre como lo era el rey y que tal poder tenía que la gran sabiduría de Arcalaus, ni el poder de todo el mundo le podría empecer. Otro día de mañana vistió el rey sus paños reales, cuales para tal día le convenían, y mandó que le trajesen la corona que el caballero le dejara y que dijesen a la reina se vistiese el manto. La reina abrió la arqueta en que todo estaba con la llave, que ella siempre en su poder tuvo, y no halló ninguna cosa de ello, de que muy maravillada fue y comenzóse de santiguar y enviólo decir al rey, y cuando lo supo mucho le pesó, pero no lo mostró así, ni lo dio a entender y fuese para la reina y sacándola aparte díjole:

—Dueña, ¿cómo guardasteis tan mal cosa que a tal tiempo nos convenía?

—Señor —dijo ella—, no sé qué diga en ello, sino que el arqueta hallé cerrada y yo he tenido la llave sin que de persona la haya fiado, pero dígoos tanto que esta noche pareció que vino a mí una doncella y díjome que le mostrase el arqueta, y yo en sueños se la mostraba y demandábame la llave y dábasela y ella abría el arqueta y sacaba de ella el manto y la corona y tornado a cerrar ponía la llave en el lugar que antes estaba y cubríase el manto y ponía la corona en la cabeza, pareciéndole también que muy gran sabor sentía yo en la mirar y decíame: «aquél y aquélla cuyo será reinará antes de cinco días en la tierra del poderoso que se ahora trabaja de la defender y de ir conquistar las ajenas tierras»; y yo le preguntaba: «¿Quién es ése?», y ella me decía: «Al tiempo que digo lo sabrás» y desapareció ante mí llevando la corona y el manto. Pero dígoos que no puede entender, si esto me vino en sueños o en verdad.

El rey lo tuvo por gran maravilla y dijo:

—Ahora, vos, dejad donde y no lo habléis con otro, y saliendo ambos de la tienda se fueron a la otra acompañados de tantos caballeros y dueñas y doncellas que por maravilla lo tuviera cualquiera que lo viese, y sentóse el rey en una muy rica silla y la reina Elisena en otra algo más baja que en un estrado de paños de oro estaban puestas y a la parte del rey se pusieron los caballeros y de la reina sus dueñas y doncellas y los que más cerca del rey estaban eran cuatro caballeros que él más preciaba: el uno Amadís, y el otro Galaor, y Agrajes y Galvanes Sin Tierra, y a sus espaldas estaba Arbán, rey de Norgales, todo armado con su espada en la mano y con él doscientos caballeros armados. Pues así estando todos callados, que ninguno hablaba, levantóse en pie una hermosa dueña ricamente guarnida y levantáronse con ella hasta doce dueñas y doncellas todas del su mismo atavío vestidas, que esta costumbre tenían las dueñas de gran guisa y los ricos hombres de llevar a los suyos en semejantes fiestas bien vestidos como sus propios cuerpos.

Pues aquella hermosa dueña fue ante el rey y ante la reina con tal compaña y dijo:

—Señores, oídme, y deciros he un pleito que he contra aquel caballero que aquí está —y tendió la mano contra Amadís y comenzando su razón dijo:

—Yo fui gran, tiempo demandada por Angriote de Estravaus, que ahí presente es, y contó todo cuanto con él le aviniera y por cuál razón le hizo guardar el Valle de los Pinos y avino así que le hizo dejar el valle por fuerza de armas un caballero que se llama Amadís, y dicen que siendo ellos en amistad le prometió que a todo su poder haría que Angriote no hubiese y yo puse mi guarda en mi castillo cual me plugo y cual cuidé que ningún caballero extraño la podía pasar —y dijo allí cuál era la costumbre, así como el cuento lo ha devisado, otrosí, dijo:

—Señor, toda aquella guarda que os digo ha pasado ese caballero que ahí está a vuestros pies —esto decía por Amadís, no sabiendo ella quién fuese—, y desde ese caballero en mi castillo entró, prometióme de su placer de hacer quitar a Amadís de aquel don que Angriote prometiera a todo su leal poder. Ahora por fuerza de armas o por otra cualquier vía y luego después de esta promesa se combatió ese caballero en el castillo con un mi tío que aquí está, y contó allí por cuál razón la batalla fuera y lo que en ella les avino y muchos miraron entonces a Gasinán que de antes en él no paraban mientes, cuando oyeron decir que había osado combatirse con Amadís y cuando la dueña vino a contar cima de su batalla dijo cómo su tío fuera vencido y estaba en punto de perder la vida, y cómo ella había demandado en don al caballero que lo no matase.

—Señores —dijo ella—, por mi ruego lo dejo, a tal pleito que yo viniese a la primera corte que vos hicisteis y le diese un don cual él no demandase y yo por cumplir soy venida a esta corte que ha sido la primera, y digo ante vos que él se atenga en lo que me prometió y yo cumpliré lo que él demandara si por mi acabarse puede.

Amadís se levantó entonces y dijo:

—Señor, la dueña ha dicho verdad en nuestras promesas que así pasaron y yo lo otorgo ante vos que haré quitar a Amadís de lo que me prometió a Angriote, y déme ella el don como lo prometió.

La dueña fue de ello muy alegre y dijo:

—Ahora pedid lo que quisieres.

Amadís le dijo:

—Lo que yo quiero es que caséis con Angriote y lo améis, así como os él ama.

—¡Santa María! Váleme —dijo ella—, ¿qué es esto que me decís?

—Buena señora —dijo Amadís—, dígoos que caséis con tal hombre cual debe casar dueña hermosa y de gran guisa como vos lo sois.

—¡Ay, caballero! —dijo ella—, ¿y cómo tenéis así vuestra promesa?

—Yo os prometí cosa que no os tenga —dijo él—, que si prometí de hacer quitar a Amadís de la promesa que hizo a Angriote, en esto lo haga, que yo soy Amadís y doy le su don que le otorgué y así tengo cuanto dije a vos y a él.

La dueña se maravilló mucho y dijo contra el rey:

—Señor, ¿es verdad que este buen caballero es Amadís?

—Sí, sin falla —dijo él.

—¡Ay, mezquina! —dijo ella—, cómo fui engañada, ahora veo que por seso ni por arte no puede hombre huir las cosas que a Dios place que yo me trabajé cuanto más pude por ser partida de Angriote, no por desagrado que de él tengo ni porque deje de conocer que su grande valor no merezca señorear mi persona, mas por ser mi propósito en tal guisa que viviendo en toda honestidad de libre sujeta no me hiciese, y cuando más de él apartada cuidé estar entonces me veo tan junta como veis.

El rey dijo:

—Si Dios me ayude, amiga, vos debíais ser alegre de esta avenencia, que vos sois hermosa de gran guisa y él es hermoso caballero y mancebo y si vos sois muy rica de haber, él lo es bondad y virtud, así en armas como en las otras buenas maneras que buen caballero debe haber y por esto me parece ser con gran razón conforme vuestro casamiento y el suyo, y así creo que les parecerá a cuantos en esta corte son.

La dueña dijo:

—A vos, señora reina, que de una de las más principales mujeres del mundo en seso y en bondad Dios hizo, ¿qué me decís?

—Dígoos —dijo ella— que según el loado y apreciado Angriote entre los buenos merece ser señor de una gran tierra y amado de cualquier dueña que a él amase.

Amadís le dijo:

—Mi buena señora, no creáis que por accidente ni afición hice aquella promesa a Angriote, que si tal fuera más por locura y liviandad que por virtud me debiera ser reputado, mas conociendo su gran bondad en armas, que a mí muy caro me hubiera de costar, y la gran afición y amor que él os tiene, tuve por cosa justa que no solamente yo, más todos aquéllos que buen conocimiento tienen, deberíamos procurar como el que aquella pasión y vos del poco conocimiento que de él teníais fueseis remediados.

—Cierto, señor —dijo ella—, en vos hay tanta bondad que no os dejaría decir sino verdad ante tantos hombres buenos, y pues vos por tan bueno lo tenéis y el rey y la reina mis señores, yo sería muy loca si de él no me pagase, aunque tal pleito sobre mí no tuviese, de que con derecho no me puedo partir y veisme aquí, haced de mí a vuestra guisa.

Amadís la tomó por la mano y llamando a Angriote le dijo delante de quince caballeros de su linaje que con él vinieron:

—Amigo, yo os prometí que os haría haber vuestra amiga a todo mi poder y decidme si es ésta.

—Esta es —dijo Angriote— mi señora y cuyo yo soy.

—Pues yo os la entrego —dijo Amadís— por pleito que os caséis ambos y la honréis y améis sobre todas las otras del mundo.

—Cierto, señor —dijo Angriote—, de eso os creeré yo muy bien.

El rey mandó al obispo de Salerno que los llevase a la capilla y les diese las bendiciones de la Santa Iglesia y así se fueron Angriote y la dueña y todos los de su linaje con el obispo a la villa, donde se hizo con mucha solemnidad el casamiento, que podemos decir que no los hombres, mas Dios, viendo la gran mesura de que Angriote con aquella dueña usó cuando la en su libre poder tuvo y no quiso contra su voluntad hacer aquello que en el mundo más deseaba; antes, con gran peligro de su persona, se puso por su mandado donde por Amadís fue puesto muy cerca de la muerte, que quiso que una tan gran resistencia hecha por la razón contra la voluntad tan desordenada, sin aquel mérito que merecía y tanto él deseaba no quedase.

Capítulo 32. Cómo el rey Lisuarte, estando ayuntadas las Cortes, quiso saber su consejo de los caballeros de lo que hacer convenía

Con sus ricos hombres el rey Lisuarte quedó por les hablar y díjoles: Amigos, así como Dios me ha hecho más rico y más poderoso de tierra y gente que ninguno de mis vecinos, así es razón que guardando su servicio procure yo de hacer mejores y más loadas cosas que ninguno de ellos, y quiero que me digáis todo aquello que vuestros juicios alcanzaren por donde pueda a vos y a mí en mayor honra sostener y dígooslo que así haré.

Barsinán, señor de Sansueña, que en el consejo estaba, dijo:

—Bueno, señores, ya habéis oído lo que el rey os encarga. Yo tenía por bien, si a él le pluguiese, que, dejándoos aparte sin la su presencia, determinaseis lo que demanda, porque más sin empacho vuestros juicios fuesen en la razón guiados y después el suyo tomase aquello que más a su querer conforme fuese.

El rey dijo que decía bien y rogándole a él que con ellos quedase pasó a otra tienda y ellos quedaron en aquélla que estaban. Entonces dijo Serolois el Flamenco, que a la sazón conde de Clara era:

—Señores, en esto que el rey nos mandó que le aconsejemos, conocido y manifiesto está lo que más cumple para que su grandeza y honra guardada y ensalzada sea. En esta guisa los hombres en este mundo no pueden ser poderosos sino por haber grandes gentes o grandes tesoros, pero como los tesoros sean para buscar y pagar las gentes, que ésta es la más conveniente cosa de las temporales en que gastarse deben, bien se muestra referirse todo a la mucha compaña, como lo más principal con que los reyes y grandes no solamente son amparados y defendidos, mas sojuzgar y señorear lo ajeno como lo suyo propio y por esto, buenos señores, yo tendría por guisado que otro consejo, si éste no, el rey nuestro señor tomase, haciendo buscar a todas partes los buenos caballeros, dándoles abundosamente de lo suyo, amándolos y haciéndoles honra, y con esto los extraños de otras tierras se moverían a lo servir esperando que su trabajo alcanzaría el fruto que merece, que hallaréis, si en vuestra memoria os recogiereis, nunca hasta hoy haber sido ninguno grande ni poderoso, sino aquéllos que los famosos

243

caballeros buscaron y tuvieron en su compañía y que con ellos gastando sus tesoros alcanzaron otros muy mayores de los ajenos.

No hubo ahí hombre en el consejo que por bueno no tuviese esto que el conde dijera, y en ello se otorgaron.

Cuando Barsinán, señor de Sansueña, vio cómo todos en aquello se otorgaban, pesole de corazón, porque por aquella vía muy a duro podía en efecto venir lo que él pensaba, y dijo:

—Cierto, nunca vi tantos hombres buenos que tan locamente otorgasen a una palabra y deciros he por qué. Si este vuestro señor hace lo que el conde de Clara dijo, antes que dos años pasen serán en vuestra tierra tantos caballeros extraños que no solamente el rey les dará aquello que a vosotros de dar había, mas queriéndole agradar y contentar, como a las cosas nuevas naturalmente se hace, vosotros seréis olvidados y en mucho menos tenidos, así que mirad bien y con más acuerdo lo que debéis aconsejar que a mí no me atañe más de ser muy pagado y contento, pues que aquí me hallo que mi consejo os fuese muy provechoso.

Algunos hubo allí envidiosos y codiciosos que se atuvieron a este consejo, así que luego la discordia entre ellos fue, por donde acordaron que el rey viniese y con su gran discreción escogiese lo mejor.

Pues él venido, oyendo enteramente en lo que estaban y la diferencia que tenían claramente se le representó la razón ante sus ojos y dijo:

—Los reyes no son grandes solamente por lo mucho que tienen, mas por lo mucho que mantienen, que con su sola persona ¿qué harían? Por ventura no tanto como otro, ni con ella ¿qué bastaría para gobernar su estado? Ya vos lo podéis entender: ¿serían poderosas las muchas riquezas para le quitar de cuidado? Cierto no, si gastadas no fuesen allí donde se deben; luego bien podemos juzgar que el buen entendimiento y esfuerzo de los hombres es el verdadero tesoro, ¿queréis lo saber? Mirad lo que con ellos hizo aquel grande Alejandro, aquel fuerte Julio César, y aquel orgulloso Aníbal, y otros muchos que contarles podría, que siendo en su voluntad liberales, de dinero muy ricos, y muy ensalzados con sus caballeros, en este mundo fueron repartiéndolo por ellos, según que cada uno merecía y si algo en ellos de más o menos hubo, puédese creer que por la mayor parte lo hicieron, pues que tan lealmente de los más de ellos servidos y acatados fueron, así que, buenos amigos, no solamente he por bueno procurar y hacer buenos caballeros, más que vosotros, con todo cuidado me los traigáis y allegues, que siendo yo más honrado y más temido de los extraños, más honrados y guardados seréis, y si en mí alguna virtud hubiere, nunca olvidaré por los nuevos a los antiguos, y luego me nombrad aquí todos los que por mejores conocéis de estos que al presente en mi corte son venidos, porque antes que de ella partan en nuestra compañía pueden.

Esto se hizo luego que tomándolos el rey por un escrito los mandó a su tienda llamar cuando hubo comido, y allí les rogó que le otorgasen leal compañía y se no partiesen de su corte sin su mandado, y él les prometió de los querer y amar y hacer mucha honra y merced, de guisa que guardando sus posesiones de lo suyo propio de él fuesen sus estados mantenidos. Todos los que allí eran lo otorgaron, fuera ende Amadís, que por ser caballero de la reina con alguna causa de ello excusarse pudo. Eso así hecho, la reina dijo que la excusasen, si les pluguiere que les quería hablar. Entonces se llegaron todos y callaron por oír lo que diría. Ella dijo al rey:

—Señor, pues que tanto habéis ensalzado y honrado los vuestros caballeros, cosa guisada sería que así lo haga yo a la mis dueñas y doncellas, y por su causa a todas en general por do quiera y cualquiera parte que estén, y para esto pido a vos y a estos hombres buenos que roe otorguéis un don que en semejantes fiestas se deben pedir y otorgar las buenas cosas.

El rey miró a los caballeros y dijo:

—Amigos, ¿qué haremos en esto que la señora reina pide?

—Que se le otorgue —dijeron ellos— todo lo que demandare.

—¿Quién hará ende ál —dijo don Galaor—, sino servir a tan buena señora?

—Pues que así os place —dijo el rey—, séale el don otorgado, aunque sea grave de hacer.

—Así sea —dijeron todos ellos.

Esto oído por la reina, dijo:

—Lo que os demando en don es que siempre sean de vosotros las dueñas y doncellas muy guardadas y defendidas de cualquiera que tuerto o desaguisado les hiciere. Y, asimismo, que si acaso fuere que haya prometido algún don a hombre que os le pida y otro don a dueña y doncella, que antes él de ellas seáis obligados a cumplir como parte más flaca y que más remedio ha menester y así lo haciendo serán con esto las dueñas y doncellas más favorecidas y guardadas por los caminos que anduvieren, y los hombres desmesurados ni crueles no osarán hacerles fuerza ni agravio sabiendo que tales defendedores por su parte y en su favor tienen.

Oído esto por el rey, fue muy contento del don que la reina pidió, y todos los caballeros que delante estaban, y así lo mandó el rey guardar como ella lo pedía, y así se guardó en la Gran Bretaña por luengos tiempos, que jamás caballero ninguno lo quebrantó por aquéllos que en ella sucedieron, pero de cómo fue quebrado no os lo contaremos, pues que al propósito no hace.

Capítulo 33. Cómo estando el rey Lisuarte en gran placer, se humilló ante él una doncella cubierta de luto, a pedirle merced tal que fue por él otorgada

Con tal compaña estando el rey Lisuarte en tanto placer como oís, queriendo ya la fortuna comenzar su obra con que aquella gran fiesta puesta fuese, entró por la puerta del palacio una doncella asaz hermosa cubierta de luto e hincando los hinojos ante el rey le dijo:

—Señor, todos han placer, sino soy yo la que he cuita y tristeza y la no puedo perder sino por vos.

—Amiga —dijo el rey—, ¿qué cuita es ésa que habéis?

—Señor —dijo ella—, por mi padre y mi tío que son en prisión de una dueña donde nunca los hará sacar hasta que le den dos caballeros tan buenos en armas como uno que ellos mataron.

—¿Y por qué lo mataron? —dijo el rey.

—Porque se alababa —dijo ella— que él solo se combatiría con ellos dos con gran orgullo y soberbia que en sí había, y ahincólos tanto que de sobrada vergüenza constreñidos, hubieron de entrar con él en un campo, donde siendo los dos vencedores, el caballero quedó muerto: esto fue ante el castillo de Galdenda. La cual siendo señora del castillo, mandó luego prender a mi padre y tío, jurando de los no soltar porque le mataran aquel caballero que ella tenía para hacer una batalla. Mi padre le dijo: «Dueña, por eso no me detengáis ni a éste, mi hermano, que esta batalla yo la haré». «Cierto —dijo ella—, no sois vos tal para que mi justicia segura fuese, y dígoos que de aquí no saldréis hasta que me traigáis dos caballeros que cada uno de ellos sea tan bueno y tan probado en armas como el que matasteis, porque con ellos se remedie el daño que del muerto vino.»

—¿Sabéis vos —dijo el rey— dónde quiere la dueña que se haga la batalla?

—¿Señor —dijo la doncella—, eso no sé yo, sino que veo a mi padre y mi tío presos contra toda justicia, donde sus amigos no les pueden valer, y comenzó de llorar muy agriamente, y el rey, que muy piadoso era, hubo de ella gran duelo y díjole:

—Ahora me decid, si es lueñe donde esos caballeros son presos.

—Bien irán y vendrán en cinco días —dijo la doncella.

—Pues acoged aquí dos caballeros cuales vos agraden e irán con vos.

—Señor —dijo ella—, yo soy de tierra extraña y no conozco a ninguno, y si os pluguiere iré a la reina, mi señora, que me aconseje.

—En el nombre de Dios —dijo él. Ella se fue a la reina y contóle su razón así como al rey la contara y a la cima dijo como le daba dos caballeros que con ella fuesen, que le pedía por merced, pues ella no los conocía, por la fe que debía a Dios y al rey, se los escogiese ella aquéllos que mejor pudiesen su gran cuita remediar.

—¡Ay, doncella —dijo la reina—, de guisa me rogasteis que lo habré de hacer, mas mucho me pesa de los apartar de aquí!

Entonces hizo llamar a Amadís y a Galaor, y éstos vinieron ante ella y dijo contra la doncella:

—Este caballero es mío, y este otro del rey, y dígoos que estos dos son los mejores que yo sé aquí, ni en otro lugar.

La doncella preguntó cómo habían nombre, la reina dijo:

—Este ha nombre Amadís y el otro Galaor.

—¿Cómo —dijo la doncella—, vos sois Amadís el muy buen caballero que par no tiene entre todos los otros? Por Dios, ahora se puede acabar lo que yo demando tanto, que allá con vuestro hermano lleguéis.

Y dijo a la reina:

—Señora, por Dios os pido, que les roguéis que la ida conmigo hagan.

La reina se los rogó y se la encomendó mucho. Amadís miró contra su señora Oriana, por ver si otorgaba aquella ida, y ella habiendo piedad de aquella doncella dejó caer los guantes de la mano en señal que lo otorgaba, que así lo tenían entre sí ambos concertado, y como esto vio, dijo contra la reina que. le placía de hacer su mandado. Ella les rogó que se tornasen lo más presto que ser pudiese, y defendióles que por otra ninguna cosa que excusar pudiesen no tardasen en la venida.

Amadís se llegó a Mabilia que estaba con Oriana hablando, como que de ella se quería despedir, y Oriana le dijo:

—Amigo, así Dios me valga, mucho me pesa en os haber otorgado la ida, que mi corazón siente en ellos gran angustia. Quiera Dios que sea por bien.

—Señora —dijo Amadís—, aquél que tan hermosa os hizo os dé siempre alegría, que doquiera que yo sea, vuestro soy para os servir.

—Amigo, señor —dijo ella—, pues que ya no puede ser ál, a Dios vais encomendado y él os mantenga y dé honra sobre todos los caballeros del mundo.

Entonces, se partieron de allí y fuéronse a armar, y despedidos del rey y de sus amigos, entraron en el camino con la doncella. Así anduvieron por donde la doncella los guiaba hasta ser mediodía pasado que entraron en la floresta, que Malaventurada se llamaba, porque nunca entró en ella caballero andante que buena dicha ni ventura hubiese, ni estos dos no se partieron de ella sin gran pesar y, tanto que alguna cosa comieron de lo que sus escuderos llevaban, tornaron a su camino hasta la noche, que hacía Luna clara. La doncella se aquejaba mucho y no hacía sino andar. Amadís le dijo:

—Doncella, ¿no queréis que holguemos alguna pieza?

—Quiero —dijo ella—, mas será adelante donde hallaremos unas tiendas con tal gente que mucho placer vuestra vista les dará y venid vuestro paso y yo iré a hacer cómo albergUéis.

Entonces se fue la doncella, y ellos se detenían algo más, pero no anduvieron mucho que vieron dos tiendas cerca del camino y hallaron la doncella y, otros con ellos que los atendía y dijo:

—Señores, en esta tienda descabalgad y descansaréis, que hoy trajistes gran jornada.

Ellos así lo hicieron y hallaron sirvientes que les tomaron las armas y los caballos y lleváronlo todo fuera. Amadís les dijo:

—¿Por qué nos lleváis las armas?

—Porque, señor —dijo la doncella—, habéis de dormir en la tienda donde las ponen, y siendo así desarmados, sentados en un tapete esperando la cena, no pasó mucho que dieron sobre ellos hasta quince hombres entre caballeros y peones bien armados y entraron por la puerta de la tienda diciendo:

—Sed preso, si no, muerto sois.

Cuando esto oyó Amadís levantóse y dijo:

—¡Por Santa María, hermano, traídos somos a engaño a la mayor traición del mundo!

Entonces se juntaron de consuno y de grado se defendieron, mas no tenían con qué. Los hombres les pusieron las lanzas a los pechos y a las espaldas y a los rostros, y Amadís estaba tan sañudo que la sangre le salía por las narices y por los ojos y dijo contra los caballeros:

—¡Ay, traidores!, vos veis bien cómo es, que si nos armas tuviésemos, de otra guisa se partiría el pleito.

—No os tiene eso pro —dijo el caballero—, sed presos.

Dijo Galaor:

—Si lo fuéremos, serlo hemos con gran traición, y esto probaré yo a los dos mejores de vosotros y aún dejaría venir tres en tal que dieseis armas.

—No ha menester aquí prueba —dijo el caballero—, que si más en este caso habláis, recibiréis daño.

—¿Qué queréis? —dijo Amadís—, que antes seremos muertos que presos, ende más traidor.

El caballero se tornó a la puerta de la tienda y dijo:

—Señora, no se quieren dar a prisión, ¿matarlos hemos?

Ella dijo:

—Estad un poco y si no hicieren mi voluntad tajadles las cabezas.

La dueña entró en la tienda que era muy hermosa y estaba muy sañuda y dijo:

—Caballeros del rey Lisuarte, sed mis presos, si no muertos seréis.

Amadís se calló y Galaor le dijo:

—Hermano, ahora no habemos de dudar, pues la dueña lo quiere —y dijo contra la dueña—: Mandadnos dar, señora, nuestras armas y caballeros y si vuestros hombres no nos pudieren prender, entonces nos pondremos en vuestra prisión, que ahora en lo ser no hacemos nada por vos, según en la forma que estamos.

—No os creeré —dijo ella— esta vez, mas aconséjoos que seáis mis presos.

Ellos otorgaron, pues vieron que no podían hacer más. De esta guisa que oís fueron otorgados en su prisión, sin que la dueña supiese quién eran, que la doncella no lo quiso decir, porque sabía cierto que en la hora los haría matar, de lo cual se tendría por la doncella más sin ventura del mundo, en que por su causa tales dos caballeros muriesen, y más quisiera la muerte que haber hecho aquella jornada, pero no pudo ya más hacer de lo tener secreto: La dueña les dijo:

—Caballeros, ahora que mis presos sois, os quiero mover un pleito, que si lo otorgáis dejaros he libres; de otra guisa creed que os haré poner en una tan esquiva prisión que os será más grave que la muerte.

—Dueña —dijo Amadís—, tal puede ser el pleito que sin mucha pena lo otorgaremos y tal que si es nuestra vergüenza antes sufriremos la muerte.

—De vuestra vergüenza —dijo ella— no sé yo, pero si vos otorgáis que os despediréis del rey Lisuarte en llegando donde él está y diréis que lo hacéis por mandato de Madasima, la señora de Gantasi, mandaros he soltar, y que ella lo hace porque él tiene en su casa el caballero que mató al buen caballero Dardán.

Galaor le dijo:

—Señora, si esto mandáis porque el rey haya pesar, no lo tengáis así, que nosotros somos dos caballeros que por ahora no tenemos sino esas armas y caballos y como en su casa haya otros muchos de gran valor que le sirven, poco dará él por nosotros que estemos o que nos vamos y a nosotros es eso muy gran vergüenza, tanto que por ninguna guisa lo haremos.

—¿Cómo —dijo ella—, antes queréis ser puestos en aquella prisión que apartaros del más falso rey del mundo?

—Dueña —dijo Galaor—, no os conviene lo que decís, que el rey es bueno y leal y no ha en el mundo caballero a quien yo no probase que en él no hay punto de falsedad.

—Cierto —dijo la dueña—, en mal punto lo amáis tanto, y mandó que les atasen las manos.

—Eso haré yo de grado —dijo un caballero—, y si lo mandáis les cortaré las cabezas —y trabó a Amadís del un brazo, mas él lo tiró a sí y fue por le dar con el puño en la cabeza y el caballero la desvió y alcanzándolo en los pechos fue el golpe tan grande que lo derribó a sus pies todo aturdido. Entonces, fue una gran revuelta en la tienda, llegándose todos por lo matar, mas un caballero viejo que allí estaba metió mano a su espada y comenzó de amenazar a aquéllos que lo querían herir e hízolos tirar afuera. Pero antes dieron en la espalda diestra a Amadís una lanzada, mas no fue grande y aquel caballero viejo dijo contra la dueña:

—Vos hacéis la mayor diablura del mundo en tener caballeros hijosdalgo en vuestra prisión y dejarlos matar.

—Cómo no matarán —dijo ella— al más loco caballero del mundo que en mal punto hizo tal locura.

Galaor dijo:

—Dueña, no consentiremos que nuestras manos aten sino vos, que sois dueña y muy hermosa, y somos vuestros presos y conviene de os catar obediencia.

—Pues que así es —dijo ella—, yo lo haré, y tomándole las manos se las hizo atar reciamente con una correa y haciendo desarmar las tiendas, poniéndolos en sendos palafrenes así atados y hombres que les llevaban las riendas comenzaron de caminar, y Gandalín y el escudero de Galaor iban a pie todos en una soga y así anduvieron toda la noche por aquella floresta. Y dígoos que entonces deseaba Amadís su muerte, no por la mala andanza en que estaba, que mejor que otro sabía sufrir las semejantes cosas, mas por el pleito que la dueña les demandaba, que si lo no hiciese ponerle habían en tal parte donde no pudiese ver a su señora Oriana, y si lo otorgase asimismo de ella se alongaba no pudiendo vivir en la casa de su padre, y con esto iba tan atónito que todo lo ál del mundo se le olvidaba. El caballero viejo que lo librara cuidó que de la herida iba maltrecho y dolióse de él mucho, porque la doncella que allí los trajera le había dicho que aquél era el más valiente y más esforzado caballero en armas que en todo el mundo había, y esta doncella era la hija de aquel caballero y habíale rogado que por Dios y por merced trabajase de los guardar de muerte, que ella sería por todo el mundo culpada y la tendrían por traidora y díjole cómo aquél era Amadís de Gaula y el otro Galaor, su hermano, que al gigante matara. El caballero sabía muy bien a qué fin los habían traído y había de ellos muy gran duelo, por ver tratarlos de tal guisa en ser tales caballeros en armas y deseaba mucho salvarlos de la muerte, si pudiese, que tan allegada y cercana la veía y llegándose a Amadís le dijo:

—¿Sentís vos mal de vuestra llaga y cómo vais?

Amadís, cuando lo oyó así al caballero hablar, alzó el rostro y vio que era el caballero viejo que en la tienda lo librara de los otros caballeros que matarlo quisieran y díjole:

—Amigo, señor, yo no he llaga de que me duela, mas duélome de una doncella que a tan gran engaño nos trajo, viniendo nosotros en su ayuda y hacernos tan gran traición.

—¡Ay, señor! —dijo el caballero—, verdad es que engañados fuisteis, y por ventura yo sé de vuestra hacienda de lo que vos cuidáis y así me ayude y guarde de mal, como os pondría reparo si alguna manera para ello hallar pudiese y quiero os dar un consejo que será bueno, que si lo tomáis no os vendrá de ello mal, que si os conocen sabiendo quién sois no hay en vos sino la muerte, que en el mundo no hay cosa que de ella os escape, mas haced ahora así: Vos sois muy hermoso y haced buen semblante y llegaros he a la dueña tanto que se haya dicho que sois el mejor caballero del mundo, requerirla de casamiento o de haber su amor en otra guisa, que ella es mujer que ha su corazón cual le place y entiendo que por vuestra bondad o por la hermosura, que muy extremada tenéis, alcanzaréis una de estas dos cosas, y si la quisiere otorgar pugnad que sea muy aína, porque ella tiene de enviar desde donde hoy fuéremos a dormir a saber de vuestros nombres y quiero os más decir de cierto, que la doncella que visteis que aquí os ha traído no se lo ha querido decir negando que lo no sabe. Por esta vía y con lo que yo ayudare podría ser que libres fueseis.

Amadís, que más temía a su señora Oriana que la muerte, dijo al caballero:

—Amigo, Dios puede hacer de mí su voluntad, mas eso nunca será, aunque ella me rogase y por ello fuese quito.

—Cierto —dijo el caballero—, por maravilla lo tengo que estáis en punto de muerte y no trabajáis por cualquier manera de haber guarida.

—Tal guarida —dijo Amadís— yo no tomaré, si Dios quisiere, mas hablad con ese otro caballero que con más derecho que a mí lo podéis loar.

El caballero se fue entonces a Galaor y hablóle por aquella manera que lo dijera a su hermano, y él fue muy alegre cuando lo oyó y dijo:

—Señor caballero, si vos hacéis que yo sea juntado a la dueña siempre seremos en vuestra honra y mandado.

—Ahora me dejad ir a hablar con ella —dijo el caballero—, yo cuido algo hacer.

Entonces, pasó delante y llegando a la dueña dijo:

—Señora, vos lleváis el mejor caballero de armas que yo ahora sé y más cumplido de todas buenas maneras.

—¿No sea Amadís —dijo la dueña—, aquél que yo tanto quería quitar la vida?

—No, señora —dijo el caballero—, que no lo digo sino por este que aquí delante viene, que además de su gran bondad es el más hermoso caballero mancebo que yo nunca vi y sois contra él desmesurada y no lo hagáis que es gran villanía, que comoquiera que es preso nunca os lo mereció, antes lo es por el desamor que a otro habéis. Honradle y mostradle buena cara y podrá ser que por allí lo atraeréis a lo que os place, antes que por otra vía.

—Pues atenderlo quiero —dijo ella—, y veré qué hombre es.

—Veréis —dijo el caballero— uno de los más hermosos caballeros que nunca, visteis.

A esta sazón junta Amadís con Galaor y díjole Galaor:

—Hermano, véoos con gran saña y en peligro de muerte, ruégoos que esta vez os atengáis a mi consejo.

—Así lo haré —dijo él— y Dios ponga en vos más vergüenza que miedo.

La dueña tuvo el palafrén y atendiólo y violo mejor que de noche lo viera, y parecióle el más hermoso del mundo y dijo:

—Caballero, ¿cómo os va?

—Dueña —dijo él—, vame como nos iría si fueseis en mi poder, como lo yo soy en el vuestro, porque os haría mucho servicio y placer y vos no sé a qué causa lo hacéis conmigo todo al contrario, no os lo mereciendo, que mejor os sería para ser vuestro caballero y os servir y amar como a mi señora, que no para estar metido en prisión que tan poca pro os trae.

La dueña que lo miraba fue de él muy pagada, más que de ninguno que visto ni tratado quisiese, y díjole:

—Caballero, si yo os quisiese tomar por amigo y quitar de esta prisión, ¿dejaríais por mí la compañía del rey Lisuarte, y diríais que por mí la dejabais?

—Sí —dijo Galaor—, y de ello os haré cualquier pleito que demandaréis y así lo hará aquel otro mi compañero que no saldrá de lo que yo mandare.

—Mucho soy ende alegre y ahora me otorgad lo que decís ante todos estos caballeros, y yo os otorgaré de hacer luego vuestra voluntad y quitaré a vos y a vuestro compañero de prisión.

—Mucho soy contento —dijo Galaor.

—Pues quiero —dijo la dueña que todo se otorgue ante una dueña donde hoy iremos a albergar y, en tanto, aseguradme que vos no partáis de mí y desataros han las manos e iréis sueltos.

Galaor llamó a Amadís y díjole que él le otorgase de se partir de la dueña y él lo otorgó y luego les mandó desatar las manos, y Galaor dijo:

—Pues mandad soltar nuestros escuderos que no se partirán de nos, y asimismo fueron sueltos —y diéronles un palafrén sin silla, en que fuesen. Así fueron todo aquel día, y Galaor hablando con Madasima y al Sol puesto llegaron al castillo que llamaban Abies, y la señora los acogió muy bien, que mucho se amaban entrambas dueñas. Madasima dijo a Galaor:

—¿Queréis me otorgar el pleito que hemos puesto?

—Quiero de grado —dijo él—, y otorgadme vos lo que me prometisteis.

—En el nombre de Dios —dijo la dueña. Entonces, llamó a la señora del castillo y a dos caballeros hijos suyos que allí eran con ella y díjoles:

—Quiero que seáis vosotros testigos de un pleito que con estos caballeros hago —y dijo por don Galaor:

—Este caballero es mi preso y quiero hacer de él mi amigo y así lo es el otro su compañero y soy convenida con ellos en esta guisa: que ellos se partan del rey Lisuarte y le digan que por mí lo hacen y que yo les quité la prisión dejándolos libres y que vos y vuestros hijos seáis con ellos ante el rey Lisuarte y veáis cómo lo cumplen y si no, que digáis y publiquéis lo que pasa, porque todos lo sepan y de esto les doy plazo de diez días.

—Buena amiga —dijo la señora del castillo—, a mí me place de hacer lo que decís tanto que ellos lo otorguen.

—Así lo otorgamos nos —dijo don Galaor—, y esta dueña cumpla lo que de su parte dice.

—Eso —dijo ella—, luego se hará.

Así quedaron, como oís. Y aquella noche durmió don Galaor con Madasima, que muy hermosa y muy rica era, e hijadalgo, mas no de tan buen precio como debía y ella fue más pagada de él que dé ningún otro que jamás viese, y a la mañana, mandóles dar sus caballos y armas y quitándoles la prisión se fue camino de Gantasi, que así había nombre su castillo y ellos entraron en el camino de Londres, donde era el rey Lisuarte, muy alegres en haber así escapado de tal traición, y porque cuidaban salir de su promesa mucho a su honra y aquella noche albergaron en casa de un ermitaño, donde hubieron muy pobre cena, y otro día continuaron su camino.

Capítulo 34. En el que se demuestra la perdición del rey Lisuarte y de todos sus acaecimientos a causa de sus promesas, que eran ilícitas

Estando el rey Lisuarte y la reina Brisena, su mujer, en sus tiendas con muchos caballeros y dueñas y doncellas, al cuarto día que de allí partieran Amadís y don Galaor, su hermano, entró por la puerta el caballero que el manto y la corona le dejara como ya oísteis, e hincando los hinojos ante el rey le dijo:

—Señor, ¿cómo no tenéis la hermosa corona que yo os dejé y vos, señora, el rico manto?

El rey se calló que ninguna respuesta le quiso dar y el caballero dijo:

—Mucho me place que os no pagasteis de ella, pues que me quitaran de perder la cabeza o el don que por ello me habíais a dar y pues así es mandádmelo dar que no me puedo detener en ninguna guisa.

Cuando esto oyó pesóle fuertemente y dijo:

—Caballero, el manto ni la corona no os lo puedo dar que lo he todo perdido y más me pesa por vos, que tanto os hacía menester, que por mí, aunque mucho valía.

—¡Ay, cautivo, muerto soy! —dijo el caballero, y comenzó a hacer un duelo tan grande que maravilla era, diciendo:

—¡Cautivo de mí, sin ventura muerto soy de la peor muerte que nunca murió caballero que la tan poco mereciese! —y caíanle las lágrimas por las barbas que eran blancas como la lana blanca. El rey hubo de él gran piedad y díjole:

—Caballero, no temáis de vuestra cabeza, que toda cosa que yo haya, vos la habréis para la guarecer, que así os lo he prometido y así lo tendré.

El caballero se dejó caer a sus pies para se los besar, mas el rey lo alzó por la mano y dijo:

—Ahora pedid lo que os placerá.

—Señor —dijo él—, verdad es que me hubisteis a dar mi manto y mi corona o lo que por ello os pidiese. Y Dios sabe, señor, que mi pensamiento no era demandar lo que ahora pediré, y si otra cosa para mi remedio en el mundo hubiese no os enojara en ello, mas no puedo, ¡ay!, al hacer, mas bien sé que será muy grave de dar, mas tan grave sería que tal hombre como vos falleciese de su lealtad. A vos pesará de me lo dar y a mí de lo recibir.

—Ahora demanda —dijo el rey—, que tan cara cosa no será que yo haya, que la vos no hayáis.

—Muchas mercedes —dijo el caballero—, mas es menester que me hagáis asegurar de cuantos ahora son en vuestra corte, que me no harán tuerto ni fuerza sobre mi don y por vos mismo me aseguréis que de otra guisa ni vuestra verdad sería guardada ni yo sería satisfecho si por una parte se me diese y por otra me lo quitasen.

—Razón es —dijo el rey— lo que pedís y así lo otorgo y mándolo pregonar.

Entonces el caballero dijo:

—Señor, yo no podría ser quito de muerte sino por mi corona y mi manto o por vuestra hija Oriana y ahora me dad de ello lo que quisiereis, que yo más querría lo que os di.

—¡Ay, caballero! —dijo el rey—, mucho me habéis pedido.

Y todos hubieron muy gran pesar, que más ser no podía, pero el rey, que era el más leal del mundo, dijo:

—No os pese que más conviene la pérdida de mi hija que falta de mi palabra, porque lo uno daña a pocos y lo otro al general, donde redundaría mayor peligro, porque las gentes no siendo seguras de la verdad de sus señores muy mal entre ellas el verdadero amor se podría conservar, pues donde éste no hay no puede haber cosa que mucho pro tenga.

Y mandó que luego le trajesen allí su hija. Cuando la reina y las dueñas y doncellas esto oyeron comenzaron a hacer el mayor duelo del mundo, mas el rey les mandó acoger a sus cámaras y mandó a todos los suyos que no llorasen so pena de perder su amor diciendo:

—Ahora avendrá de mi hija lo que Dios tuviere por bien, mas la mi verdad no será a mi saber falsada.

En esto llegó la muy hermosa Oriana ante el rey como atónita y cayéndole a los pies dijo:

—¡Padre, señor!, ¿qué es esto que queréis hacer?

—Hágolo —dijo el rey— por no quebrar mi palabra —y dijo contra el caballero:

—Veis aquí el don que pedisteis, ¿queréis que vaya con ella otra compaña?

—Señor —dijo el caballero—, no traigo conmigo sino dos caballeros y dos escuderos, aquellos con que vine a vos a Vindilisora y otra compaña no puedo llevar, mas yo os digo que no ha qué temer hasta que la yo ponga en mano de aquél a quien la he de dar.

—Vaya con ella una doncella —dijo el rey— si quisiereis, porque más honra y honestidad sea y no vaya entre vos sola.

El caballero lo otorgó.

Cuando Oriana esto oyó cayó amortecida, mas esto no hubo menester, que el caballero la tomó entre sus brazos y llorando que parecía hacerlo contra su voluntad y diola a un escudero que estaba en un rocín muy grande y mucho andador y poniéndola en la silla se puso él en las ancas y dijo el caballero:

—Tenedla, no caiga que va tullida y Dios sabe que en toda esta corte no hay caballero que más pese que a mí de este hecho.

Y el rey hizo venir la doncella de Dinamarca y mandóla poner en un palafrén y dijo:

—Id con vuestra señora y no la dejéis por mal ni por bien que os avenga en cuanto con ella os dejaren.

—¡Ay, cautiva! —dijo ella—, nunca cuidé hacer al ida —y luego movieron ante el rey y el gran caballero y muy membrudo que en Vindilisora no quiso tirar el yelmo, tomó a Oriana por la rienda y sabed que éste era Arcalaus el

Encantador, y al salir del corral suspiró Oriana muy fuertemente, como si el corazón se le partiese y dijo así como tullida:

—¡Ay, buen amigo, en fuerte punto se otorgó el don, que por esto somos vos y yo muertos!

Esto decía por Amadís que le otorgara la ida con la doncella y los otros cuidaron que por ella y por su padre lo dijera; mas los que la llevaban entraron luego en la floresta, andando con ella a gran prisa hasta que dejaron aquel. camino y entraron en un hondo valle. El rey cabalgó en un caballo y un palo en la mano guardando que ninguno los contrallase, pues que él les había asegurado.

Mabilia, que a unas fenestras estaba haciendo muy grande duelo, vio cerca del muro pasar a Ardián, el enano de Amadís que iba en un gran rocín y ligero, llamólo con gran cuita que tenía y dijo:

—Ardián, amigo, si amas a tu señor no huelgues día ni noche hasta que lo halles y le cuentes esta mala ventura que aquí es hecha y si no lo haces serle has traidor, que es cierto que él lo querría ahora más saber que haber esta ciudad por suya.

—¡Por Santa María! —dijo el enano—, él lo sabrá lo más aína que ser pudiere, y dando del azote al rocín se fue por el camino que viera ir a su señor a más andar.

Mas ahora os contaremos lo que a esta sazón aconteció al rey.

Cuando así él estaba a la entrada de la floresta como oísteis, haciendo tornar todos los caballeros que allá salían, teniendo consigo veinte caballeros, vio venir la doncella a quien él había el don prometido, diciendo que le probase y que sabría más del esfuerzo de su corazón y venía en un palafrén que andaba aína y traía a su cuello una espada muy bien guarnida y una lanza con un hierro muy hermoso y la asta pintada y llegando al rey le dijo:

—Señor, Dios os salve y dé alegría y corazón que me atengáis lo que me prometisteis en Vindilisora ante vuestros caballeros.

—Doncella —dijo el rey—, yo había más menester que alegría de la que tengo, más comoquiera este bien me miembra lo que os dije y así lo cumpliré.

—Señor —dijo ella—, con esa esperanza vengo yo a vos como el más leal rey del mundo y ahora me vengad de un caballero que va por esta floresta que mató a mi padre, al mayor aleve del mundo y forzóme a mi y encantóle de tal guisa que no puede morir si el más honrado hombre del reino de Londres no le da un golpe con esta lanza y otro con esta espada, y la espada diera él a guardar a una su amiga cuidando que lo mucho amaba, pero no era así, que muy mortalmente lo desamaba y diómela a mí y la lanza, para con que me vengase de él, y yo sé que si por vuestra mano no, que el más honrado sois, por otro no puede ser muerto, y si la venganza os atrevéis a hacer, habéis de ir solo, porque yo le prometí de le dar hoy un caballero con que se combatiese y a esta causa es allí venido, cuidando que la espada y la lanza no las podría yo haber y, es tal el pleito entre nos, que si él venciere que le perdone mi queja y si fuere vencido que haga de él mi voluntad.

—En el nombre de Dios —dijo el rey—, yo quiero ir con vos.

Y mandó traer sus armas y armóse aína y cabalgó en su caballo que él mucho apreciaba y la doncella le dijo que ciñese la espada que ella traía y él, dejando la suya, que era la mejor del mundo, tomó la otra y echó su escudo al cuello y la doncella le llevó el yelmo y la lanza pintada y fuese con ella defendiendo a todos que ninguno fuese tan osado que tras él pensase de ir. Y así anduvieron un rato por la carrera, mas la doncella se la hizo dejar y guió por otra parte, cerca de unos árboles que estaban donde entraran los que llevaban a Oriana, y allí vio estar el rey un caballero todo armado sobre un caballo negro y al cuello un escudo verde, el yelmo otro tal. La doncella dijo:

—Señor, tomad vuestro yelmo, que veis allí el caballero que os dije.

Él lo enlazó luego, y tomando la lanza dijo:

—Caballero soberbio y de mal talante, ahora os guardad —y bajando la lanza y el caballero la suya, se dejaron correr contra sí cuanto los caballos podían llevar, e hiriéronse de las lanzas en los escudos así que luego fueron quebradas y la del rey quebró tan ligero que solo no la sintió en la mano y cuidó que falleciera de su golpe y puso mano a la espada y el caballero a la suya e hiriéronse por cima de los yelmos y la espada del caballero entró bien la medida por el yelmo del rey, mas la del rey quebró luego por cabe la manzana y cayó el hierro en el suelo, entonces conoció que era traición y el caballero le comenzó a dar golpes por todas partes a él y al caballo. Y cuando el rey vio que el caballero le mataba, fuese a abrazar con él, y el otro asimismo con él y tiraron por sí tan fuerte que cayeron en tierra, y el caballero cayó debajo y el rey tomó la espada que el otro perdiera de la mano y comenzóle a dar con ella los mayores golpes que podía.

La doncella que esto vio dio grandes voces diciendo:

—¡Ay, Arcalaus!, acorre que mucho tardas y dejas morir a tu cohermano.

Cuando el rey así estaba para matar al caballero oyó un grande estruendo y volvió la cabeza y vio diez caballeros que contra él venían corriendo y uno venía delante diciendo a grandes voces:

—Rey Lisuarte, muerto eres, que nunca un día reinarás ni tomarás corona en la cabeza.

Cuando esto oyó el rey, fue muy espantado y temióse de ser muerto y dijo con gran esfuerzo que siempre tuvo y tenía:

—Bien puede ser que moriré, pues tanta ventaja me tenéis, mas todos moriréis por mí como traidores y falsos que sois.

Y llegado aquel caballero al más correr de su caballo, dio al rey de toda su fuerza una tal lanzada en el escudo, que sin detenencia ninguna de más poder se valer le puso las manos en tierra. Mas luego fue levantado como aquél que se quería amparar hasta la muerte, que muy cercana a sí la tenía y diole tan cruel golpe de la espada en la pierna del caballo que se la cortó toda y el caballero cayó so el caballo y luego dieron todos sobre él, y él se defendía bravamente, mas defensa no tuvo ahí menester, que él fue malparado de los pechos de los caballos y los dos caballeros que eran a pie abrazáronse con él y sacáronle la espada de las manos, después tiráronle el escudo del cuello y el yelmo de la cabeza y echáronle una gruesa cadena a la garganta en que había dos ramales e hiciéronle cabalgar en un palafrén y tomándole sendos caballeros por los ramales comenzáronse de ir contra él, y llegando entre los árboles en un valle hallaron a Arcalaus, que tenía a Oriana y a la doncella de Dinamarca y el caballero que iba ante el rey dijo:

—Cohermano, ¿veis aquí al rey Lisuarte?

—Cierto —dijo él—, buena venida fue ésta, y yo haré que nunca de él tema ni de los de su casa.

—¡Ay, traidor! —dijo el rey—, bien sé yo que harías tú toda traición; eso te haría yo conocer aunque yo mal llagado, si te ahora conmigo quisieses combatir.

—Cierto —dijo Arcalaus—, por vencer tal caballero como vos no me preciaría yo más.

Así movieron todos de consuno por aquella carrera que se partía en dos lugares y Arcalaus llamó a un su doncel y díjole:

—Vete a Londres cuanto pudieres y di a Barsinán que se trabaje de ser rey, que yo le tendré lo que le dije, que todo es ya a punto.

El doncel se fue luego y Arcalaus dijo a su compaña:

—Id vos a Daganel con diez caballeros de éstos y llevad a Lisuarte y metedlo en la mi cárcel y yo llevaré a Oriana con estos cuatro y mostrarle he dónde tengo mis libros, mis cosas en Monte Aldín.

Éste era de los más fuertes castillos del mundo. Pues allí fueron partidos los diez caballeros con el rey y los cinco con Oriana, en que iba Arcalaus dando a entender que su persona valía tanto como cinco caballeros.

¿Qué diremos aquí, emperadores, reyes y grandes que en los altos Estados sois puestos? Este rey Lisuarte en un día con su grandeza el mundo pensaba señorear y en este mismo día, perdida la hija sucesora de los reinos, él preso, deshonrado, encadenado en poder de un encantador malo, cruel, se vio, sin darle remedio. ¡Guardaos, guardaos!, tened conocimiento de Dios, que aunque los grandes altos Estados da, quiere que la voluntad y el corazón muy humildes y bajos sean y no en tanto tenidos que las gracias, los servicios, que Él merece sean en olvido puestos, sino aquellos con que sostenerlos pensáis, que es la gran soberbia, la demasiada codicia, aquello que es el contrario de lo que Él quiere, os lo hará perder con semejante deshonra y, sobre todo, considerad los sus secretos y grandes juicios, que siendo este rey Lisuarte tan justo, tan franco, tan gracioso, permitió serle venido tan cruel revés, ¿qué hará contra aquéllos que todo esto al contrario tienen? ¿Sabéis qué? Que así como su voluntad fue que de este cruel peligro milagrosamente se remediase, acatando merecer algo de ello las sus buenas obras, así a los que las no hacen, ni ponen mesura en sus maldades en este mundo de los cuerpos, y en el otro las ánimas serán perdidos y dañados. Pues ya el Muy Poderoso Señor, contento, en haber dado tan duro azote a este rey, queriendo mostrar que así para bajar lo alto y lo alzar sus fuerzas bastan, puso en ello el remedio que ahora oiréis.

Capítulo 35. Cómo Amadís y Galaor supieron la traición hecha y se deliberaron de procurar si pudiesen la libertad del rey y de Oriana

Viniendo Amadís y Galaor por el camino de Londres donde no menos peligro de muerte habían recibido estando en la prisión de la dueña, señora del castillo de Gantasi, siendo a dos leguas de la ciudad, vieron venir a Ardián, el enano, cuanto más el rocín lo podía llevar. Amadís, que lo conoció, dijo:

—Aquél es mi enano y no me creáis si con cuita de alguno no viene, porque nos demanda.

El enano llegó a ellos y contóles todas las nuevas, cómo llevaban a Oriana.

—¡Ay, Santa María!, val —dijo Amadís—; y, ¿por dónde van los que la llevan?

—Cabe la villa es el más derecho camino —dijo el enano.

Amadís hirió al caballo de las espuelas y comenzó a ir cuanto más podía, así tullido que solo no podía hablar a su hermano que iba en pos de él. Así pasaron entrambos cabe la villa de Londres, cuanto los caballos podían llevar que solo no cataban por nada, sino Amadís que preguntaba a los que veía por dónde llevaban a Oriana y ellos se lo mostraban, pasando Gandalín por so las fenestras donde estaba la reina y otras muchas mujeres. La reina lo llamó y lanzóle la espada del rey que era una de las mejores que nunca caballero ciñera, y díjole:

—Da esta espada a tu señor y Dios le ayude con ella y di a él y a Galaor que el rey se fue de aquí hoy, en la mañana, con una doncella y no tornó, ni sabemos dónde lo llevó.

Gandalín tomó la espada y fuese cuanto más pudo, y Amadís, que no cataba por dónde iba con la gran cuita y pesar, erró el paso de un arroyo y cuidando saltar de la otra parte el caballo, que cansado era, no lo pudo cumplir y cayó en el lodo. Amadís descendió y tiróle por el freno y así lo alcanzó Gandalín y diole la espada del rey, y díjole las nuevas de él, como la reina lo dijera, y tomando el caballo de Gandalín tornó al camino y Galaor se fue su paso en cuanto él cabalgó y halló un rastro por donde parecía haber ido caballeros, y atendió a su hermano, y dejando la carrera acogiéronse al rastro y a poco rato encontraron unos leñadores y aquéllos vieran toda la aventura del rey y de Oriana, mas no supieron quién eran, ni a ellos se osaron allegar, antes se escondieron en las matas más espesas, y el uno de ellos dijo:

—Caballeros, ¿venís vos de Londres?

—Y, ¿por qué lo preguntáis? —dijo Galaor.

—Porque si hay de allá caballero menos o doncella —dijo él— que nos vimos aquí una aventura.

Entonces les dijeron cuanto vieran de Oriana y del rey y ellos conocieron luego que el rey fuera preso a traición y díjoles Amadís:

—¿Sabéis quién eran y quién prendió a ese rey?

—No —dijo él—, mas oí a la doncella que lo aquí trajo llamar a grandes voces a Arcalaus.

—¡Ay, Señor Dios! —dijo Amadís—, plegaos de me juntar con aquel traidor.

Los villanos les fueron mostrar por dónde llevaron los diez caballeros al rey y los cinco a Oriana, y dijo el villano:

—El uno de los cinco, era el mejor caballero que nunca vi.

—¡Ay! —dijo Amadís—, aquél es el traidor de Arcalaus —y dijo a Galaor:

—Hermano, señor, id vos en pos del rey, y Dios guie a mí y a vos —e hiriendo el caballo de las espuelas se fue por aquella vía y Galaor por la que el rey llevaban, a cuanto más andar podían.

Partido Amadís de su hermano, cuitóse tanto de andar, que cuando el Sol se quería poner, le cansó el caballo tanto, que de paso no lo podía sacar y yendo con mucha congoja vio a la mano diestra cabe una carrera un caballero muerto y estaba cabe él un escudero que tenía por la rienda un gran caballo. Amadís se llegó a él y díjole:

—Amigo, ¿quién mató a ese caballero?

—Matólo —dijo el escudero— un traidor que acá va y lleva las más hermosas doncellas del mundo forzadas y matóle no por otra razón sino por le preguntar quién era, y yo no puedo haber quien me ayude a lo llevar de aquí.

Amadís le dijo:

—Yo te dejaré este mi escudero que te ayude y dame ese caballo y prometo te dar dos caballos mejores por él.

El escudero se lo otorgó. Amadís subió en el caballo, que era muy hermoso, y dijo a Gandalín:

—Ayuda al escudero y tanto que pongáis al caballero en algún poblado tórnate a este camino y vente en pos de mí.

Y partiendo de allí comenzó de se ir por el camino cuanto podía y hallóse ya cerca del día en un valle donde vio una ermita y fue allá por saber si moraba ahí alguno, y hallando un ermitaño le preguntó si pasaran por allí cinco caballeros que llevaban dos doncellas.

—Señor —dijo el hombre bueno—, no pasaron que los yo viese; mas, ¿visteis vos un castillo que allá queda?

—No —dijo Amadís—, ¿y por qué lo decís?

—Porque —dijo él— ahora se va de aquí un doncel, mi sobrino, que me dijo que albergara ahí a Arcalaus el Encantador y traía unas hermosas doncellas forzadas.

—Por Dios —dijo Amadís—, pues ese traidor busco yo.

—Cierto —dijo el ermitaño—, él ha hecho mucho mal en esta tierra y Dios saque tan mal hombre del mundo o lo enmiende, mas, ¿no traéis otra ayuda?

—No —dijo Amadís—, sino la de Dios.

—Señor —dijo el ermitaño—, ¿no decís que son cinco y Arcalaus que es el mejor caballero del mundo y más sin pavor?

—Sea él cuanto quisiere —dijo Amadís—, que él es traidor y soberbio y así lo serán los que aguardan y por esto no les dudaré.

Entonces, le preguntó quien era la doncella. Amadís se lo dijo. El ermitaño dijo:

—¡Ay!, Santa María os ayude, que tan buena señora no sea en poder de tan mal hombre.

—Habéis alguna celada —dijo Amadís— para este caballo.

—Sí —dijo él—, y de grado os lo daré.

Pues en tanto que el caballo comía preguntóle Amadís cuyo era el castillo. El hombre bueno le dijo:

—De un caballero que Grumen se llama, primo cohermano de Dardán, aquél que en casa del rey Lisuarte fue muerto y cuido que por eso acogería ahí los que desaman al rey Lisuarte.

—Ahora os encomiendo a Dios —dijo Amadís—, y ruégoos que me hayáis mientes en vuestras oraciones y mostradme el camino que al castillo guía.

El hombre bueno se lo mostró y anduvo tanto que llegó a él y vio que había el muro alto y las torres espesas y llegóse a él, mas no oyó hablar a ninguno dentro y plugóle que bien cuidó que Arcalaus no sería aún salido y anduvo el castillo alrededor y vio que no había más de una puerta. Entonces se tiró afuera entre unas peñas y apeándose del caballo tomóle por la rienda y estuvo quedo teniendo siempre los ojos en la puerta, como aquél que no había sabor de dormir. A esta sazón rompía el alba y cabalgando en su caballo tiróse más afuera por un valle, que hubo recelo si visto fuese, de poner en sospecha que no saldrían los del castillo, cuidando ser más gente y subió en un otero cubierto de grandes y espesas matas. Entonces vio salir por la puerta del castillo un caballero y subióse en otro otero más alto. Y cató la tierra a todas partes. Después tornóse al castillo y no tardó mucho que vio salir a Arcalaus y sus cuatro compañeros muy bien armados y entre ellos la muy hermosa Oriana, y dijo:

—¡Ay, Dios!, ahora y siempre me ayude y me guíe en su guarda.

En esto, se llegó tanto Arcalaus, que pasó cabe donde él estaba y Oriana iba diciendo:

—Amigo, señor, ya nunca os veré, pues que ya se me llega la mi muerte.

A Amadís le vinieron las lágrimas a los ojos y descendiendo del otero lo más aína que él pudo, entró con ellos en un gran campo y dijo:

—¡Ay, Arcalaus, traidor!, no te conviene llevar tan buena señora.

Oriana, que la voz de su amigo conoció, estremecióse toda, mas Arcalaus y los otros se dejaron a él correr y él a ellos, e hirió a Arcalaus que delante venía tan duramente que lo derribó en tierra por sobre las ancas del caballo y los otros le hirieron, y de ellos fallecieron de sus encuentros y Amadís pasó por ellos y tornando muy presto su caballo hirió a Grumen, el señor del castillo, que era uno de ellos de tal guisa que el hierro y el fuste de la lanza le salió de la otra parte y cayó luego muerto, y fue la lanza quebrada. Después metió mano a la espada del rey y dejóse ir a los otros y metió entre ellos tan bravo y con tanta saña, que por maravilla era los golpes que les daba y así le crecía la fuerza y el ardimiento en andar valiente y ligero que le parecía si el campo todo fuese lleno de caballeros que le no podían durar y defender ante la su buena espada, haciendo él estas maravillas que oís.

Dijo la doncella de Dinamarca contra Oriana:

—Señora, acorrida sois, pues aquí es el caballero bienaventurado y mirad las maravillas que hace.

Oriana dijo entonces:

—¡Ay, amigo!, Dios os ayude y guarde, que no hay otro en el mundo que nos acorra, ni más valga.

El escudero que la tenía en el rocín dijo:

—Cierto, yo no atenderé en mi cabeza los golpes que los yelmos y las lorigas no pueden detener ni resistir —y poniéndola en tierra se fue huyendo cuanto más pudo. Amadís, que entre ellos andaba trayéndolos a su voluntad, dio al uno un tal golpe en el brazo que se lo derribó en tierra. Éste comenzó de huir dando voces con la rabia de la muerte, y fue para otro que ya el yelmo de la cabeza le derribara y hendiéndole hasta el pescuezo. Cuando el otro caballero vio tal destrucción en sus compañeros, comenzó de huir cuanto más podía. Amadís, que movía en pos de él, oyó dar voces a su señora y tornando presto vio a Arcalaus que ya cabalgara y que tomando a Oriana por el brazo la pusiera ante sí y se iba con ella cuanto más podía. Amadís fue en pos de él, sin detenencia ninguna, alcanzólo por aquel gran campo y alzando la espada por lo herir sufrióse de le dar gran golpe, que la espada era tal que cuidó que mataría a él y a su señora y diole por cima de las espaldas, que no fue de toda su fuerza, pero derribóle un pedazo de la loriga y una pieza del cuero de las espaldas. Entonces, dejó Arcalaus caer en tierra a Oriana por se ir más aína, que se temía de muerte, y Amadís le dijo:

—¡Ay, Arcalaus!, torna y verás si soy muerto como dijiste —mas él no le quiso creer, antes echó el escudo del cuello y Amadís lo alcanzó antes y diole un golpe de lueñe por la cinta de la espada y cortó la loriga y en los lomos y la punta de la espada alcanzó al caballo en la ijada y cortóle ya cuanto, así que el caballo con el temor comenzó de correr de tal forma que en poca de hora se alongó gran pieza. Amadís, comoquiera que lo mucho desamase y desease matar, no fue más adelante por no perder a su señora y tornóse donde ella estaba y descendiendo de su caballo, se le fue hincar de hinojos delante y le besó las manos diciendo:

—Ahora, haga Dios de mí lo que quisiere, que nunca señor os cuidé ver.

Ella estaba tan espantada que no le podía hablar y abrazóse con él, que gran miedo había de los caballeros muertos que cabe ella estaban. La doncella de Dinamarca fue a tomar el caballo de Amadís y vio la espada de Arcalaus en el suelo y tomándola la trajo a Amadís y dijo:

—Ved, señor, qué hermosa espada.

Él la cató y vio ser aquélla con que le echaran en la mar y se la tomó Arcalaus cuando lo encantó, y así estando como oís, sentado Amadís cabe su señora, que no tenía esfuerzo para se levantar, llegó Gandalín, que toda la noche anduviera y había dejado el caballero muerto en una ermita, con que gran placer hubieron. Mas tan grande le hubo él en ver así parado el pleito. Entonces mandó Amadís que pusiese a la doncella de Dinamarca en un caballo de los que estaban sueltos, y él puso a Oriana en el palafrén de la doncella y movieron de allí tan alegres que más ser no podía.

Amadís llevaba a su señora por la rienda y ella le iba diciendo cuán espantada iba de aquellos caballeros muertos que no podía en sí tornar, mas él le dijo:

—Muy más espantosa y cruel es aquella muerte que yo por vos padezco, y señora, doleos de mí y acordaos de lo que me tenéis prometido, que si hasta aquí me sostuve no es por al, sino creyendo' que no era más en vuestra mano, ni poder de me dar más de lo que me daba, mas si de aquí adelante viéndoos, señora, en tanta libertad no me acorrieseis, ya no me bastaría ninguna cosa que la vida sostener me pudiese, antes sería fenecida con la más rabiosa desesperanza que nunca persona murió.

Oriana le dijo:

—Por buena fe, amigo, nunca si yo puedo, por mi causa vos seréis en ese peligro, yo haré lo que queréis y vos haced como, aunque aquí yerro y pecado parezca, no lo sea ante Dios.

Así anduvieron tres leguas hasta entrar en un bosque muy espeso de árboles, que cabe una villa cuanto una legua estaba. A Oriana prendió gran sueño, como quien no había dormido ninguna cosa la noche pasada y dijo:

—Amigo, tan gran sueño me viene, que me no puedo sufrir.

—Señora —dijo él—, vamos a aquel valle y dormiréis —y desviando de la carrera se fueron al valle, donde hallaron un pequeño arroyo de agua y hierba verde muy fresca. Allí descendió Amadís a su señora y dijo:

—Señora, la siesta entra muy caliente, aquí dormiréis hasta que venga la fría. Y, en tanto, enviaré a Gandalín a aquella villa y traernos ha con que refresquemos.

—Vaya —dijo Oriana—, ¿mas quién se lo dará?

Dijo Amadís:

—Dárselo han sobre aquel caballo y venirse ha a pie.

—No será así —dijo Oriana—, mas lleve este mi anillo, que ya nunca nos tanto como ahora valdrá —y sacándole del dedo lo dio a Gandalín. Y cuando él se iba dijo paso contra Amadís:

—Señor, quien en buen tiempo tiene y lo pierde, tarde lo cobra —y esto dicho, luego se fue y Amadís entendió bien porque lo él decía.

Oriana se acostó en el manto de la doncella en tanto que Amadís se desarmaba, que bien menester lo había y como desarmado fue la doncella se entró a dormir en unas matas espesas, y Amadís tornó a su señora y cuando así la vio tan hermosa y en su poder, habiéndole ella otorgado su voluntad, fue tan turbado de placer y de empacho, que solo mirar no la osaba, así que se puede bien decir que en aquella verde hierba, encima de aquel manto, mas por la gracia y comedimiento de Oriana, que por la desenvoltura ni osadía de Amadís, fue hecha dueña la más hermosa doncella del mundo. Y creyendo con ello las sus encendidas llamas resfriar, aumentándose en muy mayor cantidad más ardientes y con más fuerza quedaron, así como en los sanos y verdaderos amores acaecer suele. Así estuvieron de consuno con aquellos autos amorosos cuales pesar y sentir puede aquél y aquélla que de semejante saeta sus corazones heridos son, hasta que el empacho de la venida de Gandalín hizo a Amadís levantar y llamando la doncella dieron buena orden de aderezar cómo comiesen, que bien les hacía menester, donde aunque los muchos servidores y las grandes vajillas de oro y de plata allí faltaron, no quitaron aquel dulce y gran placer que en la comida sobre la hierba hubieron. Pues así como oís estaban estos dos amantes en aquella floresta con tal vida cual nunca a placer del uno y del otro dejaba fuera si la pudieran sin empacho y gran vergüenza sostener. Donde los dejaremos holgar y descansar y contaremos qué le avino a don Galaor en la demanda del rey.

Capítulo 36. Cómo don Galaor libertó al rey Lisuarte de la prisión en que traidoramente lo llevaban

Partido don Galaor de Amadís, su hermano, como ya oísteis, entró en el camino por donde llevaban al rey. Y cuidóse de andar cuanto más pudo, como aquél que había grande cuita de los alcanzar y no tenía mientes en cosa que viese sino en su rastro, y así anduvo hasta hora de vísperas que entró en un valle y halló en él la huella de los caballos donde habían parado. Entonces, siguió aquel rastro cuanto el caballo lo podía llevar, que le pareció que no podían ir lueñe, mas no tardó mucho que vio ante sí un caballero todo bien armado en un buen caballo, que a él salió y le dijo:

—Estad, señor caballero, y decidme qué cuita os hace así correr.

—¡Por Dios! —dijo Galaor—, dejadme de vuestra pregunta que me detengo con vos, en que mucho mal puede venir.

—¡Por Santa María! —dijo el caballero—, no pasaréis de aquí hasta que me lo digáis, u os combatáis conmigo.

Y Galaor no hacia en esto sino irse y el caballero del valle le dijo:

—Cierto, caballero, vos huís habiendo hecho algún mal y ahora os guardad, que saberlo quiero.

Entonces fue a él con su lanza bajada y el caballo al más correr. Galaor tornó, mas echado el escudo a las espaldas, cuando lo sintió cerca de sí sacó aína el caballo de la carrera y apartóse, y el caballero no lo pudo encontrar, antes pasó tan recio por él como quien traía el caballo valiente y holgado, y así fue una pieza ante Galaor y tomó a él y tomando la lanza sobre mano y díjole:

—¡Ay, caballero malo y cobarde!, no te me puedes amparar por ninguna guisa que me no digas lo que te demando o morirás.

Entonces, se fue para él muy recio y Galaor, que el caballo más diestro traía, guardóse del encuentro y no hacía sino ir adelante cuanto podía andar. El caballero, que su caballo tan presto tener no pudo, cuando tornó vio que Galaor se había alongado gran pieza y dijo:

—Si me Dios ayude, no me vos iréis así —y él que sabía bien la tierra tomó por un hatajo y fuese le poner en un paso. Galaor, que lo vio, mucho le pesó y el caballero le dijo:

—Cobarde, malo y sin corazón, ahora escoged de tres cosas cuál quisiereis: o que os combatáis u os tornad o me decid lo que os pregunto.

—De cualquier me pesa —dijo Galaor—, mas no hacéis como cortés, que yo no me tornaré y si me combatiere no será a mi placer, mas si queréis saber la prisa que llevo seguidme y verlo habéis, porque me detendría mucho en os lo contar y a la cima no me creeríais, tanto es de mala ventura.

—En el nombre de Dios —dijo el caballero—, ahora pasad y dígoos que no iréis este tercero día sin mí.

Galaor pasó adelante y el caballero en pos de él, y cuando a media legua de aquel lugar fueron, vieron andar un caballero a pie todo armado tras un caballo del que cayera, y otro caballero que de él se partía que se iba a más andar. Y el caballero que iba con don Galaor conoció al caballero derribado, que era su primo cohermano y fue aína a le tomar el caballo y dióselo diciendo:

—¿Qué fue esto, señor cohermano?

Él dijo:

—Yo iba cuidando en la que vos sabéis, así que solo en mí no paraba mientes y no caté sino cuando me dio aquel caballero que allá va una lanzada en el escudo tal, que el caballo hinojó conmigó y yo caí en tierra y el caballo huyó. Mas luego puse mano a la espada y llamélo a la batalla, pero no quiso venir, antes dijo que otra vez fuese más acordado en responder cuando me llamasen, y por la fe que debéis a Dios —dijo él—, vamos tras él si lo haber pudiéramos y veréis cómo me vengo.

—Eso no puedo yo hacer —dijo el cohermano—, que este tercero día he de guardar aquel caballero tras quien voy —y contóle cuanto con él le aviniera.

—Cierto —dijo el caballero—, o él es el más cobarde del mundo o va acometer algún gran hecho porque se a sí guarda y quiero dejar la venganza de mi injuria, por ver lo que avendrá de este pleito.

En esto vieron a Galaor lueñe, que él no hacía sino andar, y los dos cohermanos se fueron en pos de él y a esta hora era ya cerca de la noche. Galaor entró en una floresta y con la noche perdió el rastro y no sabía a cuál parte ir. Entonces comenzó a pedir merced a Dios que lo guiase en tal manera que fuese el primero que aquel socorro hiciese y cuidando que los caballeros se desviarían con el rey a alguna parte a dormir, anduvo escuchando de un cabo y de otro por unos valles, mas no oía nada. Los dos cohermanos, que lo seguían, cuidaban que por el camino iba, mas cuando anduvieron hasta una legua salieron de la floresta y no le vieron y creyendo que se les escondiera fueron albergar a casa de una dueña que ahí cerca moraba.

Galaor anduvo por la floresta a todas partes y pensó de pasar la floresta, pues que en ella nada hallaba y subir otro día en algún otero para mirar la tierra y tornando al camino que antes llevaba anduvo tanto, que salió a lo raso y entonces vio suso por un valle un fuego pequeño y yendo allá halló que posaban allí arrieros, y cuando así armado lo vieron con miedo tomaron lanzas y hachas y fueron contra él, y les dijo que se no temiesen de ningún mal, mas que les rogaba que le diesen un poco de cebada para el caballo. Ellos se la dieron y allí dio de cenar a su caballo. Ellos le dijeron si comería, él dijo que no, mas que dormiría un poco, que lo despertasen antes que amaneciese. Entonces eran ya pasadas las dos partes de la noche. Galaor se echó a dormir cabe el fuego, así armado y cuando el alba comenzó a romper, levantóse, que no dormía mucho sosegado, como aquél que había gran cuita en no hallar los que buscaba, y cabalgando en su caballo, tomando sus armas los encomendó a Dios y ellos a él, que su escudero no pudo tener con él, y desde allí prometió, si Dios le guardase, de dar a su escudero el mejor caballo y fuese derecho a un otero alto, y desde allí comenzó de mirar la tierra a todas partes. Entonces salieron los dos cohermanos que en casa de la dueña albergaron, y esto era ya de día, y vieron a Galaor y conociéronlo en el escudo y fueron contra él, mas ellos en moviendo viéronlo descender del otero, cuanto su caballo lo podía llevar y el caballero derribado dijo:

—Ya nos vio y huye, cierto, yo cuido que por alguna mala ventura anda así huyendo y encubriéndose y, Dios no me ayude, si lo alcanzar puedo, si de él no lo sé a su daño, si lo mereciese y vamos tras él.

Mas don Galaor, que muy lejos de su cuidar estaba, viera ya pasar los diez caballeros un paso que a la salida de la floresta había y los cinco pasaban delante y los cinco después y en medio de ellos iban hombres desarmados y él cuidó que aquéllos eran los que al rey llevaban, y fue contra ellos, tal como aquél que ya su muerte por salvar la vida ajena tenía ofrecida, siendo cerca de ellos vio al rey metido en la cadena y hubo de él tal pesar que no dudando la muerte, se dejó correr a los cinco que delante venían y dijo:

—¡Ay, traidores!, por vuestro mal pusisteis mano en el mejor hombre del mundo —y los cinco vinieron contra él, mas él hirió al primero por los pechos en guisa que el hierro con un pedazo del asta se salió a las espaldas y dio con él muerto en tierra y los otros le hirieron tan fuerte que el caballo hicieron con él hinojar y el uno le metió la lanza por entre el pecho y el escudo y perdiéndola la tomó Galaor y fue herir al otro con ella en la cuja de la pierna, y falsóle el arnés y la pierna, y entró la lanza por el caballo, así que el caballero fue tullido y allí quebró la lanza, y poniendo mano a la espada vio venir todos los otros contra sí, y él se metió entre ellos tan bravo que no hay hombre que de verlo no se espantase cómo podía sufrir tanto y tales golpes como le daban.

Y estando en esta gran prisa y peligro por ser los caballeros muchos, quísole Dios acorrer con los dos cohermanos que lo seguían, que cuando así lo vieron mucho fueron maravillados de tan gran bondad de caballero, y dijo el que en pos de él iba:

—Cierto, a sin razón culpábamos aquél de cobarde y vámosle socorrer en tan gran prisa.

—¿Quién haría ahí ál —dijo el otro—, sino acorrer al mejor caballero del mundo?, y no creáis, que tantos hombres acomete sino por algún gran hecho.

Entonces, se dejaron ir a gran correr de los caballos y fuéronlos herir muy bravamente como aquéllos que eran muy esforzados y sabedores de aquel menester, que no había ahí tal de ellos que no pasase de diez años que fuera caballero andante y dígoos que el primero había nombre Ladasín el Esgrimidor, y el otro don Guilán el Cuidador, el buen caballero. A esta sazón había ya menester Galaor mucho su ayuda, que el yelmo había tajado por muchos lugares y abollado y el arnés roto por todas partes y el caballo llagado, que cerca andaba de caer, mas por eso no dejaba él de hacer maravillas y dar tan grandes golpes a los que alcanzaba que a duro lo osaban atender, y cuidaba que si su caballo no le falleciese que le no durarían, que a la fin no los matase; mas siendo llegados los dos cohermanos, como ya oísteis, entonces se le paraba a él mejor él pleito, que ellos se combatían también y con tan gran esfuerzo, que él se maravilló mucho y como así se halló más libre en ser los golpes que él llevaba repartidos. Entonces hacia él las cosas extrañas, que podía herir a su voluntad, y fue tan grande la prisa que les dio y los cohermanos en su ayuda, que en poca de hora fueron todos muertos y vencidos. Cuando esto vio el cohermano de Arcalaus, dejóse ir al rey por lo matar, como los que con él estaban huyeran todos, él descendiera del palafrén, así con su cadena a la garganta y tomara un escudo y la espada del caballero que primero murió, y el otro, que quiso herir por cima de la cabeza, el rey alzó el escudo donde recibió el golpe y fue tal que la espada entró por el brocal bien un palmo y alcanzó con la punta de ella al rey en la cabeza y cortóle el cuero y la carne hasta el hueso, mas el rey le dio al caballo en el rostro con la espada tal golpe, que la no pudo sacar y el caballo enarmonóse y fue caer sobre el caballero. Galaor, que ya estaba a pie porque el su caballo no se podía mudar, e iba por socorrer al rey, fue para el caballero que le tajar la cabeza y el rey dio voces que le no matase. Los dos cohermanos que fueran tras un caballero que se les iba y lo habían muerto, cuando volvieron y vieron al rey, mucho fueron espantados, que de su prisión no sabían ninguna cosa y descendieron aína, y tirados los yelmos, fueron hincar los hinojos ante él, y él los conoció y levantándolos por las manos dijo:

—Por Dios, amigos, en buena hora me acorristeis, y gran mal me hace la amiga de don Guilán que me lo tira de mi compañía y por su causa pierdo yo a vos, Ladasin.

Guilán hubo gran vergüenza y embermejecióle el rostro, mas no que por eso dejase de amar aquélla su señora duquesa de Bristoya, y ella amaba a él, así que ya hubieron aquel fin que de sus amores desearon y siempre el duque tuvo sospechar que fuera don Guilán el que en su castillo entrara cuando allí fue Galaor, como la historia os ha contado.

Mas dejemos ahora esto y tornemos al rey qué hizo después que libre fue. Sabed que don Galaor sacó al primo de Arcalaus de so el caballo y quitando la cadena al rey la puso a él, y tomaron de los caballos de los caballeros muertos y el rey tomó uno y Galaor otro, que el suyo no se movía, y comenzaron se ir camino de Londres muy alegres. Ladasín contó al rey todo lo que don Galaor le aconteciera y el rey le preciaba mucho por se así guardar según la demanda que llevaba y Guilán asimismo le dijo cómo siendo cuidando en su amiga tan fieramente en ál no paraba mientes, que el caballero le derribara sin nada le decir. Mucho rió el rey de ello diciéndole:

—Que aunque muchas cosas había oído que los enamorados por sus amigas hiciesen, pero no que a éste semejante, y con gran causa, según veo, os llaman Guilán el Cuidador.

En estas cosas y otras de mucho placer fueron hablando hasta llegar a casa de Ladasín, que muy cerca dende moraba, y allí llegó a ellos el escudero de Galaor y Ardián, el enano de Amadís, que cuidaban que su señor iba por aquella vía a le buscar. Galaor contó al rey de la forma que él y Amadís se partieran y que debían enviar a Londres, porque los leñadores dirían las nuevas y con ellas se movería toda la corte.

—Pues que Amadís —dijo el rey— va en el socorro de mi hija no la entiendo perder, si aquel traidor no le hace por encantamiento algún engaño. Y en esto que decís será bien que sepa la reina mi hacienda —y mandó a un escudero de Ladasín que sabía bien la tierra, que se fuese luego con aquellas nuevas.

Pues allí albergó el rey aquella noche, donde fue muy bien servido y otro día tornaron a su camino, e íbales contando el primo de Arcalaus como todo lo pasado fuera por consejo de Barsinán, señor de Sansueña, pensando ser rey de la Gran Bretaña. Entonces se cuidó el rey de andar más que antes por él hallar ahí.

Capítulo 37. De cómo vino la nueva a la reina que era preso el rey Lisuarte, y de cómo Barsinán ejecutaba su traición queriendo ser rey, y al fin fue perdido y el rey restituido

Los leñadores que vieran cómo al rey le acaeciera, llegaron a la villa y dijéronlo todo. Cuando esto fue sabido, la revuelta fue muy grande a maravilla y armáronse todos los caballeros y al más correr de sus caballos salían por todas partes, así que el campo parecía ser lleno de ellos. Arbán, el rey de Norgales, estaba hablando con la reina y llegaron ahí sus escuderos con sus armas y caballos y entrando a él un doncel donde estaba, díjole:

—Señor, armaos, ¿qué estáis haciendo?, ya no queda caballero en la villa de la compaña del rey sino vos, que todos se van al más correr de los caballos por la floresta.

—¿Y por qué? —dijo Arbán.

—Porque dicen —dijo el doncel— que llevan preso al rey diez caballeros.

—¡Ay, Santa María! —dijo la reina—, que siempre lo he temido —y cayó amortecida. Arbán la dejaba en poder de las dueñas y doncellas que hacían gran duelo y fuese armar y cabalgando en su caballo oyó decir grandes voces que tomaban el alcázar.

—¡Santa María! —dijo Arbán—, todos somos vencidos, y tuvo que haría mal si la reina desamparase.

A esta sazón era por la villa tan gran vuelta como si allí todos los del mundo fuesen. Arbán se paró a la puerta del palacio de la reina así armado con doscientos caballeros de los suyos y envió dos de ellos que supiesen la revuelta cómo era, y llegando al alcázar vieron como Barsinán era dentro con toda su compaña y degollaba y mataba cuantos haber podía y otros despeñaba de los muros, que cuando oyó la revuelta y la prisión del rey no paró ojo a otra cosa y los del rey no lo sospechando iban sin recelo en el socorro y tenían consigo seiscientos caballeros y sirvientes bien armados. Cuando Arbán lo supo por sus caballeros, dijo:

—Por consejo del traidor, el rey es preso.

Siendo ya Barsinán apoderado en el alcázar, dejó allí gente que lo guardase y salió con la otra a prender a la reina y tomar la silla y corona del rey. Los de la villa, que vieron que así se iba el pleito, íbanse todos a las casas de la reina, así armados como podían. Cuando Barsinán llegó a las casas de la reina halló ahí a Arbán con toda su compaña y asaz gente de la villa, y Barsinán le dijo:

—Arbán, hasta aquí fuiste el más sesudo caballero mancebo que haya visto, haz de aquí adelante como el seso no pierdas.

—¿Por qué me lo decís? —dijo Arbán.

—Porque yo sé —dijo él— que el rey Lisuarte va en manos de quien la cabeza sin el cuerpo me enviará antes de cinco días y en esta tierra ninguno como yo hay que pueda y deba ser rey, y así lo seré toda la vía, y la tierra de Norgales que en señorío tienes yo te la otorgo porque eres buen caballero y sabido, y tírate afuera y tomaré la silla y la corona y si ál quisiereis hacer de aquí te desafío, y dígote que ninguno será contra mí por me tirar mi tierra que la cabeza no le mande cortar.

—Cierto —dijo Arbán—, tú dices cosas porque yo seré contra ti en cuanto viva. La primera que me aconsejas que sea traidor contra mi señor habiendo tan gran cuita, y la otra que sabes que lo matarán los que lo llevan, en que se parece claro ser tú en la traición. Pues teniendo yo siempre en la memoria ser una de las más preciadas cosas del mundo la lealtad y tú desechándola, siendo como malo contra ella, mal nos podríamos convenir.

—¿Cómo —dijo Barsinán—, tú me cuidas tirar que no sea rey de Londres?

—Rey de Londres nunca lo será traidor —dijo Arbán—, y además en vida del más leal rey del mundo.

Barsinán dijo:

—Yo te cometí primero de tu pro más que a los otros, creyendo que eras el más sabido de ellos y ahora me pareces más menguado de seso y yo te haré conocer tu locura y ver quiero lo que harás, que tomar quiero la corona y la silla que lo merezco por bondades.

—Sobre eso haré yo tanto —dijo Arbán—, como si el rey mi señor en ella sentado fuese.

—Ahora lo veré —dijo Barsinán, y mandó a su compaña que los fuesen herir y Arbán los atendió con su compaña como aquél que muy esforzado y leal en todas las cosas era, estaba con gran saña de lo que del rey su señor oyera, dándose muy grandes golpes por todas partes. Así que muchos fueron muertos y llagados y la una y otra parte pugnaban cuanto podían por se vencer y matar, mas Arbán hizo tanto aquel día que más que todos los de aquella lid fue loado que él fuese defensor de todos los suyos y no haría sino ir adelante derribando e hiriendo, poniendo su vida al punto de la muerte.

Así anduvieron hasta la noche, que no pudieron vencer, y esto causó por ser las calles estrechas, que de otra guisa Arbán se viera en peligro y la reina fuera tomada, mas Barsinán se acogió con su compaña al alcázar y halló muy gran pieza de su gente menos, así muertos como llagados, de guisa que les eran muy menester holgar, y Arbán dijo a los suyos:

—Señores, parezca vuestra lealtad y ardimiento y no os desmayéis por esta mala andanza que aína en bien será cobrada.

Otrosí puso su compaña como se guardase de noche. Esto hecho, la reina, que como muerta estaba, mandó llamar a Arbán, y él fue así armado como estaba y llagado en muchas partes y llegado donde la reina estaba quitóse el yelmo, que roto estaba, y viéronle cinco heridas en el rostro y en la garganta y la faz llena de sangre que mucho era desfigurado, mas muy hermoso parecía a aquéllas que después de Dios a él tenían por amparo. Cuando la reina así lo vio, gran duelo hubo de él y díjole llorando:

—¡Ay, buen sobrino!, Dios os mantenga y os ayude, que esta vuestra lealtad acabar podáis, por Dios decidme: ¿qué será del rey y qué será de nos?

—De nos —dijo él— será bien si Dios quisiere, y del rey oiremos buenas nuevas, y dígoos, señora, que no temáis de los traidores que aquí quedaron, según la gran lealtad de los vuestros vasallos que aquí conmigo están, que os defenderán muy bien.

—¡Ay, sobrino! —dijo la reina—, yo os veo tal que no podéis tomar armas y los otros no sé qué hagan sin vos.

—Señora —dijo él—, no toméis de eso cuidado, que en tanto que el alma tenga nunca las armas por mí se dejarán.

Entonces se partió de ella y tornó a su compaña. Así pasaron aquella noche, y Barsinán, aunque su compaña halló maltrecha, mucho esfuerzo mostraba y díjoles:

—Amigos, no quiero que sobre esto más nos combatamos ni haya más muertes, pues que sin exceso y batalla lo acabaré como adelante veréis y holgad ahora sin ningún recelo.

Así holgaron aquella noche, y otro día de mañana armóse, y cabalgó en su caballo y llevando veinte caballeros consigo se fue a un atajo que guardaba el mayordomo de Arbán, y como los de la barrera los vieron, tomaron sus armas para se amparar, mas Barsinán les dijo que venía por les hablar, que fuesen seguros hasta mediodía, y el mayordomo fue luego decir a su señor y a él plugo de la seguranza, que tenía todos los más de su compaña tan maltrechos que no podían tomar armas, y fuese luego con el mayordomo a su estancia y Barsinán les dijo:

—Yo quiero con vos seguranza de cinco días, si quisiereis.

—Quiero —dijo Arbán— por pleito que vos no trabajéis de tomar cosa que haya en la villa, y si el rey viniere, que hagamos lo que mandare.

—Todo eso otorgo yo —dijo Barsinán— en tan que no haya batalla, que yo precio a mi compaña y precio a vosotros que seréis míos más aína que cuidáis y deciros he cómo el rey es muerto y yo he su hija y quiérola tomar por mujer, y esto veréis antes que la tregua salga.

—Ya Dios no me ayude —dijo Arbán— si nunca tregua conmigo hubiereis siendo parcionero en la traición que a mi señor hizo y ahora os id y haced lo que pudiereis, y dígoos que antes que la noche llegase los acometió Barsinán bien tres veces y se tiró afuera.

Capítulo 38. De cómo Amadís vino en socorro de la ciudad de Londres y de lo que sobre ello hizo

Albergando Amadís en el bosque con su señora Oriana, como os contamos, preguntóle qué decía Arcalaus. Ella le dijo:

—Que no me quejase, que él me haría antes de quince días reina de Londres y que me daría a Barsinán por marido, al cual él haría rey de la tierra de mi padre y que él sería su mayordomo mayor por le dar a mí y la cabeza de mi padre.

—¡Ay, Santa María! —dijo Amadís—, qué traición de Barsinán, que así se mostraba tanto amigo del rey, recelo tengo que hará algún mal a la reina.

—¡Ay, amigo! —dijo ella—, acorreos en ello lo mejor que pudiereis.

—Así me conviene —dijo Amadís—, y mucho me pesa, que yo gran placer hubiera de holgar con vos estos cuatro días en esta floresta y si a vos, señora, pluguiera.

—Dios sabe —dijo ella— cuánto a mí pluguiera. Mas podría venir de ello muy gran mal en la tierra, que aun será mía y vuestra si Dios quisiere.

Pues así holgaron hasta el alba del día. Entonces, se levantó Amadís y armóse muy bien y tomando su señora por la rienda entró en el camino de Londres y andaba cuanto más podía y halló de los caballeros, que de Londres salían, cinco a cinco y diez a diez, así como iban saliendo, y de éstos serían más de mil caballeros, y él les mostraba dónde fuesen a buscar al rey y decíales cómo Galaor iba delante al socorro, y pasando por todos, halló a cinco leguas de Londres a don Grumedán, el buen viejo que la reina criara, y con él iban veinte caballeros de su linaje que anduvieron toda la noche por la floresta de una y otra parte buscando al rey, y cuando conoció a Oriana fue contra ella llorando y dijo:

—Señora, ¡ay, Dios, qué buen día con vuestra venida!, mas, por Dios, ¿qué nuevas del rey vuestro padre?

—Cierto, amigo —dijo ella, llorando—, cerca de Londres me partieron de él y plugo a Dios que Amadís alcanzó a los que me llevaban e hizo tanto de su poder me tiró.

—Cierto —dijo don Grumedán—, a lo que él no diese cabo, ninguno se trabaje de le dar —luego dijo contra Amadís:

—Amigo, señor, ¿qué ha hecho vuestro hermano?

—Allí —dijo Amadís— donde partieron al rey y a su hija, allí nos apartamos él y yo, y él siguió la vía del rey y yo la de Arcalaus, que a esta señora llevaba.

—Ahora tengo más esperanza —dijo don Grumedán—, pues tan bien aventurado, caballero como don Galaor va en el socorro del rey.

Amadís contó a don Grumedán la gran traición de Arcalaus y de Barsinán y le dijo:

—Tomad a Oriana y yo me iré a la reina lo más presto que pudiere, que he miedo que aquel traidor le querrá hacer mal, y vos, haced volver los caballeros que encontraréis, que si por gente el rey ha de ser socorrido, tanta va allá que muchos de ellos sobran.

Don Grumedán tomó a Oriana y fuese camino de Londres, cuanto más podía, haciendo volver toda la gente que encontraba. Amadís se fue al más ir de su caballo, y entrando en la villa halló al escudero que el rey enviaba, que diese las nuevas cómo él era libre y el escudero le contó en qué manera había pasado. Amadís agradeció mucho a Dios la buena andanza de su hermano y antes que en la villa entrase, supo todo lo que Barsinán había hecho, y entró todo lo más encubierto que él pudo, y cuando Arbán lo vio, así él como los suyos fueron muy alegres y tomaron gran esfuerzo en sí. Arbán lo fue abrazar y díjole:

—Mi buen señor, ¿qué nuevas traéis?

—Todo a vuestro placer —dijo Amadís—, y vamos luego ante la reina y oírlas habéis.

Entonces entraron donde ella estaba, llevando Amadís el escudero por la mano, y como la vio hincó los hinojos ante ella y dijo:

—Señora, este escudero deja el rey libre y sano y envíaoslo decir por él, y yo dejo a Oriana en mano de don Grumedán, vuestro amo, y será ahora aquí.

En tanto, ver quiero a Barsinán, si pudiere —y dejando su yelmo y escudo y tomando otro porque no le conociesen, dijo:

—Arbán, haced derribar las barreras vuestras y venga Barsinán y su compaña, y si Dios quisiere, hacerle hemos comprar su traición —y contóle lo que de Barsinán y Arcalaus sabía.

Las barreras fuero luego derribadas y Barsinán y los suyos se dejaron allí correr creyendo lo ganar todo, sin se les detener y los de Arbán los recibieron así que entre ellos se comenzó la hacienda muy peligrosa donde muchos heridos y muertos hubo. Barsinán iba delante, que como los suyos eran muchos y los contrarios pocos, no los podían sufrir, y Barsinán pugnaba por tomar la reina. Amadís dio la revuelta y salió contra ellos llevando a su cuello un escudo despintado y un yelmo oriniento tal, que muy poco valía, mas a la fin por bueno fue juzgado y fue por la prisa adelante llevando la buena espada del rey ceñida, y llegando a Barsinán diole un encuentro de la lanza en el escudo tal, que se lo falsó el arnés y entró el hierro por la carne bien la mitad y allí fue quebrada y poniendo mano a la espada diole por cima del yelmo y cortó de él cuanto alcanzó del cuero de la cabeza, así que Barsinán fue aturdido y la espada cortó tal ligeramente que Amadís no la sintió en la mano tanto como nada e hiriólo otra vez en el brazo con que la espada tenía, y cortóle la manga y el brazo con ella cabe la mano y descendió la espada a la pierna y cortóle bien la mitad de ella, y Barsinán quiso huir, más no pudo y cayó luego y Amadís fue herir en los otros tan bravamente, que al que alcanzaba a derecho golpe, no había menester maestro, así que como lo conocieron por las maravillas que hacía dejábanle la carrera, metiéndose unos entre otros por huir de la muerte. Arbán y los suyos que lo seguían apretaron tanto, que la compaña de Barsinán, quedando muchos muertos y llagados en la calle, donde se combatían, se acogieron al alcázar. Amadís llegó hasta las puertas y él quisiera entrar dentro si no se las cerraran. Entonces se tornó donde dejara a Barsinán y muchos de la villa con él, que lo guardaban, y llegando donde Barsinán estaba violo que aún tenía el huelgo y mandólo llevar al palacio y que lo guardasen hasta que el rey viniese y partido así el debate, como oís, siendo unos muertos y los otros encerrados, Amadís miró a la espada que tenía sangrienta en su mano y dijo:

—¡Ay, espada!, en buen día nació el caballero que os hubo y, cierto, vos sois empleada a vuestro derecho, que siendo la mejor del mundo, el mejor hombre que en él hay os posee.

Entonces, se mandó desarmar y fue a la reina, y Arbán acostar a su lecho, que mucho menester lo había, según era malo de sus heridas.

En este comedio, el rey Lisuarte, que a más andar venía la vía de Londres por hallar a Barsinán, encontró muchos de sus caballeros que en su demanda iban, y hacíalos tornar y enviaba de ellos por los caminos y por los valles que hiciesen volver todos los que hallasen, que muchos eran, y los primeros que encontró fueron Agrajes y Galvanes y Solinán y Galdán, y Dinadaus y Bervás. Estos seis iban juntos haciendo gran duelo, y cuando fueron ante el rey, quisieron le besar las manos con mucha alegría, mas él los abrazó y dijo:

—Mis amigos, cerca estuvisteis de me perder, y sin falta así lo fuera sino por Galaor y don Guilán y Ladasín, que por grande aventura se juntaron.

Dinadaus le dijo:

—Señor, toda la gente de la villa salió con las nuevas y andarán perdidos todos.

—Sobrino —dijo el rey—, tomad vos de esos caballeros los mejores y los que más os contentaren, y tomad este mi escudo, porque con más acatamiento obedezcan y hacedlos volver.

Este Dinadaus era uno de los mejores caballeros del linaje del rey y muy preciado entre los buenos, así de cortés como de buenas caballerías y proezas, y fue luego, de guisa que a muchos hizo tornar.

Yendo así el rey, como oís, acompañado con muchos caballeros y otras gentes y entrando en el gran camino de Londres, halló aquél su tan íntimo amigo don Grumedán, que a Oriana traía, y dígoos que fue entre ellos el placer muy grande, tanto mayor, cuánto más desahuciados estaban de se poder su gran tribulación remediar. Grumedán contó al rey cómo Amadís se fuera a la villa a la reina.

En esto llegó el rey a Londres, y en su compaña, más de dos mil caballeros, y antes que en ella entrase le dijeron todo lo que Barsinán había hecho y la defensa que el rey Arbán puso, y cómo con la venida de Amadís fue todo despachado, teniendo preso a Barsinán. Así que ya todas las cosas de muy tristes en muy alegres eran vueltas. Llegando el rey donde la reina estaba,

¿quién os puede contar el placer y alegría que con él y con Oriana, la reina y todas las dueñas y doncellas hubieron? Cierto ninguno, según tan sobrado fue. El rey mandó cercar el alcázar e hizo traer ante sí a Barsinán que en su acuerdo era, y el primo de Arcalaus, e hízoles contar por cuál guisa se urdiera aquella traición. Ellos se lo contaron todo, que nada faltó, y mandólos llevar a vista del alcázar donde los suyos lo viesen, y los quemasen ambos, lo cual fue luego hecho.

Los del alcázar no teniendo provisión ni remedio, a los cinco días vinieron todos a la merced del rey e hizo justicia de los que le plugo y los otros dejó. Pero esto no se contará más, sino que por esta muerte hubo grandes tiempos entre la Gran Bretaña y Sansueña gran desamor, viniendo contra este mismo rey un hijo de este Barsinán, valiente caballero, con muchas compañas, como adelante la historia contará.

El rey Lisuarte, siendo sosegado en sus desastres, tornó a las Cortes, como de cabo, haciendo todos muy grandes fiestas, así de noche por la villa, como de día por el campo.

En un día vino ahí la dueña y sus hijos delante de los cuales Amadís y Galaor prometieron a Madasima de se partir del rey Lisuarte, como ya oísteis. Cuando ellos la vieron fuéronse a ella por honrar y ella les dijo:

—Amigos, yo soy venida aquí a lo que sabéis, y decidme, ¿qué haréis en ello?

—Nos, cumpliremos todo lo que asentó con Madasima.

—En el nombre de Dios —dijo la dueña—, pues hoy es el plazo.

—Vamos luego ante él —dijeron ellos.

—Vamos —dijo ella. Entonces fueron donde el rey era y la dueña se le humilló mucho. El rey la recibió con muy buen talante. La dueña dijo:

—Señor, vine aquí por ver si tendrán estos caballeros un prometimiento que hicieron a una dueña.

El rey preguntó qué prometimiento era.

—Será tal —dijo ella— donde cuido que pesará a vos y a los de vuestra corte que los aman.

Entonces contó la dueña todo el hecho cómo pasaran con Madasima, la señora de Gantasi. Cuando esto oyó el rey, dijo:

—¡Ay, Galaor!, muerto me habéis.

—Más vale así —dijo Galaor— que no morir, que si conocidos fuéramos, todo el mundo no nos diera la vida y de esto no os pese, señor, mucho, el remedio será presto, más aína que cuidáis.

Después dijo contra Amadís, su hermano:

—Vos me otorgasteis que haríais en esto así como yo.

—Verdad es —dijo él. Y Galaor dijo entonces al rey y a los caballeros, que delante eran, por cuál engaño fueron presos. El rey fue muy maravillado en oír tal traición, mas Galaor dijo que pensaba que la dueña sería la burlada y engañada en aquel pleito, como verían, y delante de la dueña dijo contra el rey, que todos le oyeron:

—Señor, rey, yo me despido de vos y de vuestra compaña, como prometido lo tengo y así lo cumplo, y a vos y a la vuestra compaña dejo por Madasima, la señora del castillo de Gantasi, que tuvo por bien de os hacer este pesar y otros cuantos pudiere, porque mucho os desama.

Y Amadís hizo otro tanto. Galaor dijo contra la dueña y contra sus hijos:

—¿Paréceos si hemos cumplido la promesa?

—Sí, sin falta —dijo ella—, que todo cuanto pleiteasteis habéis cumplido.

—En el nombre de Dios —dijo Galaor—, pues ahora cuando os pluguiere os podéis ir y decid a Madasima que no pleiteo tan cuerdamente como cuidaba, y ahora lo podéis ver.

Entonces se tornó contra el rey y dijo:

—Señor, nos habemos cumplido con Madasima lo que le prometimos, no nos poniendo plazo ninguno de cuánto tiempo habíamos de ser de vos apartados, así que nuestra voluntad fuere, y hagámoslo luego como lo antes estábamos.

Y cuando esto oyó el rey y los de la corte fueron mucho alegres, teniendo los caballeros por cuerdos. El rey dijo a la doncella que por ver el pleito allí viniera:

—Cierto, dueña, según el gran aleve a estos caballeros tan a mal verdad les fue hecho, ellos no son obligados a más ni a una tanto como hicieron, que muy justo es los que quieren engañar que queden engañados, y decidle a Madasima que si mucho me desama que en la mano tenía de me hacer el mayor mal y pesar que a esta sazón venirme pudiera. Mas Dios que en otras partes mucho de grandes peligros los guardó, no quiso que en poder de tal persona como ella padeciesen.

—Señor —dijo la dueña—, decidme, si os pluguiere, quién son estos caballeros que tanto preciáis?

—Son —dijo el rey—: Amadís y don Galaor, su hermano.

—¿Cómo —dijo la dueña—, éste es Amadís, que ella tuvo en su poder?

—Sí, sin falta —dijo el rey.

—A Dios merced —dijo la dueña—, porque ellos son guaridos, que cierto, gran mala ventura fuera si tan buenos dos hombres murieran en tal guisa, mas yo creo que aquélla que los tuvo cuando supiere que ellos eran —y así le salieron de poder que la misma muerte que les mandara dar se dará a sí misma.

—Cierto —dijo el rey—, eso sería más justo que se hiciese.

La dueña se despidió y fue su vía.

Capítulo 39. De cómo el rey Lisuarte tuvo Cortes que duraron doce días, en que se hicieron grandes fiestas de muchos grandes que allí vinieron, así damas como caballeros, de los cuales quedaron allí muchos algunos días

Mantuvo el rey allí su corte doce días, en que se hicieron muchas cosas en grande acrecentamiento de su honra y verdad, y después partiéronse las Cortes, y como que era que muchas gentes de ella a sus tierras se fueron, tantos hombres buenos con el rey quedaron que maravilla era de los ver, y asimismo la reina hizo quedar consigo muchas dueñas y doncellas de alta guisa, y el rey tomó por de su compaña a Guilán el Cuidador y a Ladasín, su primo, que eran muy buenos caballeros, pero Guilán era mejor, como aquél que en todo e) reino de Londres no había quien de bondad le pasase y así había todas las otras bondades que a buen caballero convenían, solamente no ponía grande entrevalo ser tan cuidador que los hombres no podían gozar ni de su habla ni de su compaña, y de esto era la causa: amores que lo tenían en su poder y le hacían amar a su señora, que ni a sí ni a otra cosa no amaba tanto, y la que él amaba era muy hermosa y había nombre Brandalisa, hermana de la mujer del rey de Sobradisa, y casada con el duque de Bristoya.

Pues así como oís estaba el rey Lisuarte en Londres, con tales caballeros corriendo su gran fama, más que de ninguno otro príncipe en el mundo fuese. Siendo por gran espacio de tiempo la fortuna contenta habiéndole puesto en el gran peligro que oísteis de le no tentar más, creyendo que aquélla debía bastar para hombre tan cuerdo y honesto como lo era, no por tanto dejar ser su propósito mudado, siéndolo del rey con codicia, con soberbia o con las otras muchas cosas que a los reyes por no querer de ellas guardarse son dañados y sus grandes famas oscurecidas con más deshonra y abiltamiento, que si las grandes cosas pasadas en su favor y la gloria grande no les hubieran venido, porque no se debe por desventurado ninguno contar, aquél que nunca buena ventura hubo, sino aquéllos que, habiéndolas alcanzado hasta los cielos, por su mal seso, por sus vicios y pecados atrajeron a la fortuna, a que con gran dolor y angustia de sus amigos se las quitase.

Estando el rey Lisuarte, como oís, llegó ahí el duque de Bristoya, al tiempo que fuera a pedimiento de Olivas emplazado por lo que ante el rey dijera y fue del rey bien recibido y dijo:

—Señor, vos me mandasteis emplazar que pareciese hoy ante vos en vuestra corte, por lo que de mí os dijeron, que fue muy gran mentira, y de esto me salvaré yo como vos y los de vuestra corte tuviereis por derecho.

Olivas se levantó y fue ante el rey, y con él se levantaron todos los más caballeros andantes que ahí eran. El rey les dijo a qué venían así todos, y don Grumedán le dijo:

—Señor, porque el duque amenazó todos los caballeros andantes y nosotros con mucha razón lo debemos estorbar.

—Cierto —dijo el rey—, si así es, loca guerra tomaría, que yo tengo en el mundo no hay tan poderoso rey ni tan sabido que a tal guerra pudiese dar buen fin, mas id todos que aquí no le buscaréis mal que él habrá todo su derecho, sin le de él menguar ninguna cosa que yo entender pueda, y estos buenos hombres que me aconsejaran.

Entonces, se fueron todos a sus lugares, sino Olivas, que ante el rey quedó, y dijo:

—Señor, el duque que ante vos está me mató a un primo hermano que le nunca hizo ni dijo por qué, y dígole que es por ello alevoso y esto le haré yo decir o lo mataré o echaré del campo.

El duque dijo que mentía y que estaría a lo que el rey mandase y su corte. El rey hizo quedar el pleito para otro día, pero el duque quisiera de grado la batalla, sino por sus sobrinos que le aún no eran llegados y los quería meter consigo, si él pudiese, que él los preciaba tanto en armas, que no cuidaba que Olivas hubiese tales en su ayuda que con ellos no los pudiesen ligeramente vencer.

Aquel día pasó, y los sobrinos del duque llegaron a la noche, de que él muy alegre fue, y otro día de mañana fueron ante el rey y Olivas retó al duque y él lo desmintió y prometió la batalla de tres por tres. Entonces se levantó don Galvanes, que a los pies de la reina estaba, y llamó a Agrajes, su sobrino, y dijo contra Olivas:

—Amigo, nos os prometimos que si el duque de Bristoya, que delante está, quisiese en la batalla meter más caballeros, que seríamos ahí con vos y así lo queremos hacer de voluntad, y la batalla sea luego sin más tardar.

Los sobrinos del duque dijeron que fuese luego la batalla. El duque miró a Agrajes y a Galvanes y conociólos, que aquéllos eran a los que él hiciera soberbia en su casa y los que lo tomaron la doncella que él quería matar, que lo después lo desbarataron en la floresta. Y comoquiera que mucho a sus sobrinos preciase, no quisiera por ninguna cosa así haber aquella vez prometido la batalla, antes quisiera haber dado a uno de sus sobrinos para que con Olivas que él entrar en ella, que mucho aquellos dos caballeros dudaba, mas no podía ál hacer. Entonces, se fueron armar unos y otros y entraron en la plaza que para las lides semejantes limitada era. los unos por una puerta y los otros por otra. Cuando Olinda, que a las fenestras de la reina estaba, desde donde todo el campo se aparecía, vio al su grande amigo Agrajes que se quería combatir, tan gran pesar hubo que el corazón le fallecía, que lo amaba más que a otra cosa que en el mundo fuese, y con ella estaba Mabilia, hermana de Agrajes, a quien mucho pesaba por así ver en tal peligro a su hermano y a su tío don Galvanes, y con ellas estaba Oriana, que de grado los quería ver bien andantes, por el gran amor que Amadís les había y por la crianza que con el rey Languines y su mujer, padre de Agrajes, ella hubiera.

El rey, que con muchos caballeros allí estaba, cuando vio ser tiempo tiróse afuera, y los caballeros se fueron acometer al más ir de sus caballos, y ninguno de ellos falleció de su golpe. Agrajes y su tío se hirieron con los sobrinos del duque y llevándoles de las sillas por cima de las ancas de los caballos y las lanzas fueron quebradas y pasaron por ellos muy apuestos y bien cabalgantes. Olivas fue llagado en los pechos de la lanza del duque y el duque perdió las estriberas y cayera si se no abrazara al cuello del caballo, y pasó Olivas por el mal llagado y el duque se enderezó en la silla, y el caballero que Agrajes derribara levantóse como mejor pudo y fuese parar cabe el duque, y Agrajes se dejó correr al duque que mucho desamaba y comenzóle a dar grandes golpes por cima del yelmo y hacíale llegar la espada a la cabeza, mas el caballero que a pie cabe él estaba, que vio a su tío en tal peligro, llegóse a Agrajes e hirióle el caballo por la ijada, así que toda la espada metió por él. Agrajes no paraba en ál mientes, sino en tirar la vida al duque y de esto no veía nada, trayéndole ya para le cortar la cabeza, cayó el caballo con él. Don Galvanes anduvo tan envuelto con el otro caballero que de esto no veía nada. Estando Agrajes en el suelo y su caballo el que se lo mató heríale de grandes y muy pesados golpes, y el duque asimismo cuanto más podía. Aquella hora hubieron de él todos sus amigos muy gran duelo, y Amadís sobre todos, que quisiera de grado estar allí como su primo estaba, y que él no estuviera, porque tenía tan gran temor de verlo morir, según la prisa en que estaba, y las tres doncellas que ya oísteis que a las fenestras estaban mirando, hubieron tan gran pesar en le así ver, que a pocas no se mataban con sus propias manos. Mas Olinda, su señora, lo habría sobre todas, aquélla que en verla hacer tan grandes ansias a los que la miraban hacía dolor. Agrajes como ligero, muy presto del caballo saliera, como aquél que ninguno de más vivo y esforzado corazón que él se hallaría en gran parte, y defendíase de los dos caballeros muy bien con la buena espada de Amadís, que tenía en su mano, y daba con ella grandes golpes. Galaor, que con gran cuita lo miraba, dijo paso, con gran duelo:

—¡Ay, Dios!, a qué tiende Olivas que no acorre donde ve que es menester, cierto más le valiera nunca traer armas que de así con ellas a tal hora errar.

Esto decía don Galaor no sabiendo de la gran cuita en que Olivas era, que él estaba tan mal llagado y tanta sangre se le iba, que maravilla era cómo se podía tener solamente en la silla, y cuando así vio a Agrajes suspiró con gran dolor como aquél que aunque la fuerza le faltaba, no le fallecía el corazón, y alzando los ojos al cielo dijo:

—¡Ay, Dios Señor!, a vos plega de me dar lugar antes que el ánima del mi cuerpo salida sea, cómo yo acorra a aquél, mi buen amigo.

Entonces, enderezando la cabeza del caballo contra ellos, metió mano a la espada muy flacamente y fue herir al duque, y el duque a él, y diéronse grandes golpes con las espadas que la saña le hizo a Olivas cobrar, en algo, de más fuerza, tanto, que al parecer de todos no se combatía peor que el duque. Agrajes quedó solo con el otro caballero y combatíanse ambos también de pie, que a duro se hallaría quien mejor lo hiciese, mas Agrajes se quejaba mucho por lo vencer como aquél que veía mirarle su señora y no quería errar un solo punto, no solamente de lo que debía hacer, mas aún más adelante. Tanto que a sus amigos pesaba de ello, temiendo que al estrecho la fuerza y el aliento le falleciera, pero esta manera hubo él siempre en todos los lugares donde se combatió, ser siempre más acometedor que otro caballero y cuitarse mucho por dar fin a sus batallas, y si de tal fuerza como de esfuerzo fuera, pujara a ser uno de los mejores caballeros del mundo, y así lo era él, muy bueno y preciado, y tantos golpes dio por cima del yelmo al caballero que cortándoselo por cuatro lugares, de muy poco valor y menos defensa se lo hizo, y el caballero no entendía sino en se guardar y amparar la su cabeza con el escudo, que el yelmo de poca defensa era, y el arnés mucho menos, que desguarnecido en muchas partes era, y la carne cortada por más de diez lugares que la sangre salía.

Cuando el caballero tan mal parado se vio, fuese cuanto pudo donde el duque estaba por ver si en él hallaría algún reparo, mas Agrajes que lo siguiendo iba, alcanzóle antes que allá llegase y diole por cima del yelmo, que en muchas partes era roto, tal golpe, que la espada entró por él y por la cabeza, tanto, que al tirar de ella dio con el caballero tendido a sus pies bulliendo con la rabia de la muerte.

Agrajes miró lo que el duque y Olivas hacían, y vio que Olivas había perdido tanta sangre que se maravilló cómo podía vivir y fuelo a socorrer, mas antes que llegase cayó del caballo amortecido, y el duque que no viera cómo Agrajes matara a su sobrino y vio a don Galvanes combatirse con el otro, dejólo así en el suelo y fue cuanto pudo contra Galvanes y dábale grandes golpes. Agrajes cabalgó presto en el caballo de Olivas teniéndole por muerto y fue a socorrer a su tío que maltrecho estaba, y como llegó dio al sobrino del duque tal golpe, que le cortó el tiracol del escudo y el arnés e hizo entrar la espada por la carne hasta los huesos. El caballero tomó el rostro por ver quién lo hería y diole Agrajes otro golpe sobre el visal del yelmo y quedó en él la espada, que no la pudo sacar, y tirando por ella hízole quebrar los lazos del yelmo así que fue tras él la espada y cayóle en tierra, Galvanes, que gran saña de él tenía, dejando al duque, tomó por le dar en la cabeza en descubierto, mas el otro cubrióse con el escudo que aquel menester había mucho usado, pero como el tiracol había cortado, no pudo tanto hacer que la su cabeza no satisfaciese a la saña de don Galvanes, quedando casi deshecha y su amo en el suelo muerto. En tanto andaba Agrajes con el duque muy envuelto a grandes golpes, mas como su tío llegó tomáronle en medio y comenzáronlo herir por todas partes que mucho lo desamaban mortalmente, y cuando se vio así entre ellos, comenzó de huir cuanto su caballo podía llevar, mas aquéllos que lo desamaban lo seguían doquiera que él iba, cuanto más podían. Cuando así lo vieron todos los caballeros andantes mucho fueron alegres y don Guilán más que todos, cuidando que muerto el duque más a su guisa podría él gozar de la su señora, que la amaba sobre todas las cosas. El caballo de Galvanes era mal llagado y con la gran queja que le dio por alcanzar al duque no lo pudiendo ya endurar, cayó con él, así que Galvanes, muy quebrantado. Agrajes fue al duque y diole con la espada en el brocal del escudo. Y la espada descendió al pescuezo bien un palmo y al tirar de ella hubiéralo llevado de la silla, más el duque tiró presto el escudo del cuello y dejólo en la espada y tornó a huir cuanto más pudo. Agrajes sacó la espada del escudo y fue en pos de él, mas el duque volvía a él y dábale un golpe o dos y tomaba a huir como de cabo. Agrajes lo denostaba y seguíale y diole un tal golpe por cima del hombro siniestro que le cortó el arnés y la carne y los huesos hasta cerca de los costados, así que el brazo quedó colgado del cuerpo. Y el duque dio una gran voz y Agrajes tomólo por el yelmo y tirólo contra si y como ya estaba tullido, ligeramente lo batió del caballo, quedándole un pie en la estribera que no lo pudo sacar, y como el caballo huyó llevóle arrastrando por el campo a todas partes hasta que salió de él cuanto una echadura de arco y cuando a él llegaron halláronlo muerto y la cabeza hecha piezas de las manos y pies del caballo. Agrajes se tornó donde era su tío y descendiendo del caballo le dijo:

—Señor, ¿cómo os va?

—Sobrino, señor —dijo él—, bien, bendito Dios, y mucho me pesa de Olivas, nuestro amigo, que entiendo que es muerto.

—Por buena fe yo lo creo —dijo Agrajes—, y gran pesar tengo de ello.

Entonces, fue Galvanes donde él era, y Agrajes a echar fuera del campo a los sobrinos del duque y todas sus armas y tornóse donde Olivas yacía y halló que se acordaba ya cuanto y abría los ojos a gran afán, pidiendo confesión. Galvanes miró la herida y dijo:

—Buen amigo, no temáis de la muerte, que esta llaga no es en lugar peligroso y tanto que la sangre hayáis restañada, seréis guarido.

—¡Ay, señor! —dijo Olivas—, falléceme el corazón y los miembros del cuerpo y ya otra vez fui mal llagado, mas nunca tan desfallecido me sentí.

—La mengua de la sangre —dijo Galvanes— lo hace, que se os ha ido mucha, mas de él no os temáis.

Entonces lo desarmaron y dándole el aire fue más esforzado y la sangre comenzó a cesar luego. El rey envió por un lecho en que llevasen a Olivas y mandólos el rey salir del campo y llevaron a Olivas a su posada, y allí vinieron maestros por le curar y viéndole la herida, aunque grande era, dijéronle que lo guarecerían con la ayuda de Dios y plugo de ello mucho al rey y a otros muchos. Así quedó en guarda de los maestros y al duque y a sus sobrinos llevaron sus parientes a su tierra y de aquella batalla hubo Agrajes gran prez de muy buen caballero y fue su bondad más conocida que antes era.

La reina envió por Blandisa, mujer del duque, que para ella se viniese y le haría toda honra y que trajese consigo a Aldeva, su sobrina. De esto plugo mucho a don Guilán y fue por ella don Grumedán amo de la reina, y antes de un mes las trajo a la corte, donde muy bien recibidas fueron.

Pues así como oís, estaba el rey y la reina de Londres con muchas gentes de caballeros y dueñas y doncellas, donde antes de medio año, sabiéndose por las otras tierras la grande alteza en que la caballería allí era mantenida, tantos caballeros allí fueron que por maravilla era tenido, a los cuales el rey honraba y hacía mucho bien, esperando con ellos no solamente defender y amparar aquél su gran reino de la Gran Bretaña, mas conquistar otros que los tiempos pasados a aquél sujetos y tributarios fueron, que por falta de los reyes antepasados, siendo flojos y escasos, sojuzgados a vicios y deleites, a la sazón no lo eran, así como lo hizo.

Capítulo 40. Cómo la batalla pasó, que Amadís había prometido hacer con Abiseos y sus dos hijos, en el castillo de Grovenesa, a la hermosa niña Briolanja, en venganza de la muerte del rey su padre

Contádoos ha la historia cómo estando Amadís en el castillo de Grovenesa, donde prometió a Briolanja, la niña hermosa, de le dar venganza de la muerte del rey, su padre, y ser allí con ella dentro de un año, trayendo consigo otros dos caballeros para se combatir con Abiseos y con sus dos hijos, y cómo a la partida la hermosa niña le dio una espada que por amor suyo trajese, viendo que la había menester, porque la suya quebrara, defendiéndose de los caballeros que a mala verdad en aquel castillo matarlo quisieron, de que después de Dios fue librado por los leones que esta hermosa niña mandara soltar, habiendo gran piedad que tan buen caballero tan malamente fuese, y cómo esta misma espada quebrantó Amadís en otro castillo de la amiga de Angriote de Stravaus, combatiéndose con un caballero, que Gasinán había nombre, y por su mandado fueron guardadas aquellas tres piezas de la espada por Gandalín, su escudero. Y ahora será dicho cómo aquella batalla pasó y qué peligro tan grande le sobrevino por causa de aquella espada quebrada, no por su culpa de él, mas del su enano Ardían, que con gran ignorancia, erró pensando que su señor Amadís amaba aquella niña hermosa Briolanja de leal amor, viendo cómo por su caballero se le ofreciera estando él delante, y quería por ella tomar aquella batalla.

Ahora sabed que estando Amadís en la corte del rey Lisuarte, viendo muchas veces aquella hermosa Oriana, su señora, que era el cabo y fin de todos sus mortales deseos, vínole en la memoria esta batalla que de hacer había, y cómo el plazo se acercaba. Así que le convino, porque su promesa en falta no fuese, de con mucha afición demandar licencia a su señora, comoquiera que en se partir de la su presencia tan grave le fuese como apartar el corazón de sus carnes, haciéndole saber lo que en aquel castillo pasara y la promesa que hiciera de vengar aquella niña Briolanja y le restituir en su reino, que con tan gran traición quitado le estaba. Mas ella con muchas lágrimas y cuita de su corazón, como que adivinaba la desventura que por causa de ella entrambos vino, considerando la falta en que él caía si se detuviese, se la otorgó. Y Amadís, tomando asimismo licencia de la reina, porque pareciese que por su mandado iba, otro día de mañana, llevando consigo a su hermano don Galaor y Agrajes, su primo, armados en sus caballos fueron en el camino puestos, y habiendo cuanto media legua andado Amadís preguntó a Gandalín si traía las tres piezas de la espada que la niña hermosa le diera, y él dijo que no, y mandóle por ellas volver. El enano dijo que las traería, pues que cosa ninguna llevaba que empacho le diese. Esto fue ocasión por donde siendo sin culpa Amadís y su señora Oriana y el enano, que con ignorancia lo hizo, fueron entrambos llegados al punto de la muerte, queriéndolos mostrar la cruel fortuna que a ninguno perdona los jaropes amargos que aquella dulzura de sus grandes amores en sí ocultos y encerrados tenía, como ahora oiréis, que el enano, llegado a la posada de Amadís, y tomando las piezas de la espada y poniéndolas en la falda de su tabardo, pasando cabe los palacios de la reina desde las fenestras, se oyó llamar, y alzando la cabeza vio a Oriana y a Mabilia, que le preguntaron cómo no saliera con su señor.

—Sí salía —dijo él—, mas hube de tornar por esto que aquí llevo.

—¿Qué es eso? —dijo Oriana. Él se lo mostró. Ella dijo:

—¿Para qué quiere tu señor la espada quebrada?

—¿Para qué? —dijo él—. Porque la preciaba más por aquélla que se la dio que las mejores dos sanas que le dar podrían.

—¿Y quién es ésa? —dijo ella.

—Aquélla misma —dijo el enano— por quien la batalla va a hacer, que aunque vos sois hija del mejor rey del mundo y con tanta hermosura, querríais haber ganado lo que ella ganó, más que cuanta tierra vuestro padre tiene.

—¿Y qué ganancia —dijo ella— fue ésa, que tan preciada es? ¿Por ventura ganó a tu señor?

—Sí —dijo él—, que ella ha su corazón enteramente y él quedó por su caballero para la servir —y dándole a su rocín lo más presto que pudo, alcanzó a su señor, que bien sin cuidado y sin culpa de esto su pensamiento estaba.

Oído esto por Oriana, viniéndole en la memoria que con tan gran afición la licencia Amadís le demandara, dando entera fe a aquello que el enano dijo, la su color teñida como de muerte y el corazón ardiendo con saña, palabras muy airadas contra aquél que en ál no pensaba, sino en su servicio, comenzó a decir, torciendo las manos una contra otra, cerrándose le el corazón de tal forma, que lágrimas ninguna de sus ojos salir pudo, las cuales en sí recogidas muy más cruel y con mas durable rigor lo hicieron, que con mucha razón a aquella fuerte Medea se pudiera comparar, cuando al su muy amado marido, con otra a ella desechado, casado vio. Pues ésta los consuelos de aquella muy cuerda Mabilia dados por el camino de la razón y verdad, ni los de la su doncella de Dinamarca, ninguna cosa aprovecharon, mas ella siguiendo lo que el apasionado seso de las mujeres acostumbra por la mayor parte seguir, cayó en un yerro tan grande, que para su reparación la misericordia del Señor muy alto fue bien menester.

Y el enano se fue por su camino hasta tanto que alcanzó a Amadís y sus compañeros que anduvieron por su camino paso hasta que el enano llegó. Entonces, se apresuraron algo más, pero ni Amadís preguntó al enano ninguna cosa de lo pasado, ni el enano se lo dijo, sino tanto que le mostró las piezas de la espada.

Pues yendo así, como oís, a poco rato encontraron una doncella y después de haber saludado díjoles:

—Caballeros, ¿dónde vais?

—Por este camino —dijeron ellos.

—Pues yo os aconsejo —dijo ella— que esta carretera dejéis.

—¿Por qué? —dijo Amadís.

—Porque ha bien quince días —dijo ella— que no fue por ahí caballero andante que no fuese muerto o llagado.

—¿Y de quién reciben ese daño? —dijo Amadís.

—De un caballero —dijo ella— que es el mejor en armas de cuantos yo sé.

—Doncella —dijo Agrajes—, mostrárnoslo habéis ese caballero.

—Él se os mostrará —dijo ello—, tanto que en la floresta entréis.

Entonces, continuando su camino y la doncella que los seguía, miraban a todas partes y de que nada no vieron tenían por vanas las palabras de ella, mas a la salida de la floresta, vieron un hermoso caballero grande, todo armado, en un hermoso caballo ruano y cabe él un escudero que cuatro lanzas le tenía, y él tenía otra en la mano, y como los vio mandó al escudero y no supieron qué; pero él acostó las lanzas en un árbol y fue para ellos y díjoles:

—Señores, aquel caballero os mandó decir que él hubo de guardar esta floresta de todos los caballeros andantes quince días, en los cuales le avino tan bien que siempre ha sido vencedor y con sabor de justas ha estado más de su plazo día y medio, y ahora queriéndose ir vio que veníais y manda os decir que si os place con él justar, que lo hará con tanto que la batalla de las espadas cese, porque en ella ha hecho mucho mal sin su placer y no lo querría hacer de aquí adelante si excusarlo pudiese.

En tanto que el escudero esto les decía, Agrajes tomó su yelmo y echó el escudo al cuello y dijo:

—Decidle que se guarde que la justa por mí no fallecerá.

El caballero cuando lo vio venir, vino contra él y al más correr de sus caballos se hirieron con las lanzas en los escudos así que luego fueron quebradas, y Agrajes fue en tierra tal ligeramente que él fue maravillado, de que hubo gran vergüenza y su caballo suelto. Galaor, que esto vio, tomó sus armas por lo vengar y el caballero de la floresta tomando otra lanza fue para él y ninguno faltó de su encuentro, mas quebradas las lanzas y juntándose los caballos y ellos con los escudos uno contra otro, fue el golpe tan grande que el caballo de Galaor, que más flaco y cansado que el del otro era, en tierra fue con su señor, y quedando Galaor en el suelo, el caballo huyó por el campo. Amadís, que lo miraba, comenzóse de santiguar y tomando sus armas, dijo:

—Ahora se puede loar el caballero contra los dos mejores del mundo —y fue contra él y como llegó a don Galaor hallólo a pie con la espada en la mano llamando al caballero a la batalla a caballo y él de pie, y el caballero se reía de él y díjole Amadís:

—Hermano, no os quejéis, que antes nos dijo que no se combatiría con espada.

Después dijo el caballero que se guardase. Entonces se dejaron ir el uno al otro y las lanzas volaron por el aire en piezas, mas juntáronse los escudos y yelmos uno con otro que fue maravilla y Amadís y su Caballo fueron en tierra, al caballo se quebró la espada y el caballero de la floresta cayó, mas llevó las riendas en la mano y cabalgó luego muy ligeramente. Amadís le dijo:

—Caballero, otra vez os conviene justar, que la justa no es partida, pues ambos caímos.

—No me place ahora de más justar —dijo el caballero.

—¿Haréisme sin razón? —dijo Amadís.

—Aderezadlo vos —dijo él— cuando pudiereis, que yo según que os mandé decir no soy más obligado.

Entonces, movióse de allí por la floresta cuanto su caballo lo pudo llevar. Amadís y sus compañeros, que así lo vieron ir, quedando ellos en el suelo, tuviéronse por muy escarnidos y no podían pensar quién fuese el caballero que con tanta gloria de ellos se había partido.

Amadís cabalgó en el caballo de Gandalín y dijo a los otros:

—Cabalgad y venid en pos de mí que mucho me pesará si no supiere quién es aquel caballero.

—Cierto —dijo la doncella—, pensar os dé lo hallar por afán que en ello pusieseis; ésta sería la mayor locura del mundo que si todos los que en casa del rey Lisuarte son, lo buscasen no lo hallarían en este año sino hubiese quién los guiase.

Cuando ellos oyeron esto, mucho les pesó, y Galaor que más saña que los otros tenía, dijo a la doncella:

—Amiga, señora, por ventura, ¿sabéis vos quién este caballero sea? ¿Dónde se podría haber?

—Sí, de ello alguna cosa sé —dijo ella— no os lo diré, que no quiero enojar a tan buen hombre.

—¡Ay, doncella! —dijo Galaor—, por la fe que a Dios debéis y a la cosa del mundo que más amáis, decidnos lo que de ello sabéis.

—No cale de me conjurar —dijo ella—, que no descubriría sin algo hacienda de tan buen caballero.

—Ahora demandad —dijo Amadís— lo que os pluguiere que podamos cumplir y otorgáseos ha, con tanto que lo digáis.

—Yo os lo diré —dijo ella— por pleito que me digáis quién sois y me deis sendos dones cuando os los yo pidiere.

Ellos, que gran cuita habían de lo saber, otorgáronlo.

—En el nombre de Dios —dijo ella— ahora me decid vuestros nombres —y ellos se lo dijeron. Cuando ella oyó que aquél era Amadís, hízose muy alegre, y díjole:

—A Dios merced que yo os demando.

—Y, ¿por qué? —dijo él.

—Señor —dijo ella—, saberlo habéis cuando fuere tiempo, mas decidme si os miembra la batalla que prometisteis a la hija del rey de Sobradisa, cuando os socorrió con los leones y os libró de la muerte.

—Miembra —dijo él —y ahora voy allá.

—¿Pues cómo queréis —dijo ella— seguir este caballero que no es tan ligero de hallar como cuidáis y vuestro plazo se allega?

—Señor hermano —dijo don Galaor—, dice verdad, id vos y Agrajes al plazo que pusisteis y yo iré buscar al caballero con esta doncella, que jamás seré alegre hasta que lo halle, y si ser pudiere tornarme he a vos al tiempo de la batalla.

—En el nombre de Dios —dijo Amadís—, pues así os place, así sea —y dijeron a la doncella:

—Ahora nos decid el nombre del caballero y dónde lo hallará don Galaor.

—Su nombre —dijo ella— no os podría decir, que no lo sé, aunque fue ya tal sazón que le aguardé un mes y le vi hacer tanto en armas que a duro lo podría creer quien lo no viese, mas donde él irá, guiaré yo a quien conmigo ir quisiere.

—Con esto, soy yo satisfecho —dijo don Galaor.

—Pues seguidme —dijo ella. Ellos se encomendaron a Dios.

Amadís y Agrajes se tuvieron su camino como antes iban y don Galaor en guía de la doncella. Amadís y Agrajes, partidos de don Galaor, anduvieron tanto por sus jornadas que llegaron al castillo de Torín, que así había nombre, donde la hermosa niña y Grovenesa estaban, y antes que allí llegasen hicieron en el camino muchas buenas caballerías. Cuando la dueña supo que allí venía Amadís, fue muy alegre y vino contra él con muchas dueñas y doncellas, trayendo por la mano la niña hermosa, y cuando se vieron, recibiéronse muy bien. Mas dígoos que a esta sazón la niña era tan hermosa que no parecía sino una estrella luciente. Así que ellos fueron de la ver muy maravillados que en comparación de lo que al presente parecía no era tanto como nada cuando Amadís primero la vio, y dijo contra Agrajes:

—Paréceme que si Dios hubo sabor de la hacer hermosa, que muy por entero se cumplió su voluntad.

La dueña dijo:

—Señor Amadís, Briolanja os agradece mucho vuestra venida y lo que de ella se seguirá con ayuda de Dios, y desarmaos y holgaréis.

Entonces los llevaron a una cámara donde, dejando sus armas con sendos mantos cubiertos, se tomaron a la sala donde los atendían y en tanto hablaba con Grovenesa, Briolanja a Amadís miraba y parecíale el más hermoso caballero que nunca viera, y por cierto tal era en aquel tiempo, que no pasaba de veinte años y tenía el rostro manchado de las armas; mas considerando cuán bien empleadas en él aquellas mancillas eran, y cómo con ellas tan limpia y clara la su fama y honra hacía, mucho en su apostura y hermosura acrecentaba, y en tal punto aquesta vista se causó que de aquella muy hermosa doncella que con tanta afición le miraba tan amado fue, que por muy largos y grandes tiempos nunca de su corazón la su membranza apartar pudo, donde por muy gran fuerza de amor constreñida no lo pudiendo su ánimo sufrir ni resistir, habiendo cobrado su reino, como adelante se dirá, fue por parte de ella requerido que de él y de su persona, sin ningún intervalo señor podía ser; mas esto sabido por Amadís dio enteramente a conocer que las angustias y dolores con las muchas lágrimas derramadas por su señora Oriana no sin gran lealtad las pasaba, aunque el señor infante don Alfonso de Portugal, habiendo piedad de esta hermosa doncella de otra guisa lo mandase poner. En esto hizo lo que su merced fue, más no aquello que en efecto de sus amores se escribía. De otra guisa se cuentan estos amores que con más razón a ello dar se debe: que siendo Briolanja en su reino restituida, holgando en él con Amadís y Agrajes, que llagados estaban, permaneciendo ella en sus amores, viendo como en Amadís ninguna vía para que sus mortales deseos efecto hubiesen, hablando aparte en gran secreto con la doncella a quien Amadís y Galaor y Agrajes los sendos dones prometieron, porque guiase a don Galaor a la parte donde el caballero de la floresta había ido, que ya de aquel camino tornara, y descubriéndole su hacienda, demandóle con muchas lágrimas remedio para aquélla su tan crecida pasión, y la doncella, doliéndose de aquélla su señora, demandó a Amadís, para cumplimiento de su promesa, que de una torre no saliese hasta haber un hijo o hija en Briolanja y a ella le fue dado y que Amadís por no faltar a su palabra en la torre se pusiera, como le fue demandado, donde no queriendo haber juntamiento con Briolanja, perdiendo el comer y dormir en gran peligro de su vida fue puesto. Lo cual sabido en la corte del rey Lisuarte como en tal estrecho estaba, su señora Oriana, porque se no perdiese, le envió mandar que hiciese lo que la doncella le demandaba y que Amadís con esta licencia considerando no poder por otra guisa de salir, ni ser su palabra verdadera, que tomando su amiga, aquella hermosa reina, hubo en ella un hijo y una hija de un vientre, pero ni lo uno ni lo otro fue así, sino que Briolanja, viendo cómo Amadís de todo en todo se iba a la muerte en la torre donde estaba, que mandó a la doncella que el don le quitase, so pleito que de allí no fuese hasta ser tomado don Galaor, queriendo que sus ojos gozasen de aquello que lo no viendo en gran tiniebla y oscuridad quedaban, que era tener ante sí aquel tan hermoso y famoso caballero.

Esto lleva más razón de ser creído porque esta hermosa reina casada fue con don Galaor, como el cuarto libro lo cuenta. Pues en aquel castillo estuvieron Amadís y Agrajes, como oís, esperando que las cosas necesarias al camino para ir a hacer la batalla se aparejasen.

Capítulo 41. Cómo don Galaor anduvo con la doncella en busca del caballero que los había derribado, hasta tanto que se combatió con él

Don Galaor anduvo cuatro días en guía de la doncella que al caballero de la floresta le había de mostrar, en los cuales entró tan gran saña en su corazón, que no se combatió con caballero a que todo mal talante no mostrase. Así que los más de ellos por su mano fueron muertos, pagando por aquél que no conocían, y en cabo de estos días llegó a casa de un caballero que en somo de un valle moraba, en una hermosa fortaleza. La doncella le dijo que no había otro lugar donde albergar pudiesen, sino aquél y que allí se fuesen.

—Vamos, si quisiereis —dijo don Galaor. Entonces se fueron al castillo, a la puerta del cual hallaron hombres y dueñas y doncellas, que parecía ser casa de hombre bueno. Y entre ellos estaba un caballero de hasta sesenta años, vestido de una capa de piel de escarlata, que muy bien los recibió, diciendo a don Galaor que de su caballo descendiese, que allí se le haría de grado mucha honra y placer.

—Señor —dijo don Galaor—, tan bien nos acogéis, que aunque otro albergue hallásemos no dejaríamos el vuestro —y tomándole los hombres el caballo y a la doncella el palafrén se acogieron todos en el castillo, donde en un palacio a don Galaor y su doncella dieron de cenar asaz honradamente, y desde que los manteles alzaron fue a ellos el caballero del castillo y preguntó paso a don Galaor si yacería con la doncella, él dijo que no. Entonces hizo venir dos doncellas que la llevaron consigo y Galaor quedó solo para dormir y holgar en un rico lecho que allí había, y el huésped le dijo:

—De hoy más reposada vuestra guisa, que Dios sabe cuánto placer he habido con voz y lo habría con todos los caballeros andantes, porque yo caballero fui y dos hijos que tengo ahora mal llagados que su estilo no es sino demandar las aventuras en que en muchas de ellas ganaron gran prez de armas, pero anoche pasó por aquí un caballero que los derribó entrambos de sendos encuentros, de que por muy escarnidos se tuvieron y cabalgando en sus caballos fueron en pos de él, y alcanzáronlo a la pasada de un río que en una barca quería entrar y dijéronle que pues ya sabían cómo ajustaba que de las espadas les mantuviese la batalla, mas el caballero que de prisa iba no lo quisiera hacer, mas mis hijos le siguieron tanto diciendo que le no dejarían entrar en la barca, y una dueña que en ella estaba les dijo: «Cierto, caballeros, desmesura nos hacéis en nos detener con tanta soberbia nuestro caballero». Ellos dijeron que le no dejaría en ninguna guisa hasta que con ellos a las espadas se probase. «Pues que así es —dijo la dueña—, ahora se combatirá con el mejor de vos, y si lo venciere que cese la del otro». Ellos dijeron que si el uno venciese que también le convenía probar el otro, y el caballero, dijo entonces muy sañudo: «Ahora venid ambos, pues por ál de vos partir no me puedo», y puso mano a su espada y dejóse a ellos ir y el uno de mis hijos fue a él, mas no pudo sufrir su batalla, que el caballero no es tal como otro que viniese y cuando el otro, su hermano, lo vio en peligro de muerte quísolo acorrer hiriendo al caballero lo más bravamente que pudo, mas su acorro poco prestó, que el caballero los paró ambos tales en poca de hora que tullidos los derribó de los caballos en el campo y entrando en su barca se fue su vía y yo fui por mis hijos, que mal llagados quedaron y porque mejor creíais lo que os he dicho, quiero os mostrar los más fuertes y esquivos golpes que nunca por mano de caballero dados fueron.

Entonces, mandó traer las armas que sus hijos en la batalla tuvieron, y Galaor las vio tintas de sangre y cortadas de tan grandes golpes de espada, que fue de ello mucho maravillado, y preguntó al hombre bueno qué armas traía el caballero. Él le dijo:

—Un escudo bermejo y dos leones pardos en él, y en el yelmo otro tal e iba en un caballo ruano.

Don Galaor conoció luego que éste era el que él demandaba y dijo contra el huésped:

—¿Sabéis vos hacienda de ese caballero?

—No —dijo él.

—Pues ahora os id a dormir —dijo Galaor—, que ese caballero busco yo, y si lo hallo, yo daré derecho de él a mí y a vuestros hijos o moriré.

—Amigo, señor —dijo el huésped—, yo os loaría que metiéndoos en otra demanda, ésta tan peligrosa dejaseis, que si mis hijos tan mal lo pasaron su gran soberbia lo hizo, y fuese a su albergue.

Don Galaor durmió hasta la mañana, y demandó sus armas y con su doncella tornó al camino y pasó la barca que ya oísteis y cuando fueron a cinco leguas de aquel lugar, vieron una hermosa fortaleza y la doncella le dijo:

—Atendedme aquí, que presto seré de vuelta —y fuese al castillo y no tardó mucho que la vio venir y otra doncella con ella y diez hombres a caballo, y la doncella era hermosa a maravilla y dijo contra Galaor:

—Caballero, esta doncella que con vos anda me dice que buscáis un caballero de unas armas bermejas y leones pardos por saber quién es; yo os digo que si por fuerza de armas no, de otra guisa, vos ni otro ninguno, en estos tres años saberlo puede, y esto os sería muy duro de acabar, porque sé cierto que en todas las ínsulas otro tal caballero no se hallaría.

—Doncella —dijo Galaor—, yo no dejaré de lo buscar aunque más se encubra, y si lo hallo, más me placería que conmigo se combatiese, que de saber de él nada por otra guisa.

—Pues de ello tal sabor habéis —dijo la doncella—, yo os lo mostraré antes de tercero día, por amor de esta mi cohermana que os aguarda, que me lo ha mucho rogado.

—En gran merced os lo tengo —dijo don Galaor, y entrando en el camino a hora de vísperas, llegaron a un brazo de mar, que una ínsula alrededor cercaba, así que habían de andar por el agua bien tres leguas sin a tierra salir antes que allá llegasen, y entrando en una barca que en el puerto hallaron, juraron primero al que los pasaba que no iba allí más de un caballero y comenzaron a navegar. Don Galaor preguntó a la doncella por qué razón les tomaban aquella jura.

—Porque así lo manda —dijo ella— la señora de la ínsula donde vos vais, que no pase más de un caballero hasta que aquél torne o quede muerto.

—¿Quién los mata o vence? —dijo don Galaor.

—Aquel caballero que vos demandáis —dijo ella—, que esta señora que os digo consigo tiene bien ha medio año, al cual ella mucho ama y la causa es que siendo en esta tierra establecido un torneo por ella y por otra dueña muy hermosa, ese caballero que de tierra extraña vino, siendo de su parte lo venció todo y fue de él tan pagada que nunca holgó hasta que por amigo lo hubo, y tiénelo consigo que lo no deja salir a ninguna parte y porque él ha querido algunas veces salir a buscar aventuras, la dueña por lo detener hácele pasar algunos caballeros que lo quieren, con que se combata de los cuales da las armas y caballos a su amiga, y los que han aventura de morir entiérranlos, y los vencidos échanlos fuera, y dígoos que la dueña es muy hermosa y ha nombré Corisanda y la ínsula Gravisanda.

Y don Galaor le dijo:

—¿Sabéis vos por qué fue este caballero a una floresta, donde lo yo hallé y estuvo ahí quince días guardándola de todos los caballeros andantes que en ella estaban?

—Sí —dijo la doncella—, que él prometió un don a una doncella antes que aquí viniese y mandóle que guardase aquella floresta quince días, como lo vos decís y su amiga, aunque mucho contra su voluntad le dio plazo de un mes para ir y venir y guardar la floresta.

Pues en esto hablando llegaron a la ínsula y era ya una pieza de la noche pasada, mas la Luna hacía clara y saliendo de la barca albergaron aquella noche ribera de una pequeña agua, donde la doncella mandara armar dos tendejones, y allí cenaron y holgaron hasta la mañana. Galaor quisiera aquella noche albergar con la doncella, que muy hermosa era, mas ella no quiso, comoquiera que pareciéndole el más hermoso caballero de cuantos había visto, tomaba mucho deleite en hablar con él.

La mañana venida cabalgó en su caballo don Galaor, armado y aderezado de entrar en batalla, y las doncellas y los otros hombres asimismo y fueron su camino. Galaor siempre hablando con la doncella y preguntóle si sabía el nombre del caballero.

—Cierto —dijo ella—, no hay hombre ni mujer en toda esta tierra que lo sepa, sino su amiga.

Él hubo entonces mayor cuita de lo conocer que antes, porque siendo tan loado en armas de tal guisa se quería encubrir y a poco rato que anduvieron llegaron a un llano donde hallaron un muy hermoso castillo que encima de un alto otero estaba y en derredor había una gran vega muy hermosa que tiraba una gran legua a cada parte, y la doncella dijo a don Galaor:

—En este castillo es el caballero que demandáis.

Él mostró un gran placer de ello por hallar lo que buscaba y anduvieron más adelante y hallaron un paredón de piedra a buena manera hecho, y encima de él un cuerno, y la doncella dijo con placer:

—Sonad ese cuerno que lo oiga y luego en oyéndolo vendrá el caballero.

Galaor así lo hizo y vieron salir del castillo hombres que armaron un tendejón muy hermoso en el prado y salieron hasta diez dueñas y doncellas, y entre ellas venía una ricamente guarnida y señora de las otras, y entraron en el tendejón.

Galaor que todo lo miraba, parecíale que tardaba el caballero y dijo a la doncella:

—¿Por qué causa el caballero no sale?

—No vendrá —dijo ella— hasta que aquella dueña se lo mande.

—Pues ruégoos, por cortesía —dijo él—, que lleguéis a ella y le digáis que le mande venir, porque yo tengo en otras partes mucho de hacer y no puedo detenerme.

La doncella lo hizo, y como la dueña oyó el mandado dijo:

—¿Cómo en tan poco tiene él este nuestro caballero y tan ligeramente se cuida de partir para cumplir en otras partes? Pues él irá más presto que piensa y más a su daño de lo que piensa.

Entonces dijo a su doncel:

—Ve y di al caballero extraño que venga.

El doncel se lo dijo y el caballero salió del castillo armado y a pie y sus hombres le traían el caballo y el escudo y lanza y yelmo, y fue donde la dueña estaba y ella le dijo:

—¿Veis allí un caballero loco que se cuida de vos ligeramente partir? Ahora os digo que le hagáis conocer su locura.

Y abrazólo y besolo.

De todo esto crecíale mayor saña a don Galaor. El caballero cabalgó y tomó sus armas y fue descendiendo por un recuesto ayuso a su paso y parecía tan bien y tan apuesto que era maravilla. Galaor enlazó su yelmo y tomó el escudo y la lanza, y como en lo llano le vio, díjole que se guardase, y dejaron contra sí los caballos correr e hiriéronse de las lanzas en los escudos que los falsaron y desguarnecieron los arneses, así que cada uno de ellos fue mal llagado y las lanzas fueron quebradas y pasaron el uno por el otro. Don Galaor metió mano a su espada y tornó a él, mas el caballero no sacó de la vaina la suya, mas díjole:

—Caballero, por la fe que a Dios debéis y a lo que más amáis, que justemos otra vez.

—Tanto me conjuráis —dijo él— que lo haré, mas pésame que no traigo un buen caballo como vos, que si él tal fuese no cesaría de justar hasta que el uno cayese o quebrásemos cuantas lanzas podríais haber.

El caballero no respondió, antes mandó a un escudero que le diese dos lanzas y tomando él la una envió a don Galaor la otra, y dejáronse allí correr otra vez y encontráronse tan fuertemente en los escudos que fue maravilla y el caballo de Galaor hincó las rodillas y por poco no cayó, y el caballero extraño perdió las estriberas ambas y húbose de abrazar al cuello del caballo. Galaor hirió recio el caballo de las espuelas y puso mano a su espada y el caballero extraño enderezóse en la silla y hubo vergüenza fuertemente, después metió mano a su espada y dijo:

—Caballero, vos deseáis la batalla de las espadas y cierto yo la recelaba, más por vos que por mí, si no ahora lo veréis.

—Haced todo vuestro poder —dijo Galaor— que yo así lo haré hasta morir o vengar aquéllos que en la floresta mal parasteis.

Entonces, el caballero lo miró y conoció lo que era el caballero que a pie lo llamaba a la batalla y díjole con gran saña:

—Véngate, si pudieres, aunque más creo que llevará una mengua sobre otra.

Entonces se acometieron tan bravamente, que no hay hombre que en los ver no tomase en sí gran espanto. Las dueñas y todos los del castillo, cuidaron, según la justa fue brava, que se querían avenir, más viéndola de las espadas, bien les pareció más cruel y brava para se matar, y ellos se herían tan a menudo y de tan mortales golpes, que las cabezas se hacían juntar con el pecho a mal de su grado, cortando de los yelmos los arcos de acero con parte de las faldas de ellos, así que las espadas descendían a los almófares y las sentían en las cabezas, pues los escudos todos los hacían rajas, de que el campo era sembrado, y de las mallas de los arneses.

En esta porfía duraron gran pieza, tanto, que cada uno era maravillado cómo al otro no conquistaba. A esta hora comenzó a cansar y desmayar el caballo de don Galaor, que ya no podía a una parte ni a otra ir, de que muy gran saña le vino, porque bien cuidaba que la culpa de su caballo le cuitaba tan tarde la victoria, mas el caballero extraño le hería de grandes golpes y salíase de él cada vez que quería, y cuando Galaor le alcanzaba, heríalo tan fuertemente que la espada le hacía sentir en las carnes, pero su caballo andaba ya como ciego para caer. Allí temió él más su muerte que en otra ninguna afrenta de cuantas se viera, si no es en la batalla que con Amadís, su hermano, hubo, que de aquélla nunca él pensó salir vivo. Y después de él, a este caballero preciaba más que a ningún otro de cuantos había probado, pero no en tanto grado que no le pensase vencer si su caballo no lo estorbase y cuando en tal estrecho se vio dijo:

—Caballero, o nos combatamos a pie o me dad caballo de que ayudarme pueda, si no mataros he el vuestro y vuestra será la culpa de esta villanía.

—Todo haced cuanto pudiereis —dijo el caballero— que nuestra batalla no habrá más vagar que gran vergüenza es durar tanto.

—Pues ahora guardad el caballo —dijo Galaor. Y el caballero le fue herir y con recelo del caballo que le no matase juntóse mucho con él. Galaor, que lo hirió en el escudo y tan cerca de sí lo vio, echó los brazos en él apretando cuanto pudo e hirió el caballo de las espuelas tirando por él tan fuertemente que lo arrancó de la silla y cayeron ambos en el suelo abrazados, mas cada uno tuvo bien fuerte la espada, y así estuvieron revolviéndose por el campo una gran pieza hasta que el uno al otro se soltó, y se levantaron en pie y comenzaron su batalla tan brava y tan cruel que no parecía sino que entonces la comenzaban, y si la primera en los caballos fuerte y áspera a todos semejaba, esta segunda mucho más, que como más sin empacho se juntasen y herirse pudiesen, no holgaban solo un momento que se no combatiesen, mas don Galaor, que con la flaqueza de su caballo hasta entonces no le pudiera a su guisa herir y ahora se juntaba cada vez que quería con él, dábale tan fuertes y pesados golpes, que le hacía bravamente desatinar, pero no de tal guisa que no se defendiese muy bravamente. Cuando Galaor vio que mejoraba asaz y su contrario enflaquecía, bien tiróse afuera y dijo:

—Buen caballero, estad un poco.

El otro, que bien le hacía menester, estuvo bien quedo, y díjole:

—Ya veis cómo yo he lo más mejor de la batalla y si me quisieseis decir el vuestro nombre, gran placer recibiré, y por qué os encubrís así tanto, daros he por quito y sin aquesto no os dejaré en ninguna manera.

Cierto, oyendo esto el caballero dijo:

—No me place de quitar de tal manera la batalla, porque nunca fue tal mi condición, porque nunca mayor talante en batalla que entrase de me combatir tuve que ahora, porque nunca tan esforzado como ahora me hallé en batalla que entrase y Dios mande que yo no sea conocido, sino a mi honra especial de un caballero solo.

—No toméis porfía —dijo don Galaor—, que yo os juro por la fe que de Dios tengo de os no dejar hasta que sepa quién sois y por qué os encubrís así.

—Ya Dios no me ayude —dijo el caballero—, si lo por mí sabréis, que antes querría morir en la batalla que lo decir, ende más fuerza de armas, si no fuese a dos solos, que no conozco, que a éstos por cortesía o por fuerza ninguno se lo podría ni debería negar, queriéndolo ellos saber.

—¿Quién son ésos, que tanto preciáis? —dijo Galaor.

—Eso ni ál no sabréis de mí, que me parece que os placería.

—Pero, cierto —dijo don Galaor—, o yo sabré lo que os pregunto o el uno de nos morirá, o ambos.

—Ni yo no quiero ál —dijo el caballero. Entonces, se fueron acometer con tanta sana que las heridas enflaquecidas avivadas fueron, mas fuerza ni ardimiento que el caballero extraño pusiese no le tenía pro, que Galaor le hería tan bravamente, que las armas con parte de las carnes le despedazaba, así que mucha sangre se le iba, que el campo hacía tinto de ella. Cuando la señora de la ínsula vio al su amigo en punto de muerte, siendo la cosa del mundo que ella más amaba, no le pudo más el corazón sufrir y fue contra allá a pie como loca y las otras dueñas y doncellas en pos de ella. Y cuando fue cerca de don Galaor dijo:

—Estad quedo, caballero, así despedazada sea la barca que os acá pasó, que tanto pesar habéis hecho.

—Dueña —dijo Galaor—, si a vos pesa de vengar a mí y otro que más vale que yo, del mal que de él recibimos, no he yo culpa.

—No hagáis mal contra el caballero —dijo la dueña— que moriréis por ello a manos de quien no os habrá merced.

—No sé cómo avendrá —dijo él—, mas yo no le dejaré en ninguna guisa si antes no supiere lo que le pregunto.

—¿Y qué le preguntáis vos? —dijo ella.

—Que me diga cómo ha nombre —dijo él—, por que se encubre tanto y quién son los dos caballeros que más que a todos los del mundo precia.

—¡Ay! —dijo la dueña—, maldito sea quien os mostró herir y vos que así lo aprendisteis. Yo os quiero decir lo que saber queréis. Dígoos que este nuestro caballero ha nombre don Florestán y él se encubre así por dos caballeros que son en esta tierra, sus hermanos, de tan alta bondad de armas que aunque la suya sea tan crecida, como habéis probado, no se atreve con ellos darse a conocer hasta que tanto en armas haya hecho, que su empacho pueda juntar sus proezas con las suyas de ellos y tiene mucha razón, según el gran valor suyo y estos dos caballeros son en casa del rey Lisuarte, y el uno ha nombre Amadís, y el otro, don Galaor, y son todos tres hijos del rey Perión de Gaula.

—¡Ay, Santa María val! —dijo don Galaor—, ¿qué he hecho?, después rindió la espada y dijo:

—Buen hermano, tomad esta espada y la honra de la batalla.

—¿Cómo —dijo él—, vuestro hermano soy yo?

—Sí, cierto —dijo él—, que soy yo vuestro hermano don Galaor.

Don Florestán hincó los hinojos ante él y dijo:

—Señor, perdonadme, que si os erré en me combatir, con vos no lo sabiendo, no fue por ál, sino porque sin vergüenza me pudiere llamar vuestro hermano, como lo soy, pareciendo en algo al vuestro gran valor y gran prez de armas.

Galaor lo tomó por las manos y levantólo suso y túvolo una pieza abrazado, llorando con placer por lo haber conocido y con piedad de lo ver tan maltrecho, con tantas heridas, pensando ser su vida en gran peligro.

Cuando la dueña esto vio, fue mucho alegre y dijo contra don Galaor:

—Señor, si en gran angustia me metisteis, con doblada alegría lo habéis satisfecho —y tomándolos consigo los llevó al castillo donde en una hermosa cámara, en dos lechos de ricos paños los hizo acostar y como ella mucho curar de llagas supiese, tomó en sí gran cuidado de los sanar, considerando que en la vida de cualquiera de ellos estaba la de entrambos, según el gran amor que se habían mostrado, y la suya en duda, si a su muy amado amigo don Florestán algún peligro le ocurriese.

Pues así como oís, estaban los dos hermanos en guarda de aquella hermosa y rica dueña Corisanda que tanto la vida de ellos como la propia suya deseaba.

Capítulo 42. Que recuenta de don Florestán cómo era hijo del rey Perión y en qué manera habido en una doncella muy hermosa, hija del conde de Selandia

De este valiente y esforzado caballero, don Florestán, quiero que sepáis cómo y en qué tierra fue engendrado y por quién. Sabed que siendo el rey Perión mancebo buscando las aventuras con su esforzado y valiente corazón por muchas tierras extrañas, moró en Alemania dos años, donde hizo tan grandes cosas en armas que como por maravilla entre todos los alemanes contadas eran.

Pues tornándose ya a su tierra con mucha gloria y fama, avínole de albergar un día en casa del conde de Selandia, que fue con él muy alegre. Porque así como el rey Perión holgaba de seguir el ejercicio de las armas y con ellas mucho loor y prez había alcanzado y como por la experiencia él alcanzase cuantos afanes, trabajos y angustias los buenos caballeros les convenía sufrir para que la medida de lo que obligados eran llena fuese, tenía en mucho a este Perión como aquél que en la cumbre de la fama y gloria de las armas sentado estaba, e hízole mucha honra y servicio, cuanto él más pudo, y desde que cenaron y hablaron en algunas cosas porque pasaran, fue el rey Perión llamado en una cámara dónde en un rico lecho se acostó y como de camino cansado anduviese, adormecióse luego y no tardó mucho que se halló abrazado a una doncella muy hermosa y junta la su boca con la de él, y como acordó quiso se tirar afuera, mas ella lo tuvo y dijo:

—¿Qué es esto, señor? ¿No holgaréis mejor conmigo en este lecho que no solo?

El rey la cató a la lumbre que en la cámara había y vio que era la más hermosa mujer de cuantas viera y díjole:

—Decidme, ¿quién sois?

—Quienquiera que yo sea —dijo ella— os amo gravemente y quiero daros mi amor.

—Eso no puede ser, si antes no me lo decís.

—¡Ay! —dijo ella—, cuánto me pesa de esa pregunta, porque no me tengáis por más mala de lo que parezca, pero Dios sabe que no es en mí de ál hacer.

—Todavía conviene —dijo él— que lo sepa o no haré nada.

—Antes os lo diré —dijo ella—: Sabed que yo soy hija de este conde.

El rey le dijo:

—Mujer de tan gran guisa como vos no conviene hacer semejante locura, y ahora os digo que no haré cosa en que vuestro padre tan gran enojo haya.

Ella dijo:

—¡Ay!, mal hayan cuantos os loan la bondad, pues sois el peor hombre del mundo y más desmesurado. ¿Qué bondad en vos puede haber desechando la doncella más hermosa y de tan alta guisa?

—Haré —dijo el rey Perión— aquello que vuestra honra y mía sea, mas no lo que tan contrario a ella es.

—No —dijo ella—, pues yo haré que mi padre tenga mayor enojo de vos que si mi ruego hiciereis.

Entonces se levantó y fue a tomar la espada del rey que cabe su escudo estaba, y aquélla fue la que después pusieron a Amadís en el arca cuando lo echaron en la mar, como se os ha en el comienzo de este libro contado, y tiróla de la vaina y puso la punta de ella en derecho del corazón y dijo:

—Ahora sé yo que más le pesará a mi padre de mi muerte que de lo ál.

Cuando el rey esto vio, maravillóse y dio un gran salto del lecho contra ella diciendo:

—Estad, que yo haré lo que queréis —y sacándole la espada de la mano la abrazó amorosamente y cumplió con ella su voluntad aquella noche, donde quedó preñada sin que el rey más la viese, que siendo venido el día se partió del conde continuando su camino, mas ella encubrió su preñez cuanto más pudo, pero venido el tiempo del parto no lo pudo así hacer, mas tuvo manera como ella y una doncella suya fuesen a ver a una tía, que cerca de allí moraba, donde algunas veces acostumbraba ir a holgar, y atravesando un pedazo de la floresta vínole el parto tan ahincadamente que descendiendo del palafrén parió un hijo. La doncella, que en tan gran fortuna la vio, púsole el niño a las tetas y díjole:

—Señora, aquel corazón que tuviste para errar, aquél tened ahora para os dar remedio en tanto que vuelvo a vos —y luego cabalgó en el palafrén y lo más presto que pudo llegó al castillo de la tía y contóle el caso como pasaba, y cuando ella lo oyó fue muy triste, mas no dejó por eso de la socorrer y luego cabalgó y mandó que la llevasen unas andas en que ella iba algunas veces a ver al conde por se guardar del Sol, y cuando llegó donde la sobrina era, apeóse y lloró con ella e hízole meter en las andas con su hijo y tornóse de noche sin que ninguno lo viese, salvo los que entonces en su compañía llevaba, que fueron castigados, que con mucho cuidado aquel secreto guardasen. Finalmente, la doncella fue remediada y tomada a su padre, sin que nada de esto supiese y el niño criado hasta que a dieciocho años llegó, que parecía muy valiente de cuerpo y fuerza, más que ninguno de toda la comarca. La dueña, que en tal disposición lo vio, diole un caballo y armas y llevólo consigo al conde, su abuelo, que le armase caballero, y así lo hizo sin saber que su nieto fuese, y tornóse con su criado al castillo, pero en la carrera le dijo que cierto supiese que era su hijo del rey Perión de Gaula y nieto de aquél que lo hiciera caballero y que debía ir a conocerse con su padre, que era el mejor caballero del mundo.

—Cierto, señora —dijo él—, eso he yo oído decir muchas veces, mas nunca cuidé que mi padre fuese, y por la fe que yo debo a Dios y a vos que me criasteis, de nunca me conocer con él ni con otro, si puedo, hasta que las gentes digan que merezco ser hijo de tan buen hombre.

Y despidiéndose de ella, llevando dos escuderos consigo, se fue a la vía de Constantinopla, donde era gran fama que una cruel guerra en el imperio era movida. Allí estuvo cuatro años en que tantas cosas en armas hizo, que por el mejor caballero que allí nunca viniera lo tuvieron, y como él se vio en tanta alteza de honra y fama, acordóse de ir a Gaula a su padre, y hacérsele conocer, mas llegando cerca de aquellas tierras oyó la gran fama de Amadís, que entonces comenzaba a hacer maravillas y asimismo la de don Galaor, de manera que su propósito fue mudado en pensar que lo suyo ante lo de ellos tanto como nada era y por esta causa pensó de comenzar de nuevo a ganar allí, en la Gran Bretaña, donde más que en ninguna otra parte caballeros preciados había, y encubrir su hacienda hasta que sus obras con la satisfacción de su deseo lo manifestasen. Y así pasó algún tiempo haciendo caballerías muchas, pasándolas a su honra, hasta que don Galaor, su hermano, con él se combatió, como oído habéis y se conocieron en la manera susodicha.

Amadís estuvo cinco días en el castillo de Grovenesa y Agrajes con él, y siendo aderezadas las cosas necesarias al camino, partieron de allí, solamente llevando Grovenesa y Briolanja dos doncellas y cinco hombres a caballo que los sirviese y tres palafrenes de diestro con sus guarnimientos muy ricos. Mas Briolanja no vestía sino paños negros y así los había de traer hasta que su padre vengado fuese. Pues habiendo ya andado cuanto una legua Briolanja demandó un don a Amadís, y Grovenesa otro a Agrajes, y por ellos otorgados, no se catando ni pensando lo que fue, demandáronles que por ninguna cosa que viesen saliesen del camino sin su licencia de ellas, porque no se ocupasen en otra afrenta sino en la que presente tenían. Mucho les pesó a ellos el otorgar y gran vergüenza pasaron, porque en algunos lugares fuera bien menester su socorro que con gran derecho se pudieran emplear que no lo hicieron, y así iban avergonzados y caminando como oís, a los once días entraron en la tierra de Sobradisa y esto era ya noche oscura. Entonces, dejaron el gran camino y por una traviesa anduvieron bien tres leguas, así que siendo gran parte de la noche pasada llegaron a un pequeño castillo que era de una dueña criada del padre de Grovenesa, que Galumba había nombre, y que era muy vieja y muy discreta, llamando a la puerta y sabiendo la compaña que era, con mucho placer de la señora y de todos los suyos, se la abrieron y acogieron dentro, donde les dieron de cenar y camas en que durmiesen y descansasen.

Y otro día de mañana preguntó Galumba a Grovenesa qué camino era aquél. Ella le dijo cómo Amadís había prometido a Briolanja de vengar la muerte de su padre y que creyese sin duda ninguna que aquél era el mejor caballero del mundo. Y contóle cómo por ver la carreta en que ella y Briolanja iban le venciera ocho caballeros buenos, que ella para su guarda traía y asimismo lo que viera hacer en el castillo contra sus hombres, cuando por los leones fuera socorrido. La dueña se maravilló de tal bondad de caballero y dijo:

—Pues él es tal, alguna cosa valdrá su compañero, y bien podrán dar fin en este hecho, que con tanta razón toman. Mas temo de aquel traidor que no haga algún engaño con que los mate.

—Por eso vengo yo a vos —dijo Grovenesa—, porque me aconsejéis.

—Ahora —dijo ella—, dejad en mí este hecho.

Entonces tomó tinta y pergamino e hizo una carta y sellóla con el sello de Briolanja y habló una pieza aparte con una doncella, y dándole la carta le mandó lo que había de hacer. La doncella salió del castillo en su palafrén y tanto anduvo, que llegó aquella gran ciudad, que Sobradisa se llamaba, donde todo el reino por esta causa tomaba aquel nombre, y allí era Abiseos y sus hijos Darsión y Dramis. Estos eran con los que Amadís había de haber batalla, que aquel Abiseos matara al padre de Briolanja, siendo su hermano mayor con la codicia de le tomar el reino que tenía, como lo hizo, que desde entonces hasta aquella hora reinaba poderosamente más por fuerza que por grado de los de la tierra.

Pues llegada la doncella, fuese luego a los palacios del rey, y entró por la puerta, así cabalgando muy ricamente ataviada y los caballeros llegáronse por la apear, mas ella les dijo que no descendería hasta que el rey la viese y la mandase descabalgar, si le pluguiese. Entonces, la tomaron por la rienda y metiéronla en una sala donde el rey estaba con sus hijos y con otros muchos caballeros, y él la mandó que descendiese del palafrén, si quería decir algo. La doncella dijo:

—Hacerlo he, a condición que me vos toméis en vuestra guarda, que no reciba mal por cosa que contra vos o contra otro aquí diga.

Él dijo que en su guarda y su real la tomaba y que sin recelo podía decir a lo que era venida. Luego, fue apeada del palafrén y dijo:

—Señor, yo os traigo un mandado tal, que requiere ser en presencia de todos los mayores del reino, mandadlos venir y sabréislo luego.

—Entiendo —dijo el rey—, que así lo están como queréis, que yo los hice venir ha seis días para cosas que cumplían.

—Mucho me place —dijo la doncella—. Pues mandadlos aquí juntar.

El rey mandó que los llamasen y cuando fueron venidos la doncella dijo:

—Rey, Briolanja, que tú tienes desheredada, te envía esta carta. Mándala leer ante esta gente y dame la respuesta de lo que harás.

Cuando el rey oyó mentar a su sobrina Briolanja, gran vergüenza hubo, considerando el tuerto que le tenía hecho, pero mandó leer la carta y no decía ál sino que creyesen a aquélla, su doncella, lo que de su parte diría. Los naturales del reino que allí estaban, cuando vieron aquel mensaje de su señora a gran piedad habían en sus corazones en la ver tan injustamente desheredada y entre sí rogaban a Dios que la remediase y no consintiese ya pasar tan largo tiempo una traición tan grande. El rey dijo a la doncella:

—Decid lo que os mandaron, que creída seréis.

Ella dijo:

—Señor, rey, verdad es que vos matasteis el padre de Briolanja y tenéisla desheredada de su tierra y habéis dicho muchas veces que vos y vuestros hijos defenderéis por armas, que lo hicisteis con derecho, y Briolanja os manda decir que si en ello os tenéis que ella traerá aquí dos caballeros que sobre esta razón tomarían por ella la batalla y a vos harán conocer la deslealtad y gran soberbia que hicisteis.

Cuando Darasión, el hijo mayor, oyó esto, fue muy sañudo, que era muy airado en sus cosas, y levantóse en pie y dijo sin placer de ello a su padre:

—Doncella, si Briolanja ha esos caballeros y por tal razón se quieren combatir, yo prometo luego la batalla por mí y por mi padre y mi hermano, y si esto no hago, hacer prometo ante estos caballeros de dar la mi cabeza a Briolanja que me la mande cortar por la de su padre.

—Cierto —dijo la doncella—, Darasión, vos respondéis como caballero de gran esfuerzo, más no sé si lo hacéis con saña, que os veo estar en gran manera sañudo, más si os acabareis con vuestro padre lo que ahora diré, creeré que lo hacéis con bondad y con ardimiento, que en vos hay.

—Doncella —dijo él—, ¿qué es lo que vos diréis?

Ella dijo:

—Haced a vuestro padre que haga atreguar los caballeros de cuantos en esta tierra son así que por mal andanza que en la batalla os venga, no prendan mal, sino de vosotros y si esta seguranza dais, en este tercero día serán aquí los caballeros.

Darasión hincó los hinojos ante su padre y dijo:

—Señor, ya ves lo que la doncella pide, y lo que yo tengo prometido, y pues que mi honra es vuestra, séale otorgado por vos, que de otra manera ellos sin afrenta quedarían vencedores y vos y nosotros en gran falta, habiendo siempre publicado que si algún cargo a la limpieza vuestra en lo pasado se imputase, que por batalla de nos todos tres se ha de purgar, y aunque esto no se hubiese prometido, debemos tomar en nos desafío, porque según me dicen, estos caballeros son de los locos de la casa del rey Lisuarte que su gran soberbia y poco seso les hace, teniendo sus cosas en grande estima, las ajenas desprecian.

El rey que a este hijo más que a sí mismo amaba, aunque la muerte de su hermano que él hiciera culpado se hiciese, y la batalla mucho dudase, dio la seguranza de los caballeros así como por la doncella se demandaba. Siendo ya la hora llegada permitida del muy alto Señor en que su traición había de ser castigada, como adelante oiréis.

Viendo la doncella ser su embajada venida en tal efecto, dijo al rey y a sus hijos:

—Aparejaos, que mañana serán aquí aquellos con que de combatiros habéis —y cabalgando en su palafrén, tanto anduvo que llegó al castillo y contó a las dueñas y a los caballeros cómo enteramente había su embajada recaudado, mas cuando dijo que Darasión los tenía por locos en ser de casa del rey Lisuarte, a la gran saña fue Amadís movido y dijo:

—Pues aun en aquella casa hay tales que no tendrían en mucho de le quebrantar la soberbia y aun la cabeza —mas vio que la ira le señoreaba y pesóle de lo que dijera. Briolanja, que los ojos de él no partía que lo sintió y dijo:

—Mi señor, no podéis vos desdecir ni hacer tanto contra aquellos traidores, que ellos no merezcan más y pues que sabéis la muerte de mi padre y el tiempo que tan sin razón desheredada me tienen, habed de mí piedad, que en Dios y en vos dejo toda mi hacienda.

Amadís, que el corazón tenía sojuzgado a la virtud y en toda blandura puesto, hubo duelo de aquella hermosa doncella y díjole:

—Mi buena señora, la esperanza que en Dios tenéis tengo yo que mañana, antes que noche sea, la vuestra gran tristeza será en gran claridad de alegría tomada.

Briolanja se le humilló tanto, que los pies le quiso besar, mas él con mucha vergüenza se tiró afuera y Agrajes la levantó por las manos, pues luego fue acordado que partiendo de allí, al alba del día, fuesen a oír misa en la ermita de las tres fuentes, que a media legua de Sobradisa estaba. Así holgaron aquella noche muy viciosos y a su placer, y Briolanja, que con Amadís hablara mucho, estuvo muchas veces movida de le requerir de casamiento, y habiendo temor que los pensamientos tan ahincados y las lágrimas que alguna veces por sus haces veía, no de la flaqueza de su fuerte corazón se causaban, mas de ser atormentado, sojuzgado y afligido de otra por quien él aquella pasión que ella por él pasaba, sostenía, así que serenando la razón a la voluntad, la hicieron detener, partióse de él, porque durmiendo y reposando a la hora ya dicha, levantarse pudiese. Pues la mañana venida, tomando Amadís y Agrajes consigo a Grovenesa y a Briolanja con la otra su compaña, a una hora del día fueron a la ermita de las tres fuentes, donde de un hombre buen ermitaño, la misa oyeron, y aquellos caballeros, con mucha devoción a

Dios rogaron que así como Él sabía tener ellos derecho y justicia en aquella batalla, así Él por Su merced les ayudase.

Y luego se armaron de todas sus armas, solamente llevando los rostros y manos sin ellos, y cabalgando en sus caballos y ellas en sus palafrenes continuaron su camino hasta la ciudad de Sobradisa llegar, donde fuera de ella hallaron al rey Abiseos y sus hijos que con gran compañía de gente, sabiendo ya su venida, los atendían. Todos se llegaban a la parte donde Briolanja venia, que Amadís traía por la rienda y amábanla de corazón, teniéndola por su derecha y natural señora y como Amadís llegó con ella a la prisa de la gente, quitóle los antifaces porque todo el su hermoso rostro viesen, y cuando así la vieron cayendo las lágrimas de sus ojos y volviendo contra ellos con mucho amor en sus corazones, la bendecían rogando a Dios que su desheredamiento más adelante no pasase.

Abiseos, que delante sí su sobrina vio, no pudo tanto la su codicia ni maldad de que gran vergüenza excusar le pudiese, acordándose de la traición que al rey su padre hiciera, mas como mucho tiempo en ello endurecido estuviese, pensó que la fortuna aún no era enojada de aquella gran alteza en que le pusiera y sintiendo lo que la gente en ver a Briolanja sentía, dijo:

—¡Gente cautiva, desventurada, bien veo el placer que esta doncella con vista os da y esto os hace mengua de seso, que si lo tuvieseis, más conmigo, que soy caballero, que con ella, siendo una flaca mujer, os debíais contentar y honrar para vuestro descanso y defendimiento, si no ved que fuerza o favor es el suyo, que en cabo de tanto tiempo no pudo alcanzar más de estos caballeros, que con gran engaño viniendo a recibir muerte o deshonra, me hace haber de ellos piedad!

Oyendo esto Amadís a gran saña fue movido, tanto que por los ojos la sangre le parecía salir y dijo contra Abiseos, levantándose en los estribos, así que todos los oyeron:

—Abiseos, yo veo que te mucho pesa con la venida de Briolanja, por la gran traición que hiciste cuando mataste a su padre, que era tu hermano mayor y señor natural, y si en ti tanta virtud y conocimientos hubiese que apartándote de esta gran maldad a ello lo suyo dejases, daría yo lugar, quitándote la batalla, para que de tu pecado, demandando a Dios merced, tal penitencia hacer pidieseis, que así como en este mundo la honra tienes perdida, en el otro, donde has de ir, el ánima, con su salvación lo reparase.

Darasión salió con gran ira delante antes que su padre responder pudiese, y dijo:

—Cierto caballero loco de la casa del rey Lisuarte, nunca yo pensé que yo a ninguno tanto pudiera sufrir que delante mí dijese, pero hágolo porque si osareis tener lo que está puesto mi saña no tardará de ser vengada, y si el corazón os faltando, huir quisiereis, no estaréis en parte que os pueda haber y mandar castigar de tal manera que lástima hayan de vos todos aquéllos que lo miraren.

Agrajes le dijo:

—Pues que la traición de tu padre así queréis sostener, ármate y ven a la batalla, como estás sentado, y si tu ventura fuere tal que la muerte que sobre vuestras honras tenéis esa resucitada, si no habrás aquélla y ellas contigo que vuestras malas obras merecen.

—Di lo que quisiereis —dijo Darasión—, que poco tardará en que esa tu lengua sin el cuerpo sea enviada a casa del rey Lisuarte, porque viendo esa pena se atienen los semejantes que tú en tus locuras —y luego comenzó a demandar sus armas, y su padre y su hermano otros; y armáronse y cabalgando en sus caballos se fueron a una plaza que para las lides antiguamente limitada era, y Amadís con Agrajes, enlazando sus yelmos y tomando los escudos y lanzas se metieron con ellos en el campo. Dramis, el hermano mediano, que era valiente caballero, tanto que dos caballeros de aquella tierra no le tenían campo, dijo contra su padre:

—Señor, donde vos y mi hermano estáis, excusado tenía yo de hablar, mas ahora que lo tengo yo de obrar con aquella fuerza grande que de Dios y de vos hube, dejadme con aquel caballero que mal os dijo, y si de la primera lanzada no le matare, nunca quiero traer armas y si tal su ventura fuere que no le acierte a derecho golpe, lo semejante haré del primero golpe de espada.

Muchos oyeron lo que este caballero dijo y metiendo en ello mientes no teniendo en mucho aquélla su locura, ni dudando que la no pudiese acabar según las grandes cosas que en armas le vieran hacer. Pues así estando Darasión los miró y vio que no eran más de dos, y dijo a altas voces:

—¿Qué es eso, sé que tres habéis de ser?, creo que el corazón le faltó al otro, llamadle que venga aína, no nos detengamos.

—No os dé pena —dijo Amadís —del tercero, que bien hay aquí quien lo escude y yo fío en Dios que no pasará mucho tiempo que el segundo querríais ver fuera, y dijo:

—Ahora os guardad.

Entonces dejaron correr los caballos contra sí lo más recio que pudieron muy bien cubiertos de sus escudos, y Dramis enderezó a Amadís e hiriéndose tan bravamente en los escudos que los falsaron y las lanzas llegaron a los costados y Dramis quebrantó su lanza, mas Amadís le hirió tan bravamente que sin que el arnés fuese roto en ninguna parte le quebrantó dentro del cuerpo el corazón y dio con él muerto en el suelo tan gran caída que pareció que cayera una torre.

—En el nombre de Dios —dijo Ardián, el enano—, ya mi señor es libre y más cierta me parece su obra que la amenaza del otro.

Agrajes fue a los dos y encontróse con Darasión y las lanzas fueron quebradas y Darasión perdió una estribera, mas no cayó ninguno de ellos. Abiseos falleció de su golpe y cuando tornó el caballo vio a su hijo Dramis muerto, que no bullía, de que hubo gran pesar, pero no pensaba que aún del todo era muerto y dejóse ir con gran saña a Amadís, como aquél que a su hijo pensaba vengar y apretó recio la lanza so el brazo e hiriólo tan duramente que le falsó el escudo, así que el hierro de la lanza se metió en el brazo y la lanza quebró de. manera que todos pensaron que se no podría más sostener en la batalla. Si esto hubo Briolanja pesar, no es de pensar, que sin falta el corazón a la lumbre de los ojos le falleció y cayera del palafrén si no la acorrieran, mas aquél que de tales golpes no se espantaba, apretó bien el puño en la buena espada que a Arcalaus tomara, poco había, y fue a herir a Abiseos de tan gran golpe por cima del yelmo y cortó en él y entró por la cabeza hasta el hueso y fue Abiseos tan cargado del golpe y tan aturdido que no pudo estar en la silla y cayó, que apenas se podía tener.

Mucho fueron espantados los que miraban, como así Amadís; de dos golpes había aturdido dos tan fuertes caballeros que bien creían no los haber en el mundo mejores. Y dejóse ir a Darasión que se combatía con Agrajes tan bravamente que a duro se hallarían otros dos que mejor lo hiciesen, y dijo:

—Cierto, Darasión, yo creo bien que antes os placería ahora ver el segundo, fuera que el tercero sobreviniese —y Darasión no respondió, mas cubrióse bien de su escudo, y Amadís que lo iba por herir parósele Agrajes delante y dijo:

—Cohermano, señor, asaz habéis hecho, dejadme a mí con éste, que con tanta soberbia me amenaza que me sacaría la lengua —mas Amadís, como iba con gran saña, no entendió bien lo que Agrajes le dijo y pasó por él y dio a Darasión tan gran golpe en el escudo que todo lo que le alcanzó fue a tierra y descendió la espada al arzón delantero y cortó hasta en la cerviz del caballo y al pasar Darasión se pasó tanto que hubo lugar de le meter la espada por la barriga del caballo, y cuando le sintió herido comenzó a huir con Amadís sin lo poder tener, pero él tiró tan fuerte por las riendas que se le quedaron en la mano, y como se vio sin ningún remedio y que el caballo no sacaría del campo, diole con la espada tal golpe entre las orejas, que la cabeza le hizo dos partes y cayó en tierra muerto de tal manera que Amadís fue muy quebrantado, mas levantándose muy presto, aunque a grande afán y con su espada en la mano se fue contra Abiseos, que se ya levantara e iba a ayudar a su hijo y a esta hora dio Agrajes con su espada tan gran golpe a Darasión por cima del yelmo que la no pudo de él sacar y llevóla en él metida y comenzóle a herir con la suya de grandes golpes, y desde que Agrajes se vio sin espada y no hizo continente de flaqueza, antes se metió por su espada tan presto que el otro no tuvo lugar de lo poder herir y abrazándose con él así como aquél que era muy liberal y Darasión echó la espada de la mano y trabóle fuertemente con sus brazos y tirando uno y otro sacáronse de las sillas y cayeron en tierra y estando así abrazados, que se no soltaban, llegó Abiseos e hirió de grandes golpes a Agrajes y así algo de más vagar tuviera, matáralo; mas Amadís, que así lo vio, apresuróse cuanto pudo y Abiseos que la falta del arnés le alzaba para la espada le meter llegó a él y con miedo que hubo dejóle y cubrióse de su escudo y Amadís le dio en él un tan gran golpe que se lo hizo juntar con el yelmo, así que lo atonteció y estuvo por caer.

Cuando Agrajes vio a su cohermano cabe sí, esforzóse más de se levantar y Darasión asimismo, de manera que cada uno tuvo por bien de soltar a otro y levantándose en pie Agrajes, que la espada del otro en el suelo vio tomóla y Darasión echó las manos en la que en el yelmo tenía y tiró contra sí que la sacó y fuese cabe su padre, mas Agrajes perdía tanta sangre de una herida que tenía en la garganta, que todas sus armas de ella eran tintas. Cuando así lo vio Amadís hubo gran pesar, fieramente, que pensó ser la llaga mortal y dijo:

—Buen cohermano, holgad vos y dejadme con estos traidores.

—Señor —dijo él—, no he llaga porque os deje de ayudar como ahora veis.

—Pues a ellos —dijo Amadís. Entonces los fueron herir de muy grandes golpes, mas pensando Amadís que Agrajes era el peligro de su herida, con el gran pesar creció la ira y con ella la fuerza de tal manera que al uno y al otro en poca de hora los paró tales, que las armas eran hechas pedazos y las carnes poco menos. Así que ya no pudiendo sufrir los sus muy duros golpes, andaban huyendo de acá allá, tremiendo con él gran miedo de la muerte. En esta cuita y desventura que oís se sufrió Abiseos y su hijo Darasión hasta hora de tercia y como vio que su muerte tenía llegada, tomó la espada con ambas las manos y dejóse ir con gran ira a Amadís e hirióle tan duramente por cima del yelmo de tal golpe que no parecía de hombre tal mal llagado, que le llagó y derribóle el canto del yelmo y descendió la espada al hombro siniestro y cortóle una pieza del arnés con una pieza de la carne. Amadís se sintió de este golpe gravemente y no tardó mucho de le dar el pago, y diole tan mortal golpe de toda su fuerza en el malaventurado brazo con que a su hermano el rey y a su señor natural él matara, que cortando junto al hombro todo se lo derribó en tierra. Cuando Amadís así lo vio dijo:

—Abiseos, veis ende el que con traición se pudo en gran placer y alteza y ahora te pondrá en la muerte y hondura del infierno.

Abiseos cayó con cuita de la muerte y Amadís miró por el otro y vio cómo Agrajes lo tenía en tierra y le había cortado la cabeza. Entonces, fueron todos los de la tierra muy alegres a besar las manos a Briolanja, su señora.

CONSILIARIA

Tomad ejemplo, codiciosos aquéllos que por Dios los grandes señoríos son dados en gobernación, que no solamente no tener en la memoria de le dar gracias por os haber puesto en alteza tan crecida, mas contra sus mandamientos, perdiendo el temor a Él debido, no siendo contentos con aquellos estados que os dio y de vuestros antecesores os quedaron, con muertes, con fuegos y rojos los ajenos de los que en la ley de la verdad son, queréis usurpar y tomar, huyendo y apartando los vuestros pensamientos de volver vuestras sañas y codicias contra los infieles, donde todo muy bien empleado sería, no queriendo gozar de aquella gran gloria que los nuestros católicos reyes en este mundo y en el otro gozan y gozarán, porque sirviendo a Dios con muchos trabajos lo hicieron. Pues acuérdeseos que los grandes estados y riquezas no satisfacen los codiciosos y dañados apetitos, antes en muy mayor cantidad los encienden y vosotros los menores, aquéllos a quien la fortuna tanto poder y lugar dio, que siendo puestos en sus consejos para los guiar, así como el timón a la gran nave guía y gobierna, aconsejadlos fielmente, amadlos, pues que en ello servís a Dios, servís a todo lo general. Y aunque de este mundo no alcancéis la satisfacción de vuestros deseos, alcanzaréis la de otro que es sin fin, y si al contrario lo hacéis por seguir vuestras pasiones y vuestras codicias, al contrario, os vendrá todo con mucho dolor y angustia de vuestras ánimas, que con mucha razón se debe creer ser todo lo más a cargo vuestro, porque los principales o con su tierna edad y con enemiga podría ser de sus juicios turbarse y ponerse sin ninguna recordación de sentido, en contra de agudas puntas de las espadas, teniendo aquello por lo mejor, así que su culpa, alguna disculpa sería, en especial haciéndolo con vuestro consejo, pero vosotros que estáis libres, que veis el yerro ante vuestros ojos y teniendo en más la gracia de los hombres mortales que la ira del muy alto Señor, no solamente no los refrenáis y procuréis de quitar de aquel yerro, mas esperando de ser en mayor grado tenidos, más aprovechados, olvidando lo espiritual, abrazáisos con las cosas del mundo, no se os acordando cómo muchos consejeros de los altos hombres pasaron por la cruel muerte que aquellos mismos a quien mal aconsejaron les hicieron dar, porque aunque el presente las cosas erradas siendo conformes a los dañados deseos mucho contentamiento den, después cuando es apartada aquella niebla oscura y queda claro el verdadero conocimiento, en mayor cantidad son aborrecidas con aquéllos que las aconsejaron.

Pues tomad los unos y los otros aviso en aquel rey que la su desordenada codicia movió su corazón a tan gran traición, matando aquel hermano, su rey y señor natural, sentado en la real silla, haciéndole la cabeza y corona dos partes, quedando él señoreando con mucha fuerza, con mucha gloria a su parecer, aquel reino, creyendo tener la mudable fortuna debajo de sus pies. Pues, ¿qué fruto de estas flores sacó? Por cierto no otro, salvo que el Señor del mundo, sufridor de muchas injurias, perdonador piadoso de ellas con el debido conocimiento y arrepentimiento, cruel vengador no le habiendo permitido que ella viniese aquel crudo ejecutor Amadís de Gaula, que matando a Abiseos y a sus hijos, por él fue vengada aquella tan gran traición que a aquel doble rey fue hecha, y si sus corazones, de éstos muy gran estrechura en la batalla pasaron, en ver las sus armas rotas, las carnes muy despedazadas, a causa de lo cual la cruel muerte padecieron, no creáis en ello haber pagado y purgado su culpa, antes las ánimas que con muy poco conocimiento de aquél que las crió, en sus yerros y pecados parcioneras, en los crueles infiernos, en las ardientes llamas, sin ninguna reparación perpetuamente serán dañadas.

Pues dejemos estas cosas perecederas que de otros muchos con grandes trabajos fueron mal ganadas y con gran dolor dejadas pagando lo que pecaron por las sostener y por nosotros por el semejante dejadas serán y procuremos aquéllos que gloria sin fin prometen.

Torna la historia a contar el propósito comenzado. Vencida la batalla por Amadís y Agrajes, en que murieron Abiseos y sus dos valientes hijos, como ya oísteis, habiéndolos echado fuera del campo, no quiso Amadís desarmarse aunque llagado estaba, hasta saber si algo de intervalo que a Briolanja para cobrar el reino había que lo estorbase, mas luego llegó allí un gran señor muy poderoso en el reino, que Gomán había nombre, con hasta cien hombres de su linaje y casa, que a la sazón con él hallaron, y aquél hizo cierto a Amadís como aquel reino, no pudiendo más hacer tan largo tiempo había sido sojuzgado de aquél que con gran traición a su señor natural había muerto y que pues Dios tal remedio pusiera que no temiese ni pensase, sino que todos estaban en aquella lealtad y vasallaje que debían con aquélla su señora Briolanja.

Con esto se fue Amadís y toda la compaña a los reales palacios, donde no pasaron ocho días que todos los del reino con mucho gozo y alegría de sus ánimos vinieron a dar la obediencia a la reina Briolanja. Allí fue Amadís echado en un lecho donde nunca aquella hermosa reina, que más que a sí misma le amaba, de él se partió, si no fuese para dormir, y Agrajes, que muy peligroso herido estaba, fue puesto en guarda de un hombre que de aquel menester mucho sabía, teniéndolo en casa por le quitar que con ninguno hablase, que la herida era en la garganta, y así le convenía que lo hiciese.

Todo lo que más de esto en este libro primero se dice de los amores de Amadís y de esta hermosa reina fue acrecentado, como ya se os dijo, y por eso como superfluo y vano se dejará de recontar, pues que no hace al caso, antes esto no verdadero contradiría y dañaría lo que con más razón esta grande historia adelante os contara.

Capítulo 43. De cómo don Galaor y Florestán, yendo su camino para el reino de Sobradisa, encontraron tres doncellas a la fuente de los olmos

Don Galaor y Florestán estuvieron en el castillo de Corisanda, como habéis oído, hasta que fueron guaridos de sus llagas, y entonces acordaron de se partir por buscar a Amadís que entendían hallarlo en el reino de Sobradisa, deseando que la batalla que allí había de haber no fuese dada hasta que ellos llegasen y hubiesen parte del peligro y de la gloria, si Dios se la otorgase.

Cuando Florestán se despidió de su amiga, sus angustias y dolores fueron tan sobrados y con tantas lágrimas, que ellos habían de ella gran piedad, y Florestán la confortaba prometiéndole que lo más presto que ser pudiese la tornaría a ver. De ella despedidos, armados en sus caballos y sus escuderos consigo, se fueron a entrar en la barca, porque a la tierra los pasasen, y en el camino de Sobradisa, Florestán dijo a don Galaor:

—Señor, otorgadme un don, por cortesía.

—¿Pesará a mí, señor y buen hermano? —dijo don Galaor.

—No pesará —dijo él.

—Pues demandad aquello que yo buenamente sin mi vergüenza pueda cumplir, que de grado lo haré.

—Demándoos —dijo don Florestán—, que vos no combatáis en esta carrera por cosa que avenga hasta que veáis que no puedo yo ál hacer.

—Ciertamente —dijo don Galaor—, pésame de lo que demandasteis.

—No os pese —dijo don Florestán—, que si alguna cosa yo valiere tanto es la hora vuestra como mía, y así les avino que en los cuatro días que por aquel camino anduvieron nunca hallaron aventura que de contar sea, y el día postrimero llegaron a una corte a tal hora que era sazón de albergar, y a la puerta del corral hallaron un caballero que de buen talante los convidó y a ellos plugo quedar allí aquella noche y haciéndolos desarmar y tomar sus caballos para que se los curasen, diéronles sendos mantos que cubrieron y anduvieron por allí hablando y holgando hasta que dentro, en la torre, los llevaron y dieron muy bien de cenar. Aquel caballero, cuyos huéspedes eran, era grande y hermoso y bien razonado, mas veíanle algunas veces tornar tan triste y con tan gran cuidado, que los hermanos miraron en ello y hablaban entre sí qué cosa sería, y don Galaor le dijo:

—Señor, parécenos que no sois tan alegre como sería menester y si vuestra tristeza es por cosa en que nuestra ayuda prestar pueda, decídnoslo y haremos vuestra voluntad.

—Muchas mercedes —dijo el caballero—, que así entiendo que lo haréis como buenos caballeros, pero mi tristeza la causa fuerza de amor y no os diré ahora más, que sería mi gran vergüenza —y hablando en otras cosas llegóse la hora de dormir, y yéndose el huésped a su albergue, quedaron ellos en una cámara asaz hermosa donde dos lechos había en que aquella noche durmieron y descansaron, y a la mañana diéronles sus armas y caballos y tomaron su camino y el huésped con ellos, desarmado, encima de un caballo grande y ligero, por les hacer compañía, y ver lo que adelante hallaban. Así los fue guiando, no por el derecho camino, mas por otro que él sabía, donde quería ver si eran tales en armas su presencia lo mostraba, y anduvieron tanto hasta que llegaron a una fuente que en aquella tierra había, que llamaban la Fuente de los Tres Olmos, porque había tres olmos grandes y altos. Pues allí llegados vieron tres doncellas que estaban cabe la fuente; pareciéronles asaz hermosas y bien guarnidas, y encima de los olmos vieron ser un enano. Florestán se metió delante y fue a las doncellas y saludólas muy cortés como aquél que era mesurado y bien criado, y la una le dijo:

—Dios os dé salud, señor caballero, si sois tan esforzado como hermoso, mucho bien os hizo Dios.

—Doncella —dijo él—, si tal hermosura os parece, mejor os parecería la fuerza, si la menester hubiereis.

—Bien decís —dijo ella—, y ahora quiero ver si vuestro esfuerzo bastará para me llevar aquí.

—Cierto —dijo Florestán—, para eso poca bondad bastaría, y pues así lo queréis yo os llevaré.

Entonces, mandó a sus escuderos que la pusiesen en un palafrén que allí atado a las ramas de los olmos estaba. Cuando el enano, que suso en el olmo estaba, aquello vio, dio grandes voces:

—Salid, caballeros; salid, que os llevan vuestra amiga —y a estas voces salió de un valle un caballero bien armado encima de un gran caballo y dijo a Florestán:

—¿Qué es eso, caballero? ¿Quién os manda poner mano en mi doncella?

—No tengo yo que sea vuestra, pues que por su voluntad me demanda que de aquí la lleve.

El caballero dijo:

—Aunque ella lo otorgue, no os lo consentiré yo, que la defendía a otros caballeros mejores que vos.

—No sé —dijo Florestán— cómo será, mas si no hacéis ál de las palabras, llevarle he.

—Antes sabréis —dijo él— qué tales son los caballeros de este valle y cómo defienden a las que aman.

—Pues ahora os guardad —dijo Florestán. Entonces, dejaron correr contra si los caballos e hiriéronse de las lanzas en los escudos y el caballero quebrantó su lanza y Florestán le hizo dar del brocal del escudo en el yelmo que le hizo quebrar los lazos y derribóselo de la cabeza y no se pudo tener en la silla, así que cayó sobre la espada e hízola dos pedazos. Florestán pasó por él y cogió la lanza sobre mano y tornó al caballero y violo tal como muerto, y poniéndole la lanza en el rostro, dijo:

—Muerto sois.

—¡Ay, señor!, merced —dijo el caballero—, ya veis que como muerto estoy.

—No aprovecha eso —dijo él— si no otorgáis la doncella por mía.

—Otórgola —dijo el caballero—, y maldita sea ella y el día en que ya lo vi, que tantas locuras me ha hecho hacer hasta que perdí mi cuerpo.

324

Florestán le dejó y fuese a la doncella y dijo:

—Vos sois mía.

—Bien me ganasteis —dijo ella—, y podéis hacer de mí lo que os pluguiere.

—Pues ahora nos vamos —dijo él. Mas otra doncella de las que a la fuente quedaban le dijo:

—Señor caballero, buena compaña partisteis, que un año ha que andamos de consuno y pésanos de así nos partir.

Florestán dijo:

—Si en mi compañía queréis ir, yo os llevaré y así no seréis de una compañía partidas, que de otra guisa no se puede hacer, porque doncella tan hermosa como ésta no la dejaría yo aquí.

—Si es hermosa —dijo ella—, ni yo me tengo por tan fea que cualquier caballero por mí no deba un gran hecho acometer, mas no creo yo que seréis vos de los que lo osasen hacer.

—¿Cómo —dijo Florestán—, cuidáis que por miedo os dejo? Así Dios me ayude, no era sino por no pasar vuestra voluntad y ahora lo veréis.

Entonces, la mandó poner en otro palafrén, y el enano dio voces como de primero y no tardó que salió del valle otro caballero muy bien armado en un buen caballo, que muy apuesto parecía y en pos de él un escudero que traía dos lanzas, y dijo contra don Florestán:

—Don caballero, ganasteis una doncella y no contento lleváis la otra, ahora convendrá que las perdáis ambas y la cabeza con ellas, que no conviene a caballero de tal linaje como vos tener en su guarda mujer de tal alta guisa como la doncella es.

—Mucho os loáis —dijo Florestán—, pues tales dos caballeros hay en mi linaje que los querría antes en mi ayuda que no a vos solo.

—Por preciar tú tanto los de tu linaje —dijo el caballero— no te tengo por eso en más que a ti y a ellos precio tanto como nada, mas tú ganaste una doncella de aquél que poner no tuvo para amparar y si te yo venciere sea la doncella mía y si vencido fuere lleva con ella esa otra que yo guardo.

—Contento soy de ese partido —dijo Florestán.

—Pues ahora os guardad, si pudieres —dijo el caballero. Entonces, se dejaron ir a todo el correr de los caballos y el caballero hirió a Florestán en el escudo, que se lo falso y detúvose en el arnés, que era fuerte y bien mallado, y la lanza quebró, y Florestán falleció de su encuentro y pasó por delante por él. El caballero tomó otra lanza al escudero que las traía y don Florestán que con vergüenza estaba y muy sañudo, porque adelante su hermano el golpe errara, dejóse a ir y encontróle tan fuertemente en el escudo que se lo falsó y el brazo en que lo traía, y pasó la lanza hasta la loriga y pujóla tan fuerte, que lo alzó de la silla y lo puso encima de las ancas del caballo, el cual, como allí lo sintió lanzó las piernas con tanta braveza que dio con él en el campo, que era duro, tan gran caída, que no bullía pie ni mano. Florestán, que así lo vio, dijo a la doncella:

—Mía sois, que este vuestro amigo no os defenderá ni a sí tampoco.

—Así me asemeja —dijo ella.

Don Florestán miró contra la otra doncella que sola a la fuente quedaba y viola muy triste y díjole:

—Doncella, si os pesa no os dejaría yo ende sola.

La doncella miraba contra el huésped y díjole:

—Aconséjoos que de aquí os vayáis, que bien sabéis vos que estos dos caballeros no son bastantes para os defender del que ahora vendrá.

—Todavía —dijo el huésped— quiero ver lo que avendrá, que éste mi caballo es muy corredor y mi torre muy cerca, así que no hay peligro ninguno.

—¡Ay! —dijo la doncella—, guardaos, que no sois más de tres y vos desarmado, y bien sabéis, para contra él, tanto es como nada.

Cuando esto oyó don Florestán hubo mayor cuita de llevar la doncella por ver aquél de quien tan altamente hablaba, e hízola cabalgar en otro palafrén, como a las otras, y el enano, que suso estaba, en el olmo, dijo:

—Don caballero, en mal punto sois tan osado que ahora vendrá quien vengará a sí y a los otros.

Entonces dijo a grandes voces:

—Acorred, señor, que mucho tardáis —y luego salió del valle donde los otros, un caballero que traía las armas partidas con oro y venía en un caballo bayo, tan grande y tan fiero que bastaría para un gigante, y el caballero era así muy grande y membrudo que bien parecía en él haber muy gran fuerza y valentía y venía todo armado, sin faltar ninguna cosa, y en pos de él venían dos escuderos. armados de arneses y cabellinas, como sirvientes, y traían sendas hachas en sus manos grandes y muy tajantes, de que el caballero mucho se preciaba herir y dijo contra don Florestán:

—Está quedo, caballero, y no huyas, que no te aprovechará, que todavía conviene que mueras; pues muere como esforzado y no como hombre cobarde, pues por cobardía no puedes excusar.

Cuando Florestán se vio amenazar de muerte y hablar de cobarde fue tan sañudo que maravilla era, y dijo:

—Ven, cautiva, cosa y mala fuera de razón sin talle. Así me ayude Dios, yo te temo como a una gran bestia sin esfuerzo y corazón.

—¡Ay! —dijo el caballero—, cómo me pesa, que no seré vengado en cosa que en ti haga y Dios me mandase ahora que estuviesen ahí los cuatro de tu linaje que tú más precias, porque les cortase las cabezas contigo.

—De mí solo te guarda —dijo Florestán—, que yo haré con la ayuda de Dios que ellos sean excusados.

Entonces, se dejaron así correr las lanzas bajas y bien cubiertas de su escudo y cada uno había gran saña del otro, los encuentros fueron tan grandes en los escudos que los falsaron y asimismo los arneses fueron con la gran fuerza desmallados, y el gran caballero perdió las estriberas ambas y saliera de la silla si no se abrazara a las cervices del caballo y don Florestán que por el paso fuese a uno de los escuderos y trabóle de la hacha que tenía el otro en la mano y tiró por ella tan recio que a él y a la bestia derribó en el suelo y fue el caballero, que enderezándose en la silla, había tomado la otra hacha que el que la tenía fue presto a se la poner en las manos y ambas, las hachas, fueron alzadas e hiriéndose encima de los yelmos, que eran de fino acero y entraron por ellos más de tres dedos, y Florestán fue así cargado de golpe, que los carrillos le hizo juntar con el pecho y el gran caballero tan desacordado, que saliéndole la hacha de las manos quedó metida en el yelmo de Florestán, y no tuvo tal poder que la cabeza levantar pudiese de sobre el cuello del caballo y Florestán tornó por le herir y como así le tuvo tan bajo diole por entre el yelmo y la gorguera de la loriga en el descubierto tal golpe, que ligeramente le derribó la cabeza a los pies del caballo.

Esto hecho, fuese a las doncellas y la primera dijo:

—Cierto, buen caballero, tal hora fue que no creía que tales diez como vos no ganaran, como vos solo nos ganasteis, y derecho es que por vuestras nos tengáis.

Entonces llegó a él su huésped, que era caballero mancebo y hermoso como ya oísteis, y dijo:

—Señor, yo amo de gran amor a esta doncella y ella a mí había un año que aquel caballero que matasteis me la ha tenido forzada sin que ver me la dejase, y ahora que la puedo haber por vos, mucho os agradeceré que no os pese de ello.

—Ciertamente, huésped —dijo él—, si así es como lo decís, en mí hallaréis buen ayudador, pero contra su voluntad no la otorgaría a vos ni a otro.

—¡Ay, señor! —dijo la doncella—, a mí place y ruégoos yo mucho que a él me deis, que le mucho amo.

—En el nombre de Dios —dijo Florestán— yo os hago libre que a vuestra voluntad hagáis.

La doncella se fue con el huésped, siendo muy alegre. Galaor mandó tomar el gran caballo bayo que le pareció el más hermoso, que nunca viera, y dio al huésped el que él traía, y después entraron en su camino y las doncellas con ellos, y dígoos que eran niñas y hermosas, y don Florestán tomó para sí la primera y dijo a la otra:

—Amiga, haced por ese caballero lo que a él pluguiere, que yo os lo mando.

—¿Cómo —dijo ella—, a éste, que no vale tanto, como a una mujer que queréis dar, que os vio en tal cuita y no os ayudó? Cierto yo creo que las armas que él trae más son para otro que para sí, según es el corazón que en sí encierra.

—Doncella —dijo don Florestán—, yo os juro por la fe que tengo de Dios que os doy el mejor caballero que yo ahora en el mundo sé, sino es Amadís, mi señor.

La doncella cató a Galaor y violé tan hermoso y tan niño que se maravilló de aquello que de él oía y otorgóle su amor, y la otra a don Florestán, y aquella noche fueron albergar a casa de una dueña hermana del huésped donde se partieron y ella les hizo todo el servicio que pudo desde que supo lo que les aviniera.

Allí holgaron aquella noche y a la mañana tornaron a su camino y dijeron a sus amigas:

—Nos habemos de andar por muchas tierras extrañas y hacerse os ya gran trabajo de nos seguir, decidnos dónde más seréis contentas que os llevemos.

—Pues así os place —dijeron ellas—, cuatro jornadas de aquí en este camino que lleváis es un castillo de una dueña, nuestra tía, y allí quedaremos.

Así continuaron su camino adelante. Galaor preguntó a su doncella:

—¿Cómo os tenía aquel caballero?

—Yo os lo diré —dijo la doncella—. Ahora saber, aquel gran caballero que en la batalla murió, amaba mucho a la doncella que vuestro huésped llevó consigo, mas ella lo desamaba de todo su corazón y amaba al que la disteis más que todas las cosas del mundo. Y el caballero, como fuese el mejor de estas tierras, tomóla por fuerza, sin que ninguno se lo contrallase, y ella nunca le quiso de su grado dar su amor, y como la él tanto amase, guardóse de la enojar y díjole: «Mi amiga, porque con gran razón de vos pueda ser yo amado y querido, como el mejor caballero del mundo yo haré por vuestro amor esto que oiréis. Sabed que un caballero que es nombrado en todas partes, por el mejor que nunca fue, que Amadís de Gaula es llamado, mató a un mi cohermano en la corte del rey Lisuarte, que Dardán el Soberbio había nombre, y a éste yo le buscaré y tajaré la cabeza, así que toda su fama en mí será convertida y en tanto que esto se hace pondré yo en vos dos doncellas, las más hermosas de esta tierra, que os aguarden y darle he por amigos dos caballeros de los mejores de mi linaje y sacaros hemos cada día a la Fuente de los Tres Olmos, que es paso de muchos caballeros andantes, y si os quisieren tomar allí veréis hermosas justas y lo que yo en ellas haré, así que por vuestro grado seré muy querido de vos así como os yo amo». Esto dicho, tomó a nosotras y dionos aquellos dos caballeros que vencidos fueron y han nos tenido en aquella fuente un año, adonde han hecho muchas y grandes caballerías hasta ahora que don Florestán partió el pleito.

—Ciertamente, amiga —dijo don Galaor—, su pensamiento de aquel caballero era asaz grande, si adelante, como lo dijo, lo pudiera llevar. Pero antes creo que pasara por gran peligro si él se encontrara con aquel Amadís que él buscar quería.

—Así me parece a mí —dijo ella—, según la mejoría conocéis que sobre vosotros tiene.

—¿Cómo había nombre aquel caballero? —dijo Galaor.

—Alumas —dijo ella—, y creed que si su gran soberbia no lo estragara, que de muy alto hecho de armas era.

En esto y en otras cosas hablando anduvieron tanto que llegaron al castillo de la tía, donde muy servidos fueron sabiendo la dueña cómo don Florestán matara a Alumas y a sus compañeros venciera, que a tan sin causa y razón aquéllas, sus sobrinas, con mucha deshonra por fuerza tenían.

Pues dejándolas allí cabalgaron otro día y anduvieron tanto que a los cuatro días fueron en una villa del reino de Sobradisa y allí supieron cómo Amadís y Agrajes mataran en la batalla a Abiseos y a sus hijos y habían hecho reina a Briolanja sin entrevalo alguno, de que hubieron gran gozo y placer y dieron muchas gracias a Dios. Y partiendo de allí llegaron a la ciudad de Sobradisa y fuéronse derechamente a los palacios, sin que persona los conociese y descabalgando de sus caballos entraron donde estaban Amadís y Agrajes, que ya sanos de sus heridas eran y estaban con la nueva y hermosa reina, cuando Amadís así los vio que ya por la doncella que a don Galaor había guiado, los conocía y vio a don Florestán, tan grande y tan hermoso, y que de su alta bondad ya tenía noticia, fue contra él cayéndole de los ojos lágrimas de alegría y don Florestán hincó ante él los hinojos por le besar las manos, mas Amadís lo levantó abrazándole, besándole y preguntándole muy por extenso de las cosas que acaecido le habían. Y después habló a don Galaor y ellos a su cohermano Agrajes, que mucho le amaban.

Cuando la hermosa reina Briolanja vio en su casa tales cuatro caballeros, habiendo tanto tiempo estado desheredada y con tanto miedo encerrada en un solo castillo, donde casi por piedad la tenía, y que ahora, cobrada en su honra, en su reino con tan gran vuelta de la rueda de la fortuna, y que no solamente para lo defender tenía aparejo, mas aún para conquistar los ajenos, hincó los hinojos en tierra después de haber con mucho amor aquellos dos hermanos recibido, dando grandes gracias al muy poderoso Señor que en tal forma, y con tan grande piedad de ella se acordara y dijo a los caballeros:

—Creed cierto, señores, estas tales revueltas y mudanzas y maravillas, son de muy alto Señor, que a nos, cuando las vemos, muy grandes parecen y ante Él su gran poder en tanto como nada, con razón, deben ser tenidas. Pues veamos ahora estos grandes señoríos, estas riquezas que tantas congojas, cuitas, dolores y angustias nos traen por las ganar, y ganadas por las sostener, sería mejor como superfluas y crueles atormentadoras de los cuerdos y más de las ánimas dejarlas y aborrecerlas, viendo no ser ciertas ni durables. Por cierto, digo que no, antes afirmo que siendo con buena verdad, con buena conciencia ganadas y adquiridas y haciendo de ellas templadamente satisfacción, aquel Señor que las da reteniendo en nos tanta parte, no para que la voluntad, mas que para que la razón satisfecha sea, podamos en este mundo alcanzar descanso, placer y alegría y en el otro perpetuo, perpetuamente en la gloria gozar del futo de ellas.

ACÁBASE EL PRIMERO LIBRO DEL NOBLE Y VIRTUOSO CABALLERO AMADÍS DE GAULA.

Libros a la carta

A la carta es un servicio especializado para

empresas,

librerías,

bibliotecas,

editoriales

y centros de enseñanza;

y permite confeccionar libros que, por su formato y concepción, sirven a los propósitos más específicos de estas instituciones.

Las empresas nos encargan ediciones personalizadas para marketing editorial o para regalos institucionales. Y los interesados solicitan, a título personal, ediciones antiguas, o no disponibles en el mercado; y las acompañan con notas y comentarios críticos.

Las ediciones tienen como apoyo un libro de estilo con todo tipo de referencias sobre los criterios de tratamiento tipográfico aplicados a nuestros libros que puede ser consultado en Linkgua-ediciones.com.

Linkgua edita por encargo diferentes versiones de una misma obra con distintos tratamientos ortotipográficos (actualizaciones de carácter divulgativo de un clásico, o versiones estrictamente fieles a la edición original de referencia).

Este servicio de ediciones a la carta le permitirá, si usted se dedica a la enseñanza, tener una forma de hacer pública su interpretación de un texto y, sobre una versión digitalizada «base», usted podrá introducir interpretaciones del texto fuente. Es un tópico que los profesores denuncien en clase los desmanes de una edición, o vayan comentando errores de interpretación de un texto y esta es una solución útil a esa necesidad del mundo académico.

Asimismo publicamos de manera sistemática, en un mismo catálogo, tesis doctorales y actas de congresos académicos, que son distribuidas a través de nuestra Web.

El servicio de «libros a la carta» funciona de dos formas.

1. Tenemos un fondo de libros digitalizados que usted puede personalizar en tiradas de al menos cinco ejemplares. Estas personalizaciones pueden ser de todo tipo: añadir notas de clase para uso de un grupo de estudiantes,

introducir logos corporativos para uso con fines de marketing empresarial, etc. etc.

2. Buscamos libros descatalogados de otras editoriales y los reeditamos en tiradas cortas a petición de un cliente.

www.ingramcontent.com/pod-product-compliance
Lightning Source LLC
Chambersburg PA
CBHW031340070726
47496CB00017B/1342